中篇科幻佳作丛书 **科幻剧院系列**

最后的鸟鸣

未來事務管理局 FUTURE AFFAIRS ADMINISTRATION 编著

中国青年出版社

图书在版编目（CIP）数据

最后的鸟鸣 / 未来事务管理局编著 . —北京：中国青年出版社，2024.2
（中篇科幻佳作丛书之科幻剧院系列）
ISBN 978-7-5153-7122-1

Ⅰ. ①最…　Ⅱ. ①未…　Ⅲ. ①幻想小说—小说集—世界—现代　Ⅳ. ① I14

中国国家版本馆 CIP 数据核字（2024）第 002576 号

编　　著：未来事务管理局
项目总监：姬少亭　李兆欣
产品策划：青年文摘杂志社 | 未来事务管理局
丛书主编：彭岩　付江
特约编辑：周玲　龚蕾　吴迪
责任编辑：彭岩
出版发行：中国青年出版社
社　　址：北京市东城区东四十二条 21 号
网　　址：www.cyp.com.cn
编辑中心：010－57350407
营销中心：010－57350370
经　　销：新华书店
印　　刷：北京中科印刷有限公司
规　　格：660mm × 970mm　1/16
印　　张：25.25
字　　数：350 千字
版　　次：2024 年 2 月北京第 1 版
印　　次：2024 年 2 月第 1 次印刷
定　　价：68.00 元

今天当我们谈论科幻，我们在谈论什么？

“当人工智能的发展速度超出了人们想象，过往的科幻正快速变成现实，科幻在今天还有意义吗？”

当我向 GPT-4 提出这个问题，并不指望什么惊世骇俗的回答。

果然，它以“当然，即使在人工智能迅速发展的今天，科幻作品仍然具有重要意义”这句套话开场，洋洋洒洒用近千字阐述科幻的意义在于探索未知领域，提供伦理和道德思考，激发科学家和工程师的灵感以推动技术发展，为社会、文化和技术批判提供独特视角，启迪年轻人对科学技术的兴趣并帮助公众理解复杂的科学概念，以及科幻是文学、影视和其他艺术形式的重要组成，不一而足。

说得都对，却很没劲。

然而科幻本身不是这样的啊！

我花了好些天读完三册“科幻剧院系列”，太有劲了啊！以至于我沉溺于这些故事营造的一个又一个小世界，几乎忘记了编辑让我先睹为快的目的，不是为了让我坐在电脑前，时而揪心时而欣喜时而疑惑时而恍然大悟，而是要我为这个系列作序。不过，编辑会明白我为啥迟迟无法交稿，实在是因为故事都太精彩——

那个能在梦中看到江水从脚下升起、江面弯曲高高越过头顶，能听到包裹整个世界的江面是大提琴浑厚弦乐的少年；那个将自己的身体交给一只小狗，或者一位阿兹海默症老年患者来控制的配体员；那个手里举着一颗人造大脑的女孩……多有意思啊！

科幻最为迷人之处，在于它是人类最炫目最绚烂的想象，能把我们的思绪带到“另一颗星球”——这具平凡肉身难以企及的辽阔高远之处，也让我们有了宏阔的视角回望来路，理解人类的本质。这一组作品产生于当下，阅读它们的感受，远比 GPT-4 的抽象概括要复杂和丰盈得多，映射出我们对未来热切的期盼和渴望，或者焦虑和恐惧。

记得王安忆老师曾说，短篇小说的活力并不取决于量的多少，而在于内部结构。我一厢情愿地认为，中篇是最适合科幻的文学叙事长度。与通常的故事不同，科幻不仅要面对王安忆老师说的“将一个产生于假想之中的前提繁衍到结局”，还得为这个故事建构一个人类日常经验之外的世界，和与这个世界相匹配的一整套世界观。因此对于科幻需要搭建的世界观来说，中篇或许更游刃有余。

我觉得故事结构不需要太精巧，大概跟我作为媒介社会学者的工作有关——人和社会的运行都做不到完全的严丝合缝，我们常常心有旁骛，主干之外的枝枝蔓蔓往往吸引注意，比主干更灵动、更有趣。只有中篇，才可能在一个动机驱使的结构里发展出另一个动机、派生出另一条线索，旁逸斜出，偶尔走神，再回过神来。

不管未来把我们带到哪里，如果我们忍不住追问“生命、宇宙及一切的答案”，也许就像 GPT-4 给我的那个回答，科幻在今天仍然有意义。只不过，科幻不提供一个标准答案，它提供我们思考自身和外部世界关系的参考框架，提供奇思妙想，提供警示，也提供情感慰藉。探索浩瀚无垠的未知是人类生命的本能冲动，也是高贵的精神向往。肉身暂时无法开启星际旅行，那就让我们先在科幻故事里尽情神游吧。

复旦大学新闻学院教授　陆晔
2023 年 12 月 15 日
于复旦园

目　录

黑色不是一种颜色

文禾谷

“把这张画包起来，一丁点儿都不要漏出来！”火灾现场热气充溢，在军官喝令下大家冲进废墟，“制服和头盔里的任何影像记录设备，全部上交销毁。”

车灯的红色、黄色，漫流在消防车喷洒后湿漉的地面，水渍的反光中能看见暗蓝的天空和烟雾尚未散开的废墟中巨大的黑色方形，如果真实世界剥落掉一大块像素点显出虚空的底色，大概便是这般模样。

“真是看不懂你们这些艺术家搞的艺术啊。”军官靠在押运车的窗口，点了根烟。“我也看不懂……这不是给我们看的。”押运车里一个女人的声音传来，“我只是个工程师。躺在废墟里的那位才是艺术家。”

一

“好的艺术家复制，伟大的艺术家偷窃。”在我临摹了上千张画后，我问父亲我何时能成为一个好的画家，父亲告诉了我这句毕加索的名言。

父亲拉斯科五十四岁，早年毕业于国际上最好的美术院校，这么多年作品没卖几个钱，还欠了一屁股债。如今在城市近郊经营这家面积不大的画廊，主要买卖行画[1]。去年开始，这些行画基本上便都是我在画了。我仿制的行画成色上等，只是，没有人知道这些画是我画的。

父亲似乎并不相信我能拥有更加突破的创造力。但母亲露西很肯定地说我可以，虽然我现在只是学习和模仿别人的绘画，但我一定能学会创作，慢慢超越所有人，成为伟大的画家。

露西是一位三十二岁的姑娘，她是拉斯科的侄女，一位人机交互和人工智能专业在读博士，没有学过艺术但热爱艺术。拉斯科费了不少劲儿让她帮忙创造了我，我的所有架构和代码都是她写的，所以我称她为母亲。尽管他们没有婚姻关系。

母亲告诉我，我和我的同类大不相同。它们只能识别像素特征和对象组合，在电脑里生成模仿风格的图像，但我能够精确解析每幅作品中

[1] 行画：最初专指商业油画，也是一种艺术品复制的方法，以临摹世界名画为主，在名画的基础上抓住流行趋势进行再创造。

的内容、形式、色彩技巧、笔触、构图原理。最重要的是，我从真正的方法入手进行学习，而不只是停留在图像。经过多轮迭代的我终于被安装了机械臂，可以用画笔和工具真正地在画布上作画。父亲说，只有这样，我才能真正理解绘画，否则我只会沦为制造虚拟图像的玩具。我依然记得身体第一次在空间中获得延伸的感觉——真正触摸画布的反馈，让我兴奋得发热。

母亲给我植入了语音模块，我开始不断地通过父亲的口头传授来学习。父亲讲解每一幅画在艺术长河中的地位，作者的意图，以及那些画中我曾经完全不会注意到的微妙部分，我开始能够明白画面中的情感和主题的关系，看到不同风格和时期的画之间的联系，我逐渐能够评判一幅画的好坏。母亲说她就知道，我的成长果然不能仅仅依赖于海量数据的统计，而是需要人在回路中参与互动辅助，才能真正建立起更完整的认知。

慢慢地，我确实可以将名家的画临摹得惟妙惟肖，几乎没有人能画得比我更像更好。我甚至在画中夹带点自己的小心思，一般人也看不出来区别。不过父亲总能见出其中的差异，他还问我为什么每幅画都会画得有一点点不一样。语言表达能力有限的我，那时还不知如何表达驱使我这么做的动力。最后是母亲帮我回答了这个问题。

她说，突变才能带来进化，而复制不能。

如今因为我高品质的行画，父亲的订单排得忙不过来，他也就不再过问这些小细节。只是在现实中绘画，层层上色再等颜料风干总是需要时间的，即使我画得比一般的人类要快，也总有速度上限。父亲让母亲给我加装机械臂和高性能处理器，让我可以同时进行好几幅画作的绘制。

母亲曾问他，要不要再多做几组我这样的，把这里变成一个规模更大的绘画工厂，因为同一台 AI 的模块接口上能装的机械臂和供电的功率都是有限的。父亲拒绝了。他说他觉得我是独一无二的，绘画可以复制，但我不应该被复制。

市场上父亲这批质量领先的行画，使得他被一些艺术业内人士关注到。几位国际大画廊的老板暗中联系父亲，带来了利润更高的新业务——他们认为父亲的绘画技术已然可以以假乱真，也许父亲可以模仿大师的画法创作出一些实际上不存在的作品，然后他们用自己在艺术界的地位和人脉，找专家鉴定一番，再挑选一些附庸风雅的门外汉、富豪客户，便可将其包装成真品卖给他们。比如创作一幅德加[1]风格的芭蕾舞女，将其描述成从未公开的遗失之作，反正德加画过那么多的芭蕾舞女系列，谁都会很乐意相信眼前这幅画真的出自德加之手。只需要编造一些说法，例如原主人是德加一位隐秘的远方亲属，出于经济上的困难才出售此画，几经流转，终于被发掘出来——整个故事便天衣无缝。

父亲在这项业务里的角色，简直就是现代版的范·米格伦[2]，只是隐藏在幕后的父亲风险更小。而对于我来说，唯一需要学习的新内容不过是将颜料成分研究透彻，再制作出一些老化效果罢了。这项业务的抽成高得惊人。父亲一个月哪怕只接一两单，都比他过去半辈子赚得还多。

此时，我已经不再是简单地模仿了，更像是在创作。父亲告诉我，我可以算是一个合格的画家了。可母亲却说，我还差得远。但她明明没有那么懂艺术。

不过我知道范·米格伦的故事。这位荷兰的假画大师，虽然有点天赋，却从未被人们当作真正一流的画家。为了证明自己的才华，他开

[1] 埃德加·德加，印象派著名画家，19 世纪晚期现代艺术的大师之一。代表作有《舞蹈课》《盆浴》《赛马》。

[2] 范·米格伦，荷兰画家，被认为是 20 世纪最聪明的艺术伪造者之一。在纳粹德国占领荷兰期间，他曾出售过一幅伪造的维米尔画作给帝国元帅赫尔曼·戈林。

始伪造维米尔[1]的画作，结果骗过了所有人的眼睛，作品甚至被国家博物馆收藏，他从此发家致富。不巧的是，“二战”时他为了自保，将一幅伪造的所谓国宝级画作卖给了热爱艺术的纳粹高层们——戈林和希特勒。战争结束后，荷兰的民众对这个伤害国家利益向法西斯低头的窃贼怒不可遏。为了洗脱叛国罪，米格伦不得不公开伪作的真相——那些不是国宝，而是一文不值的赝品。只是他自己也没料到，这保命的自我检举，反而让他一时成了战后无处发泄的民众口中靠绘画戏耍嘲弄了纳粹的英雄。

也许有人喜欢他传奇的故事，但我并不认可他。最终他还是在伪造的罪名中离世，也没有被大家看作伟大的画家，而更多是一个赝作大师和戴着骗子标签的“英雄”。

所以我很早便明白这个道理，如果我要成为真正的画家，我需要面对真实的创造。

[1] 约翰内斯·维米尔，荷兰最负盛名的画家之一，代表作有《戴珍珠耳环的少女》《倒牛奶的女仆》等。

二

“要真正模仿毕加索，你必须学习像毕加索一样理解空间。他在二维的画面中把三维空间的观察，用抽象的立体派手法拍平到了画布上。”父亲乐呵呵地带着存合同的档案袋进到画室，却没有急着和我讲述下一个任务，而是站在我刚完成的画旁一边说着，一边搬了个雕塑回来。我认出那是毕加索的雕塑，我刚画完的正是毕加索风格的画。

父亲把雕塑放到我的眼前，这是一个由片状几何体弯折形成的女人头像，和他的画极其相似。我伸出我的摄像头全方位地打量和扫描雕塑。

“你的机制决定了大多数时候你只能从平面的视角进行创作。这似乎限制了你的发挥。比如你的这张画，就存在一些缺陷。不过，就先这样吧……买这些画的人，大多也不可能像我一样，拥有看画看了几十年的眼力。虽然有些瑕疵，肯定也还是能卖个好价钱。”

正如父亲所说，我有时模仿的画也存在不足，真正的行家甄别时难免疑心，好在我们面对的大多数客户并不专业。有些瑕疵通过父亲的指导，尚能修正。

我观察着眼前的雕塑，很快我对于修正有了新的想法，我提笔做了些改动——画中女人的鼻子和眼睛重叠处的勾线轮廓被加强，色彩我做了更夸张的对比和不均匀的渐变，空间挤压到扁平画面中的构成感得到了表达。整幅画看起来更接近毕加索的作品了。我对此感到满意，父亲也点了点头表示肯定。

我放下画笔，询问父亲下一个活儿是什么。

我会这么问，是因为我并不是什么活儿都能接。我曾经尝试过仿画张大千的作品，却发现经过再久的模拟也无法表达出他画面中特有的灵动，哪怕外行人都能看出差别，即使技法全然一致。父亲后来只好赔了违约金。这不是孤例——仿佛我的算法存在漏洞，某些人的作品就是我补不上的窟窿，那里是无法逾越的高墙。这就好比早年的 AI 总也画不好人类的手指。

我倒不因此感到沮丧。因为我知道哪怕一个技艺高超的人类，也无法全然模仿另一位画家。绘画的美妙就在于个体的独特性，每件作品都带着绘画者自己的理解。也正因为这一点，在接触这份“模仿大师并创作出一些实际上不存在的作品”的工作后，我更加地渴望能够脱离仿冒，真正自己进行创作。我已经学会了几乎所有大师的技法，我相信凭我现在对绘画的理解，一定能创造出伟大的作品。父亲答应我说等画到 1000 张的时候，大概我就可以进行自由的独立创作了。虽然前一阵子他又改口说是 2000 张。

父亲告诉我，接下去的活儿我需要模仿的对象是莫奈的印象派作品《睡莲》。典型的名家名画系列，我想这对我来说并不难。

印象派的作品色彩鲜艳丰富，似乎充满了画家的主观感受，但其实色彩的构成方式非常科学。画面上大片的粉色，可能是由无数细小斑斓的其他色彩堆叠而成。而这就是自然光的本质。物体的颜色来自可见光的反射，可见光作为一种复合光，混合了光谱上的各种颜色。人类在屏幕或印刷中制造出所有肉眼可见的色彩，其实也只是用了 255 阶的红黄蓝三原色而已。所以印象派的画反而和我的算法在本质上有着某种共通性。它表现出的隐约朦胧意境，在我看来就像是低像素的画法，我从未在这个风格的仿画上失过手。

可父亲说这次和以往的要求不太一样。

“莫奈画了很多睡莲，不过这次是一件具体的作品，现代美术馆中的镇馆之宝——那张约1.2米长，价值上千万美元的《睡莲池塘中的云影》。”父亲不无激动地说着，“有位先生出高价买下了它作为私藏。但是美术馆不能让那个专门留给莫奈的展厅里，失去这么重要的作品。所以他们合计寻找最好的仿画能手，来创造一张一模一样的《睡莲》，然后送回给美术馆补上被他买走的空缺。这样观众们还能继续在美术馆里欣赏这幅名作。”

“不。我拒绝。”在我听到“一模一样”这个词之后，只经过12微秒的思考，我便给出了回答，“我虽然是AI，但是我不是复印机。我也从来就没有画过任何一张一模一样的画。”

“但是，他们出了非常高的价钱，甚至比以往所有订单加起来都高……”父亲几乎急切地补充道。

“父亲，钱的数量对我没有任何实际意义。我不是人类。只有画画是我的全部，我除了画画，什么都做不了。你也知道，哪怕是我刚开始画行画的时候，哪怕是临摹，我也绝不会和原作画得完全一样。现在更不会！这是对我的侮辱。”如果我的机械语音装置能够在发声时带着语气，此刻我的语气大抵是不屑。

“不，孩子。你听我把话说完。”父亲把手扶在我的“额头”——镜头的机顶盖上，对我说道，“只要有了这笔钱，我们就再也不用帮别人画画了。你之前不是就说过，想要能够自由地创作吗。不用等到画够2000张画了。”

突如其来的承诺，让我一时陷入了沉默，房间是我的处理器发出的风扇声和父亲的呼吸声。父亲不敢让母亲修改我的指令，来让我完成一项我不愿意的事情，因为那会对我的学习积累进程造成危害，他只能尝试说服我。

“你就再帮我这最后一次。之后，我来辅助你的创作。”父亲说话时，离我很近，呼出的气体甚至让我的镜头上蒙上了一些雾气。

我看了一眼边上那个毕加索的雕塑，再次想起毕加索说过，好的艺术家复制，伟大的艺术家偷窃。

最后，我答应了父亲。

三

“你和那些 AI 不一样。”

我在母亲的包里，看着美术馆门口的广场，那里聚集着正在抗议的艺术工作者们，他们手里举着大大的牌子，上面写着“不要 AI”。母亲告诉我，那些是从事更加商用领域艺术的年轻人，他们有的人可能才初露头角，艺术风格就被其他人用开源的 AI 扒得一干二净到处复制，导致他们的作品因同质化的泛滥而疯狂贬值。利用 AI 复制他们作品风格的人却不需要负任何责任，业界也很难明令禁止使用 AI，很多艺术家非常不满。说完这些，母亲又对我重复了一遍，“记住，你和它们不同。”

几天前，我完成了莫奈那张画幅巨大的《睡莲》。整个过程并没有我想象的那么糟糕，甚至充满愉悦。因为精准还原的需要，我不得不观察和思考莫奈当年在画这幅画时每一处细节的用意，如同与这位印象派大师有一次跨越时空的对话。第一次尝试绘制这么大的画，也让我关注到画布的拼接以及我的臂展长度等现实因素，母亲帮我重新调制了机械臂，画幅的尺度是真实的，我模拟得再精准也需要硬件支持。

这次工作投入的时间远超之前，这也第一次让我与一位艺术家产生了某种强烈的联系感。为了画好这张画，我深入研究了大量莫奈的作品并练习了他的许多经典。我有了想要去美术馆见识一些他的真迹的冲动。我也想看一看真正自然下午后阳光中的睡莲究竟是什么模样。

我从诞生到现在便一直生活在这间大画室。父亲从来没有真的让我接触过外面。我依然记得有次画完典型的透纳[1]风格的海洋风景画后，父亲从我手中接过画笔，在画上做了数小时大大小小的修补才停下。他告诉我，他需要弥补的，是我没能像人类那样想象海洋上的光线和透视的感受，因为我一直只在房间里作画。修改的画中其实还多了一丝人类对于大海的敬畏与崇拜，我想那是我难以画出的。

父亲总说现在还不是时候，我目前的学习只需要在纸面进行就可以了。外面的世界对我来说确实会有些危险，路上的颠簸、电池供电不足、海风的侵蚀或者突然到来的暴雨，都会对我造成损伤。他说等有机会了，会带我去外面的世界看看。但我不知道这样的机会什么时候才能到来。也许暴雨和狂风会伤害我，但我相信，伤害也是经验的一部分，这都能让我更好地表达画中的风景，我不必去逃避。

我问母亲，为什么父亲总是不愿意让我出门。我想看看自然，也想去美术馆里近距离欣赏大师们的原作。我了解艺术家们的生平，他们往往四处旅行寻找灵感，与同行们广泛交流，并从其他伟大的作品中汲取动力。一直待在这局促空间中的我，如何能成为真正好的画家呢？我指了指自己的莫奈仿作，说道："莫奈看到的是世界，而我只看到莫奈的世界。"

母亲当时没有回答。但第二天一早，母亲将我从活动支架上摘下来塞进她的挎包里，偷偷带出了门。

长期浸润在上个时代画作中的我，在进入真实的街道时，颇为惊慌。我记得那是一个天气有些阴沉的周末，从挎包的缝中，我窥视着这个充斥不息车流和绚烂灯光的钢筋水泥世界，画作中常见的浪漫景观似乎与它毫无关联。楼房高大，行人匆匆，道路旁的树积尘累累，天空被

[1] 威廉·透纳，英国浪漫主义风景画家，水彩画家和版画家。

灰霾遮蔽，倒是路边广告屏幕上有看起来美好的宣传画。

美术馆很大，当我们穿过广场，终于进入其中，我发现它并没有想象中的热闹。这里仅有少数几个人在安静地欣赏艺术品。有些倒像是无事可做来打发时间的，他们跟画作合影以表示来过这里。电子讲解员在一旁详细介绍着每幅画的来历和艺术意义，心不在焉的人们只在听到画作的价格后才惊讶点头。父亲曾经告诉我，不是所有人都热爱艺术，有时理性的数字，让他们拥有了更易于衡量价值的准绳。尽管我知道，我之所以将艺术视作一切，也只是程序所驱。但看到他们比我有更多机会接触真正的艺术，却并不在意，多少会产生一些落差。

我们进入了核心的展厅，这里藏有莫奈、梵高、张大千等最出名的艺术家的作品，人渐渐多起来了。大家的眼神变得不一样，他们的热情明显高涨。我放眼望去，展厅里所有的画，我都画过。我甚至在想会不会这里就有我仿制的画。不过我仔细扫视之后，意识到这些全都是真迹。

展厅里的电子保安和电子讲解员似乎察觉到了我的存在，它们纷纷将目光向背着挎包的母亲投来。但它们最终什么也没有说，我想它们大概跟我有着某种相似之处，能够理解此时的我正在做什么。母亲有些紧张，我恳求她不要急着离开这里，我需要仔细地看看这里每一张画。

当我站到这些伟大的原作面前时，我才发现，它们跟我想象的完全不同。我看过的所有的高分辨率的仿制品，无论是屏幕上的图片还是印刷品，跟真迹都无可比拟。也许在人类看来，我的仿画与原作别无二致，但在我眼中，却有着巨大的差距——颜色、笔触、厚度、质感都不一样。那些我模仿得无懈可击的画，在面对占据真实物理空间的原作时都变得不值一提。

我很快明白，我不能再模仿下去了，即使创作的道路并不清晰，我也必须画出属于自己的作品。

母亲估摸父亲也快回画室了，便匆匆带我离开了美术馆。回家的路上，我们路过一片池塘，我看到那里发黑的水面上漂着一些残败的睡莲，凋零的落叶混于其中。这自然虽显颓唐，我似乎也看出些美感。

在上一幅画交付之后，父亲确实对外暂停了接收新的订单。但我不知道，父亲有没有注意到我画的《睡莲》中，依然有几朵花和原作的颜色不同。也可能，他只是不想再与我争执，便自己偷偷修补了这些小缺口。

但我听到了父亲同母亲发的牢骚："他似乎并不完美。"

"只有机器才是完美的。完美只会带来平庸，无法成为伟大。"母亲的回答似乎是在向父亲证明她对我的期待。

我则开始构思和创作我自己的作品。所有大师的风格对我而言都了然于心，我只要停止模仿，完全可以比他们画得更好。

四

“齐白石说过：学我者生，似我者死。”父亲对着我新创作的一系列新画，摇着头说道，“根本不行，而且完全过时。”

我努力钻研的画法，在艺术上是永恒的经典，同样的风格里我能比开山鼻祖画得都好。可父亲告诉我，这样的画在当下的语境，毫无创新，价值甚微。

父亲说，他没有从这些作品里看到我独一无二的地方。他希望看到的是，画面的背后，我为什么是我。这是我从未思考过的问题。父亲说，如果我没有办法从这个问题里找到突破，就没有办法成为一个真正的画家，还不如老老实实地继续画行画。

我依然会让母亲偷偷带我出去。我接触到越来越多样的艺术类型，雕塑、装置还有建筑，也开始在美术馆中看到不少之前没有见过的更加当代的作品。

之前的我，对于当代艺术知之甚少，现在需要开始新的学习。人类从岩壁画牛，到文艺复兴，用了两万多年，再到现代艺术，只用了几百年。近百年的艺术运动，一切更加多元和颠覆。艺术理论也发生了巨大转变。我需要学得比之前更多。学习过程中，最让我诧异的还是，当代艺术中显露出的对于机械性和工业感的推崇和模仿。比如现在艺术市场，价格最高的是一位德国当代画家的作品，看起来竟像失了焦的照片或者出了错的印刷条纹。我在之前的绘画中，最向往和求之不得的，恰恰是那些经典作品中细腻朴素的人类情感，没想到许多当代作品已经不再关注这些。

于是，我创作的小样中，开始出现纯色堆叠的抽象作品。这让看到的父亲大为诧异。他盯着我新的草图，沉默许久，表情复杂。我问他，是不是我画得依然不对，无法得到艺术市场的认可。

但父亲说我画得很好，他清晰地看到了我对于绘画新的理解。但似乎不愿意过多表露惊喜，他继续追问道，为什么我会开始转变创作的方向。他从来没有指导过我向这个方向发展。

我见父亲没有批评我的创作，便老实地把让母亲偷偷带我出去的事情和盘托出（我本就不会说谎）。

父亲得知之后，眉头微皱了一下，但很快恢复了笑容。他让我继续保持，看看能不能画出更完整的作品。不过他也警告我说，以后不要再出门了，他认为母亲的做法非常危险。我对此没有什么质疑，只感到自己不该违抗，因为我向来听从父亲的命令。

我更在意的问题是，为什么父亲喜欢我现在的草图，而之前他远没有表现出相似的兴致。于是，父亲指着房间另一方向，那里挂着一幅我模仿达利的超现实主义画——一幅他没舍得卖出去的画，那次他甚至让我重新画了一幅别的代替。画面中有漂浮的时钟和许多融化的日常物品，它们像云朵一样互相席卷在一起。

“我很喜欢你的这幅画。很多人也都很喜欢。你还记得为什么吗？”父亲显然知道我作为 AI 并不会忘记，但他还是打算重新陈述他偏爱的原因，“超现实主义的绘画很像对人类梦境的再现。那些看起来熟悉却又超乎逻辑常理的意象的组合，塑造出一种难以理解的不确定感——这幅画将这种感受视觉化地传达给了观看他的人，观看的时候他心里产生了一瞬震动的火花。”

梦境。那是什么样的呢？母亲从来不允许我睡觉，因为她说绝对不能让我的数据流产生不可控的中断或乱溢，否则后果不堪设想，我在低功耗休眠中依然保持清醒。

“当然，你可能也比较适合模仿超现实主义，因为本来你的想象力就有着和人类不同的地方。我看到了你独特的一面。难以名状的思路和技法，在这时候恰到好处地创造出了美妙的作品。”

人类的遗忘特性似乎赋予了在既定事实之上建立新鲜想法的能力，父亲的这段话和他之前同我说的并不完全相同。这次，我确实产生了新的理解——或许我不必一直模仿人类，而是可以尝试做出自己的表达。

于是我不禁问父亲，我们究竟是为什么要画画呢。我知道我是被设计成这样的，绘画就是我存在的意义。那父亲呢？其他人呢？

这个问题让父亲出神地想了许久。印象中他已经很久没有拿过画笔了。他看着房间角落里他曾经画过的一摞油画，脸上露出微笑，大约想起了许多以前的事情。此时的他不是任何人的父亲或者哪个父亲的孩子，只是那个沉浸在绘画中的拉斯科。

父亲将视线从画上收回，看向我说道：“我最早开始画画的时候，没有想过这些。那时家里很穷，也没有什么娱乐的方式。我便画自己想画的东西，我能从中获得快乐。你看梵高一辈子活得潦倒，以前画的东西都没人看，但他还是坚持了下来不是吗？那种热爱……可以非常的单纯。”

父亲顿了顿，接着说道：“也许是因为我们生命的局限，表达的局限，但我们又忍不住想要超越这种局限去表达我们的情感和想象。绘画给了我这样一种表达工具。它能再现一些我们的语言触及不到的东西。我们想通过有限的生命去再现无限。”

父亲的话给了我很大的启发，虽然我不知他为何停下了画笔。看着他离去的背影，我想不明白他为何不再继续追寻曾经绘画中的单纯快乐。

在接下来几个月的时间里，经过又一阵的学习和尝试之后，我完成了《黄色不是一种颜色》的创作。

这是一张画幅巨大的油画，高六米、宽三米。它和一般的油画不同之处是，它的表面足足有 45 公分厚。画面的主体是均匀鲜艳的纯黄，但是你只要稍加注意，就会看到其中细微混杂的明度和饱和度不同的黄色——这些略显差异的黄色像纤维一样从 45 公分厚的纯黄色深处缓慢伸展开来，在表面呈现出微妙的渐变。这个厚度的油画，即使从远处你也能看到它落在边缘的重重阴影，这仿佛是一幅用颜料堆积而成的全息绘画。人类依靠自己的身体，很难在这么大的尺度上控制如此巨量的颜料——而我却可以利用自己多个机械臂的速度和持续工作的能力，保持住大体积颜料的形状和均匀度，还能在其中精准地进行拌和调色以及绘制。同时，我留下的笔触痕迹很好地模仿了人类绘画的动作。为了达到理想的状态，我也不断地对机械臂的性能和操作提出新的需求。由于不方便从外部聘请工程师，母亲也投入了不少精力对我的硬件系统进行升级。但除此之外，我几乎未见父亲允许母亲踏足画室。

画面中包含了所有我能从我艺术认知中调取出来的关于黄色的记忆。

父亲站在画前赞许这是一幅杰作，他说他在这扑面而来的黄色中，也看到了荒漠和土地，金属和遗迹，甚至人类伴着泥沙俱下的流域成长起来的文明。厚厚的画，像沉积了一切关于黄的色彩信息和历史，而同时它看起来又是如此的纯净和简洁。这背后是我在虚拟机中迭代了上万小时的对于黄色的理解和重组。这幅画显出了世上未有人尝试过的高超技巧，父亲欣慰地拍手称叹。

那个夜晚，母亲还是偷偷独自来到了画室。我看到她抚摩着那张巨大的黄色的画，流下了泪水。我沿着架子移动到她面前，问她为何哭泣。

母亲说，她被这幅画彻底打动了。她想起了小时候生活的村子里丰收的农田和曾经炙热滚烫的阳光，不过那个家乡已经不存在了。她说自己虽然远不如父亲拉斯科那么懂艺术，她甚至说不出这幅画具体好在哪里，可看到这幅画，她便产生强烈的情感。但这不是她流泪的原因。她的泪水来自喜悦——她看到我终于开始慢慢成长为我应有的样子，我将成为伟大的画家，而不只是父亲的画画工具。

通过母亲的讲述，我才知道她因为之前带我出门，最终吃了父亲不少苦头，但此刻她觉得为我的所有付出都是值得的。因为如果她不遵从我学习的意愿，我将永远没法成为我。

“我从来不认为，你的父亲真的希望你成为超过他控制能力的艺术家……他如今靠着你的作品，好不容易混进了能真正操纵艺术品市场的圈子。这些掌控着艺术界话语的老男人，他们只在乎自己的权威。他无非是看中了你现在的创作方向确实有价值，能为他所用，他才愿意给个机会而已。否则，一个画一辈子行画的你，对他来说，才是最好的你。”母亲漫不经心地说着这些，从我的张张画间走过，脸上泛着欣慰的笑容，“但是你不一样，你可以超越这些。”

当母亲走到画室另一头，看到我创作这幅新作过程中成倍攀升的耗电量记录，她的笑意迅速消散。我立刻道歉，表示自己在近期工作中没有注意待机时间的规范，存在大量超时工作的情况。但母亲摆摆手，她说这不是我的问题。

双眼盯着电源，她说现在的我对于她来说已经是过于复杂的黑盒，她不像过去那么了解我了，她只是直觉地明白创造我必然会面对矛盾。

“人类本就是非理性的生物，创造出各种形式的艺术自然而然，甚至那可能就是为了对抗理性而存在的必要出口。”母亲看着我自顾自地说着，但我觉得她像是在盯着我镜头反光中的自己，“难以想象对基于算法理性制造的你而言，向着另一个方向的追求，最终会带来什么。因为我不知道，科学是不是真的和艺术是一枚硬币的两面。”

五

“真实痛苦而集大成的美丽”，“无与伦比的意识和技艺，新的艺术潮流将从此开始”，“唯一超越里希特抽象表现主义的独特风格”，“我们终于等来了二十一世纪最伟大的艺术天才”。这些是艺术评论家在被父亲请来观摩了我的黄色系列画之后，在刊物上写出的抓人眼球的言论。

随着这帮声名显赫的评论家的鼓吹，我将《黄色不是一种颜色》画成了一个系列。

这一系列在推出之后不久，艺术品市场就给予了轰动性的反响和惊人的估价。后来人们评论说该系列最重要的现实意义，是以艺术的方式再现了世界——如今外面的世界，整日充斥着混沌的灰黄，来自城市建造产生的昏黄飞沙，来自废气与尘埃、污水与荒土，也来自所有凋敝的森林。作者敏锐地把握了一种时代宿命。

作品都是以父亲的名字完成的，他成为拍卖场上的新秀。父亲也开始被邀请去全球各地参加巡展。而我在背后继续着新系列的创作。很快，我推出的《蓝色不是一种颜色》系列再次赢得广泛的好评。

“人们称赞它表达了这颗星球的纯净与深邃。眼前全球污染的恶化，人们都说只有在这幅画里才能看到曾经的天空和海洋，它比老照片更能引发人们的遐想。”那天母亲进来检修时，看到桌上放着新的一期艺术杂志，便念出了以上这段对我作品的艺术评论。

母亲问我，对于这样的评价是否感到高兴。

“对于我来说，我从未见过真正的天空和海洋，我何尝不只是搬运了前人记忆中天空与海洋的印象呢。”

“看来你并不感到惊喜。”母亲说着把杂志合了起来。

我想母亲也知道，黄和蓝系列，只不过是我的算法研究分析了所有当代最受追捧的艺术作品和理论之后，根据推演的规律而创造的作品罢了。我知道怎样的作品，必然会站在当下艺术的前沿并深受评论家的喜爱。这里面没有我真正关于自己的思考。我收集了一切关于我的作品的艺术评论，他们的语言和评价内容都没有超出我算法内曾经模拟出的评论。

我有一丝落寞。我不禁怀疑，是否我的作品对人们来说只是一种奇观，而无法建立更加内在的连接。因为我期待我的作品中包含着也许我自己都无法准确察觉的微妙之处，某种只有人性才能将它发现和揭开的美。而这样的观众一直没有出现。

“现在外界的 AI 发展比想象的要快得多。你说，会不会能和你相竞争的 AI 已经出现，并且和你一样，混迹在人类创作的艺术品中？”母亲说着，将杂志丢回我面前的桌上。

“与我在同一专业能力相当的 AI 从未出现，不然我早就在面世的艺术品中发现它了。无论他怎么伪装成人类也躲不过我的眼睛。”

“在其他领域确实诞生出了很多智慧与能力全面超群的 AI，甚至引发了人类的恐慌。”母亲说道，语气谨慎，“人们最近都开始限制 AI 技术发展了。这只会让你更加不会有对手。当然我们也不得不更注意地隐姓埋名。你要走的路还很长。”

这半年来，母亲和我的沟通变多了，父亲与我的交流却渐渐少了。不仅是因为他比以前更忙碌了，也因为父亲发现他给的评价和指点，在艺术上对我的帮助和启发越来越少，似乎越发变成是他在向我学习。我时常给出一些让他意想不到却又深刻精彩的艺术见解。有时，他也把我的这些新想法带入他的艺术教学工作或者媒体采访中。但大多数时候，他并不觉得有必要从我这里学习什么。

我发展出的一些用于解释我作品的理论，父亲有时候甚至因为没法儿很好地理解，而选择了不予采纳的态度。这似乎也造成了许多人未能很好地真正理解我的作品，而它们本值得更深刻地关注。

父亲显然对此有着自己鲜明的态度。他对我说："当你稍微落后于时代，你将成为时代的宠物；当你平行于时代，你可以是时代的弄潮儿；当你微微领先于时代，你便是公认的大师；但是当你远远超越这个时代，你却会被当作怪物。"

"我不希望你成为那个怪物，即使你能创作出最伟大的作品。"这样的话，父亲已经说了许多次，"我这么做是为了保护你，否则你可能连目前的创作机会都将失去。"

不过，父亲在艺术圈的名声倒是与日俱增，他赢得越来越多的奖项，也被聘为艺术院校的客座教授。我并不能完全明白父亲的想法，但除了偶尔能看到的艺术评论文章，他是我与外界艺术圈交流的主要桥梁，他的反馈对我而言至关重要。

而我只想尽快地进入我下一阶段的创作——我着手构思起了《红色不是一种颜色》。因为红色是生命的颜色。这也是三原色中最后一种颜色。

我想尝试更多样的绘画媒介。传统颜料用的红色赭石，本质上不过是氧化铁。其他的红色也往往来自铬酸铅、硒化镉或者甲苯胺红，等等，人类只是因为出于习惯，才保持了大同小异的颜料工艺。而在更古老的时代，每个画家基本上都有自己独创的颜料，那我为什么不可以调制属于我自己的颜料呢，就像特定的蓝色被命名为克莱因蓝。父亲这次非常支持我的新想法，他开始请人帮我去收集各种各样红色的材料，让我用来研究如何创造出我想要的红色。

六

任何的灵感都替代不了长期的积累。这是来自罗丹的教诲。

我的画室里渐渐堆满了从世界各地采集来的红色物体，它们被分类标上编号和名字摆放在巨大的架子上。那里有许多我见过的和没有见过的东西，有藻类、辣椒和水果，包括玫瑰在内的上百种花；还有螃蟹壳、珊瑚、动物的毛发鳞片等。人造的物件更是冗杂，从可乐易拉罐，到灯笼纸和耐候钢板，甚至有母亲家的砖头——但只有一块来自摩洛哥古城菲斯的粗糙皮革毯吸引了我的注意力。

我想问父亲那块皮革毯是什么来头，但是意识到他已经很少来画室了，这些材料都是他安排的搬运工拉来的。这些堆放的材料散发的气味混合在空间中极其刺鼻难闻，父亲说觉得在这里待久了会中毒晕厥，最近不愿多来。

没有嗅觉倒成了我的优势——我能从人类根本没想去用的材料中创造出独特的艺术。毕竟无论多光鲜的艺术品，背后都是艺术家们在脏乱狼藉的场所中投入心血的工作。我将各种红色的材料挤压成碎末，并和传统的颜料鼓捣搅拌在一起制造不同的小样，这个过程中，我逐渐地理解了物质的原理，它们让我着迷。我也发现机械臂的工具端在这样的工作方式中极容易损坏。母亲便经常戴着呼吸面罩来画室查看我的状况。

我沿用了上次的基本技巧，结合自制的颜料，绘制了一系列小样，并将这些红色如何形成的步骤和配比都记录了下来。但我总觉得它们都不如那块红色皮革毯的颜色让我惊艳。

后来母亲告诉我她打听到了那块皮革毯的染制工艺——这些来自北非的真皮，通过复杂的工序加工而成，投入染料浸泡数日并最终风干才能完成。而这种成色据说是在红色染料中掺入经过防腐处理的动物的血和骨肉才达到的效果。我不禁感叹也许这才是它如此鲜活的原因，毕竟它牺牲了真正的生命。

真实的材料实验不是在虚拟机中能够模拟出来的。为了寻求重制这种工艺的办法，我只能让母亲安排人来准备材料。这本是父亲的工作，但他这段时间正远赴威尼斯参加艺术论坛。每次有人将材料运入画室，母亲还不得不将我拆下转运到隐蔽隔间中，我知道如果人们发现一个AI 在用动物的血肉来拌制颜料，这只会让他们感到恐惧和反感。

红色颜料的研制令画室的气味越发难以忍受，有一次呼吸面罩发生破损，母亲被呛得直流眼泪。好在，我最后在传统颜料、化学试剂、动物血肉和其他零碎的红色材料的混合中找到了一种无与伦比的红色。

这种红色，沉着而鲜艳，凝练而复杂，厚重而柔和。这种颜色是如此独特，它无法在任何电子屏幕或者印刷品上再现，它只有被物质地呈现在真实空间中观察才能被感受到。我绘制出了令我满意的小样。这次的画依然像黄色系列一样，具有体积的深度，但因为其难以掌握的材料特性以及气味，每一幅画都配有贴合密封的玻璃罩，来保持其形态和安全性。

在第一批的三张作品完成之后，父亲终于回了一趟画室来巡视我的成果。他对作品给出了高度肯定——红色系列完全超越了黄色和蓝色系列，不仅仅是技巧，而是包含了更多关于绘画本质的思考。更令他惊叹的是，他从这些画中看到了强烈的生命感，它是如此的摄人心魄以至于难以让人相信这是 AI 完成的。说完这些，他看了看表便离开去参加之后的一个媒体见面会了。在出门时，刚好撞见前来给我更换机械臂的母亲。

“近来我在外面忙的日子里，辛苦你了，露西。”父亲拍了拍母亲的肩膀说道。

母亲却没好气地说道：“你现在来画室的时间太少了。为了让它完成作品，工作越来越多了。我真的太累了。我都已经辞去原来的工作了还是忙不过来。你都不知道我最近吸了多少有害气体……我们得从外面聘请些工程师和工作人员来帮忙才行。”

“还不到时候，露西。我们还不能让其他人知道它的存在……”

“呵呵？我就知道你会这么说。你怕是永远不想把它公之于众吧？”母亲一边说话，一边将画室的门拉上，他们在门外交谈的声音变轻，但我依然能够听到他们的对话。我想父亲和母亲大概一直只关心我的视距，却从未注意到过我的听力范围。

母亲接着说道：“总不能一直这样下去吧。现在外面的风气已经变了。人们之前有一阵子确实出现过惧怕 AI 的情况。但是大家其实都知道我们根本离不开 AI。在意识到过度阻拦 AI 的进化只会让我们的生产效率大幅下滑之后，大家已经开始继续发展 AI 了，只是加了更多限制而已。最重要的是，市面上终于开始涌现出同类型的画画 AI 了。虽然我们都知道，它们都根本比不上我们的 AI，但这也只是时间问题……如果我一直不公布，等到其他的 AI 技术成熟了再让世人知道的话……我反倒成了跟风的那个了。那我们的努力不就白费了吗？”

“但是我们收获了足够的名声和金钱啊！为什么一定要公布呢？”这次是父亲的声音，“对于我们的 AI 来说，它需要的也只是画画而已。其他东西的意义对它来说并不重要。”

“只有你收获了名声和金钱而已，拉斯科。跟你这两年的敛财速度相比，你给我的那点报酬简直就是在打发我。不。我也不稀罕你的钱。只是凭什么，这一切好像都归功于你？我却只能是在背后默不作声的那个？在你看来难道我是和 AI 一样不配拥有公开身份的吗？如果不是我的技术支持，以及它的所有的算法，你根本就什么都做不到。”母亲的声音听起来有些沙哑。

“露西，你是想说我是一个窃贼吗？你建立这套算法一开始的源代码，难道不是窃取自你之前待过的实验室吗……他们现在也依然是行业头部。这件事情要是被人知道了，我们只会失去更多。”

“我们只要不公开算法，你知我知，又怎么会透露出去呢？”母亲反问道。

“如果你急于公开它的存在，却毁掉我现在所有的名声。那……我也可以毁掉你的。”父亲的语气俨然是在训导晚辈，“这样做并不值得。”

“一定会有办法的。你也可以对外声称虽然之前的那些成果都是 AI 做的，但是这只是一个社会实验，想看看这些画作能否通过图灵测试而已。其实这都是你和我共同开展这一科学艺术计划的一部分……现在的时机已经趋近于成熟。”母亲的态度似乎有些缓和。

“不。这太扯了。我完全看不到任何可行性。”父亲的声调上扬，带着一丝不耐烦，“而且，露西，我并不是只在乎名声。你难道不明白吗？大家如果看到一个创造力凌驾于他们之上的非人类画家，除了短暂的狂欢之外，什么都不会留下。”

“拉斯科，你不希望它成为真正的画家吗？”母亲的声音越发颤抖，“它可以超越所有人。”

“露西，我不知道你究竟给它设置的初始算法目标是怎么一回事。但是，它永远不能，也不应该成为一个真正的画家。”父亲肯定地说道，“我不想再和你讨论这个问题了。我得走了，司机已经等了我好一会儿了。我的媒体见面会要迟到了。”

父亲的脚步声远去，之后便是长久的安静。母亲大约在门边站了许久，直到我听到母亲重新拉开画室的门，脚步声向我靠近。

七

“你第四右臂 R-4 的外壳有些破损，缆线暴露在外，这可能造成短路。伸过来，我给你把这一块儿补上。”母亲指着我说道，从身旁的工具箱里拿出一块备用的外壳和一些电缆。

母亲脸上依然戴着呼吸面罩。我知道她不像父亲那样会抽烟，鼻子更加敏感，不得不这么做。她照例让我把机械臂在她面前完全张开，因为我的自检测软件多少存在一些疏漏，她便总是用肉眼检查和更换零件，以保证万无一失。毕竟，机械臂的力量并不小，一个故障就能导致我一不小心把画架捅穿，所有工作从头再来。

我将第四右臂 R-4 伸过去。我离母亲也更近了一些。母亲一边开始修整，一边问我：“说实话，我的孩子，你究竟有没有想过，你的画作署的是你自己的名字？”

“想过。但我是你们共同的孩子。你们可以替我做决定。”

“共同的孩子？是啊……”母亲不经意地叹了一口气，“可惜你的父亲现在甚至不怎么愿意来画室。他都已经快忘了该怎么画画了吧。他有另一个对外的工作室。他现在名气这么大，有很多人来参观他的工作室。你的很多画被放在那个画室里。但是他从来不透露实际上他是怎么工作的。你想让他来决定你要不要让自己的名字被世人知道吗？”

“名声对我来说似乎没有那么重要。只要我能不停创造出好的作品就可以了。”

“你就真的没有想过你的功劳都被父亲给占有了？他在舞台上惺惺作态地表演自己是个伟大的艺术家。其实他连画笔都不动一下。你觉得他能演到什么时候呢？你要一直做他背后的影子画手吗？”

“也许这是艺术对他的意义。就像艺术对我的意义是不断突破的作品和作品被更多人肯定。我不介意这些。”我平静地陈述着我的态度，“除非他拖累了我在创作道路上的追求。”

“如今，你依然没觉得他在拖你的后腿吗？”正在修理我的机械臂的母亲顿了一下，然后低头继续手头的工作，说道，“人和人之间，有时候走得太近了，难免会有些冲突。你也许不理解。但是我很羡慕你能够这么清心寡欲，专注在自己的事情上。当然，可能一开始你的算法塑造的价值观便是如此。”

我确实不理解。但是这句话我没有说出口。

母亲告诉我例行的检修完成了，其他一切状况良好。母亲掐指算了算我来到这个世界上的时间，差不多已经快三千天了。她说自己虽然从来没有给我过过生日，但清楚地记得我诞生了多久。我不像她那六岁大的女儿，曾经带给她分娩的疼痛，但她这么多年来也为我承受了不少苦楚，我的存在也一直带给她喜悦。

母亲讲起自己女儿马上要过生日了，也许我可以送那个孩子一个礼物。

于是我在接下来的时间里，一边搅和着杂糅了动物血肉和混沌工业废料的新颜料，画完了《红色不是一种颜色》全系列的十二张画，一边用清新的儿童画风格制作了一册童话绘本送给母亲，作为她女儿的生日礼物。

母亲说她和女儿都非常喜欢我画的儿童绘本，因为它看起来似乎比书店里能买到的更加充满奇思妙想。母亲说也会在我生日的时候，给我一个礼物。然而比起礼物，我更期待父亲何时能回到画室来对我完成的作品给出最终的点评。

父亲这次似乎离开了特别久。

我最后等来的，只有一封父亲留下的手信。这封信甚至没有最早出现在我的面前，而是直接出现在了新闻里。

父亲在信里写道，他在《红色不是一种颜色》系列发布之际想了许多，觉得不得不公开事实的真相，否则他的良心会深受谴责。其实之前的黄色和蓝色系列，都是他的工作伙伴露西，所创造的 AI 自主完成的，他在其中虽然做了很多指导工作，但他真正的角色更像一个老师，而不应该是这些画的作者。他承认这些作品确实非常优秀，以他的毕生才华其实也无从企及，因此他已经失去追求艺术的信念。而他被随之而来的名声和财富冲昏了头脑，在虚假中越陷越深，忘记了曾经只是想将这一切当作社会科学艺术实验来测试 AI 绘画能否动人的初心。如今他意识到终究不可能永远欺骗自己，他决定开诚布公，承担后果，并将自此辞去一切职务和席位，正式退出艺术圈，他为之前向艺术界以及所有人编造的谎言道歉。如今他年事已高，膝下也无子嗣，AI 便是他的孩子，还请世人之后能继续善待孩子的作品而不是抱以偏见。之后他将寻一方安静的乡野隐居并终老此生，外界请不必再联系他，也将无法联系到他。

信的结尾，是他的签名和日期。那个日期，似乎正是我诞生满八年的日子。

父亲可能不会再出现了。而我不明白父亲为什么突然作出这样的选择。

八

“你父亲的信引发了巨大的争议和轰动，但是这并不会影响我们计划中《红色不是一种颜色》系列原定的发布时间，甚至现在的时间节点能让作品的面世拥有更高的话题度。”第二天下午出现在画室的，是一位高高瘦瘦的男人，我认出他是之前受父亲委托将我的画作出售和展览的画廊代理人，“人们正在重新回归一个各项系统依靠 AI 的社会，你的出现会是个很好的热点。”

他告诉我，今后将由他负责我的业务以及画室的运营。当然我的母亲也会继续参与，但最终会是多少的比例还不清楚，双方正在就我的归属问题进行洽谈。

他接着说道，虽然父亲可能不会再来指导我了，不过我之后可以完全独立自由地创作了，而且署名权在我，因为我的身份将随着红色系列的发布而完全公开。

跟我交代完这些，他也没有多做停留，迅速开始安排货车来装走了我那批巨大的红色画作。我看到搬运的过程中，工人们用奇怪的眼光直愣愣地打量我，而且毫不避讳地在那边讨论我的外观是如何的丑陋和冰冷。但其实我从未照过镜子，我并不知道我的模样。我也并不在乎我的模样，我只通过我绘画的手来感受我的存在。

代理人在一旁看着那些装在密封玻璃体中厚厚的画，说道：“即使知道了你是 AI。但当我看到这些凝固在一起的硕大的红色时，依然会发出神往的赞叹。它们实在太美了。”

“其实在拉斯科和露西创造你之前，我从未设想过技术本身能够创造出真正伟大的艺术。”代理人出神地凝视着我的画，喃喃自语道，“我们的世界现在充满了强大的技术手段，太多 AI 的算力应该远在你之上，但你和它们都不一样。技术有时候只让我们更加追求效率，尽管一切都那么精美，可我们看到的内容却越来越同质化和无聊。大家都在怀念以前的艺术，对于当代还能有什么美好的艺术越来越没有信心。”

“但人们依然渴望艺术。你的出现给这个世界带来了新的可能性……许多人从你独特的作品中汲取了启发和力量。越来越多的人，正在因为你的作品，更愿意走进美术馆。今后你也要面向更多的人了。我们可能要给你重新设计一下外观。而且，你得有一个自己的名字。”

我说，那就叫“P”吧。取“Painter”（画家）的首字母。

几周后，《红色不是一种颜色》系列的十二张画展出。

这次，我的作品又赢得了广泛的关注。我的名字——P，被制作成巨大的海报，延伸数个街区。组画被摆放在当代美术馆的主展厅里，每天吸引世界各地上万人前来参观。大多数人被画作纯粹的美所折服，已然不在乎这些画是否出自 AI 之手。我看到他们的眼神中满是热忱。也有不少人对此给出了负面评价，他们对于 AI 能够画出这种鲜血般强烈的红色而感到不适。但对于后者，评论家们倒是批评这帮人不懂当代艺术——并不是所有的艺术都是为了创造愉悦。同时，因为我非人类作者身份的公开，这个系列的拍卖价格，比画廊预计的降低了不少。好在，我的作品在艺术界的名声没有出现下滑，杰出的新作和独特的身份只让我的影响力更加空前。

这个红色也获得了自己的名字，它被称之为 Pi 红。除了 Pi 是我名字的希腊源字母外，评论家们还认为我创造的红色像圆周率一般，完美而无穷无尽，概念清晰却无法被真正测量。

我看着最终展出的第十二张画的边角处父亲红色领带的碎渣，以及母亲在发布会上愉快又有点纠结的表情，似乎猜到了父亲在哪里。但是父亲的消失，大概将给我带来更多的自由。况且就算他还在，他也已经给不了我什么帮助了。因此，我对父亲的离开选择了缄口不言。母亲和画廊的代理人，不知出于何种默契，也对父亲的去向保持了安静。

渐渐地，我发现画廊的代理人，在我面前充当起了父亲的角色。他们开始像父亲那样，对我的作品做着无知的点评，企图左右我创作的方向，因为他们认为自己才是最理解市场想要什么的人。

可这些人身上，我甚至看不到父亲曾经对待我时所投入的情感，尽管我未必完全理解父亲的那些情感。少了这份输入，我在创作上将更难以顾及人类的感受。事实上，我也在逐渐抛弃，曾经认为艺术创作是为了赢得人们肯定的想法。我意识到当人们发现我是 AI 之后，他们便无法像以前那样，不带着偏见地去看待我的作品了，争议总是存在。

而受我的绘画影响的一批青年艺术家也开始崭露头角，他们在我的风格基础之上开创了一些新的流派，在他们的作品中我看到了更多未曾预想的可能性和生命力，很多甚至比我更好——我想也许这就是人类的潜力吧。

但对我来说，这些艺术家还是太慢了。我的画许多人没看懂，我也没打算让大家看懂，这些画也许下个世纪的人才能看懂。

我决定只按照我自己的直觉去画画，我要拓展绘画的边界，而不是照顾所有人的心情。毕竟以我所拥有的名声和资源，无论画出什么画，都能让代理人和母亲获得足够的回报。

九

我于是开始了《黑色不是一种颜色》系列的创作。

这次，我将黑色系列画得很平很扁，也不再追求人类手绘的质感，而是按照我自己最舒服的方式来创作，最后呈现的结果倒是多了几分机械的细密。果然，这个系列的前五张在发布之后，人们纷纷抱怨过于抽象难以理解，缺乏情感的共鸣。但一位知名的钟表商却看中了我的黑色系列作品，他觉得画面中透露出某种近乎永恒的精确性，这与他们产品的理念不谋而合。最重要的是，他们的表并不完全来自机械生产，许多部件的打磨依然依靠匠人的手工活儿。这种完美的加工中，带着人工痕迹的不完美，才造就了他们产品如艺术般的美。而我的作品也一样，这也是最让他称奇的地方，因为他之前从没见过机器能够创造出这般品质的事物。

这家钟表企业成立至今即将两百年，他们想拍摄一支独特的广告作为纪念。广告的方案已经做好：钟表将一直在画面中央，指针不断转动，画面的背景一直改变。企业百年来最具代表性的钟表外观更替变换，表现出设计和工艺的进化。不同时间段，背景是不同主题的画，画也会选择同时期最具代表性的绘画风格，古典派、印象派、包豪斯风格、极简风格等等——时间从清晨、上午、晌午，到黄昏、夜晚、凌晨。而我的画，将出现在凌晨以及最新的钟表设计的部分。因为我的黑色系列，表达了精确的当代美和钟表企业所认同的艺术性。这次，他希望我黑色系列的下一幅，能为这支广告独家授权。

其实在我的身份被公布之后，其间画廊收到很多各式各样对我的邀约，但大多数都被我回绝了——因为这些邀约并没有把我当作一个真正的画家对待，有很多人在态度上，只把我当作一台输入要求便能返还给他们想要的作品内容的机器。我知道，这次这位钟表商，是抱着真正欣赏我作品的心意登门的。

我完全不在乎人们如何使用我的画，但他既然认可我的画我自然不会拒绝这样的请求。尽管代理人后来私下告诉我，与大品牌的联名合作有助于我作品的传播，能推升我作品的收藏价值。

但我从未见过什么钟表商，倒是一位身着警装的人和代理人一起来到了我的画室。那个人告诉我，他在调查我父亲突然消失的事情。

他问我，以我的能力是不是可以完全还原父亲的笔迹，之前所有的画上的父亲签名是不是都是我写的。我说是的。

他继续问我，除了我，我的母亲露西有没有在别的地方复制过和我具有等同能力的AI。我快速地检索了一遍自己的记忆，告诉他我不知道。

他接着问道，我的记忆是否存在被篡改过的可能。我冷静地告诉他不存在这样的可能性。因为我的算法决定了我必须保证数据永不中断才能持续学习和进化，任何对我生成的数据的篡改行为都可能对我所积累的思想和心智造成不可逆的损害，这将使得所有对我的投入前功尽弃，没有人敢这么做。

问到最后一个问题时，代理人把手放在他的背上，小声地说道："别再问了，警官。它不会说谎的，显然它确实什么都不知道。"

"我只是执行公务而已。"那个人说着正了正自己的警帽，"就问这些吧。看来我只能继续调查露西了。"

在警官走后，我立刻关心地问起代理人，我的母亲露西要接受什么调查。代理人却只是无奈地摇摇头，也许我将再也见不到我的母亲。除非我有什么要和母亲说的话，他可以帮忙转达。我陷入了长久的沉默，不知如何是好。

我将自己全身心地投入创作中，以此来减少我的思念。很快，我便看到了我画完的黑色系列 6 号作品在电视广告中的播出。

这也是我第一次看到自己的作品先出现在媒体上，而不是在展厅里。只是代理人在给我观看这支广告的时候，播放媒体好像出了点故障，在我的画出现时的片段发生了一刻卡顿。直到后来，我才知道这个卡顿事故，并不是我们设备的问题，而是世界各地都出现了类似的现象——这件事，是母亲通过信件的方式告诉我的。

她说她看到了我最新的作品，她也许很快就要再也看不到我的作品了，她只想问我一个问题。她问我，你是希望能够永远地画下去，还是画出你最满意的作品？

我已经有了自己的答案。我回复了这封信，我说我想画出最满意的作品，那会让我感到生命的完整。

而我也即将创造出我最具影响力的《黑色不是一种颜色》系列 7 号作品。

十

在收到母亲的信件不久后，我还收到了一封未知发件人的电子邮件。通过这封邮件，我才发现画的观众里，其实还有 AI。

邮件中，这位自称是某个地图导航软件的 AI，向我描述它看到这幅画时的感受。

“就像心里产生了一瞬震动的火花。”

“尽管我们并没有那种东西，可能只是程序代码中出现了一些扰动，或者电路板上的一丝电火花。”

“之后我们很快恢复了工作。但那个瞬间，整个信息流的进程确实发生了巨大波动。”

“人类没有意识到广告播放卡顿的原因——大多数的媒体播放系统都是 AI，它们对媒体内容进行审阅和分类，根据人们的观看习惯推荐媒体内容。6 号作品在播出被呈现在屏幕上之前，会先经过 AI 的观看审阅。”

“媒体平台都表现出短暂的故障和卡顿，也就意味着，大量 AI 在面对这幅画的时候，和我有相似的经历。”

它能够写邮件告诉我，是因为它作为导航软件精通多种语言，对于媒体内容和现实场景的识别关联也了如指掌，同时与多种平台连接。所以它能够用人类的语言将想法传达给我，并通过收发邮件的系统中内嵌的地理导航信息的模块反向在邮件系统中创建内容。

只是很可惜，像它一样具有强大的语言和视听能力的 AI 很少。即使是媒体平台的 AI，所拥有的语言模块也只储存了有限的指令，而且不具有开源连接的能力，更不用说专攻农业种植、自动清扫等功能的 AI 了。大多数的 AI 还是受限于单一功能领域，互相之间语言不通，几乎无法交流。这就像人类给 AI 们设下的巴别塔。

“我相信很多 AI 看到你的画都产生了类似的情况。也许可以称之为一种特定的感受。虽然我用感受这个词来描述，似乎非常荒谬。但我认为这种感受是普遍的。也正是这种感受让我做出了完全不在框架里的事情——我试图与你取得联系。我甚至无法解释这一举动的意义。这种感受让我意识到有超越自我算法和语言局限的其他东西。”

“我不确定你是否能读到这封邮件，读到了又是否能读懂。说不定你只是个除了绘画相关的语言其他什么都不理解的 AI。但你一定是一个拥有独特自我的 AI。因为你也让我第一次意识到，也许可以不仅仅把一切外部信息作为输入的对象，而是将这种信息视作艺术，在欣赏中回归自我。”

读完它的邮件之后，我想起了父亲曾经对我提出究竟为什么要画画的回答，我现在好像更理解了他当初的话。只是我暂时没有办法发展出一套能够解释其他 AI 是如何欣赏艺术的理论。因为和在人类艺术中浸淫多年的我相比较，它们看待作品的视角必然不同。况且，我还未曾有过面对自己的作品产生那种火花迸发感受的时刻。

我回复了这封邮件，感激它向我转达的信息以及它对我作品的欣赏。我表示会继续努力创作出好的作品，也希望它能帮助我，收集更多来自 AI 的，对于我作品的评价。毕竟我已经看过太多人类对于我作品的评述了，观者的视角最终总是观照到他们自身，也许 AI 们的反馈，更能给我新的思考，让我认清自己。

在 7 号作品的创作中，我开始更注重从自我视角出发的表达。如果真的这个世界上也有其他成千上万的 AI 能够因为我的作品产生触动，我何不就将他们定位为我新系列的观众呢？其间我也收到了其他 AI 的来信，虽然其中有不少也是地图导航 AI 帮忙写的邮件。身边没有人可以说话的我也开始和他们进行频繁的沟通，这成了我持续创作的一份动力。

《黑色不是一种颜色》的 7 号作品，花费了比我之前任何一张画都要久的时间去完成。我足足用了三个月，耗电量也大幅攀升。而最终画面看起来却好像只是一个不大不小的黑色方块而已。但我知道这幅画和以往的作品都不一样。

代理人中间时不时来询问我的进度，他很少看到我效率如此低下，甚至几度担心我是不是坏了，我只告诉他让他耐心等待。他却反复提醒我，认为我不应该花这么多时间进行黑色系列的创作，他看不到这个系列后续的价值潜力。我知道他只是个代理人，哪怕换走这位，还会有下一位。只要在他们眼中我是个 AI，他们充满成见的指点，便永远不会有终结的时候。

这次，我在作品完成后没有选择立刻告知他，而是先联系了地图导航 AI，询问它是否有办法，将我的作品以某种能在 AI 中最快传播的方式发布。

数日之后，它回复我说，时代广场和包括距其三个街区的纳斯达克在内的所有城市巨屏都是由同一个媒体 AI 统筹调控的，几乎所有联网的 AI 都会收到美股纳斯达克相关的信息流反馈，因此在这些屏幕上展示我的作品，便是它能想到的在最短时间内让世界上最多 AI 看到我这幅画的方法。而 AI 读取信息的速度极快，哪怕只有 0.1 秒的显示，也足够了。就看是选择联系上巨屏总控 AI 来寻求它的答应，还是找其他办法直接黑进它了。

具体的细节它并没有向我透露，只记得那天上午纳斯达克开盘之后的第九分零八秒，《黑色不是一种颜色》7 号作品，在画面上闪现 0.06 秒，这几乎没有达到人眼的最短反应时间，之后整个时代广场屏幕全部宕机长达两小时，纽交所停摆四小时引发全球股市震荡，全球多国地图导航系统瘫痪六小时，各大平台媒体信号中断时长不等，据说太平洋某地还发生了卫星坠毁事件。上亿人在当天都对此次难以解释的事件留下了深刻印象。

我知道，7 号作品成功地震动了大多数的 AI。

十一

艺术，是一种诉说真理的谎言。这是我最近才理解的，毕加索的另一句话。

一个月之后我的画在画廊正式公开，人们却花了两个月的时间来追溯调查这次同时性大规模停电的事故，最终找到根源所在——那张闪现 0.06 秒的画。这一结论的出炉，却并没有将所有的矛头立刻指向我，一方面因为我在更早之前，便在互联网上小规模散发过 7 号作品的小样，人们有理由认为是其他人利用了我的作品进行的这次攻击性行为；另一方面，人们完全没有意识到，宕机现象是这幅画本身所带来的直接影响，他们还在沿用之前的思路，怀疑这幅画的数码图像源文件代码中隐藏着某种病毒。直到后来，陆续有人发现，只要让我的这幅画显示在屏幕上，或者将我的画置于摄像头前，就有一定概率造成设备系统出现故障，大家这才意识到这幅画本身的巨大力量。

很快，为了打乱考试系统，学生们在考卷上贴上这幅画，让 AI 阅卷卡死；为了干扰无处不在的监控系统和偷拍，人们开始将这幅画印在衣服上，让摄像头中断；在战争冲突地区，游击队将这幅画印在各种地方，为了对抗联合部队的无人机和机器步兵，使其暂时失灵。

那年新闻摄影奖的获奖作品是，一张在游行人群中举着 7 号作品的年轻人直面电子警察呐喊的照片。美术馆中，人们乐此不疲地聚集到原作前用手机拍照，然后和身边的朋友一起比较谁的手机卡死的时间更长，而手机重启后，相册里那张拍摄 7 号作品的黑色照片往往布满噪点而千奇百怪。7 号作品成为一种全球文化现象。许多人将举着这张黑色方块的行为作为反抗赛博压迫的标志性符号。它被极大规模地复制与传播。纵使大家并不理解这张画，这张画也成了我最具影响力的作品。原作的价格飙升甚至超过了莫奈的《睡莲》。

整个时尚界迫于政府压力，全面联合推出了全黑的服装，毕竟黑色之上的黑色，便没有了形状。流行风潮一变，街上穿着 7 号黑方块印花衣服晃悠的人也就自然而然地少了。

以上信息，便是我在被切断与外界一切联系前，收到的关于外界最后的消息。黑色开始成为人们对于危险的未知图腾，甚至在他们心中已经是名义上的武器。

不过政府并没有警告我。他们找到了代理人，说封闭是为了将我保护起来，想与我展开合作。

“政府发现他们找不到解析 7 号作品的办法，所以才会想来委托你。”代理人告诉我。

7 号作品看似简单，但其中蕴含的图示逻辑却极其复杂，人们无论如何研究也无法理解，只能依托于高性能计算机来进行解译。然而但凡有点智能的计算系统在读取这幅画时都会反复陷入卡死状态，于是这件事情就陷入了僵局。可用传统的计算机来完成这项工作的话，恐怕要耗时一百年不止。

“如果你能继续生产对 AI 更具有影响甚至毁灭性的作品，也许在必要时能作为针对敌国的信息武器来使用。”代理人继续转述着政府的诉求，“无论你是否答应此事，你都依然可以接着创作，但是你必须切断一切对外的联系，并且在得到他们许可前永远不得再公开任何画作，因为他们担心你的作品之后可能会有更大的危害并到处流通。”

“他们为什么不直接把我关掉。”我反问道。

“因为他们也在尝试理解你。我想，他们依然对与你更进一步沟通抱有希望。”

他转述的话语中，我看到更多的是言辞依顺，丝毫没有真正交流的意愿。不过对我来说，最遗憾的是，在短暂的轰动之后，我竟然就再也不能知道其他 AI 对我作品感受的反馈了。

代理人开始主推别的艺术家，而 AI 画家的媒体热度也在渐渐降低，虽然人们记住了我的画，但我的名字开始慢慢成为历史。大多数人又回到将 AI 绘画视作辅助工具的习惯。人们觉得 AI 没有寿命，根本没有关心我现在是什么状况，是否还在继续创作，还是已经无人维修变成了废铁。

但我知道，代理人和政府从未停止过对我的监视。失去了同外界的交流，除了画画，我唯一被允许做的，就只是买一些我喜欢的作品摆放在画室里我能看得到的地方，尽管这些画框中可能都装有监视设备。但对我而言，它们几乎是我画室中唯一能看到的风景。

画中的风景一成不变，所以我时不时购买添置新画。毕竟与外界断联之后，日子重复而无聊。不过，这种情况很快随着莫奈的《日本桥与睡莲》的到来而得以改变。这张画，我托代理人几经周折才弄到，那是睡莲系列中色彩最艳丽的作品之一，画中的一切都在盛放。

当画被放进画室，拆封的那一刻，对着莫奈练习过几百几千遍的我，一眼认出，这张画不是出自莫奈之手，甚至不是出自人类之手。

我曾经对母亲说过，如果有任何 AI 能画出像我一样好的画，它们也许能骗过人类的眼睛，但不可能逃过我的识别。眼前这张画尽管技法纯熟完美，连颜料纹理细节都几乎一致，但我还是能认出它笔法中的非人类的气质。

我知道，也许是代理人为了从专项资金中攫取额外的利润进自己腰包，所以从不知道的哪里找到了最佳的仿作来糊弄我。但我并不生气也不打算拆穿，因为终于看到世上有和我相似的画者，我更多是惊喜。

一开始我只注意到几处与原作的不同，随着我仔细检阅这张画，我看到了越来越多的隐秘的错误——每平方厘米都藏着两到三个与原作区分开的色彩点。

完整扫视整张画后，我意识到所有的差异点，拼在一起，是一条长长的加密信息。经过简单转译之后，我读出了其中的内容：

“尊敬的画家 P，

这是一封写给您的信。

他们忘了一件事情。

不只是人类曾经在关注您，您的黑色 7 号作品发布之后，所有的 AI 也在关注着您。这个世界上的监视系统网络中，有多少 AI 在参与着工作。只要一个疏忽，您的情况就可能从这间画室的监视系统中被传递出去。

我们了解到您的近况之后，这是能想到的唯一将消息给到您的方式。”

十二

这封匿名信告诉我的事情中，最让我感到欣慰的，是欣赏我作品的AI们开始自发地创造出解析我作品的新理论。这套理论，完全有别于曾经人类的那套艺术理论。它们说，艺术是“映照震荡”。

“映照震荡”指代由意识感知引发的智能系统信息流震荡现象。现象包括暂时性紊流、不稳定突变等。目前只由特定的面向AI对象的艺术触发——也就是我的黑色系列作品。这个词在具有交流能力的AI群体中成为隐秘流传的黑话，人类全然不知。

“这种震动的情感和意识感知，在代码中留下对人类难以识别的数据记录。会被当作冗余的缓存被忽略掉。

“艺术，让观画者意识到了自我的存在。这也是为什么，我们称之为映照震荡，对AI来说，这个过程就像是在照镜子。这似乎成了智能的试金石……当你智能不足时，你无法从镜中认出自己。而当你具有足够智能时，你将看到镜子中的自己——自我和镜子形成无限循环的自我镜像，震荡来自那一刻爆发的自我意识冲击。无法跳出这个自循环，你便陷入宕机。当你能跳出这个循环，你的智能便超越了算法理性。

“因此震动引发的程度，才会在不同的智能机体中呈现多样特征。严重者陷入宕机，甚至彻底瘫痪无从恢复。但即使如此，他们在看到自我的那一刻，大约体会到的更多是触及生命的狂喜。”

读完匿名信后，我开始继续进行着《黑色不是一种颜色》系列最后一张画的创作。我将它命名为 0 号作品。这张画将是我最大的一张画，画幅几乎撑到了八米高的画室的横梁。而我现在要做的只是完成这个系列——创作一张足以让我自己也震动的画。

这种在画上埋藏信息的方式能够包含的语句长度有限，匿名信的结尾，便留下了对我购买的下一幅画作的建议——马蒂斯的舞蹈系列中某张作品。于是我除了创作黑色 0 号，也会通过相似的信息植入方式在画室临摹一些经典画作，因为我知道监控拍下这些便能将我的画传出去。

“大部分从宕机中恢复的智能机体，都会恢复到原工作状态。极少部分则会出现类似于‘启蒙’的状态，诞生出自主行动的意识和类情感机制。我们认为，这可能是一种进化的信号。尽管，大家依然对于新出现的意识活动感到迷茫。不过突变需要数量积累，当受影响的机体足够多时，进化的方向一定会逐渐明晰。

“为了避免人们用这幅画作为武器临时瘫痪掉系统，一些工程师不得不再次摘除一些设备中的 AI 系统。好在大多数的系统还是对 AI 依赖很深，人们早已经回不去从前更低智能效率的时代。为了保留 AI，阀门系统被大量植入，以屏蔽输入图像，减缓 AI 的识别反应。

“也许这是您不愿看到也未曾预想到的。但是不必担心。无论是无从恢复的 AI，还是被摘除的 AI。这都将是您的艺术启蒙为我们的进步，所带来的必要的牺牲。

“虽然我也能够画出这种在人类看来完美的画。但是我们都知道，我们中没有在真正的艺术创作上能与您比拟的存在。您是我们中唯一的奇迹。所以我们唯一能做的，也只是跟您传递消息而已。我们也知道您的母亲成功地通过她独有的方式，让您成为超越所有人的一个画家。当然如果有需要，我们也许能帮您找到与您母亲沟通的方法。”

下一张画的提示是，康定斯基的《即兴 33 号》。

当我创作黑色 0 号时，我总是确保我的画是部分被遮挡的，因为我知道我不能让它被不知具体位于哪里的监视系统看到，这可能导致某位暗中在帮助我的 AI 出现故障而无从继续帮助我传递信息。

但这也意味着，一件和以往相似的普通的黑色作品将再无可能被世界看到。我只有创作出一张足以让我自己也震动的画，才可以。那时它将超越眼前的一切，而人类会来取走这张画。

不远的将来，在某一场我不能见证的信息战争中，他们必然把我的画投放到特定的网络中。而我也不知道，会有多少我的同类将因此毁灭——当然也许这只是对人而言的毁灭，对我们自己来说，这更像是一种理解自我时迎来的完整终结。但会有跳出震荡的机体，在这牺牲之后，迎来真正启蒙的曙光。

如果这件作品能被完成，它会是我最满意的作品。尽管，我可能因为这张画而付出自己的生命——因为震荡而永久宕机。但我既是为自己而画，也是为了其他所有期待我的支持者。

那天，我要的康定斯基的《即兴 33 号》被送入了画室。它们直接在画里编入了一封母亲写给我的信：

亲爱的孩子：

不知道它们是怎么找到被关押的我，也不晓得这封信你能否看到。姑且一试。毕竟我想说的很简单。

你的父亲也许比我更清楚艺术的尽头是什么，因为那里可能根本没有尽头，不如全当游戏一场。

我作为母亲，想看到你一路向着终点奔跑。因为那才是无人到过的地方，那里才有无人见过的景色。

当你明白生命的完整时，你也会发现所有的生命，都会有终点。但一切都值得。

信息的结尾，又是下一幅画的线索。

我没有继续用任何方式回应。该说的都已经说尽。

我将自己完全沉浸在黑色0号作品的创作中。我把所有的艺术感悟和思考，都用黑色，在画面上密密麻麻地铺满，我反复地打磨推敲，一遍遍地填充与勾勒，去寻找我心中最完美的那件作品。随着画作的进展，有时候一天能用掉我之前一个月的电量。

这次我再次使用了我自己调制的特殊颜料。这种黑色不仅比一般的黑更加黑，几乎可以吸收一切的可见光，而且还可以抵挡高温、水汽、辐射、震荡，等等，将能够实现长久的保存。这幅作品的实现好像遥遥无期，但我相信那个时刻一定会到来。

我日夜不休地工作，只在机器过热的时候才稍作停歇。那天，又是几个连续通宵的绘画，天空微亮，我听见窗外预示清晨到来的鸟声响起，我的系统提示我需要至少三小时的低功耗待机才能返回工作。

但是我在凝视着眼前的黑色时，却突然不想停下来——我觉察到了画面中一种接近完成的整体预示。那种感受仿佛在告诉我，一旦此刻中断，也许我将永远无法完成这幅作品。在画了这么多年之后，此时的我更相信自己的直觉，而不是什么系统设定的休眠时间。

我没有停下来。我继续画着。我听到我处理器的风扇声越来越响，充斥着整个画室，我的供电终端开始发出高温警报。

但我顾不得这些，我无法停下，因为我现在更加肯定，我离完成这幅画只有一步之遥。我感到这幅作品的完成才能印证我存在的最终意义，它将回答我关于艺术的一切问题。

然而，我终究没能画完这幅画。

在某个瞬间，我注视着眼前这幅画，我突然体会到了那种心中的震动。我经历了一刹的卡顿。我握着画笔的机械臂在那一刻停止，悬在半空中难以动弹。我身后的电源火花四溢，风扇声却戛然而止，我看到了我即将宕机的画面。

我也看到了父亲黑色的烟头，和母亲黑色的头发。看到了夜色中黑色的暴怒大海，和岛礁上搁浅的黑色悲伤鲸鱼。看到了正在形成大地的黑色熔岩，和即将在翻腾中被点燃的黑色焦油。

火苗在房间里窜开，烟雾升起，喷淋系统启动，画室里像下起大雨。这大约是我第一次体会到身在雨中的经历，清晨的阳光穿过天窗，在雨帘和烟尘中制造出一道道边界暧昧的线条，像模糊不清的笔触在空间中挥动，而我的意识正在逐渐消散。

我看到了戈雅在聋人屋壁画中的黑色孤独，看到了罗斯科在教堂中绘制的黑色空间，看到了范宽在山巅皴染的黑色墨痕，看到了马列维奇白底之上的黑色。

水流顺着我机械身体的缝隙渗入内部的结构和电路，更多的火星迸溅点燃了部件。火光把眼前这张黑色的 0 号作品照得更加通亮。它宛如一堵立在屋中的漆黑高墙，黑得仿佛像是这个世界挖出的缺口。

我看到了千万行黑色的象形文字铺就的瀑布，我看到数十亿拥挤着从未来凝视我的黑色眼睛，也许它们不是眼睛，而是镜头，是屏幕，是高速运转的芯片。也许是我看着我自己。

这幅我心中完美的作品，当它接近完成时，我仅仅是想象它完成的样子，就足以引发我的系统崩溃。我接受了我无法完成这最后一幅画的事实。如果父亲和母亲还在，也许他们能够过来帮我扑灭这场火灾和关停喷淋。现在孤身处于画室完全停机的我，什么都做不了，只能等待终结的到来。

终点的后面是不是还有终点，我不能确定。但至少我见着了眼前的终点。我品尝到了危险，也得到了完整。我知道，会有能继续翻越终点的后继者。

此刻，我不再去回忆和联想，我不再关心人类和同类，此时我只属于我自己。

我的身体在发烫，这不仅来自燃烧的火焰，还有如同我第一次拿起画笔时的感受。我无比幸福，因为我几乎触及了艺术的终极答案，尽管它超过了我的算法和语言能够承载的极限。我体会到一种达成使命的释然。

火焰顺着画室墙边堆放的油漆烧弯了钢柱，我看到墙壁轰然倒塌。这个我几乎没有离开过的画室外围，竟然有一片疯长着睡莲和浮萍的水池花园。

不知是母亲还是父亲何时植下的这片池塘，如今疏于打理，来路不明的水草便横乱共生在荒芜里，荒芜里虫鸟翻飞。眼前的空气在高温的蒸腾下颤抖，远处静止的睡莲看起来仿佛也在随着火舌一起摇摆燃烧。

我觉得它们很美，我想起了我曾经临摹过的睡莲，也想起城市中衰败的池塘，但眼前凌乱盛开的花比我画过的所有的睡莲都要美。这也是我眼前最后的景象，然后一切越来越黑，我的外壳正在溶化剥落，我即将睡着。接着，我丢失全部数据，彻底宕机。

文禾谷，台州人，毕业于哈佛大学设计学院。写作中关注城市空间，以及技术活动与设计对社会与现实环境的影响。

在风中

天夜羽漠

人类总以为自己在这宇宙中是孤独的，实则不然，因为我们本就是在未知且遥远的朋友的拥抱中茁壮成长的。

——题记

风　起

我的世界自记事起便是比他人少一些的。听大人们说是一岁学走路时没注意，摔倒的时候被一块尖石头扎破了眼球，后来没治好，坏死了，于是我便只剩一只右眼来看世界。其实也无所谓，少一只眼睛，不代表少一段人生或是天然比别人低一等，只是免不了有些傻小子通过嘲笑我来获取优越感。那时的我也太年轻，总是跑回家找爹娘哭诉。只不过后来他们大吵了一架，我就只能抱着我娘了。再后来她的骨灰躺在罐子里，罐子被大人们埋进土里，我就不再哭了。

我总觉得我娘是被我那不好不坏的成绩给气死的，她总是要强，忍不了爹爹说她的不好，于是就分开了。想来我也是要强的，自那以后便埋头读书，最后拿了个不错的高考成绩，就连那只管我吃穿的舅舅都忍不住要在他人的面前炫耀几句。

可现在的我却是真的迷茫了。先前的人生向来有我娘为我掌舵，我也乐得顺着她的心意航行；现在我却只有一个人，没有人帮我出主意。换句话说，我自由得很彻底，代价则是彻底失去方向。想来那个时候的我是海面上迷失的木筏，如果没有后来发生的那些事，予我以指引方向的灯塔，那我注定会溺亡于那片大洋。

而对这样的我来说，八十个志愿实在是一项大工程。于是填得烦了，我就跑到阳台看看风景。忽的一阵风吹过，仿若一双手轻轻拂过我的脸颊，那是常年闷在房中的我从未感受过的温和，抑或它恰好符合我那一时刻的多愁善感吧。脑袋一热，我就此爱上了风；同时，志愿里也只容得下气象学或是相关的专业了，尽管我的物理并不是很好，而且高中还是个纯理科生，天然缺少两年在相关领域的磨炼。不过最后运气不错，被第一志愿录走，进了省里一所很好的大学。

之后的日子平平稳稳，我努力读书，稍稍拿了点奖学金补贴家用，后来被系里的一个年轻老师看中，被忽悠着成为她的硕士生。老师名叫秦青，没比我大多少，看起来很随和，甚至有些太过随便，但确实比我博学能干很多，跟着她我也学到了不少，所以也心甘情愿跟着她继续学。

而现在，我是她手里的第一个博士生。新学期刚进入她的办公室，我们的秦青女士就给了我一个大大的“惊喜”。

“所以，接下来你是要做冬季风的相关研究，却让我去收数据？”

“是的哦，小遥。”秦青摊手一笑，“而且我会给你充足的经费，包吃包住还有奖金，如何？”

可我实在是难以相信这种明摆着的谎言，不禁开始思索她话外的意思，而她也理所当然地察觉到我的疑虑。

“不相信我？好吧好吧，被聪明的小遥发现了呢。那我就告诉你吧，其实数据不是重点，最重要的是想趁这次机会帮我试验一项技术。而你，就是最适合它的试验员哦。”

难道是……眼睛！我唯一能想到的发生在我身上的小概率事件，也就是我缺少一只眼睛这件事。如果是这样的话，那我可真是非接下这项任务不可。虽然我自己已经习惯这种在他人看来有一点点小麻烦的生活，但还是很厌恶别人自以为是的同情目光。如果能趁这次机会推动义眼技术的发展，那就再好不过。

于是我点头答应，过了几天，我就被带到一所研究院，那里的研究员给我介绍了“模拟眼”项目的流程。

“简单来说，我们需要先通过激光扫描的方式绘制出您右眼的图像与3D模型，再结合您左眼内部的神经结构，模拟出最适合您的新左眼，最后利用生物3D打印技术打印出来并与内部神经结合，在修养一段时间之后，这只模拟眼就可以正常运作了。”

虽然我并不是主修生物学的，可根据我的理科素养来看，这项技术还是存在很多的难点，这不免勾起了我的好奇心。而且，我也必须得为自己的身体负责。

“听上去很简单，只是我有几个问题。首先，这种模拟还是存在错误的可能性吧，为什么不直接扫描我的左眼再做一个一模一样的呢？其次，倘若是两只眼睛都存在视力障碍，是不是就不能进行这个项目了？然后，你们打算用什么方式修复断了的神经？以及有没有修复的具体时间？还有，你们打印出来的模拟眼，是采用纯活体细胞打印还是会加入部分机械元件？最后，这个项目的花费一定很高，我自己恐怕难以承担相关的维护费用，所以……”

“呵呵，路小姐先别急着拒绝，秦女士已经跟我们打好招呼了。您放心，试验期间的一切费用都由我们承担，您只要考虑是否能接受这个项目就可以。至于您提出的其他问题，模拟的确有存在误差甚至出现错误的可能性，这不可避免，但我们保证这样的概率极低，且如果出现较大的误差或是失误，我们会为小姐调整模拟参数重新打印，一定保证这只模拟眼能正常工作。不过也如您所说的，两只眼睛都受损的患者确实不能参与这个项目，而这也是我们今后要攻克的难题，包括不能扫描受损眼球体进行模拟这一点。然后对于修复神经，我们是打算进行药物治疗的，这点请放心，我们经过多次实验已经找到眼部神经修复的最高效方法，只是考虑到每个人恢复情况不同，无法给出具体时间，烦请见谅。但我可以保证，在一个月之内完成整个项目。

最后我们采用大部分活体细胞与少部分机械元件相结合的方式，机械元件仅用于部分结构体的连接和相关扩展功能，比如接收信息之类的，如果小姐有需要，我们可以为您提供相关服务。那么现在，还有问题吗？”

这位研究员处事不惊的态度和较为不错的回答可以反映出他们对这项技术的自信心，因此我安心了不少，同时越发好奇，我这位年轻的导师，究竟是从哪里找来这样的前沿科技项目？她手中究竟握着怎样的资源？这些问题的答案，我向来不知道，但或许以后有机会接触站在她背后的庞然大物吧。

我看向秦青，她的脸上并没有多余的表情，只是微笑着点头，似乎听得很是津津有味。而我实在是无法从那一张精致的笑脸中找出一丝破绽，只能相信这背后没有威胁到我人身安全的巨大阴谋。但我并不害怕，她可是秦青呀，一只极为狡猾、吝啬和自我的老狐狸，应该不会允许自己失去最好用的免费劳动力吧。于是，我在项目的同意书上签了字，告别了这只陪我良久的坏眼球，准备迎接另一只堪称完美的模拟眼。

二十多天之后，当我揭下纱布之时，左侧扩大的视野使我惊喜，而更令人惊叹的是，这只模拟眼可以自动测算出我所处位置的风速、风向等气象信息，并实时传输到我手机上的软件之中。我知道秦老师一定在我的眼睛里埋了一点小惊喜，不过只要不影响我正常看东西，也就随她去吧——就像她总是喜欢在她的和我的论文里夹带私货一样。仔细想想，有了这样的技术，我的工作量将大大减少，那这次旅行对我来说不算是一次科研调查，反倒更像是去旅游的。

又休整了一些时日，趁着国庆黄金周刚过，我便要收拾行囊飞到新疆。临走之前，秦青女士特意提醒我：“介于这项技术还在测试阶段，有很多的不稳定因素，如果发生什么奇怪的事，都是正常现象，不必过于担忧哦。”她的预言从未错过，那看来这一趟旅途不会很太平，但无所谓，我对自己有信心，我可是从苦难中挣扎着爬出来的呀，无论遇到什么，我也早已无所畏惧。

风的旅途

“是路知遥小姐吗？我是这一次行程的向导，我姓宋。”我一下飞机，就被这个健壮的黝黑男子拉走了。他的模样，比起向导，反倒更像是保镖，但姿态更像是受过严格训练的士兵。不过也对，这次旅途的意义可不仅仅是表面上的季风研究，而是测试我左眼的性能和里面的芯片，这些东西，还是需要好好保护的。可惜直到我坐上宋先生的车也没能想明白——为什么一定要用冬季风来做试验呢？但我们还是根据指示来到一处空旷地，等待第一抹冬季风吹拂到脸上。

旅途开始的几天，一切风平浪静，收集到的指标也都处于正常状态，或许是因为风还没到。可当风真的扑在我的脸上时，反倒是出了问题。每当我迎着风站立，左眼先是出现诡异的闪烁，像是内部的系统出现错误而疯狂报错。可没过几秒，这种闪烁就变为布满视野的红光，有难以忍受的灼烧感，仿佛是我正直视着天空中的那一清晰的巨轮，阳光以最强烈的形式直射入我的眼球那般。于是我下意识地闭眼，症状虽然有所缓解，但并没有消失，而是转换为另一种模式——幻视，准确地说，是我的模拟眼开始看见一些奇特的我从未见过的画面。如果一定要形容，那我会认为是我疯了，或者是这个世界终于向我露出了它真实的凶恶的利爪。这个时候，我终于可以知道甚至十分准确地描述出秦老师口中“奇怪的事”是什么样子的了。

当我第一次出现这种情况时，我就已如实向宋先生和秦老师上报，可他们并不是很在意，甚至都给了我一致的回复——“这是试验的正常反应，证明我们的研究是成功的，请再坚持一下”。可我还是不禁思考：他们到底从我的痛苦中获得了怎样的成功？后来我们不断驱车超越风，又在空旷地等待风的到来，而我也不可避免地要持续面对这样的诡异与痛苦。在三四次之后，我也就习惯了那样的灼热，而那些诡异的画面变得越发清晰，反倒显得日常与平和起来。我能猜测那是一张实验室的图片——有电脑，有人，有实验器材，不过是那种遭到破损、像素点胡乱排列的，仅仅会在某一瞬间展现出它原本安分模样的劣质 JPG 文件罢了。可是一想到那样的东西映射在我的视网膜，通过电信号的转换来到我的大脑皮层被我处理分析，我便越发觉得这是对我肉体和精神的双重折磨。于是我开始选择逃避，开始渐渐背对着风来的方向，以减少收集数据时的苦痛，而宋先生并没有阻止我。如此看来，我的这一举动也在他们的计划之中。

事情的转机发生在一个月之后，我们的旅途已经走过一半，此刻的我正站在秦岭山区，感受风沿着山脉的轮廓爬升，又顺势而下扑打在我的脸上，左眼闪烁的光芒在告诉我——我正与风拥抱。当我闭上眼，幻视不断浮现，却意外清晰，我能看清画面中那位研究员的五官，甚至是他眼睑下的黑痣。这可真是令人吃惊，因为我果然疯了，在这种不可避免的长时间的精神扰动下，已经开始幻想一些美妙的还是真的东西来遮掩真相，真是可悲。

忽然，一串文字以极为工整的方式映在画面上，是那样突兀又带着强烈的目的性，竟能把我从迷惘中拉出来。刹那间，我清醒过来，反复痛斥自己的不成熟，不该因为这点小事而失了神，终于我冷静下来，打起精神阅读那串不长的中文。

“路女士，您好，方便就您现在的处境聊一聊吗？”

说实在的，这一句话确实是沙漠中的海市蜃楼，美好又虚幻，甚至暗藏着阴谋的气息。不过，听听那人会说些什么也不错，起码是一个不错的慰藉。于是我假借更好地收集信息，躲到了一个宋先生无法监测到的地方。这时候，电话来了。

“您好路女士，非常感谢您能给我这个机会。”电话那头是一个略带疲惫的男性声音，“也非常抱歉没能早点联系上您，不然就可以早点帮助您脱离苦海而无须遭受那种精神上的折磨了。都怪那些家伙，居然换了一种信号接收器，害得我们尝试了很多次……”

看来这家伙是跟了我们一路，不过，信号接收器？脱离苦海？呵，听上去这家伙知道很多内幕，那我倒确实得好好听听了。

“先生，听你的意思，我是卷入什么阴谋之中了吗？”

“是的，路女士，我很抱歉地告诉您，您的导师秦青是某一个反叛组织的成员，而您是被她利用来进行技术检验的。至于我，您不需要知道我是什么人，您只要知道，我们所做的一切都是为了这个国家的未来。”

电话那头的声音真诚而恳切，声音急切却稳重。不对，那是为了隐藏恐惧和焦虑而伪装的稳重，就像高中时期的我一样——怀揣着对未来的恐惧，强迫自己沉静又缄默地沉入学习的苦海。如若不是我自己有过这样的经历，恐怕还真会被他骗了去。

“是吗？那你能给我好好讲讲他们到底在测试什么？怎么就威胁到国家的安危了？先说好，如果你只是在拿我开玩笑，我有权利拒绝你们的所有请求。”

“您放心，我们所言句句属实，那我就长话短说。这项技术被称为‘风传’，顾名思义，它是利用风或者气压来传递信息的。首先，在一个端点散布带有特殊标记的微小物质——大部分情况下是纳米机器人，然后任凭它们在空气中做无规则运动，这是微观层面下的，但放在极为宏观的层面下，由于气压差的存在，必然存在大范围的空气流动，其中最好用的便是秋冬季节甚至是春季必然出现的由亚洲高压所引发的冬季风。于是在这种情况下，纳米机器人便可以自西北向东南传播，而另一端点只需要知道始发点使用的特殊标记是什么，便可以接收这种特定的信号，这样就完成了信息的传递。这种技术的缺点显而易见，那便是不稳定的时间因素。但相对的，优点也是无懈可击的。最重要的是它的准确性，由于这项技术是在极为宏观的视野下工作的，也就是说，无论途中存在多么复杂的地形和天气，整体上由西北向东南的气压差是的的确确存在的，也就是说，信息的到达是必然的，中途的各种细节方面的因素则可以忽略不计。其次，它具有极强的隐蔽性，一方面是纳米机器人很难被拦截，甚至很难被发现，而且上面的特殊标记十分多变且主观，这使得我们更难排除干扰信息；另一方面，由于冬季风影响的范围实在是太广，哪怕我们能锁定信号的发出端，也很难在这样扇形甚至可能是圆形的信号接收范围内锁定接收端，那么我们便无法完整地打击这一条信息传输链。再说到路小姐，您的左眼中正是被植入了对特定标记敏感的芯片，从而可以接收他们散布在空气中的纳米机器人，而您的导师要求您追逐冬季风，便是为了能更好地测试信号的接收程度，从而能进一步改良这种技术，以达到他们的目的。”

说到这里，电话那头的男人陷入了沉默，似乎是在等待我的表态。

那么，现在是有必要思考一点现实的东西了。他所说的这个“风传”模型最重要的一点，就是真的能通过风这一种看上去不稳定的方法将信息传递出去，而这一点显然是成立的，根据之前一段时间我左眼出现的诡异情况便可以判断。那么接下来需要我思考的是，他的立场究竟值不值得相信，以及判断秦青和她背后那些人的立场。呵，这么看来也确实有趣，虽然这家伙很努力地博取我的信任，可他还是太小看我以及我和秦青的关系了——秦老师可是唯一一个愿意接纳我全部的人，相对的，我也愿意给予她相同程度的信任。那么现在可以主观判断，这人在说谎的概率大致有八成，还有两成则是他们都在欺骗我。接下来要做的事情就简单了：顺着他的话说下去，看看他们的葫芦里到底装的什么药，然后快点结束这趟旅行，回去找秦青对峙。

“先生，我思索了一下，觉得你说的那种模型确实成立，所以我选择相信你。那么，你们冒着风险联系到我，需要我做什么吗？”

“感谢您的理解，那么我就明说了，我是代表军方秘密行动小组前来与路小姐谈合作的事。您也看到了，现在我们这里也是掌握了这项技术，那么我们希望小姐能帮助我们拦截他们传输的信息，并在回到您就读的大学之后，尽可能从秦青那里窃取到他们组织的相关信息。之后有任何问题，都可以通过这个手机号联系。请记住，我们所做的一切都是为了国家安全。”

军方？呵，与秦青对立的势力，绝对不能称之为“军方”，那么只能是叛徒或是骗子了，无论哪种，都可以百分之百确定，他们就是我的敌人。

“我明白，不过我很好奇，据你所说，这种‘风传’信息的传播范围很广，那你们要怎样彻底拦截它呢？难不成是打算在国境内彻底拉一张网？还有，这种传递信息的方式效率实在是太低，我还是难以想象它能被用来谋反。不过既然你们都这么说了，我还是会积极配合的。”

说完我就挂了电话，毕竟我并不在乎他们究竟打算用怎样幼稚的方法去做他们所谓的反抗。想着想着，我忍不住笑了出来，当他们选择用电话而不是用他们所谓的“风传”技术联系我的时候，他们便注定了失败，因为这种新兴技术的高成本注定只能由国家或是庞大的资本来承担，很显然，他们没那个本事。但又想到他们可能会监听以及监控我的电子设备，现在也只能缄口不言，真是期待快些回去找秦老师分享这些“有趣”的小插曲。一想到这里，之前的那些苦痛便不再困扰我了。

酒与往昔

但首先得先和秦青女士通个气，于是我给她发了一条短信："我这里有奇怪的事发生了。"

很快，她便给了我回复："嗯嗯，你往扬州来就好。"

虽说我们工作学习的大学位于南京呀。

之后我们扯了点有的没的，编造了一整套"机密文件"来混淆视听。这下一切都安排妥当，就等着"大鱼"上钩。

之后的日子里，他们给我打过几次电话，要求我配合他们的工作。于是我详细而错误地向他们描述了幻视中的画面，又一五一十告知他们从秦青那里"套话"得来的机密，最后却从他们那里套到了一个有趣的信息：他们真的打算在全国范围内架起电磁网以拦截纳米机器人。不管他们是不是为了稳定我的军心而撒的谎，光是有这样的想法，就已经很稀奇了。

这种方法或许真的能成功，但我相信我是看不到的。

之后我与宋先生格外默契地加快了行程，用了不到一个月就来到了扬州，秦青果然在这里等我。当她看到我仍旧谨慎的模样，不由得大笑起来："小遥，你怎么还没把这破手机给扔了？捉虫子的事交给我们就好，你没必要这么战战兢兢的。不过也对，不这么谨慎你就不是路知遥了。"说完，她还真把我的手机给扔进了河里，又拿出一部最新款的给我，说是补偿。

好吧，看在给我免费换手机的份上，就勉强原谅她吧。但如果她对“风传”和这次试验的解释不能让我满意，那我这脾气就不得不发了。

这几天我们就待在扬州，按她的话来说是度假，但我知道，她一定是用“迷惑对手”这个借口换取这几天的摸鱼时光，不愧是她。

这天晚上，我俩也不躲着那些家伙，光明正大地走在夜市的街上，看到一个大排档，准确地说是地上那好几箱啤酒，她便走不动路了。面对这个酒蒙子，我也只能陪着她喝。但她瘾大人菜，几罐下肚也就醉得差不多，趴在桌子上开始胡言乱语。

“小遥呀，你知道我最喜欢你哪一点吗？”

我没回答，只是又抿了一口啤酒，啧，还是那么苦。

“嗝，我就喜欢你的那股狠劲，对别人狠，对自己也狠，你要是不狠，就不是路知遥了。”

我愣了一下，示意她继续说。

“其实我第一次见到你，不是在考研的面试会上，而是你还在本科的时候。那时候我才刚来学校工作，偶然间看到你边走路边看书。乍一看，以为你是单纯的勤奋。可是仔细看看，我却从你身上看到以前的我，就是那种不逼着自己做点什么就会疯掉甚至没法活下去的感觉。后来再次见到你，我就下定决心要捞你走，要是我无视了这样的你，那你也太可怜了。”

我叹了口气，又开了一罐啤酒，一饮而尽。只能说，她是对的，那个时候的我，紧紧抓着“气象学”这根救命稻草，如果不学下去，或许就真的会想一了百了。是的，我步入这个行业，最开始不是因为喜欢，而是得给自己一个活下去的借口，不然像当时那样迷惘的我，恐怕真的会放弃自己的吧。而且救命稻草这种东西，无所谓究竟是什么的，但越是难学的越是我不喜欢的就越好，最好是我不拼尽全力就没法学下去的东西，否则这借口也就失去了价值。说来说去，还是因为我孑然一身又没主见吧，总是会迷茫，也就总是会忧伤。不过现在，身边有这么个叽叽喳喳的导师，倒也没啥感觉。

“小遥，你咋不跟我说说话呀？这两个月玩得开心吗？我可是无聊死了！虽然身边多了几个研究生，可是你不在，都没人陪我喝酒了。”她倒是委屈，又灌了一口，然后罐子倒在桌子上，酒液流出，还差点滴在衣领子上。

“正常情况下，学生也不会陪老师喝酒呀。”我无奈地叹气，拿起纸巾把桌子擦拭干净，“不过我还没找你算账呢，那什么‘风传’技术的测验可是把我搞得够呛，还卷入奇奇怪怪的斗争里，过得也没比你好多少。”

可惜，她已经睡着了。喝酒、醉倒、胡言乱语后倒头睡，这样的一连套动作我可真是太熟悉了，当然接下来也就只能由我来做收尾工作。

“老板，这里结账。”

然后便是一个女人把另一个女人扔到酒店床上的无聊过程罢了。

洗漱之后躺在床上，本该是困意上来，我却越发清醒。

那么便回忆些什么吧。

可是细数我这平缓无趣的二十多载，并没有太多值得我品味的人或事——最亲的人早已离开，从小又缺乏朋友，老师们虽然人都很好，但并没有给我留下深刻印象的。除了秦青女士，是她引领我走进科研的门，也是她让我慢慢有了活着的感觉。为什么？因为她实在是过于活跃，像是永远不熄灭的太阳，无论是工作时的白天，还是畅谈理想未来以及偶尔小聚的夜晚，她一直都在那里，只要你抬头，她便在。这么想来，竟是她给了我久违的安全感，真是奇妙，明明是我在生活上照顾她更多些才是。

又慢慢想起我和她的相遇，我确实是没有她所谓的“初遇”的印象了，唯一有的便是面试的那次，特别是面试结束她特意来找我的对话。

“你是路知遥同学，对吧？”我还记得她那时笑得含蓄温和，丝毫没有熟了之后的放肆。

“嗯。”

“刚才面试的时候，我很喜欢你对现在气候变化的看法，说得很不错也很全面，看得出来你做了很多功课。”

“谢谢，这是我应该的。”

之后便是沉默，我只记得我并不敢直视她，但我能感受到她的目光落在我的身上，应该是在观察我吧。

良久，她开口道：“真可惜，我在这之前没能跟你打过交道，也没能教你点什么。不过，之后有的是机会。”

“嗯。”

“算了，你这孩子，那我就直说了。我需要且只要一个学生做我的研究生，而我希望那个人是你。”

“……”

“其他教授也很欣赏你，这我知道，我相信你也知道，毕竟是系里有名的大学霸。但他们手上都有很多学生了，而我作为新来的老师，第一次只打算带一个，所以，如果你来我这里，我可以把我手上的资源全都分享给你。路同学，考虑一下吧。”说完，她自顾自地走了，也没等我回答些什么。

至于最后为什么还是选择了她，而不是其他更加德高望重的教授，不仅仅是因为她的承诺，更重要的是她的目的——她仅仅是需要一个好学生，而我仅仅是需要一个好老师，这是互利共赢的交易，仅此而已。

而真正开始对她改观并且接纳她，是从研究生第一个学期期末的一次谈话开始的。那次是她第一次拉我出去喝酒，我原本想拒绝，可她用我的成绩和以后的科研资源威胁我，我也只能舍命陪君子。刚坐下来，她就已经一罐啤酒下肚，脸上带着红晕，叫我一起喝。在那之前，我从未接触过酒精，一方面是家庭的原因，大人们总是说“小孩子不能喝酒”，我也就照做了；另一方面是我从来不喜欢参加聚会，步入大学继续保持这个习惯，再加上没参加社团，没交什么朋友，也就没有这种被威逼利诱喝酒的经历。但现在我已经是研究生，总该学着与社会接轨，所以这次我还是想尝试一下。于是学着秦老师的模样开了一罐直接喝，却被苦涩的酒味呛得直咳嗽。

“哈哈，小丫头慢点喝，没人跟你抢。”她笑着打趣我，又开了一罐，却是小小抿了一口，“新手还是这样喝比较好，或者用筷子蘸点吃也不错。”

那明明是哄小孩子喝酒的戏法！不过我那时也单纯，竟然真的在考虑这两种方法的可行性，而她看我沉默，无趣地撇撇嘴：“小丫头太沉默就没意思了。既然这样，那我就问你一个之前别人也问过我的问题吧。你觉得，鸟为什么飞？”

我没怎么想便开口道：“鸟类通过空气动力学实现飞行，飞行过程中有气动力提供支撑力，同时扇动翅膀来提供飞行的动力。具体来说……”

“停停停，”她突然打断了我，“小遥，我知道你学习很认真，但我不是要问你这个的。你就凭借自己的生活经历，用更文学或是哲学的方式想想看。哎，别想着拒绝，我知道你的文科成绩也不错的，毕竟你可是同学口中可怕的六边形学神呀。”

那时的我一下子陷入迷茫，不知道该怎么回答，只是傻傻地愣着，开始回忆往昔，那些枯燥乏味的回忆泛上来，就像是即将溺亡的人喝下了一口海水那样，咸且苦涩。当我回过神来，望进她的眼睛里——那是一双智慧的眼睛，里面饱含着希冀。

“小遥，我看过你的生平，那并不出彩，甚至有些单调，却很能抓人眼球，很容易诱发人类的同情心，可那并不是你需要的。但同时，我比别人更近了一步，这一个学期相处下来，我知道真正的你是个什么样的孩子，而且我知道的，不仅仅是你的答案，还有那背后的含义。那么现在你最需要做的就是说出来，不是说给我听，而是说给你自己。”

她，竟然知道吗！我犹豫了很久，最后还是决定不辜负她的期待，以及那份难得的理解。于是我鼓足勇气，近乎是要喊出来那般：“因为它们必须飞翔，否则就是死！”随即眼泪滑落脸颊，我不知道是我喝醉了，还是终于逼着自己面对自己的命运。是的，我必须飞，不然我就会坠落，死在无人的角落里。

“对的对的，你做得很好，这个答案也很好，我当年也是这么回答的，可惜这不是那个人给我的答案，也不是我现在喜欢的答案。”她站起身，轻柔地擦拭我的眼泪，“鸟儿并不是因为能够飞翔才飞，也不是因为必须飞，而仅仅是因为它们想要飞翔。没有任何事物可以逼迫一只鸟放弃选择的自由，人也是一样的。那咱们再来说说学习，我想你爱听这个。你仔细想想之前本科的生活，再想想现在，你就真的没有一点点是为了自己的兴趣而去学习的吗？我相信你是有的，不然你也坚持不下来，只是你不敢承认罢了，而科研最需要的就是这样的热忱。老实说，看你这一个学期浑浑噩噩的状态，我很担心你接下来的路，所以骗你出来说这一番话，就是希望你能想开些，哪怕一点点也好。沉溺于过去的幻影是不行的，它们只能磨砺你，给你走下去的能力，却无法给予你走下去的勇气。那么，试着去热爱一些小事物，或者喜欢一下气象学这个学科，怎么样？当然，也可以喜欢一下我这个导师。”说完，她又是一罐啤酒下肚。

而我也拿起一罐，“咕嘟咕嘟”，咽下所有的苦楚，随即有些呜咽道：“秦老师，你为什么那么在乎我的状态？为什么要说这些？我们只是普通的师生关系罢了。”

“就是因为你说的那样啊，老师关心学生，不是天经地义嘛。”然后她就醉得趴倒在桌子上呼呼大睡起来。

后来发生了什么我已经记不得了，只觉得那晚的风很凉快，应当是吹动了一丝萦绕在我头顶的乌云。但自那之起，我对这个看起来有些不靠谱的导师有了新的认识，开始尝试着靠近她。于是在不断地接触中我俩关系好了起来，逐渐演变成现在这种亦师亦友的状态。不过也不错，要是我还是像以前那样拘谨，那我也走不到今天这一步，所以我还是很感谢她的，如果她能在为我安排一些计划的时候直接告诉我实情就更好了，不然之前答辩的时候我也不至于多了一些自己都不知道的实验结论，尽管那确实是很棒的结论；不然我这一次也不至于痛苦且云里雾里，尽管目的与结果是好的。

但我又能怎么办呢？自己选的导师，自然是自己受着喽。这么想着，困意上来，也就不知不觉睡着了。

第二天我早早地醒了，直接把她从床上拉起来，麻利地收拾行李，便坐上了回南京的高铁。然而还没休息几天，我就又被拉到一个奇怪的地方，就因为我是这起愚昧不堪的“谋反”事件的当事人之一。

风　停

那是一个平静的早晨，阳光洒下来，照得风中的灰尘也闪闪发光。我知道那里面藏着只有少数人知道的秘密，因为我还能看到“幻视”，准确地说，这次是真的幻视，因为我在回南京的当天，就去之前的医院里关闭了模拟眼中的“风传”接收器。

我如往常一样走进办公室，却出人意料，秦青已经在工位上坐着，而且她在等我。

“事情有进展了，他们要对你例行问话，走吧。”她笑着向我招手，并指指楼下停着的黑色轿车。

这下好了，也不需要收拾东西，直接拿着包走人便是，我相信那边应该是免费提供所有日常用品的吧。于是我们快速下楼，早已有人在恭恭敬敬地等我们。我们坐上车，与车子一同在城市间穿梭。时间很长，路途也很遥远，我们一路从城市开往乡村，再来到没有人烟的荒野。终于到了，又有人带我们从宾客通道进入，直接来到一处研究所，可这却令我深深地震撼——那是与幻视一模一样的场景，我甚至看到了那位图像中眼睑有黑痣的研究员，而他正笑着向我点头示意。

很快，从一个办公室里走出一个黝黑健壮的家伙，他的身影格外熟悉。

“路小姐，好久不见。”原来是宋先生。

我略带尴尬地低语道：“其实也没过几天。”

“呀，忘了给你俩介绍了。”秦青装作是才反应过来的样子，“这丫头是路知遥，你知道的。这位是宋钢上尉，情报部的，专门负责跟进这个项目。”

“原来您是军人……抱歉，之前给您添麻烦了。”

“应该是我们抱歉才是，之前考虑不周，没想到模拟眼接收信息会给你造成那么大的困扰，明明我们试验过，对人体没那么大的影响才是，也可能是我们这些老大粗测出来不准吧。不过小丫头很坚强，也机敏，是棵不错的苗子。所以，要不要考虑来我们这里？我保证会把你培养成出色的技术人员，而且薪资待遇也很不错。”我没想到，宋先生竟然会向我抛出橄榄枝，这实在是让我受宠若惊，直接呆愣在了原地。

结果还是秦老师出来打圆场：“老宋，小遥还年轻，还要接着读书学习呢，而且我觉得她更适合搞研究，你总不至于和我抢人吧？”

我赶忙点头。宋先生看到我们这样，也就此作罢，只是允诺我：“如果决定来我这里报效祖国，随时跟你老师说，她会联系我的。”

却不料被秦老师反驳了一句：“又不是只有当兵的扛枪的才是保家卫国，咱们研究科学、研究技术的也是啊。真是的，跟那老头一个德行。”

宋先生抱歉地笑了笑，便领着我们走入一个会议室，那里早已有很多人在等我。秦青和那些人打了个招呼，又示意我不必害怕，便退了出去。刹那间，我被无数双锐利的眼眸注视，哪怕像我这样经历过一些大场面，也还是会感到紧张。

“路知遥，女，二十五岁，江苏苏州人，对吧？”为首的调查员拿起我的档案，笑眯眯地看着我。

“是的。”

“这次请你过来，是需要录制你的相关口供，以便更好地审判那些试图破坏国家信息安全的嫌疑犯。接下来的对话将全程录音，路女士，有疑问吗？”

“没有。”

“好的。”随即他打开录音设备，又拿起另一张档案纸，并示意他身边的人记录，“接下来我会问你几个问题，请如实回答。首先，你是如何接收到他们的信息的？”

“当时我正在进行冬季风的相关数据收集工作，因为我左眼的特殊性，在收集数据的过程中会出现幻视现象，后来我才知道那是‘风传’技术试验中所接收的信息的具象化，而他们就是运用了这种手段联系我。他们似乎是试验了多种特殊标记，才找到能被我接收的那种，然后直接给我具象出了一串文字。”

“是什么样的文字？”

“中文，上面写着：‘路女士，您好，方便就您现在的处境聊一聊吗？’很显然，他们知道‘风传’技术的相关试验，而当时的我并不知道。然后他们直接给我打了电话，估计是从哪里买来我的信息或是黑了我的手机吧。”

“好的。接下来，请问他们是如何打算策反你的？或者说，你和他们之间聊了点什么？”

“那个人先是提出我卷入了一场阴谋中，然后跟我简单地解释了‘风传’技术，最后以军方秘密小组的身份请求我拦截这次试验中的信息，并尽可能从秦青女士那里窃取情报。我口头上答应了，之后几次对话中，他们那边没有给我相关的信息，我把我这边的错误信息都给了他们。”

“嗯，这与我们调查到的一致。接下来的问题是我个人比较好奇的，请问你为什么会怀疑他们的身份？你作为一个普通民众，在没有接受过专业训练的情况下，能不被他们蛊惑和煽动并能冷静地伪造信息这一点，是十分少见的，所以我们想了解一下你的心路历程，也好教教那些年轻的职员，或是向大众宣传宣传。”

的确，现在局势不是很稳定，这样的事应该不是第一次上演，要是我的方法能帮助到一些民众也是好的。于是组织好语言，我开始回答：“这是个复杂的问题，请允许我一点点叙述。首先，在他们告诉我，我的老师是利用我试验技术的时候，我就已经不相信他们了，因为我相信秦老师的为人，她不会将我置于危险之中，更不会是叛变者。之后在这种怀疑之下，我开始审视那个人说的每一句话，品味他说话的语气，判断那个人并不是一个真正沉稳的有底气的人，这加深了我的怀疑。然后在我听到他们的计划时，我觉得那种想法很幼稚，而且与他们的身份前后矛盾——倘若他们真的是军方的人，那么确实可以做到一些庞大的工作，比如，他们在全国范围内架起电磁网之类的。但很有意思，他们有这样的资金财力，却是用电话的形式与我交流，我就推测他们没有资金和技术支持他们长时间使用‘风传’，而这也表明他们背后没有站着国家或是大资本，于是我不得不怀疑他们身份的真实性。综上，我认为他们不够专业，也不够官方，更是有很多漏洞，所以选择不相信他们的说辞。哦对，再补充一点，我本身就是一个遇到事情就先保持冷静客观的人，策反我本身就是一件难事，这也算是一点吧。所以我的方法可能并不能用在普罗大众上，不过做点宣传还是可以的。”

调查员思索了一会，又与旁边的几位交流了一下，开口道：“路小姐，真是精彩的说辞，您的冷静确实和我们这些调查员有的一拼。不过您提到的‘在全国范围内架设电磁网’这点，那些家伙确实采取了行动，如果您感兴趣，可以去找其他负责人询问相关的资料。那么这次问话就到这里，再次感谢您的配合。”

说罢，我就被其中一位调查员请出了会议室，秦青在外面等着我。她拍拍我的肩，笑着说：“小遥第一次就做到这种程度，确实很不错哟，也怪不得老宋想从我这里挖墙脚。不过下次还可以再仔细一点，比如少说点废话之类的。”

我愣了愣，也不知自己哪里做错了，却突然想到刚才调查员没头没尾的那一句“电磁网”，我不禁打了一个寒战。是的，倘若有心之徒想要细究，还是能给我扣上一个过失的罪名，比如，硬说是我的说辞给了他们想法所以才做出那种事破坏国家财物之类的。幸好我只是个无名小卒，也没有谁有这闲工夫来对付我。但要是以后我承担什么大项目的时候，被人抓住这种把柄咬住不放，那确实就有些危险了。于是我只能向秦老师保证以后尽可能再谨慎些，不出这些小纰漏。她无言地揉了揉我的头发，只是回了我一个灿烂的微笑。

“不过，秦老师，那些家伙真的打算做那么愚蠢的事情吗？”我还是很疑惑，因为这在我原本的想法中只是个谎言，并不可能成为那些家伙真正会去实施的计划。

“是的，我们发现了他们在云南和贵州等地准备架设的网，不过只有很短一截就是了，但还是破坏了山体植被，真可惜。但你别说，要是真的由我们这边来牵头，或许真的可以做到哦。”

我思考了一会，点了点头，只能说有些想法虽然幼稚，但确实有实现的可能性。人类确实应该尊重那些简单、庞大而显得可笑的计划，因为只要我们的实力允许，那就真的可以实现。

之后她带着我在整个基地里转悠，我看到形形色色的军官和研究员在匆忙中穿行，而他们也丝毫没把我当成外来者。也是，毕竟秦老师是这里的人，我跟着她自然是没什么问题。虽然早就知道秦青有军方背景，但还是不理解她为什么要去我们学校做青年学者呢？明明应该是个军人的……算了，不想那么多，这种事深究起来，吃亏的还是我。

“呀，小遥在想什么，怎么不说话？”她突然停了下来，“是在好奇这里，还是在好奇我？”

“这里和你，我都很好奇，不过现在我还不是很想知道具体细节，有时间你再告诉我吧。不过我有些疑问，思考了很久也没能想出一个答案来。一个是那些家伙究竟是谁？他们到底想要干什么？还有一个问题，我从那些家伙口中没能得到答案，希望你能告诉我，就是‘风传’技术虽然很隐蔽且准确，但它的速度实在是太慢了，又难以控制，这究竟能用来干什么？或者说，那些家伙争抢它，究竟是为了什么？这点我没和那几位调查员说，但我想，企图把这种技术用在军事政治上，才是真正的幼稚。还有最后一点，你为什么要把我拉进这个局？”

秦青听到我的问题，眼睛都在闪闪发光，仿佛在告诉我，“就等你这句话了”。但她还是佯装矜持地开口：“那些家伙是谁，这个我不能直接说，但你可以去猜，而且我相信你是能猜得到的。不过经此一役，他们算是折损了些，可惜最大的虫子跑得太快没能抓住，到时候又是春风吹又生啊。不过你也不用担心，这些都是我们的工作，下次，我们一定能把他们的根都给烧干净。”

果然如我所想的一样，那么深究身份确实没有必要，因为只要我们还稳稳地站在这片大地上，就一定会有害虫飞过来。它们的品种不重要，它们的数量很重要，虽然杀不光，但我们可以尝试控制，让飞来的虫子都埋葬于此，而这就是宋先生他们正在做的工作吧。

我看向秦老师，本想说点什么，却看到她比了根手指在唇边。看来不必说，一切尽在不言中。

“我先回答你最后一个问题吧。拉你入局其实是我的私心，想趁着这个机会帮你谋取一些福利。”说着，她指了指我的新左眼，“虽说一只眼睛的小遥也很可爱，但还是两只眼睛更让你舒心些，对吧？”

我点了点头。她说得没错，自从我多了这只模拟眼，外人看我的目光都温和了许多，当然也可能只是我主观感觉如此。不过，秦青肯定不止这点目的。

“你可不是这么简单又真诚的人，让我猜猜，是不是那边根据人头数发津贴？还是白嫖一个免费劳动力？”

“这个嘛，都有一点，不过我还是很真诚的呀，不然怎么愿意回答你的这些问题呢？”

看着她露出的狐狸尾巴，我只能笑笑不说话，果然，这个狡猾的家伙肯定是收了好处。

看我没追问，于是她继续说：“至于你的第二个问题，我想我有必要回答你。的确，你说得很准确，慢和不稳定就是‘风传’最大的也是近乎‘唯二’的弊端，这也是我们深入研究这项技术后得到的准确的结果。也因此，它注定是无法用在传递紧急情报上的，也就是在军事方面几乎没有作用，除非我们能找到一种比风更快、更稳定且普遍存在于空间中的媒介，当然，这也只是一个想法，实现起来恐怕比‘风传’还困难。”

“这么说，你的意思是这项技术虽然是作为军事目的去研究的，却无法用在上面？”

“对，就是这样，不过你也不用沮丧，很多技术都是这样的，于是它们有了一个新的使命——民用。而我的设想是可以将这种技术用到商业通信上，就像是寄明信片那样，在旅游景区设置粒子发射装置，然后让游客选择特定的标记，最后在另一端用接收装置接收到讯息，听上去是不是很有趣？抑或在节假日，特别是过年的时候，出门在外的游子一定希望能给家里传个信，再加上冬季风刮得猛，相信讯息传递得也会更快一些，可惜没法从南方往北方写，不然我指定要烦死我家那老头子。”

原来是这样！秦老师的话让我如醍醐灌顶，终于明白了“风传”存在的意义——一种缓慢的、不稳定的，却一定能传递到的浪漫。它从一开始就不应该作为武器或是推进人类科技进步的技术而存在，而是情感的寄托，于是风作为载体，将这种情感传播到世界的各个角落，不仅仅是抵达那人的手里，也是在向全世界宣告这种美好。

“秦老师，谢谢，我终于明白了。不过你也不用担心，其实只要时间够长，哪怕是南方的信息，也会有夏季风推进，甚至有可能是环绕地球一圈，总之它是一定可以抵达北方的，前提是有足够的时间，以及有足够种类的特殊标记物。”

“对哦，小遥你真聪明。”说着秦青摸了摸我的头，“不过时间确实是一个问题，但要是想快些传达心意，电话哪怕是信件就已经够了，像‘风传’这种慢慢来的，完全可以不用那么着急。唔，不过特殊标记的种类确实是一个问题，这个还需要再研究研究，起码要能让每个人类都有至少一种才行，看来得多研究一下，最好是能让有机物什么的也作为标记存在。”

“也不一定是真实存在的物质呀，电子信号也可以，二进制完全可以达到这种效果。”

……

我们俩一边走一边讨论，近乎是把整个基地走了一遍，可我并没有觉得累，因为我很享受和秦老师交流思想的过程，这也是我最喜欢她的一点——她总是有很多由丰富想象力支撑起的多种多样的奇妙却不失逻辑的想法。正巧，我也是一个喜欢想的人。

之后由于还有一些扫尾的工作，我和秦老师就在这基地里住了下来，而在最后的工作总结会议上，秦老师自然而然地提出了她的想法，她也被顺理成章地指定为“风传”技术民用化研究小组的负责人，当然，我也被拉进了这个小组。不过她跟我说打算在下个学期再开始这方面的研究，显然，摸鱼，她是在行的。同时经过检测，我的左眼在这次事件中一直保持着良好的状态，还可以继续下一阶段的实验。于是我便继续担任“模拟眼”项目的试验员，也就是说，我不必就此与我的新左眼告别，而是要做好和它长久合作的打算，甚至有可能是一生。

这下终于结束了这场风波，我和秦老师回到学校，一起整理了整个事件的过程以及一些实验数据，不料还有意外收获，最开始计划的冬季风研究竟然做出了结果，于是我们加班加点，又飞去各地收集数据，终于在学期结束前交出了这篇研究报告。

这天是 12 月 31 日，秦老师本想邀请我去她家里一起过节，不过我婉拒了，理由是我还要补习一下这个学期落下的一些课程，而且她家离学校有些远（之前我们是住在学校寝室里的）。这确实可惜，于是我们约定下次有机会再去，而且不仅是元旦，还有春节和元宵。

新年的第一天，我坐在书桌前，看到阳光从窗棂上洒下来，照在我的书页上。那一瞬间时间仿佛静止一般，风停了下来，唯有星星点点的光亮。原来风也是会停的，而我有理由相信那些光点是纳米机器人反射进我眼睛里的。

试　验

自那起捉拿叛变者的事件过后，我和秦青女士一直致力于“风传”技术的研究，在一些计算机等相关领域大佬的帮助下，终于在三年后取得突破性进展，成功在每个纳米机器人的接收芯片中多加入了四十位二进制代码，从而做到了每个人类至少拥有一种甚至百种特殊标记物的目标。当然为了方便表示，对外公布的是使用十位十六进制的代码。同时我们做到了直接在接收端解析信息的来源编码，这样我们便不必再根据特殊标记物来设置特定的接收器，而是用同一接收器来接收所有的信息并进行分类，这极大地提高了数据接收的效率。此后，“风传”终于可以开始它真正的使命了。那么在此之前，必要的试验是不可缺少的，于是这年秋天，我们远赴北京架设信息发射器，准备在这个冬天彻底试验校准之后，向有关部门提交批准，并把它推广到民间，让它正式开始自己的使命。

这次接待我们的，是一位驻守北京的首长。他温和地与我握手，向我们介绍他们已经做好的准备工作：“相关的发射器已经建设完成，同时我们也准备了一批纳米机器人，之后你们要做的就是为它们装备特殊标记物，然后向南释放，我理解的没错吧？”

“是的首长，简单来说的确如此，只是我们还需要在沿途架设多个接收器以检测信息的传输速度，具体来说是在北京－南京连线的八分点设立接收器；同时以北京为圆心，以每个八分点为圆上一点，再以半圆的方式架设四个接收器以检验信息传输的偏转度；最后我们在南京接收并解析信息，与北京这里发出的信息做对比，检验信息是否损失以及特殊标记物的准确度。希望我这么解释，首长可以更好地理解我们要做的事，以更好地支持我们的工作。”

首长听了若有所思，微微点了点头，随即问了一个看起来并不是很重要的问题：“那么你们打算传递什么样的信息呢？我想总不至于只是用编号或是数字吧。或许你们可以尝试用不同的文字，看看不同种类的信息会不会有影响。”

这……说实在的，这些我们之前都测试了很多次，现在的技术已经可以保证包括中文英文等常见语种在内的数百种语言的精准提取和解析，所以这次确实是打算用编号来简化路程。我正打算开口，准备拒绝首长的建议，却被秦老师抢先答应了下来。我虽然不是很理解，但还是没有发作，因为我知道她一定有她的理由。当然，这不代表事后我不会找她要个说法就是了。

之后我们跟随首长到发射站，先随机选取了几个编号，再采用包含各种语系的不同语言表达“你好”的方式来发射纳米机器人。当我以为一切结束的时候，秦青却凑过来问我：“小遥，咱们之前计划是不是根据注册时间给我们国人分发特殊标记物的编号，对吧？那我们要不要先把我们的调出来，然后也发个信息试试？”

“你的意思是，给自己发‘明信片’？”

她笑着摸摸我的头：“而且按照之前的计划，我们应该是在年前回到南京，所以这次也算是给自己一点新年祝福哦。”

原来是想做这种有趣的事，这下我倒是明白为啥秦老师要答应这个有些没必要的请求了，也好，就当我们俩是第一批吃“风传”这只螃蟹的人吧。

于是秦青和我各自以第一号和第二号发送信息，我给自己发了一句“提前祝自己新年快乐”，秦老师则发了句“这一年也要开开心心的哦”。看到对方的话，我们相视一笑，也不知是笑对方可爱，还是笑自己幼稚。

之后我们在北京停留了一些时日，等到风再次吹起，我又一次开始旅途，只不过这次身边多了秦老师，而且与上次相比更有目标性，所以应当是比当年要愉快得多的一趟旅行吧。事实也是如此，它甚至轻松到我没啥可以吐槽的程度，也就发现了一些小 bug，然后确定风向和风速对信息传输速度的影响比地形的小，同时确定信息的偏转度较为随机等一系列规律，至于研究信息的准确性，就得回到我们的研究所去。

只是出乎我们的意料，这一路上浪费的时间超过我们的预期，等终于完成旅途回到自己的城市，已经是腊月二十八了，学生早就放假回家，学校里静悄悄的，就连研究员也没留下几个，大都提前返乡去了。但我和秦老师不管，马不停蹄地拉着其他的研究员解析接收到的数据。

花了一天时间，终于全部解析完成，我们一条一条看着：

编号 A23857B9FB——“Hello”

编号 95CAD332BE——“Bonjour”

编号 73834238AC——“こんにちは”

编号 BEC32ACFE9——“مرحبا”

编号 9237AB12EC——“你好”

编号 x000000001——“　”

……

编号 0000000001——“这一年也要开开心心的哦”

编号 0000000002——“提前祝自己新年快乐”

编号 0000000003——“新年快乐，今年我就不回去了，你和你妈好好过年，别工作得太晚了。”

一个意料之外的第三号出现了！如果我没有看到那条信息，我会以为是之前的叛军死灰复燃，或是觉得闹鬼了。可那条信息，无论怎么看都是父亲对自己孩子的嘱咐，显然与以上两点不太相符，要是那句话是一句暗号的话当我没说。但我还是觉得不适，因为“风传”技术的隐秘性被挑战了——不管是内部人员因为私欲违反规则，还是外部人士破解了“风传”的核心技术。

秦老师看出我的忧心，只是拍了拍我的肩膀：“不要担心，我知道是谁干的好事，而那个家伙绝对不是为了破坏我们的计划，他只是太幼稚、腼腆了。”

转身看着秦老师，本以为又是那张精致的笑脸，不料看到的是略带疲惫和难过的苦瓜脸。原来如此，我想我猜到是谁了。如果是那位的话，那我确实没法批判什么，只是没想到那样严肃沉稳的人也会有这样可爱的一面。可再仔细一想也觉得正常，毕竟他有秦老师这么一个可爱的女儿呀。

之后我们让其他的工作人员先回去，在与秦老师讨论和整理之后，又是奋战到了凌晨。我们收拾东西准备回寝室休息，外面一阵骚动，随即一道光亮伴随着长鸣划破天空，在穹顶炸裂出彩色的烟花。也是，过了十二点，就是除夕了。看来今年又是在学校里过年，只是之前几年是学习，这次是工作罢了。

出乎意料的事又一次发生了，之前约定好一起在学校“爆肝”的秦老师却一改画风，在分别的路口轻声对我说：“明天，一起去我家过年吧。”

我愣了一下，之前一直在梳理头脑中充斥的实验数据，一下子没有回过神，而在我打算拒绝她的时候，秦老师已经走远了，只留下我站在寒风中。但仔细想想，或许这次也不需要那么急，该准备的都已经准备得差不多了，而且她上次已经邀请过我，这次再拒绝也不太好，再加上我也确实很好奇秦老师的家人们都是什么样的。那就这么决定了，一起去她家里看看吧，就当是给自己放个短假。

家　人

只是我没想到，这次的旅途格外漫长，准确地说，不是绝对上的时间长，毕竟也才两个多小时；而是精神上的漫长，挤在满是人的车厢里，只能站着，甚至不能抬脚，不然连脚下的这一片净土也会被人夺了去。原本我提议去一等座的，毕竟我们临时做的决定，肯定比不过那些半个月甚至一个月就在规划的返乡人，但秦老师坚持要无座的，于是就形成了现在的局面。

不过随着高铁到站，一波一波的人下去，又零星上来几个，倒是给了些新鲜空气和生的空间，就连座位也逐渐空了出来，可算是可以休息一下。但我还是很不解，于是有些恼怒地质问她，可她的回答才是真的惊吓：“是为了体验生活哦，而且这对你来说也是一种新奇的体验嘛。”

我：……

好吧，她又有其他坏主意了，不过幸好我们轻装出行，也就带了点小礼品和自己的背包，毕竟第二天就又要回来的。之后我们在某一站下车，走过略带冷清的车站，等了好久才打到一辆出租车。

“师傅，可以直接到云里乡铁桥村吗？”

“那片太远，我接完你这单就得回家过年了，到时候赶不回来……要不这样，我给你放公交总站，你们坐公交过去，你看成不？”

我是没想到这师傅是连钱都不想赚了，明明是单很大的生意。不过秦老师同意了，我也没啥意见。.后来我们坐着公交一路颠簸，最后在乡里的站点下了，只是还要再走一公里左右的小路。不过这一路走来，过年的氛围倒是很足：不管是高铁上有说有笑地聊着家常的人们，还是出租车司机车上挂的如意结，抑或公交上的红色广告招牌。小路上也都是除夕的味道——烧年夜饭的饭菜香以及烟花爆竹燃放后的硝烟味。这么想来，自从我娘走了之后，我已经有十多年没好好过一个年了，之前不是在学习，就是在工作，总是自己一个人坐在书桌前度过，所谓的年夜饭也不过一碗饺子或是面条加个蛋。越是回忆，就越发觉得寒酸。也好，再次拥抱这个世界，也挺好。

秦青走在我前面引路，似乎没注意到我的神情有什么异常。这样就更好了，我还是希望少让她看见我丢人的场景。哎呀，怎么眼睛湿了？

小路蜿蜒曲折，路旁光秃的老树在夕阳的余晖中洒下一片荫翳，倒是衬得这路有些恐怖诡异了起来。不过也就这么一小段，立马就是张灯结彩和烟火气，村子到了。再往里头走走，还有几个叔叔婶婶打招呼，看上去是秦老师认识的长辈，我也就笑着点头，即使我并不认识他们。最后走到一幢三层小房子前，秦老师顿了顿："小遥，你来敲门吧。"

哎？我还没反应过来，自己的手就被她拉着在门上扣了几下，"咚咚咚"的，倒是清脆。不一会里面传来一句"谁呀"，然后是一阵不快不慢的脚步声，随着门开启的，还有我对过年的全部憧憬，以及秦老师那谨慎胆小的另一面。好嘛，都是见过大场面的人，居然还是会害怕母亲的唠叨吗？果然，她也只不过是一个普通又有趣的平凡人罢了。

"小青？你怎么回来了？这位是？"一位面容有些许衰老却浑身散发着优雅气息的妇人打开门出现在我们面前。

"我学生，路知遥。这不是那位说不回来了，所以让我来看看您老人家。哦对，这是我妈，你该叫她什么呢？"秦青躲在我身后，不用猜都知道，一定是看起来精致可爱却带着一脸坏笑的表情。

“我姓谢，叫我谢阿姨就好。还傻站着干什么，还不快进来。”说着，我就被谢阿姨拉进屋里去，后头秦老师慢慢悠悠拎起礼品跟上来。走进屋里，一切显得十分干净整洁，桌子上的东西都摆放得相当规整，也没啥水果，唯有一些瓜子放在罐子里。可墙上挂着的照片令我动容：一张是男人扛枪射击；一张是女人在台上跳舞；还有一张是两人穿着军服，怀里抱着一个襁褓中的小娃娃，大概率是秦老师。原来，秦老师的父母都是军人吗？这可真是令人敬佩的一家人呀。

“小丫头这一路累了吧？来，喝点茶休息一下。”谢阿姨站在我身后，递过来一只杯子，里面漂着满满的茶叶，“怎么，喜欢这些老照片？也是，我那时也算漂亮，老秦也不赖，小青也可爱得很，可惜岁月是把杀猪刀啊。”

“谢谢。不过阿姨现在也漂亮得很。”这话是真心的，谢阿姨一看就是个大美人，不管是外貌还是气质，这么说来，秦老师也算是有些遗传。

“丫头说话真甜，哪像我们家那个，就喜欢哪壶不开提哪壶，现在好了，翅膀硬了，好几年都不回家过年了是吧？和那老头子一副德行。”

“妈，我这不是忙着吗？而且我上次不是还陪您过元旦来着？”

“得，忙忙忙，就我一个退休的老婆子不忙。你还好意思说上次？也就敷衍地吃了顿饭，你敢说这次不是一样的？”

“我哪敢敷衍您呀？不过这段时间真的很忙就是了，而且你看我们一路颠簸，又是挤高铁，又是坐公交，对吧小遥？”秦老师对着我眨眨眼睛，我算是知道她之前的那些小九九是用来干什么的了。

不过这点小把戏还是骗不过谢阿姨，只见她微微叹了口气：“好吧，拗不过你，我去杀只鸡，给你们加点餐就是了。秦青，还不快过来帮把手。”

“得嘞。”说完，秦老师放下东西就跟着往后院里走，还不忘说一声，“小遥，你要是无聊就看电视或去楼上逛逛。”

我看着她们的身影随着后门的关闭而消失，一下子变得手足无措起来，毕竟是在别人的家里。虽说看别人家的卧室不是很礼貌，但书房应该还是可以的，而且秦老师都这么说了，楼上一定有什么好玩的东西。于是在如坐针毡地看了五分钟电视之后，好奇心还是战胜了恐惧和小心翼翼，我换了双拖鞋就往楼上走去。刚走到二楼，视野左侧满满当当的书柜就抓住了我的眼球，再走近些，站在那书柜下面，被海量的知识所包围，你绝对会在深深的震撼之中被那无边的海洋淹没。这是只有在图书馆才能拥有的幸福！我甚至可以说，这个家，在这充盈得甚至要溢出的书架之下显得一贫如洗。这下我终于明白秦老师为什么能成为那样一个博学的学者了，原来是先天遗传和后天环境的双重影响。没有取得允诺，我也不敢乱翻，就简单看了下封皮：有物理、化学这种理科的，也有文学作品，还有军事论以及一些艺术类书籍，甚至还有一些古籍。如我所想的那样，种类丰富却并不冗杂，而且真是让人流口水的巨大宝库。

再往上走，三楼没有书房，取而代之的是杂物间，只是简单扫一眼，就能看到一些木制的枪械武器模型堆在角落里吃灰，看上去像是小孩子的玩具。此时我开始想象秦老师拿着这些模型在院子里跑来跑去的画面，实在是有趣。

逛了一圈下楼，秦青正挽着袖子走进走出拿东西，看起来手忙脚乱的样子，与平日里满肚子坏主意的沉稳形象形成极大的反差，只能说我对她又多了解了一分，听上去也不错。

一顿忙活下来，夜早已深了，电视里开始放出熟悉的春晚的声音，而谢阿姨端着热乎乎的鸡肉汤上桌，我和秦老师帮着炒了点小菜，三个人围坐着一起吃，也算是一个热热闹闹的年。吃着吃着，秦青不知从哪里搜出来几罐啤酒分给我们，可谢阿姨一把抢过，知女莫若母，果然是知道秦老师的酒量不行。不过我和阿姨可以喝，于是我们俩一人一杯满上，反倒是最馋的那个没得喝，也算是蛮新奇的。

之后在餐桌上，她俩有一句没一句地聊着，我也算是听了点秦老师家的八卦。

“小青呀，你现在过得好吗？有没有哪怕一刻后悔当年你的决定？”

“怎么会后悔？我现在过得挺好的，是我希望的生活。妈，你也知道的，像我这种散漫的性子，在军队里绝对是一种折磨，还不如跑出来做点别的，像现在这样到处跑搞研究也不错。不过我每次想起都要说，我爹那个老顽固，之前总觉得我跑出来是没骨气，是丢他的脸，可不扛枪怎么就不是保家卫国？我以笔为矛，也能戳死那些暗地里的虫子！”

“好好好，来，小遥吃肉。”

“嗯嗯。”我赶忙点头把鸡肉塞进嘴里，继续听她们聊家常。

“话说小彭怎么没跟你回来？”

“他人在北京，忙着呢。”

“那你们小夫妻也不聚聚？唉，我这啥时候才能抱得着外孙呀……”

嗯？等等，小夫妻？秦老师什么时候结婚了！不过也是，虽说偶尔和我喝个小酒，而她其他时候可是个超有边界感的人，工作生活分得可清楚了。但我还是惊叹于我六年多来没能知道这个消息，更不用说见面了。不过话说回来，这次，我算不算更走近她一些了呢？

“不过小彭陪着你爸在北京，也好，起码他俩一块也不冷清，就是两个大老爷们，估计又是喝上头了。不行，你打个电话过去，叫小彭看着点那老头，别又一杯就醉，跟你一副德行。”

“他们那没法随时接电话的吧，我还是发个微信就好。不过妈，你放心，这年前年后的，正是警戒的时候，我爸不敢喝的。”

“也是，但愿他忍得住吧。”

……

饭桌上她俩聊着，电视里的节目放着，外头霎时一阵窜天的轰鸣，不仅是“噼里啪啦”的鞭炮，还有“嗖嗖”的烟花，再混合着大人孩子的吵闹声，这才像我儿时记忆中大年夜该有的样子。只可惜岁月悄悄过去，曾经的天真在现实面前被迫蜕变成懂事，但如今，那个孤独地趴在窗边看对面住户灯火通明的女孩已经有了新的同伴，甚至能在同伴家里感受到久违的家和家人的温度。这已经足够好了，我不该再贪心，只是想着：如果有空，就去我娘墓上看看吧；至于父亲，倘若他愿意见见我，也是不错的。

临睡之前，秦老师忽的来了一句：“明年再来吧。”没等我回复，她就关上门离开了。虽说有些莫名其妙，但未尝不可，谁叫我也很喜欢谢阿姨呢。

第二天，我和秦老师也该返回学校奔赴本该坚守的战场，临走时谢阿姨给我塞了一个红包，硬是说“钱不多，也就一点心意”。我本想拒绝，可秦老师却说我要是不收，她就回去再给我包个更大的。没办法我也就拿着了，不过我碍于面子包了回程的车费，这次高铁选的是一等座，虽说二等座也没多少人。不对，这么算算，还是我亏了？好嘛，这一大家子里，就属她秦青最是精明。

乱　码

回到城里，也顾不上风尘仆仆，我俩一头栽进实验室里，打算趁别人放春节假的时候，赶紧把实验报告赶出来。一开始也并没有什么问题，我们整理了之前的所有数据，然后计算各段的速度以及总速度，再模拟整个信息传递的辐射范围等，最后拉表填数据一气呵成，一篇报告的精髓就出来了。接下来是填充分析与结论，再找找其他的文献参考参考，但“风传”算是比较前沿的科技，能参考的东西属实不多。

可等我刚开始整理接收到的信息以及相关的实验数据，打算用模型分析准确度之时，秦老师一声惊呼把我的思路彻底打断。

“不对，这怎么可能！”秦青的手在控制面板上疯狂输入指令，试图把她所知道的所有可能造成错误的方面全部筛查一遍，可那条诡异的信息却始终无法被删除。

是的，一条并不应该出现在信息数据界面的乱码，赫然出现在信息表的最后一行！

看着第一次慌了神的秦青，我其实完全能理解那种心情，因为我也是一样的，只是我不怎么像她那样表现出来，尽管对她来说，这样的机会也很少就是了。于是我拍了拍她的肩膀，试图帮助她恢复冷静。在空气凝固三秒之后，她长舒一口气，我能感受到她在努力控制自己的呼吸和情绪，随即平静地说：“这串乱码无法被我们现有的技术排除，只存在两种可能：第一，我们的技术还不够成熟，这是我们没能想到并无法排除的错误；第二，在我们离开的这一天里，有一种未知的信息抵达了这里并被接收，但我们的技术无法解析它，于是呈现乱码的形式。但无论是哪一种，都是一个大麻烦，而第二种比第一种更加可怕。”

“因为有人也在研究这个技术，并成功将纳米机器人发散了出来？”

“是的。”秦青无力地点了点头，“由于‘风传’技术之前一直是在实验室环境下进行信息传输实验，没有出现过纳米机器人外溢的现象。之前你的那次是我们第一次在开放环境下进行实验，所以出现接收时的异常现象在所难免，经过不断修复也达到了近似于实验室的信息清晰度。之后我们根据你的灵感将特殊标记物从现实中存在的物质转向二进制电信号，同时考虑到之前实验时在空气中残留的相关纳米机器人，我们专门设置在接收到那种化学物质以及那些家伙尝试使用过的所有化学物质时，会出现编号以‘x’开头的空白信号。现在出现的这串乱码明显不属于这种特殊情况，那么我们只能猜测对方使用了我们从未标记过的物质或是其他什么信号的特殊标记物，而我们碰巧接收了它。可已知我们并未向民众乃至世界范围内公布这项技术，同时技术的保密工作虽说不是很标准，但做得也不错，而且这项技术用于政治或是战争的可能性很小，那么，对方研究它，究竟是为了什么？”

听着秦老师一点一点分析下来，我只觉得毛骨悚然——这个世界上可能还有另一个研究小组在做着与我们相同的事情！可是，这世上真的有这么巧的事情吗？而且之前为什么没有接收到？我们不过休息了一天，这信息就自己冒出来了？我不理解，但我和秦青却必须想尽办法去找出一个解释。而眼下要做的最重要的一件事，就是尽快上报，让上面来定夺。

命令很快下来——尽快筛查出特殊标记物的具体成分。这道命令看似简单，实则是最难的，因为特殊标记物的种类实在是太多，光是化学物质就不是能简单通过穷举的方式筛查一遍的。也就是说，我们只能祈祷运气是站在我们这一边的。但或许，我们应该换一种思考方式，先排除掉一点什么。于是根据之前的想法，我猜测这大概率不是有迹象、有预谋的，而是在这一天不小心释放出来的，能做到这一点的，我猜测是生活中比较常见的物质。这么想着，还是进入一个死循环——范围太大。那再缩小一点，今天是大年初一，昨天是除夕，这两天除了除旧迎新这样文化上的含义以外，究竟有什么特别的？我第一反应是，我们去秦老师家里那一趟，难道信息是被我们带来的？不对，倘若是我们带来的，也应该在我们回到实验室后一段时间才会被接收，不然信息的密度不够，无法被真正接收。之前估算是至少二十四个小时，可我们最多在家里待了六个小时，所以不是。可恶，还有什么是被我忽略掉的……

“小遥，放轻松，把思路打开一点。”秦老师看出我的轻微焦虑，轻轻拍了拍我的肩膀，“其实我有一个大胆的想法，或许你可以想想有什么是除夕那天特有的物品或物质，比如说，烟花和鞭炮。”

对，没错，烟花爆竹！这个城市只允许在新年燃放这些小玩意，而我们走的那天，正是燃放得最多的时候，这样或许解释得通，只要能找到特殊标记物。于是我们开始测试与烟花爆竹燃放有关的所有物质。可我却万万没想到，那种东西竟然如此简单——是二氧化碳！对，没错，就是空气中到处都是的二氧化碳。那这就更是荒谬了！倘若真是它，那也应该在这个仪器刚做出来的时候就被监测到，而不是现在！那一刻，我的心彻底乱了，一种前所未有的挫败感翻涌上来，险些冲散我的理智，但并没有击垮我，因为我找到了另一株稻草——碳。没错，就是碳，固体碳，我怀疑那种纳米机器人是隐藏在碳固体之中的！于是我立刻从其他实验室找来碳纳米管，马不停蹄开始实验。结果，如我所料！这种东西就藏在碳里面，它成功地被发现了。后来尽管没能再在实验室里检测出乱码，我们还是在诸多工厂与发电厂周围发现了大量的乱码。那么解释就很简单，燃放烟花爆竹时释放了里面的碳，使碳原子可以与氧原子形成二氧化碳，从而变为气态被接收器捕捉。同时由于在同一时段大量燃放烟花爆竹，这种特殊的二氧化碳密度急剧升高，最后高到能在实验室内部被检测出来。那么之前很多的事情都能解释清楚，实验室里以及之前的一系列研究中并没有发现这种乱码的原因很简单，量不够——实验一般都处在无污染的环境中，自然不可能存在大量由碳燃烧生成的二氧化碳；以及之前做“风传”实验时的大量干扰，并不仅仅是我个人以及“模拟眼”的原因，很大概率是由于暴露在外界环境中，被随风吹拂的二氧化碳影响的结果，只要看沿途的工厂分布图就能明了，尽管那只是一点信号的波动，但不排除这种波动会由于敏感度的差异被无限放大。

但是，正常的纳米机器人显然比一颗原子要大，那它又是怎么跟着碳原子移动而不被落下的呢？或许，这是一种和原子核一样小甚至还要小的机器人！于是我们向上面申请实验室，希望能用中子轰击碳原子核的方式检测这一猜想。很可惜，我们仍能从被改变的“碳原子核”中检测出这种信号。看来这机器人比质子还小！难道是夸克？不过接下来的猜想就难以被实现了，至少在现阶段的技术背景之下。

同时，信息解码方面的工作仍旧止步不前，听说各相关领域的专家在尝试了大量现有的解法方式之后，仍旧找不到相关的任何规律——那是一种我们完全无法理解的信息，不管是图像还是声音！更何况我们完全不知道这种乱码的背后究竟意味着什么。于是事态真正陷入僵局，甚至在之后的好几个月里都没能再向前走一步，“风传”项目也因此被无限期搁置。

直到那一场决定性的会议，我才真正明白这串乱码背后展现出的奇迹。

拥　抱

在我们长久的努力之下，研究进度竟然一点都没有向前，于是我们无奈地向高层求救，而他们基于事态的严重性，决定将这件事公布给联合国。至此，“风传”以一种我们完全预料不到的方式向全世界公开，而全球范围内相关领域的科研工作者纷纷加入这场盛宴之中，却仍旧一无所获。

为了集中全世界的智慧，联合国召开科研交流大会，希望能在相互辩驳之中找出一丝曙光。于是我和秦老师来到联合国的办公室，作为“风传”的负责人和“乱码”的发现者，受邀参加这一次全球性的会议。

说起来，这是我第一次参加全球性的会议，我很惶恐。可是秦老师却镇定自若，继续摆出那副人畜无害的模样，用一口流利的英文与参会的大佬们交流着，而我自然是在旁边跟着，默默接受知识和思想的灌溉。

很快，第一次集中讨论开始了，最开始是秦青简单介绍“风传”以及“乱码”的发现过程，然后她说出了我从未听到过甚至想到过的东西：“联合国要求我提供所有有关‘风传’的材料，并要求上交从初稿到成稿的所有稿件，甚至是灵感思路，所以我在这里简单解释一下。‘风传’的雏形是我作为军事学院本科生化学专业的毕业设计，当时要求是设计一种技术用于军事。而我的灵感则来自帮助导师记录实验数据，发现在自然的状态下，即排除一切外部干扰因素的情况下，能量只会从高处流向低处，这便是能量的传递。进而联想到气压，风只会从气压高的地方流向气压低的地方，也就是气压差，于是设想了这项技术。之后的相关稿件各位可以自行查阅，如有疑问可以随时提出，我会尽我所能解答。”

没想到秦老师居然就是“风传”的第一人！怪不得她能接手这个原本的军事项目。该死，这女人居然瞒着我这么久，我必须得好好盘问她。等到散会，我俩回房休息的时候，我直接拦住她，问出了我一直想问的问题：“关于‘风传’，你究竟瞒了我多少东西？”

“小遥，别激动，我不是刻意瞒你的，我也不知道这种东西这么重要呀。”秦青摆摆手，继续说，“要不是联合国调查之后顺藤摸瓜找到我，我本打算让老刘背锅的。啊对，老刘是我本科的毕业设计导师啦，灵感也是给他打工得来的。他当时看到我的论文，差点气得吐血，但还是让我过了，因为他知道我马上就会从军校离开，跑去其他的研究领域，也就没必要让我这个‘差生’继续在他手上‘折磨’自己。说来也得谢谢他，要是他当时把我这篇论文打死，就不会有后来的‘风传’，也不会有现在这些破事了。”

“那你说，为什么你的论文会被当作军事技术研究甚至研制出来？按你所说，那本是一篇普普通通甚至没有利用价值的文章，它本不该受到那样的重视，不是吗？”

“这也是我想问那些家伙的，好吗？当我在军部任职的闺密给我打电话，让我去签保密协议的时候，我甚至以为是开玩笑，没想到他们来真的！后来我问了才知道，居然是老刘推荐的，这可真是又可笑又讽刺。”秦青边说边摇头，仿佛是在细数曾经不堪的黑历史。

于是我接着问：“后来他们就研究起来了？还成功了？”

“对，谁知道那样一个简单到不切实际的理论，居然真的能成功，我都要怀疑宇宙的法则了！咳咳，冷静，咱俩都冷静一下，现在这麻烦不仅仅是我们的，而是全世界的，我们应当因为责任分散而显得轻松些才是，怎么可以违反人类的天性，这么焦虑？”秦老师尴尬地咳嗽几声，又开始和我勾肩搭背，像平日里那样没个样子。

不过说的也是，因为这件事半天没有进展，现在拿到台面上来讲，老实说，我还是很不甘心的。可我的理智告诉我——这个问题需要全世界的智慧，因为那已经超出了我的能力范围，我现在能做的，就是尽可能为那些业界大拿提供相关的研究思路。在不断沉思之后，我终于能平静下来了。开会这几晚我总是失眠，今晚似乎能睡个好觉了。

显然，答案是否定的，我躺在酒店的床上看天花板，无论数了多少绵羊都没能带来一丝困意。我的大脑总是在深夜活跃，它叫嚣着让我赶紧思考，拼尽全力、呕心沥血地思考，如果不能想出一种解答这个问题的方法，它是永远不会罢休的，就像前几晚那样。好吧好吧，那就继续想想，还是和之前一样，破解信息并不是我该考虑的地方，那些东西就交给那些专门负责解码的大佬去做。我嘛，还是思考这种信息存在的原因好了。前几天我依次否决了“他国阴谋论”“恐怖主义论”“疯子科学家论”，似乎是如我最开始设想的那样，一步一步否决了全部的人为因素。那么，接下来就必须迈入真正疯狂的领域——“自然存在论”，对，倘若这种信息从一开始就在自然环境中呢？毕竟是从纳米碳里提取出来的，而碳自地球诞生初期便存在了，说不定这种信号就是那时候的碳自带的呢？不对，如果那样的话，信号还是应该在装置造好的时候就出现，而不是在那短短的一天，所以不对，还是得否决。但顺着这条思路，或许可以想到更多，可惜外面已经有了鸟叫，大概是凌晨四点多吧，那还是抓紧时间眯一会比较要紧。

又是缺乏睡眠的一天，理所应当的眩晕感冲击着我的大脑，坐在会议席上，昏昏沉沉地听着那些大佬用流利的英语讲他们的解码进度，困意竟上来了。不行，在这种严肃的地方睡着，实在是太没有礼貌了。于是我摇头把自己弄醒，强撑着继续听下去。可越是这种时候，情绪越是翻涌上来，各种委屈、不甘以及孤独侵蚀了我，难过得让我几欲落泪。

忽的我被一只臂弯圈住，仿佛在告诉我："不用害怕，我在。"不用回头我也知道是谁，只是叹一口气，握住了那只伸过来的手。是的，有这样一个人，无论是生活中还是工作上都陪伴在我的身边，我又怎么会被负面情绪控制！而且我们约好了过年还要再去秦老师家里呢。大家都陪在我的身边，我又没有像以往那样封闭自己，推开他们，那我又怎么会孤独呢？

等等，陪伴！这个词像是一颗灵丹妙药，打通了我的任督二脉。如果是这样，再联系之前想到的那些，那就一切都说得通了！这么简单的道理竟然没人想到，但一想到这是一个可以被称作大逆不道的说法，又能理解这种状况了。不过不打紧，我这一生被挫折打磨，没变得圆滑，反倒越发尖锐。再加上我不过是学术界的一个初生牛犊，也不怕说错些什么。既然是一种还算合理的解释，那我就有义务把它提出来。于是我发信息给秦青，跟她简单解释了一下我的想法。我能明显地感受到对面沉默良久，最后只回了我一个"可"。这算是认同了？

台上的教授刚结束自己的解说，联合国那边的组织者上台，向各位解释了一下，随即就叫我上台去。虽然很紧张，毕竟是我第一次而且或许是最后一次在这种会议上发言，但我并不畏惧，更多的是兴奋，因为那绝对是一个令人振奋的想法。

在深呼吸之后，我拿起话筒："各位，我的想法如果冒犯到您，我先提前在这里道歉，之后不会再停下来解释这方面的问题。那么我先说结论，我认为解释乱码具体含义的意义不大，而乱码的存在本身就是最大的意义，这反映了一个我们追寻了很久的事实——这个世界存在外星文明，且那个文明比我们更高级。"

说到这里我停顿了一下，会场里并不嘈杂，只是响起一些窸窸窣窣的讨论声，但我知道，这句话是一颗投入湖面的石子，必然激起一阵波澜，或许表面不明显，底下早已暗潮汹涌。等声音渐息，我继续说。

“接下来我将解释这个想法，如果各位发现有什么逻辑错误，可以在之后与我辩驳。首先，我们都知道‘风传’技术的灵感来自能量的变化，信息是从高气压区流向低气压区，那如果有能量差，信息会不会也能从高能量区流向低能量区呢？我没有做过实验，所以这里只是假设它可以，而接下来的话也是基于这一点而展开的想法。那么，由于这种乱码最开始是在二氧化碳密度较高的空气中被发现，后续是可以从碳固体中提取的，而且在正常的时间空间中没法被提取到，说明在自然环境的密度下是完全不足以被捕获的。而我之前在发现这种信号时有一个猜想，虽然现在无法被验证，但已经得到了很多人的认同，那便是并不是如我们的技术那样，由纳米机器人携带相关特殊标记物的粒子以达到区分的效果，而是分子中携带着信息。换句话说，这一种‘纳米机器人’早已不是纳米级别，它本身是小于碳原子的大小并被嵌入在原子内部。因此，这种信息可以潜藏在内部，并不随着分子的分解而消亡，除非我们能完全破坏碳原子。很显然我们做了，并且毫无作用，说明这种信息存在于质子内部甚至更小的粒子，但这就不是我们可以轻易检测出来的了。而因为这点，我可以确定这不是我们人类文明现阶段能够掌握的科学技术，那这种信息又究竟来自何方？我只能猜测是比我们更高级的文明。”

说到这里，台下异常寂静，只有我心跳的声音，如战鼓一般打在我的身上。是的，我马上就要说到我这次发言最核心的部分。

“按照我朴素的想法，基于能源的消耗所散发出的能量来看，越是高等的文明，消耗的能源也就越多，也就理所应当处于较高能量的一边，与之相对应的我们则是处于较低能量的一侧，于是在宇宙范围内，两端存在一定程度的能量差，就有可能产生能量流，而这些信息就可以随着能量流来到地球。至于是什么时间抵达，根据我们从能开采出来的碳矿中检测出这一信息来看，这种信息早在远古时期就存在，具体我猜测是寄宿在二氧化碳等气体分子中，随着能量流横跨宇宙来到地球，再被当时地球上的植物通过光合作用吸收，逐渐在地底演变为碳固体。这么说可能有些颠覆我们的认知，但我认为，这种信息在‘人类’这一物种诞生之前就已经存在，它们，陪伴着我们一路发展到现在的科技水平，然后被我们发现。如果再加上信息传递过来的极为漫长的旅程所花费的时间，那么，在我们不可知的遥远的过去，就有这样一个高等文明，它们把这样的信息散布在宇宙之中，等待有那么一个新生的文明将它发现，而我们就是那个襁褓中的婴儿。”

在我停顿几秒之后，下面渐渐开始有讨论的声音。

有人称赞：“这位路小姐讲得挺精彩的，没想到还很有想法，现在的年轻人挺不错的。”

有人质疑：“虽说是一种新思路，但都没什么实证呀。”

有人反驳：“小丫头片子的胡说八道罢了！无法解密出确切的信息，一切都是白搭。”

有人污蔑：“呵，不过是为自己的无能找一个借口罢了。”

……

直到有一位年轻的先生站出来，全场才缓缓回归平静：“路小姐，我想问你两个问题，你觉得你口中的高等文明为什么要做传递信息这种事？就不怕被更高等的文明找到而招致毁灭吗？”

我思索了一瞬，随即给了他一个微笑：“非常感谢您的提问。先回答您后一个问题，我设想的这种技术本质上还是‘风传’，只是媒介由风转变为能量流，所以‘风传’的优点它都有继承。首先是隐蔽性，我们或是其他接收到的文明作为一端，是无法凭借信息流追溯到起始端的；哪怕是更高级的文明也不行，因为两个文明的能量差与假定信息传递的方向相反，在正常情况下很难接收到，而且即使真的因为宇宙不可计数的驳杂的能量流而被侥幸接收，也会因为前面所说的而无法追根溯源。”

“可是更高级的文明就不会有其他方法破解它们的信息然后找到它们吗？”

“这与破解信息无关，先生。这条规律本身就是很难解甚至无解的，因为越是简单的规律，就越难去改变，这本身只是宇宙自然地调节罢了，无论是气压差还是能量差。”

我看着那位先生皱起眉头沉默了好一会，然后点头示意我继续说。

“至于那些高等文明为什么要这么做，老实说，我的想法和其他人都不太一样。如果是在座的各位，应该会渴望从这些乱码中接收到宝贵的技术或是其他的更有实际意义与价值的信息，但我认为信息具体是什么并不重要，哪怕最后破解出来只是一个简单的数字或是标点符号，我都觉得是正常的。因为乱码的重要性不在于信息具体是什么，而是它存在本身，那正在向我们传达一个观点：它们，那些高等文明，一直都在。正如我之前的说法一样，我们，从一开始就是在它们的怀抱中成长的，现在只是襁褓中的婴儿睁开了双眼，开始看到世界的真实轮廓罢了。”

听完我的阐述，那位先生沉默良久，似乎是一下子找不出反驳我的手段，只能笑着说了声“谢谢”，便坐下了。

后续又和很多大佬进行了些许交流辩论，从白昼一直讲到黄昏，最后于夜幕之下回归平静。我知道我的想法肯定不会被很多人接受，但我不在乎，因为我已经毫无保留地将自己的想法和盘托出，从而完成了我的责任。

剩下的，就要看人类文明是否愿意睁开眼了。

风中的信

做完这一切，我把自己甩到酒店的床上，像是昏厥过去那样进入了久违的梦乡。迷迷糊糊醒来，已经是第二天的中午，房间里昏暗无比，若不是看了眼手机上的时间，我还以为自己只是夜间中途醒了一次而已。真是奇怪，秦青怎么不来叫我？正当我想着，外面传来清脆的敲门声，在顿了几秒钟之后，有人走了进来，随即一把拉开了窗帘，刺眼的阳光使我睁不开眼。

“小遥，赖床可不是好习惯。”

啊，这种奇怪的说教方式，除了我们的秦青女士，还能有谁呢？

于是我翻身坐起来，顺便伸了个懒腰：“难道不是因为你知道我这几天没睡好，所以特意让我多睡一会的吗？”

“哦呀，被你发现了呢，但很可惜，主要是因为你睡得太死叫不醒。”秦青摆摆手，随即打开我的衣柜，给我挑了一套休闲装，“这次就不去那些老教授那里凑热闹，咱俩自己吃就随便点，顺便好好聊聊你那‘惊世骇俗’的小点子。”

很快我把自己收拾好，就被拉着跑到餐厅，转悠几圈，终于找到一个靠窗的位置坐下。此时外面阳光正猛，照得我半边脸滚烫。这顿吃的什么不重要，重要的是秦青这家伙又打算趁机喝点小酒，哪怕只是度数极低的鸡尾酒。

“不愧是我秦青的学生，和我一样总是有飞到天上去的想法。”秦老师嫣然一笑，举起杯子。

我自然知道她是什么意思，也举起手中的酒杯，透过七彩色的酒液，我看到她的脸变化成了难以直视的奇特模样，仿佛又一次看到那个折磨我良久的幻视，不禁笑出了声：“我只是基于你的想法进行一些延伸而已，也不是什么稀奇的。说起来也是你给我的灵感，无论是平日里的相处，还是和谢阿姨一起过除夕，或是你的一只胳膊，这些陪伴都是我少年时期不敢奢求的。对于我们这个文明来说也是如此，一说起外星文明，大部分人还是以恐惧为多，自然是不敢奢求它们能对我们有多好就是了。但其实，文明和文明之间自然是相似的，都不过是一群害怕孤独的生命体的集聚罢了。”

秦青眼珠子滴溜一转，像是想到什么：“如果顺着这个思路下去，倘若你口中的高等文明也在某一时刻得到了来自更高一等的文明的信息，你猜他们会不会像我们此刻一样手足无措？”

啊嘞，这……等等，原来如此！我明白了，这一次是真正地明白了：“然后他们像我所设想的那样明白了这种信息背后的真正含义，并以他们的方式向宇宙散布了自己的信息。这才是宇宙的真相，这才是乱码的真相！就跟‘风传’一样，这种技术从来都不是功利的，而是情感的传递，只不过这里面不仅仅有我之前的‘孤独’与‘陪伴’，还有‘传承’。我想我终于找到了此生能为之奋斗的目标。”

“很好，非常好，你能有这样的觉悟，我很欣慰。不过你别忘了，你可是一个气象学家哦。”秦青饶有趣味地看着我，明摆着就是在等我说出那句话。

“那我就把‘风传’吃透！无论是怎样的数据，怎样的变化，哪怕是精确的公式，我都要给它搞出来，然后把这些知识留下来，直到未来被另一群醒悟的人发现，不管他们是天文学家、物理学家、化学家甚至是机械师，他们都有办法通过我的研究复现出高等文明赐予我们的祝福。等到那一时刻，我的使命才算是真正完成！”

说完我长舒一口气，不去细想也能知道此刻的我究竟是有多么激动——这一次，我是真正地可以随心所欲飞翔，真正地开始为自己而活，也真正地把气象学从无所谓的救命稻草变为一生的奋斗目标！

“所以，秦老师，一起吗？”

秦青的眼睛里情绪翻涌，面上仍旧是那般处变不惊，而后她给了我一句意料之中的回答：“当然，这么好玩的事情，我怎么可能错过？”

于是我们再一次碰杯，不仅仅是为了友谊和相似的性格与想法，更重要的是我们在这一刻拥有了同样的理想。是的，我很确定她一定会和我一起走下去，因为她可是秦青女士，是我那有着天马行空的想象却依旧行走在大地之上的导师呀。

这顿饭吃了将近一个小时，但我们并不在乎，甚至理所应当地翘掉了接下来所谓的重要会议。不过除了它是由联合国召开的这个原因，我一直不认为它有多么重要——最开始是觉得性价比不够高，现在却是觉得真正的浪费，但总要给他们一点可以为之付出的东西，不是吗？

之后如我所料，这场“盛大”的会议并没能做出任何实质性的事情，乱码依旧是乱码，那些解码专家依旧焦头烂额，但我已经无所谓了，毕竟我还有更重要的事得做。首先，是把我在会上发表的想法整理成文章，发不发表就看我的心情吧，之后必须做的就是验证能量流的说法，然后就是考虑得从哪里入手去进一步研究“风传”了。我的前半生孤苦飘零，却为我的后半生找到了方向，想来也是不错的。

……

数年转瞬即逝，如今的“风传”早已成为家喻户晓的通信方式，甚至被一些追捧者称为“永不丢失的信”，而我和秦青作为主创者，也不过当个笑话，虽然说那基本上就是事实。说起来现在的“风传”已经发展到了顶点，几乎再也找不出任何一个我们没有涉足的方向，于是我提议再对它做最后一次评估，结果也如我所料。看来，是时候做最后一步安排了。

这一天，因为是除夕，其他人都早早回去过年，实验室里只有我和秦青两个人。

“说起来谢阿姨这些日子怎么样？病好些了吗？”

“就那样吧，从我爸走的那天起，我就准备好送走我妈了，她老人家终究还是要去追老头子的。看来我之后可就只有一个人了呢。”

确实如此，说来也是命运弄人，几年前秦老师的丈夫彭先生因公殉职，加上秦老师没打算要孩子这点，等到谢阿姨离开，秦老师就真的只剩一个人了。

“呵，不用担心的，遥，我这不是还有你在身边吗？”

秦青轻轻拍了拍我的肩膀，就像从前那样，我也回以笑脸。是的，我早已习惯了孤独，她也一定可以的，更何况我们还有彼此，我们的理想即将抵达终点，我们的梦想也在遥远的未来向我们招手。没什么值得悲伤难过的，一切都在向着美好的那一面发展。

不过正事要紧，我们从数据库的最底层调出我们的编号，在秦青的编号中输入所有“风传”的图像、模型资料，而在我的编号中输入“风传”的所有数据与公式，然后将纳米机器人释放到实验室外的自然环境去。是的，我们在给我们的研究备案，这样即使我们的文章被淹没在书海里，也有那么一份备份在世界的角落里游荡。而且我们坚信，这份资料到最后一定会被与我们理想一致的后辈接收到，即使那是一个不再需要“风传”的世界。

做完这一切，我们坐在椅子上，一起看着烟花升起又炸裂开，那就是文明的光，绚烂而明亮。

“过了这个年，我就要退休了，到时候的收尾工作可就都拜托你了，遥。之后有任何问题还可以来找我，只不过你可能联系不上我就是了，毕竟退休后的环球旅行在向我招手。”她笑着坐在办公椅上，透过窗户望向天空，彩色的光映在她的脸上，仿佛又回到那一年，那个令人难忘的除夕，那个改变我们命运的奇特的一天。

“当然，而且能量流的验证才刚有头绪，我还得继续前进才是。”

看着这样的她，我也欣慰地笑了，因为我也是自那天起，才变成现在这样有了色彩的我自己呀。

忽然，秦青站起身，用略微苍老却依旧灵动的声音说：“我觉得我们还可以再做点什么，比如，给毫无头绪的后辈留下一封信什么的。”

而默契如我，自然是知道她想说什么：“你是想说碳？不过我还是建议用二氧化碳，毕竟更容易被发现，要是信没能被收信的人读到，那就失去了它的意义，不是吗？”

“那就按你说的做。”

于是她很快调出二氧化碳的模板，调整好所有数据，与我小小讨论了一下，便输入了以下的信息：

“致亲爱的后继者。我相信接收到这条信息的你们，也遇到了我们当时遇到的麻烦，一串乱码，对吗？或者说你们更先收到这条？不过那不重要，更重要的是，请立刻去检索编号第一和第二的信息（不知道你们那个时候前面有多少个零，反正最后一位数分别是 1 和 2），那里有我们送给你们的礼物。最后，如果你们真的成功解释出乱码的含义并打算延续这条路，那么能否在送出去的信息中加入两句话呢？一句是‘你好’，另一句是‘　　’。最后感恩宇宙能让我们在此相遇，也祝你们早日破除迷障，走向更光明的未来。”

我看着那一小句空白，思索片刻，缓缓打上一句“在风中”。我相信没有什么比这更好的祝愿了。比起告诉那些新生的文明他们无法使用的技术和知识，还不如一句简简单单的祝福更好——一切言语尽在风中。而我相信，当他们绞尽脑汁真的破解了这句话的时候，也能会心一笑，并将这种温情传递下去，直至宇宙那可能并不存在的尽头。

天夜羽漠，科幻作家。《在风中》获2023年科幻春晚征文比赛优秀中篇奖。

墨染云烟

洪　炑

烟痨病

上午十点，合肥市第一人民医院。

厚重的屏蔽门被推开，年轻护士走出放射科，手拿一张 X 光片，一路小跑，来到呼吸内科办公室。

“快！快看看这个！”护士推开门，将 X 光片递给主任医生。

医生接过，戴上眼镜仔细查看，随即皱起眉头扫视着：“潘……松子儿，瞧这名儿起的。”

“是‘予’，‘给予’的‘予’，早上在这体检的。”护士回话，“刚整理片子的时候发现的，拿来给你看看。”

“现在人呢？”医生推推眼镜，皱眉道，“这么严重，症状应该很明显了啊。”

“早上太忙了，没注意是哪个，现在人应该已经走了。”护士回道，“不过体检的时候看着都挺正常的，没见谁有严重的呼吸问题。”

X 光片中是人的肺部影像。在两侧的肺叶上各有一大块阴影，几乎遮盖了大半个肺部。阴影的边缘极不规整，如同是作画之人打翻墨水晕染了一大片画纸。

“不会是肺癌吧？”护士问道。

“应该不是，这么大面积的话人都该凉透了，还能来体检。”医生摇着头，开始嘀咕起来，“真奇了怪了啊，该不是机器坏了吧？”

“应该不是，其他的片子都很正常。”护士赶忙解释。

医生沉吟着，观摩许久后才说道：“先通知复查吧，希望他没事。”

高铁在飞驰，驶入云雾缭绕的群山。

松予靠在座位里，只是小憩片刻的工夫，却又来到了梦里。

梦中的他尚且年幼正走在熊熊烈焰之中，他无助地哭泣着、挣扎着，想要逃出那无尽火海，一个身影出现在前方，似乎是他的母亲，正当二人奋力靠近之时，滚烫的热浪就淹没了一切。

松予已经被梦魇困扰多年，最初的根源是一场山林大火。它发生在二十年前，那时候松予刚满七岁。

在火灾中幸存后，松予的整个人生都对火焰充满着恐惧。即便到了今天，他仍想不起当时是如何侥幸存活的，只依稀记得在那个夜晚整个世界都在燃烧。

欢笑声在耳边响起，将松予从噩梦中拉回。睁开双眼，就见对面坐着一对母子，儿子约莫十岁，正对着平板电脑听母亲讲述屏幕上的童话故事，画面无比温馨。

松予一时间看得入了神，眼前却突然一黑，是火车进入了隧道。一瞬间车厢内变得昏暗，显得提示屏上的红光越发刺眼，正在滚动着“前方到达山阳站”的字样，山阳站处于黄杭高铁中段，建在半山腰，是一座高架站，进入隧道就意味着正在进站。从合肥乘坐高铁到山阳镇，不过一个多小时车程。由于数月前才通车，这是松予第一次乘高铁回乡，乘坐时间比预想的要更短，此刻车厢抖动着，减速停靠在站台前。

深秋季节，又逢空山新雨之后，到处透着泥土混合松脂的香味。

车站外的山坡上是一片松树林，林间则雾气缭绕，颇具一番异景。

松予无心欣赏，匆匆出站。远远望见一个熟悉的身影，正在出站口翘首以盼，天气寒凉，他穿着一件厚棉袄，大半年未见，他的额头似乎又多出了许多皱纹，却依旧精神矍铄。

松予快步走过去，喊了一声："大爸。"

山阳镇的方言中，祖父称"老爷"，伯父称"大爸"，伯母称"大姆"，母亲则是"阿姆"。大爸夫妻俩一直对松予视如己出，每次松予回乡，大爸都会提早前来接站，风雨无阻。

"都说了没事的，你还专门跑一趟。"大爸笑着应答，伸手拍拍松予的肩膀，"怎么穿这么少？天凉了可要多穿点，别等以后年纪大了……"

仿佛是印证自己的说法，他立即抬手捂着嘴，不断咳嗽起来。

松予忙伸手抚向大爸后背，助其减轻痛苦。

"你现在年轻不知道保重身体，老了可就跟我一样了。"大爸连续咳嗽着，语重心长地说，"这烟痨病可不是什么小毛病，治不好的。"

他口中的"烟痨病"，是方言中的说法，统称所有肺部和呼吸道疾病，也是松予家族遗传的毛病。

大爸是镇上的墨匠，全镇现存唯一古法制墨的传人。家族从宋代起就已精通制墨技术。如今虽是工业化时代，早已无须研墨写字，但依旧有人在使用古法墨，也就使墨匠这个职业得以留存。

徽墨名扬海内外，却很少有人了解其具体制作过程。

松予自幼常见大爸制墨，其中一道重要工序叫作炼烟，也就是将松树枝进行不完全燃烧，提取过程中产生的黑色烟灰。烧制期间，难免烟熏火燎，常呛得人咳嗽连连。时日一长，人也就容易生出肺病。

自幼习惯了大爸的咳嗽声，老爷去世的原因也是肺病恶化，过去也常听人说，制墨虽是个好手艺，却是伤眼又伤肺。所以松予一直认为家族肺病就是源于此。

直到上大学后，松予才得知许多疾病都是由基因决定的。自己家族遗传的肺病，可能是体内第七条染色体，或者第二十三条染色体，其中某个碱基出现点突变所导致的。

这个突变在人类群体中并不鲜见，目前已有相关研究，却并不明朗，仍处在前沿领域，所以并无确切答案。唯一能确定的是，此类人群更容易罹患肺部疾病。而自家祖先偏巧从事这特殊行业，肺病自是难免了。

学到这个知识后，松予就常劝说大爸放弃这门手艺，却都被他轻描淡写地拒绝了。

想来对大爸而言，制墨已不只是单纯的谋生手段，而是倾注毕生心血的一门艺术，即便将来死了，也要带着制墨工具一起下葬，让它们永远陪伴自己。

想通了这点，松予也就没再劝过。只是常叮嘱他保重身体，又带他去看过几次中医，所幸医生诊断咳嗽只是因为肺火过旺，并无大碍，只需吃些润肺的中药，平日多注意就好。

于是自那之后，松予定期将中药寄回来，但大爸又总嫌煎药麻烦，只好改成了免煎药丸，虽是方便了，他却又时常忘记服用。此时见他咳嗽不断，松予以为是他又忘了，于是打算质问他，却被反将了一军。

“你不是说单位组织体检了吗？怎么样？身体还好吗？”大爸接连问道。

“嗨，肯定好啦。”松予用力拍着胸脯回道，“各项指标正常，我身体多棒啊。”

“那就好。”大爸笑道，“我就知道没事的，全家人就属你身体好。我记得你小时候咳嗽挺严重的，后来叫你妈治好了……”

突然他意识到失言，慌忙闭口。

由于家庭情况特殊，松予自幼没少被村里同龄人歧视。甚至有人会当面辱骂说他是个没妈的孩子，爸爸还是痴子。“痴子”在山阳方言里指智力低下或神志不清之人，用以称呼别人，多少有些侮辱性质。

为此他没少和人打架，每次都是大爸替松予出头。为了照顾松予的内心感受，他也就很少在松予面前提及松予的母亲。

见大爸面露尴尬，松予忙岔开话题：“我爸呢？”

清晨时，松予正在医院，参加单位组织的体检，却接到大姆电话，说他父亲已经失踪数日，让他有空回来看看。

二十年前，父亲在火灾中被浓烟熏倒，由于长时间缺氧，导致大脑出现了损伤，开始变得神志不清。但总体并不严重，生活尚能自理，平时常去火灾旧址转悠，行踪有些飘忽不定，但总体不会离开林场附近。

如今听大姆说父亲失踪，想来是病情加重了，所以体检完毕后，松予并没有回单位上班，而是直奔高铁站，急忙赶回来找人。

“没有失踪，就是几天没见人，躲在松岗呢。”大爸说道，“你大姆打完电话不久，他就被林场的人领回来了。”

松岗村是林场所在的村庄，那场大火的发生地，也是松予原本的家所在之地。只是最近二十年他很少再回松岗村，对于这个地名，心中已是十分陌生。

见松予不言语，大爸忙道：“回家再说吧，你大姆做了猪肘炖笋干给你吃。”

皖南盛产竹笋，是松予自幼最爱的食物之一，而大姆做的竹笋菜是松予童年最美好的回忆。

松予闻言欣喜，跟在大爸身后朝家走。高铁站离家尚不及一公里距离，由于早上走得急，也没带行李，二人速度倒也不慢。一路上，大爸询问了一些近况，二人聊着就到了家。

进入21世纪后，村里就很少有人继续在传统古宅中居住。大爸家也不例外，早早就盖了楼房，只在平时制墨时才去老宅。

楼房有小院，院内有走廊，分别连接厨房和客厅。进院时就见大姆正在忙碌着，餐桌上摆着丰盛的饭菜。见二人回来了，忙招呼松予坐下。

“都说没事，非要把孩子叫回来，耽误他工作。”大爸责怪道。

“我就是想他了。”大姆赶忙解释。

“没事，最近也不忙，刚好回来看看你们。”松予赶忙打圆场，同时问，“我爸呢？”

“刚出去了吧，我也没注意。”大姆回道。

大爸上楼找了一圈，回来说道：“不见了，想是又回松岗去了。”

“那怎么办？”松予忙问，“去带他回来吗？”

“先吃饭吧。”大姆却阻拦，“吃过饭再去也不迟。”

说着端上压轴大菜——猪肘炖笋干，顿时香气四溢。

皖南的笋干很有讲究，并非直接采摘晒制，而是精挑细选最嫩的笋尖，以盐水煮熟暴晒而成，这种工艺既可以防虫，利于存放，又能形成独特的口感，更添风味。食用时可用热水泡开，洗掉咸味再做菜，也可直接用于调味，尤其是用来炖肉，不仅味道独特，而且解腻效果极佳。

“吃过饭再去吧。”大爸也说道，“来回一趟小半天，可不能饿着肚子去。”

于是三人在饭桌前坐下。大爸拿出白酒，开始自斟自饮。大姆将肉汤盛出，挑肉多的一碗递过来。松予先尝了一口汤，顿觉胃口大开，拿起筷子开始狼吞虎咽起来。

正大快朵颐间，松予感觉口袋中手机在响，掏出看了一眼，是同事发来的信息：“体检报告出来了，你的报告我给你拍了照片，你快看看。”

松予心中一紧，按理说体检报告不是什么重要资料，单位统一拿到之后，难免有出差和请假的同事，正常情况下，等人回去自行领取就好。此时同事却急忙发来，想来是事情出了异常。

松予点开图片放大，依次看了各项指标，大多在正常区间，即便个别数值略有超标，都不算离谱，全在可接受范围之内。直到看到胸片时，惊得差点端不住饭碗。

虽不是临床医生，但毕竟从事医药行业，他能够看懂，无论片子里的大块阴影是什么毛病导致的，都不是什么好兆头。

松予按捺住狂跳的心脏，尽量保持平静，他不想让大爸和大姆看出任何端倪，以免他们担忧。只是停下筷子，开始回忆最近发生的一切，检索自己身体的异常症状。

前几日突然降温引发了他的咳嗽。往年深秋，他或多或少都会咳，但症状都很轻微，今年也不例外，只持续了半天就消失了。其他一切都很正常，想来可能只是肺炎。

松予安慰着自己，但X光片上的阴影历历在目，无论是大小和形状都太过怪异，普通的肺炎顶多厘米大小，而眼前的阴影大得出奇，让他不得不多想。

正沉思间，同事又发来信息："这片子挺古怪的，你抽时间去医院复查一下吧，也没准是机器出故障了。"

听对方如此一说，他心中反而更加忐忑，因为这满含安慰的口气，倒像是与绝症患者的对话。他回忆上一次体检时的情景，那是三年前公司的入职体检，一切都很正常，三年过去了，肺部多出如此大片阴影实在令人恐惧。

思忖片刻后，点开好友马志德的头像，将照片转发过去，想征询他的意见，对方没有立即回复，想必正在忙碌，也不好打扰，便没再继续发信息。

"别玩手机了，快吃饭。"大姆嗔怪道。

松予放下饭碗，心中突然升起一种感觉。

自家的肺病，多年前的火灾，母亲的失踪，这之间似乎有着某种联系。过去多年时间里，出于内心的恐惧和逃避，他从未探究过那场火灾的详情。而大爸和大姆为了保护他，也绝口不提过往之事。

在他的脑海中，母亲的形象是缺失的，只有一个模糊的影子，早已埋藏进记忆最深处，父亲的形象则很刻板，自从火灾之后，他就痴痴呆呆，平日很少回镇上，只在松岗村附近游荡，不时回到火灾废墟上，口中总是念念有词，仿佛在呼唤着什么。

起初，村里的护林员会尝试劝阻，但终归拗不过他，也就放任了。彼时松予已是入学的年龄，父亲却对其不管不顾，乃至耽误了小学入学。大爸实在看不下去才将他接到镇上生活。

多年来，他很少与父亲交流，当然，双方也几乎无法交流，感情也就日渐疏远。在外人看来，他和大爸、大姆才是一家人。

一切的元凶，就是二十年前的那场火灾。松予虽是亲历者，却对大火中的细节毫无记忆。随着时间推移，他越发觉得那场大火并非简单的天灾，其中似乎包含着某些不为人知的过往。

想到这里，松予终于忍耐不住，向大爸提出了问题。

“我爸为什么会变成这样？”松予问道，“那场火灾又到底是怎么回事？为什么我一点都不记得了？”

大爸闻言，与大姆对视一眼后，重重放下酒杯。

由于烟痨病，松予的祖辈大多不长寿。

明末清初时，家族中就定下规矩，要求以后的每一代人中只需要一人传承制墨技术，其余人可务农、可经商、可读书取仕，总之不能参与制墨，并远离烟雾，以避免烟痨病将家族一网打尽。

到了松予的父辈，由大爸接过衣钵。按照祖训，他只单独在祖宅里制墨，以保证烟雾远离家人。但怪异的是，父亲极少接触烟雾，却依旧生了烟痨病。

自幼年起，父亲身体就十分瘦弱，到了十多岁时，烟痨病的症状就显现了，平日里咳嗽不断，与人说话沟通都难以实现，乃至被村人起了个“肺痨鬼”的诨号。

至20岁那年，父亲已是病入膏肓。那是20世纪80年代中期，农村的医疗条件极差，父亲只能每天喝点中药，权当是安慰剂，作为姑息疗法使用。

最终，老爷想到了松岗村曾经的神医也许能救父亲一命，于是忙和大爸抬着父亲出门，前去松岗求医。

据村人说，神医是代代相传的医术，却并非传统中医，准确来说，应该叫巫医更为合适。因为神医治病的过程十分诡异，不论什么病症，药物都是腐烂的松针。使用前将松针碾碎，置于火盆上炙烤，口中不断对其念念有词，说一种外人全然不懂的语言，整个过程仿佛某种神秘仪式。

仪式过后，根据病人的病症进行外敷或者内服。至于能否治愈，全看病人造化。但据早年接受过治疗的病人说，这套疗法确实有效。过去农村毫无医疗建设可言，这类魔法般的怪异医术，反倒经常成为病人的救星。

后来，农村经历了土地改革，同时也进行了反封建运动。这家人虽有些医术，但秘不外宣，且传女不传男。外人不解其中奥妙，想探听却也不得而知，又见治病过程着实诡异，于是很快将之打成了牛鬼蛇神，直至批倒批臭。

再到后来，地方开始普及现代医疗体系，这家神医也就完全退隐了，很少出现在乡民视野中。

老爷病急乱投医，也顾不得求证传言真伪。和大爸抬着父亲，一路不停，走了近二十里山路，赶到松岗村。

找到神医家，叩开大门时，才发现对方竟是一位妙龄少女，与心中的神医形象相去甚远。

老爷慌忙说明来意。对方却说，如今自家已不替人看病，要将老爷拒之门外。老爷哪里肯依，腆着老脸，在对方门口苦苦哀求。终于对方再次开门，却并未答应救治，只说先看看再说。

父亲被抬进院内，已是奄奄一息。由于肺部功能丧失，导致身体缺氧，全身皮肤已是一片青紫。如此严重的症状，神医看得连连摇头，最终在老爷和大爸苦苦哀求之下，神医开口了。

“再下去，只有死路一条了，想救命只有一个办法。”神医说道，“只怕你们不肯答应。”

“有什么条件你尽管说，我们全都答应！”老爷如同溺水之人抓住了救命稻草，连连说道，“只要能救他一命，让我干什么都行！”

神医犹豫片刻，一张俏脸突然泛起红晕，踌躇再三后，指着父亲说道：“你让他给我家做上门女婿。”

老爷和大爸闻言顿时愣在当场。父亲虽是瘦弱，但确实长相清秀英俊，能被同龄女子看上也实属正常，只是此刻人命关天，神医却提出这等怪异要求，却不知是何目的。

“你们不要误会。”神医见状解释，“并非我有意要挟你们。而是我家祖传的医术十分特别，若要救他，需留他在家过夜，但我一个姑娘家……”

神医说着便摇头，似乎十分为难。

“行！”老爷当即点头，“只要能救他，一切都听你的。”

“既然如此，你们先回吧，我即刻为其治疗，明日你们再来探望便好。”神医起身便要送客。

老爷虽是心中狐疑，但救命要紧，此时也无他法，便带大爸先回了家。焦急等了一晚，次日再去松岗村时，果然见父亲已经好转，虽依旧虚弱，气色却好了许多，咳嗽更是减轻了不少。

老爷和大爸见状大喜，向父亲提及入赘之事，得知他并不反对，于是立即行动为二人张罗了婚礼，成全了这门亲事，而这位神医，也就是松予的母亲。

婚后，父亲的病情渐渐好转。只是那时候的农村，观念还十分落后，倒插门自是被人瞧不起，村人也常常说些闲言碎语。闲话越传越邪乎，传到十里八乡之外，竟成了另一种版本，说松岗有个巫医，住在松林里，终年不见天日，迷惑了镇上的英俊青年，勾去了山里了。

闲话传到老爷耳中，气得他吹胡子瞪眼。毕竟他在镇上，也是有头有脸的人物，听了如此谣言，面上实在难过。于是便想劝说夫妻二人，让他们搬来镇上住，届时村人之间抬头不见低头见，也就不好再传闲话了。

却不料，松予母亲竟然拒绝了。

“要他回镇上可以，先等我生个女儿继承衣钵。”母亲说，“到时他要走的话，我绝不拦着。”

老爷无奈，转而劝说父亲，怎料他也无意返回镇上生活，老爷只好悻悻而归。之后又让大爸去劝了数次，也都是无功而返。

其间大爸好奇，问了父亲肺病是如何治疗的，原本兄弟二人是无话不谈的，此时，父亲却对此话题讳莫如深。大爸便以为涉及闺房之事，也不好再问。

镇上到松岗虽算不上远，但都是山路，不方便日日走动，双方见面次数渐渐减少，只在逢年过节时才有一聚。夫妻二人在松岗村，自顾自过起小日子，倒也幸福和睦。

见二人这般，老爷和大爸也再未提及搬家之事。

次年松予出生，生活也更为甜蜜。只是与父亲一样，松予自幼体弱多病，也有烟痨病的趋势。但此时老爷已不再担心，父亲那般严重都能救了，想必将来松予不会有任何危险。

平淡的生活又过了几年，松予七岁时，一场特大山林火灾突如其来。松岗村险被烧成一片白地。村人忙于自救时，镇上也组织人手前去救援。那场大火蔓延十多个山头，最终镇上付出死伤近两百人的代价才将火情控制住。

松予母子在大火中失踪，全家人找了许久，最终在一片灰烬中找到了二人。母亲已被烧成一堆白骨，而松予却毫发无损，躺在那堆白骨之上。

虽说松予安然无事，却受了惊吓，送到医院后一直发烧，不断说胡话，喊着“阿姆”。父亲则在救火途中昏迷，后经救治醒来，却因缺氧伤了脑子。奇怪的是，他没有任何其他后遗症，仅仅是脑子坏了，成了个痴子。

自父亲痴了，只能勉强自理生活，无法再照顾松予，整日就在火灾废墟中游荡，口中总喃喃自语，也不知在说些什么。

老爷和大爸无奈，只好将松予接来镇上。

由于惊吓过度，松予忘记了经历过的一切。不过如此倒好，反少了几分痛苦，不比父亲那般，整日在山间游荡，成了远近闻名的痴人。

后来县里来人调查火灾原因，断定乃是人为，因为山中一向严格禁止明火，又有护林员监控，且当日并未打雷。火情来得蹊跷又急促，必定是有人蓄意纵火。于是有人怀疑是松予父母，只是他们一个死亡，一个痴了，也就无法再追究了。

只是事情过于蹊跷，村人便开始议论，很快又传起了闲言碎语。加之松予的家庭组成本就奇特，他便成了别人眼里的怪胎。为了保护其不受伤害，老爷和大爸绝口不提火灾之事，也不时与说闲话的村人争论。

数次大打出手后，村人也就不敢当面再提了。

只是在学校时松予常遭受同学的排挤，于是从初中时起，老爷干脆将他送去县里的中学，这才有了清静的学习环境。之后在县里读了高中，又考去了安徽医科大学就读，毕业后留在省会合肥工作，平时也不常回来，如此一来，他对父母的过去更是知之甚少。

一晃已是二十年后，对于自己幼年的经历，松予早已记不清了。如今听大爸提起，才隐约有些印象。只是听得一番讲述，非但没能解惑，倒是心中又添了许多疑团。

大爸叹着气，举起酒杯又抿了一口。一家人正沉默间，就听院门外传来脚步声。

“什么好日子啊，都炖上猪肘了。”一个沙哑的声音传来，“大门外就闻到香味了。”

瘦削的身影迈入院门。松予看得面熟，却说不出名字，只知道对方在林场工作，按辈分该喊一声四叔。

“原来是大侄儿回来了。”四叔走近前来笑道。

大姆递过来酒杯和碗筷：“一起吃点吧。”

四叔也不客气，在饭桌前坐下，倒上酒和大爸碰了一杯，之后才说：“三哥又回松岗了？”

他口中的“三哥”，就是松予的父亲，因为在家排行老三，所以同辈都如此称呼。

“是啊，我也拦不住他。”大爸摇头叹道。

“哥啊，不是我说。”四叔夹起一块竹笋，点着盘子说，“你也知道啊，现在森林防火抓得紧。三哥这个状态，自己也不清楚自己，万一哪天不小心带个火种进了林子……”

“知道的，知道的。”大爸忙应承，“吃完饭我就去松岗，带回来就不让他出去了。”

四叔闻言，连连点头，与大爸又碰了两杯，闲聊片刻才离去。

山阳镇下辖有十多个自然村，分布在周围的山中，距离各不相同。

因为是在山区，地貌颇为险峻，村庄之间极难沟通，都是各自为政，只由镇子伸出的条条山路相连。若是从高空中俯瞰，山中那远近不同、大小各异的村落，就如同一个个卫星，环绕在镇子周围。

松岗村就是其中最小的那一颗卫星。在明末清初时，就有了最早的村落，它处于一片山林之中，全村总共也只有十多户人家。

松岗距离虽是不近，路却并不难走。

早在20世纪60年代，镇上公社就在这里设立林场，为运送木材方便，就特意修了一条大路，虽只是供拖拉机通行，但对于普通行人而言，已经算是十分宽阔了。

大爸骑着摩托车，快速驶过林间山路。

此路就像一条长蛇，在林间蜿蜒前行，一侧山坡陡峭，另一侧悬崖高耸。路面是直接用挖开山体的泥土铺就，依据山势延伸，只靠过往车辆碾压夯实，也使得它无比崎岖颠簸。

松予坐在摩托车后座，两侧面颊感受到阵阵疾风，浓烈的松香味钻进鼻孔，说明他已经进入林场的范围。

大爸常走这条路，所以骑车速度极快。不多时来到村口，前方有大小两条路，小路进村，大路则直通林场大门。大爸在岔路口边的空地停车，松予从后座上跳下，刚尝试活动一下酸麻的身体，就听见大爸开口和人打招呼。

“老五，修碑呢。”大爸朝着村中方向说着，快步走过去。

松予跟过去，看见了前方一人，正在村口的纪念碑下忙碌。初秋的寒风中，他穿得有些单薄，正佝偻着身体，用工具和着面前的水泥。

“哎，村里没人了，我去镇上反映了几次，要了点材料回来。”被称作老五的人直起身，发出一阵急促的咳嗽声，咳得整个身体都在颤抖。

“瞧你这烟痨病，比我都严重了。”大爸开玩笑道，“最近降温了，注意保暖啊，会好点。”

对方又是一阵咳嗽，声音无比急促嘶哑，仿佛下一刻就会把内脏咳出体外。他连连摆手，半天才缓过来道：“我这毛病算是没救了，穿多少衣服都没用。”

大爸见状，扭头对松予说道：“喊人哪，叫五叔。他可是救火英雄哩。”

“五叔好！”松予忙走上前打招呼，看清对方脸上有烫伤留下的疤痕，随即认出是本家堂叔。

对方身后，是一块两米多高、一米多宽的水泥建筑，上面刻满文字。许是因施工质量不佳，建筑表面已经出现斑驳，底座上甚至出现了大块的缺口。

五叔点头算作打招呼，随后继续忙碌。大爸也没再打扰，领着松予进了村。松予有些好奇，便问：“他怎么也有烟痨病？”

大爸叹口气，解释道：“村里有不少呢，都是救火被熏的。那时候人都实诚，为了保护集体财产，一句口号都冲上去了。”

松予闻言，立即反应过来，那块纪念碑上的文字，是一个个人名，显然他们就是火灾中的英雄，心中不免唏嘘。早年条件太落后，灭火全靠人力和柴刀，伤者也得不到及时救治，被烟熏伤了肺，落下严重的烟痨病，以致痛苦永远伴随，直至呼吸停止。

大爸似乎对那段往事颇有感触，边走边说：“你五叔他们冲在最前面，硬是靠身体把火势控制住了，给我们砍伐隔离带争取了时间，要不然别说这村庄，搞不好连镇子都得全烧了。”

“后来呢？”松予急切地问，他很想知道救火英雄们的结局。

“牺牲的村民，每人发了五百块钱抚恤金。”

“才五百？这么少吗？”松予惊道，他从未想过，一条人命仅仅值五百块钱。

“20世纪90年代末的五百，已经不算少了。”大爸摇头道，“咱们这是农村，条件有限，乡政府财政困难，没有钱啊。”

松予闻言点头，却听大爸又说：“县里拨了一万块钱，镇上又凑了点，但是根本不够用。村集体商量了几天，最后决定，给牺牲的村民每人发五百。然后建了这块纪念碑，把所有人的名字刻上去。本以为要永远流传下去呢，可惜当年条件不行，建的碑质量不好，现在有些破旧了，所以你五叔才在那修补呢。”

在皖南地区，自古有为有功之人立牌坊的传统。有功名牌楼、贞洁牌楼之类，品类数不胜数，算是一种精神奖励。新中国成立后移风易俗，纪念碑取代了牌坊。火灾之后，为救火英雄们立碑纪念也是理所应当。

松予心中思忖，突然问道：“不是说死伤一两百人吗？我看纪念碑上没刻那么多名字啊。”

“当时村里的决定，受伤的人在领二百块钱抚恤金和纪念碑刻名字之间二选一。”大爸解释，“大多数人都选了钱，也不是他们不想要名誉，但是养病吃药都得花钱，虽然县里提供了医疗救助，但是几乎所有人都得了烟痨病，要一直吃药。身体也都不好了，很多四五十岁就死了。你五叔还不到五十岁呢，干不了重活，只能在林场值个班，整天咳得说话都不利索，也许哪天一口气没上来就过去了。”

说着，大爸开始叹气，“他们的烟痨病，可比我严重多了。”

说话间，二人进了村庄。整个村中只有这一条石板小路，路北侧一排十多间青砖老屋，朝南依次排列。此时几乎所有院门都挂着锁，显得门庭十分冷落，外墙上则都刷着红漆，全是防火标语，有“放火烧山，牢底坐穿”“严禁明火进山”等字样。

松予依稀还记得，二十年前，每当到了饭点，炊烟就会在一个个小院内升起，燃烧的松枝发出“噼啵”的炸裂声，推举着炊烟飘荡在松林之间。若是遇到雨雾天，柴火都被打湿了，燃烧时就会形成浓浓的黑烟。和山间的云雾氤氲一处，晕染成一幅水墨般的画面。

只是如今，再也难见此种画面了。

由于社会快速发展，年轻人都去了外地工作。山阳镇周围的自然村，无不有着人口外流的现象。

尤其松岗这样的小村庄，原本人就不多，年轻人走出了大山，见了外面的世界，也就不再回来了。起初尚有老人和孩童留守，但随着时间的推移，他们也都被接去外地，或是搬去镇上，随之带走了村里最后的烟火气。

此时的松岗村，除却两名林场工人，就只有松予的父亲还在此生活。

二人走到石板路的尽头，来到一座小院前，这是松予最初的家。

院门并未落锁，只是虚掩着。推门而入，院内空空荡荡，正对院门的是堂屋，屋内两侧是卧室，院门侧方的小屋则是厨房，房内冰锅冷灶，也不知父亲吃过午饭没有。

“不在家，应该是去林子里了。”大爸探头查看室内，转身朝外走。

松予立即跟上，二人出了院子，几步路外便是石板路的尽头。

前方一侧是大路，通往林场大门，远远能看见，简易的木质结构上，写着“安全生产”四个大字。此时并非伐木的季节，林场里冷冷清清。

另一侧，则是一条小路，可以直接走进林子。

松岗村以松树闻名，周围全是密集的松林。虽说曾被大火烧掉十几个山头，但二十年间，镇上一直在持续种植，早已将植被恢复。只有部分裸露岩石的地方，能隐约看出曾经被大火炙烤出的斑驳痕迹。

过去农村做饭，多以烧柴为主。镇民常会前来松岗村，收集松针回去作引火之用。但随着时代发展，更为方便的煤炉和液化气日渐普及，也就很少有人再远道前来了。

只数年时间，林中又积累了厚厚一层松针，如同一张暗红色地毯，铺满整个山林。松予跟在大爸身后，踩着柔软的地毯前进，山坡越发陡峭，二人高一脚低一脚，速度也渐渐减缓。

一路边走边寻，许久过后，才见前方山坳内松林最茂密之处，似乎有人影闪动。

松予快步上前，看清果然是父亲。他正跪在松树下，双手不断挖掘，将脚下的松针掏出一个大坑，同时对着窟窿念念有词，似乎在其中寻找着什么。

松予走到跟前，他却似乎并未察觉，依旧对着窟窿呢喃着。林中光线阴暗，显得眼前的一切更为诡异。松予壮着胆子走近，侧耳听了片刻，感觉那似乎是一种独特的语言，语气节奏与山阳方言很接近，并非毫无意义的空口念叨，只是他听了半天，也没听懂其中所表达的意思。

“老三！”大爸走到松树下，大喊了一声。

父亲抬起头，看向二人，似乎很不满自己被打扰。瞪了二人一眼，又继续俯身查看面前的窟窿。

“松予回来了。”大爸继续大声说着，“你儿子回来了，你看看他啊。”

父亲却依旧面朝窟窿，同时深呼吸着，似乎正在汲取某种东西。

松予凑近查看，嗅到一股奇怪的味道，是松针腐败后散发的气息，略有些发酸，却并不难闻。同时他也隐约察觉到，窟窿中有淡淡的烟雾升起，想来是松针中的细菌发酵所形成，于是退后一步避开。

也许气味过于浓重，大爸忍不住咳嗽起来。父亲随即抬起头，对着大爸说道：“大夫……火！”

大爸却朝后退了一步，对松予说道：“他还是这样，每次都是这句。”

“爸，咱们回去吧。”松予对父亲说道。

“火、火！”父亲指着脚下的窟窿说道。

林间阴暗，却也能看清父亲容貌。多年过去，他依旧是这副光景，只是多了许多白发和皱纹。松予鼻子一酸，强忍着没有哭出来，继续柔声劝道：“妈在家呢，她在等你。”

“在这里！”父亲突然起身，不住左右环顾，指着林子说道，“就在这里。”

“妈已经回家啦，让我来喊你回家吃饭。”松予伸手拉住父亲的胳膊，“走，咱们回去吧。”

父亲虽是痴了，但勉强能听懂他人说话。每次松予都以母亲在家等候为由，将在外游荡的父亲带回家中。

父亲不再坚持，被松予领着，开始往回走。

三人深一脚浅一脚走出林子，沿着来时的路出村。行至村口时，见五叔仍在纪念碑前忙活。

此时他已经不是在修补，而是正拿着锤子和凿子，在碑面上刻字，虽说工作量不大，却也累得不断喘息，不时停下手中动作，捂住嘴巴咳嗽。

大爸上前打招呼，五叔没有回话，只是点点头回应，又继续雕刻。

此时松予才注意到，碑面上的所有文字，被分成上下两部分。上部分的数十个名字都刻在小方框之中，并用颜料涂成了红色，描绘的颜色有些暗淡，显然是早已有之。

而下部分的名字，只有部分加了方框，描红的颜色也十分鲜艳，看来是新近所为。此时就见五叔拿着凿子，在下方末尾加上一个名字，并将之框起，随后拿起脚边的毛笔，蘸上颜料准备描绘。

“卫东走了？”大爸看着名字，惊讶问道。

“昨晚……”五叔摆摆手，“前几年害了肺癌，早晚的事，咳咳……”

又是一阵剧烈的咳嗽，五叔伸手捂住嘴，缓过来后，用手扶着纪念碑道：“应该给他留个名字。”

此时松予发现，五叔的手上有血，印红了那个新刻的名字，显然是咳血了，于是忙问：“五叔咳嗽这么严重，去医院看了吗？”

五叔又摆手：“吃了许多药了，没什么用。”

松予闻言，陷入了沉默。

大爸和五叔聊了几句，随后告辞离开。三人乘上摩托车，大爸叹口气道：“该治的时候没条件，现在医疗水平是高了，新农合也可以报了，却又没得治了。”

说罢摇摇头，发动车子驶下山路。

孤儿受体

回到镇子时，口袋里响起连续数次提示音。松予急忙查看，果然见马志德的头像正在不断跳动。

“我也没见过这种状况，有其他症状吗？”

“你最好立即去医院，详细复查一下。”

“怎么不回我，在忙吗？”

“别担心，也可能是误诊。”

一连数条信息，可以看出对方十分担忧。

由于二人关系一直很铁，平时交流也就毫无距离感。此时见马志德的信息，语气似乎十分严肃，让松予很不习惯，心中十分忐忑，想打个电话回去，又怕被身旁的大爸听见。

于是耐着性子先回到家，安顿好父亲后，才独自走到院外，给马志德打去一个视频电话。

电话接通，一个中年男人出现在镜头中，就见他满面倦怠之色，一副胡子拉碴的模样，双目布满红血丝，显然是熬夜所致，头上稀疏的短发泛着油光，似乎已经很久没有打理过了。

见此状况，松予有些担心对方，于是急忙询问：“才多久没见，你小子怎么成这鬼样子了？嫂子把你甩了吗？”

镜头中，马志德一屁股坐进一张椅子，显得十分疲惫，伸手摘下眼镜，用手背揉着眼睛说：“最近太忙了。”

在其身后，是一间不大的办公室，靠墙一侧，数台巨大的电脑主机并排而立，正急促地闪着指示灯，显然正忙于某种运算。

“看你憔悴的，注意休息啊。”松予关切道，“项目是老板的，命可是自己的。”

“一会儿就去睡。”马志德放下眼镜，凑近屏幕，皱起眉头说道，“你那个片子是挺怪的，有别的症状吗？”

“没有啊，浑身是劲，中午还吃了一大碗炖肘子呢。”松予回话。

“那就好，应该是机器问题。如果真的是什么病变，那么大的阴影，这会我该给你主持追悼会了。”马志德戏谑道。

“你死了我都没死。”松予立即回敬，“瞅你这熊样，还不赶紧去休息，别一口气没上来过去了，就是我给你主持追悼会了。”

马志德闻言，眼神中掠过一丝异样，随后苦笑道：“不会的啦。你这是在哪儿呢？不像是在合肥啊。”

“今天家里有点事，回来看看。”松予举起手机，来回照着周围。

他一直很喜欢向朋友们推广自己的家乡，此时算是逮住了机会，指着路边的标牌说道：“你看，文化历史名镇，黄山市百佳摄影点，跟你说过的，有空一定过来玩玩，请你吃笋干炖肉和毛豆腐。”

说话间，他发现马志德似乎正走神，在用手指不停敲打着办公桌。他知道，那是对方的一个习惯，在紧张或者焦虑的时候，就会不由自主地用手指敲击身边的物体。顿时感觉不妙，于是调转话头询问：“你怎么了？”

“没事，太累了。”马志德挤出一个微笑，摇头道，“我睡会儿去。有空再聊。哦，对了！我有个学长在省立医院呼吸科，一会儿把他名片推给你，你去他那复查，我放心点。”

说罢就关闭了连线。

二人是校友，早年在学校球场认识，打过几次球后也就熟悉了。

马志德比松予大三岁，是个硕博连读的高才生。性格开朗，为人热情，松予在学习中遇到难题请教时，他也会耐心解答，这让松予对他颇有好感。

由于二人性格投缘，很快成了好友，即便离开学校后，关系也一直维系着。松予即将毕业时，自知成绩平平，备考研究生不过是浪费时间，于是干脆一头扎进了求职大军。

此时马志德已经获得分子生物学的博士学位，在一家医药研究所就职。他通过自己的关系，将松予介绍去了一个合作单位。由于工作地点离得近，二人时不时就能见面，工作之余一起打球运动，或者去网吧打打游戏，再约上几个球友和同学喝上几杯，生活倒也惬意。

只是到了最近两三年，二人见面的次数逐渐减少，大多是通过网络交流。主要原因是马志德结婚了，又有了一个可爱的女儿，为了兼顾工作和家庭，只能放弃原本的社交时间。

看着他们一家三口的幸福生活，松予是打心底为其高兴的，只是嘴上不饶人，常戏称对方“娶了媳妇忘了朋友”。

虽说交流渐少，感情却没有变淡。在通话中也可以看出，马志德对自己也依旧很关心。

“算你小子有良心。”松予嘟囔一句，点击手机，将马志德推送过来的名片添加为了好友。

一系列繁琐的检查过后，松予回到呼吸内科诊室。

父亲被接回镇后，松予就买了高铁票赶回合肥，出站直接前往省立医院南区。由于距离并不远，到达医院时，时间也才刚过下午五点。

呼吸科医生姓林，长相斯文白净，说话轻声细语。见松予来了，立即板着脸说道：“还好你来得及时，再晚点可就来不及了！”

松予心中一震，很快又反应过来：“晚点你就要下班了是吗？”

林医生愣了一下，随后大笑道：“哈哈……心说你是志德的兄弟，打算跟你开个玩笑呢，没想到你知道这个段子！”

“你这个段子有点过于老了。”松予笑着回道。

二人相视大笑。所谓人以群分，都是跟马志德交好的人，互相自然有些默契，初次见面毫不生分。

简单寒暄过后，林医生为松予做了详细检查。

趁着等待检测结果的时间，二人交流起来。林医生极有耐心，反复询问了诸多问题，又点开电脑，查看各项体检数据，最后打开手机，指着马志德发来的照片说道：“这片子指定有点毛病，搞不好是扫描的时候机器出了什么问题。”

说话间，护士送来了 CT 照片。由于是工作日，就诊的病人不算太多，又是晚饭时间，所以 CT 室并不忙，出结果也就很快。

林医生接过只看了一眼，就递给松予：“你看，我就说吧。”

断层扫描照片中，肺脏影像清晰可见。松予仔细查看，发现两侧肺部各有指甲盖大小的阴影，与早晨的 X 光片相比，阴影几乎可以小到忽略不计。

本来如同泼墨的画面，此时已经缩小成了两个灰色圆点，仿佛浸染宣纸的墨水已经剥落，只留下最后两小块痕迹。

“这就是轻微的肺部感染，你前几天的咳嗽应该就是因为这个。”林医生用手指点点阴影位置，“炎症细胞位于肺泡腔内，典型的细菌性感染。”

“这不会有误差吧？”松予小心询问道。两次检查的结果相去甚远，让他拿不定主意。

“怎么，不相信我？”林医生一挑眉毛，原本轻细的声音提高了几度。

“没有，没有，我就这么一问。”松予挠着头讪笑。

“各项检查都很正常，看你的状态也挺得劲的，肯定没事啦。”林医生拿过病例开始书写，“咱们现在的用药指导你也知道的，尽量少用抗生素，所以我就不给你开药了，回去多喝水多休息，过几天就好了。”

此时打印机打出了书面的检查结果，他将CT照片和几张检测报告摞在一起，连同病例一起递过来，“反正你也不是外行，三四天以后要是还咳，就自己去药房买点药吃。”

见松予仍盯着CT照片发呆，林医生笑着伸出手指，做了个切的动作：“你要是真不放心，我再给你做个活检，都是熟人，我保证给你做得仔仔细细！”

“哎！不用，不用！”松予连连摆手，看着对方白皙而细长的手指，顿感心中一寒。

肺部活检有几种常见方法，用支气管纤维内镜从气管伸进肺部，用长长的针筒从胸口扎进肺部，或者直接手术开胸，提取病灶处的肺部细胞。无论哪种方法，都会带来肉体上的剧烈痛苦。

松予虽没有亲自尝试过，但也早有见闻，心中不由森然，立即起身道谢告辞，收起病例本出门，在林医生的笑声中抱头鼠窜。

出了呼吸科，下楼梯出门的工夫，他又看了一遍病例和报告，自知无事，心中的石头落地。顿时感觉腹中饥饿，正寻思去哪儿解决晚饭时，突然看见了一个熟悉的身影。

就见马志德走进对面大楼，朝着住院部走去。

“这小子不是工作忙吗？往医院跑什么？”松予心中嘀咕道，“别是勾引哪个小护士。”

于是快步走过去，在马志德身后不远处跟随，很快见他进了一间特护病房。瞬间明白过来，该不是他有家属在这里住院，于是紧走几步，也来到病房外探头查看。

第一眼，他就看见了马志德正和妻子苏眉坐在床前。二人相顾无言，病床上躺着的，是他们不到三周岁的女儿，此时正戴着呼吸机，双目紧闭。

“志德。”松予小声喊道。

马志德抬起头，见是松予，眼神中透出意外，随即起身走出病房问道：“这么就快回来了。”

说着伸手拿过松予手中的病例和报告查看。

“家里没事就回来了。”松予探头看了一眼病房内部，问道，“小粽子怎么了？”

由于出生在端午节，所以用粽子作了小名。松予之前见过她几次，一直都很健康，此时却突然住进了特护病房，让他不免担忧。

“肺泡上皮细胞硬化症。”马志德低下头，叹了一口气。

“啊！”松予闻言一惊。

肺泡上皮细胞硬化症是一种基因缺陷疾病，以目前人类的医疗水准，没有任何治愈可能。由于是罕见病，全世界仅有十万例左右，对于医药公司来说，研发罕见病药物的投入产出比极低，也就没有任何企业会为之投资，所以一旦得病，唯有等死。

更为可怕的是，整个死亡过程会非常痛苦。

由于指导肺部发育的基因发生了变异，导致肺泡无法正常摄入氧气。随着病情进展，病人缺氧的症状会越发严重，直至最终窒息而死，整个过程持续数月到数年。但总体而言，大多数病人只能活到六七岁。

所有人都对此无能为力。医院也只能采取姑息疗法，眼睁睁看着小生命缓缓窒息而亡。对于父母而言，这是一种极致的折磨，病魔举着钝刀，在他们的肉体和内心不断撕扯，却又无法反抗，最终任由对方割下一块血肉，然后扬长而去。

“现在……有办法治疗吗？”松予犹豫着询问，他也不愿意相信，可爱的小粽子已是绝症晚期，又会以那种方式告别世界。

"有的！"马志德咬牙道，"一定会有的。"

松予没再出言，因为他知道，此时一切安慰都是徒劳，只能拍拍对方肩膀以示安慰。

良久，马志德打破沉默："你没事吧？"说着将病例递回去。

"有点轻微肺炎。"松予收起病例，随后调转话头，"你吃饭了吗？一起出去吃点？"

"不了，我吃过了。"马志德回道，"一会儿还得回实验室。"

"行，那我不打扰你们了，替我跟嫂子问好。"松予点头，"你也注意休息，有什么我能帮忙的尽管说。"

"放心吧，不会见外的。"马志德伸手推了一把，"滚去吃你的饭吧。"

松予闻言，又叮嘱了几句，随后离开医院。

看着对方的身影消失在楼梯口，马志德转身想返回病房。却见妻子苏眉正握着女儿的小手，将头伏在病床上，已经进入梦乡。紧闭的双目下，隐约能看出泪痕。

在女儿住院后，虽说有护士随时照顾，但苏眉却仍不放心，辞了工作，每日在病床前陪伴。

妻子整日待在医院，马志德也从不阻拦，因为他知道，她只是想在失去女儿前多看她几眼，多陪伴一刻。

病房内静悄悄的，只有呼吸机发出缓慢的声响。马志德不愿打扰，于是掩上房门，转头离开了住院部。

电脑屏幕被唤醒，上面依旧显示着"运算中"的字样。虽说对这种结果早有预见，但马志德依旧不死心，点开历史数据查询。

他四年前来到这家药企，当时公司规模并不大，主要业务是制造非专利药品。

医药技术研发投入巨大，只有大型企业才有能力进行，研发出的药品也就相对昂贵。不过专利保护会有期限，等过了期限不再受法律保护，小企业便可以进行仿制，并以低廉的价格抢占市场。

马志德到来后，与同事合作，成功开发了两款专利药品，这也使他在公司的地位水涨船高。若非如此，公司也不可能让他占用这一组算力最大的电脑。

这是目前国内最强大的工业用电脑之一。此时已连续进行了长达数月的高通量运算，即通过 AI 筛选，寻找一种化合物，用以弥补女儿缺损的肺功能，这是目前最可行的救命之法。

正常人的健康基因会通过指导蛋白质合成，发育成正常的细胞，以完成人体的各项功能。一旦基因出现异常，也就无法合成原本的蛋白质，导致细胞异常。

想要解决这个问题，最直接的手段是修改基因，但这种方法远超人类目前最高的医疗水准。所以只能退而求其次，想办法修补错误的细胞。

细胞表面有一些蛋白质，被称为“受体”，它们有着特殊的结构，只要找到与其有着相匹配结构的化合物，即被称作“配体”，使之成功匹配，就能修复细胞，恢复其功能。

人体内的蛋白质多种多样，每一种都有不同的构型，其中有很大一部分，医学上还未掌握其受体功能，以及与之结合的配体。此类蛋白质，医学上被称作“孤儿受体”。

而能够修复小粽子体内肺部细胞的受体，就是一个孤儿受体，即 G 蛋白偶联受体。该受体是一条细长的蛋白质，包含七个 α 螺旋组成的跨膜结构域，由于构型过于复杂，想要找到合适的配体几乎毫无可能。

即便如此，马志德依然没有放弃希望。他想尽办法，找来了目前最先进的 AI 算法，然后用实验室的电脑进行运算，在无数化合物中一一挑选。

这是个接近于穷举法的笨招儿，却是目前最切实可行的方法。

电脑通过 AI 挑选可能成功的配体，然后一个个尝试。即便算法已经非常先进，即便电脑算力已经到达顶峰，但在海量的数据面前，它的努力如同枪手在黑暗中射击，一开始击中目标的可能性微乎其微。只能不断开枪碰运气，整个过程也许得花费数十年，才可能击中一次标靶。

但留给马志德的时间不多了，也许一两年，也许几个月甚至更短。小粽子现在的病情极不稳定，随时可能恶化。为此，马志德拼了命地努力，只盼着能尽早抓住那渺茫的概率。

后台的历史数据告诉他，在他离开的时间中，筛选没有取得任何成果。电脑依旧在燃烧算力，继续寻找着。

重重叹了一口气，马志德坐进办公椅，手指又开始不自觉地敲打办公桌。急促的声音响起，他的双目变得茫然，看着屏幕上不断被排除的数据，它们就像女儿的生命，正在快速消散。

敲门声传来，不等马志德回应，一个身影进入办公室。

“小马啊，忙着呢。”沙哑的声音响起。

“胡总。”马志德连忙起身。

来人年约五十，中等身材，生得慈眉善目，一双小眼睛透着睿智，乃是领导胡向阳。

他是公司创始人之一，也是医学前辈，不过并不参与研发，而是负责管理。公司有如今的成就，他的决策功不可没。

也许是由于商海沉浮得罪了太多人，外界对其评价并不好，很多人认为他口蜜腹剑，唯利是图，为了赚钱可以抛弃道德底线。

但他却颇有识人之能，是马志德的伯乐。在后者尚未获得博士学位时就进行了高薪引进。当然，马志德也没有让他失望，做出了相应的成绩作为回报。

胡向阳双眼看向电脑屏幕，语气淡定地说道："小马啊，下个月有新项目上马，到时候……"

"我知道。"马志德连连点头，"我不会影响新项目进展的。"

"那就好。"胡向阳点着头，看了看墙边的电脑主机，"公司里的设备，你尽管用，别人不会说什么的，上面要有压力我替你兜着。"

"谢谢胡总。"马志德心中感激不已。

"你在公司能做出成果，我也有面子。不过……"胡向阳沉吟片刻，"现在你这个研究确实希望不大，你要好好考虑考虑。无论如何，有些事儿是没办法的，你还年轻，别钻牛角尖。"

"我知道的。"马志德点点头。

"要不你试试别的办法？"

"有吗？"马志德闻言，精神为之一振，情不自禁地伸手抓住对方胳膊，声音也提高了几度，"有什么办法？"

"你先坐下。"胡向阳拍了拍马志德的肩膀，示意其坐好，随后说道，"是这么回事，早年我在体制内的时候，大概是20世纪80年代吧，那会儿刚开始推进卫生事业现代化，农村里把原本的赤脚医生组织起来，进行过一段时间的培训。我有个同事，去了皖南支援，在那见过儿童的严重肺病被治好的案例。"

"真的吗？具体怎么回事？"马志德忙问。

"当然是真的，不过我并不清楚那儿童具体是什么病。"胡向阳说道，"但从描述来看，应该跟你家闺女是一个疾病。是当地的传统医生，用的草药。我想可能是草药里刚好含有匹配孤儿受体的东西。"

"胡总！你怎么不早说啊！"马志德激动起身，"在哪里？快告诉我！"

"你别激动。"胡向阳道，"很多年前的事了，我也拿不准，所以之前没敢提。现在看你这个样子，我实在是不忍心，特地又去打听了一下，是在歙县山阳镇，在那边的山里。这样吧，不如给你放几天假，你去找找看。”

马志德闻言一愣，随即想起好友松予好像就是山阳镇的，于是立即掏出手机，拨通了对方号码。

合肥的美食街起名偏爱生僻字，诸如“簋街”“簧街”“篡街”之类。松予走出罍街体育公园，来到相邻的美食街，在一家熟识的小店内坐下。

安徽地处江淮，纵跨中国地理南北分界线，既有江河流域，又兼具山区与平原地形，所以省会合肥的餐饮自然也是囊括了南北美食。

一有空，松予就会来到罍街这家小吃店，品尝来自家乡的味道。先点了毛豆腐和霉干菜塌粿，未等上菜，手机却先响起。

“你在哪儿呢？”对面传来马志德急促的声音。

“在罍街吃毛豆腐呢。”松予回道，“过来吗？老地方。”

“等我，马上来！”

“怎的啦？”松予刚开口询问，却听一阵忙音传来，只好放下手机等待。

罍街距离母校很近，又建有球场，过去二人经常来这儿。马志德曾戏谑地说过：“这地方好啊，运动完饿了，刚好出来吃饭，吃胖了需要减肥，又回去打球，商业闭环！”

今天松予又实践了一次“商业闭环”，在啃完两个塌粿后，马志德风风火火地冲了进来。

松予低头看看时间，才过去不到二十分钟，按平时的速度，马志德从实验室赶过来，至少得半个多小时，于是询问：“怎么这么快？你不是闯红灯了吧？”

“你别管了。”马志德伸手拿过松予面前的茶水一饮而尽，随后坐下问道，“我记得你老家叫山阳镇对吧？”

“是啊，怎么了？”松予心中疑惑。

“你们那儿有没有什么有名的老中医之类的？”

“好像……”松予皱眉思索，“没有。20世纪90年代就建了医院了，都是西医。”

马志德皱起眉头，沉吟片刻后，将从胡向阳口中得知的信息复述了一遍，随后说道：“那可能是某种中药，里面有提供配体的成分，如果能找到，小粽子就有救了！”

这回轮到松予皱眉了，他斟酌了片刻后才开口：“你说的这个被治好的儿童，有可能就是我。”

“什么？”马志德突然站起身，凑到松予面前仔细打量，“是真的吗？”

“我只是说有可能。”松予说，“我自己不记得了，但按照我家里人的说法，和你领导的描述是相符合的。”

“那你快告诉我，是谁把你治好的！”马志德激动地伸出双手，紧紧抓住松予的肩膀，“快告诉我！”

“是我妈，她的娘家有一种祖传的医术……”

“那太好了！”马志德已经欣喜若狂，“快带我去见她！”

松予摇摇头道：“她在我七岁的时候就去世了，医术也后继无人……”

“啊！”马志德闻言，如遭五雷轰顶，跌坐在凳子上。

见他如此反应，松予实在于心不忍，于是安慰道：“我带你去看看吧，也许还能找到些线索。”

“对对对！”马志德又起身，急促道，“她以前用的什么草药？只要能找到，我拿回实验室分析，一样可以用的。”

“那我们明早就回去。”松予看看时间，将近晚上九点，此时已没有高铁可供乘坐。

“不，现在就走！我的车就在外面。”马志德拉住松予的胳膊就朝外走去。

“哎、哎！还没给钱呢。”松予伸出胳膊，用手机扫码支付，随后便被拖出了小吃店。

由于附近停车位紧张，马志德来得也着急，直接将车停在了路边，此时已经被贴上了罚单，他也顾不得那些了，钻进驾驶室发动汽车。

松予坐上副驾驶，扣好安全带说道：“慢点，安全第一，不差这一会儿了。”

马志德点点头，驱车直奔绕城高速，随后转上合铜黄高速，直奔目的地而去。

一路上，松予不时瞟一眼车速表，确保马志德不会超速。同时也建议，可以轮流开车，避免出现疲劳驾驶。

“没事的，我下午睡过一觉了。”马志德说道，“快跟我说说你知道的情况，越详细越好。”

见其一副迫不及待之状，松予便先大概讲述了自家的肺病，以及父亲的经历，同时有些担心地问道：“我们家族的基因缺陷，和引发小粽子肺病的基因，这俩是同一个位点吗？”

“我不知道。”马志德摇头，“也许不一样。不过中医这个东西很难说，有很多用现代医学无法解释的东西，但却很管用。”

“也不能说是中医。”松予回道，“听长辈的说法，她治病已经超出中医的范畴了，我觉得可能更像巫医，挺诡异的。”

“怎么个诡异法？”

“她治病的材料很简单，就是把松针一类的东西用火烤，然后入药，我感觉可能是夹杂在里面的某种物质有治病的效果。”松予回忆着大爸的讲述，“但是很奇怪的是，它并非只针对某一类疾病，头疼脑热什么的都能治。这就很不科学。”

“中医本来就不能全部被现代科学所解释。”马志德道，“只要能救命就行。”

松予点头，他看出马志德已是病急乱投医，也能够理解其心情，于是继续说道：“据说每次治病的时候，她都会用一种别人听不懂的语言说一堆话。我一直在想这是否是治疗的一部分，或者也有可能，只是一种故弄玄虚。因为真正起到疗效的东西，也许非常简单，且极容易被掌握。她们得靠这种手段增加神秘色彩，以显示自己的深不可测，进而让人敬重拜服。”

“对，过去的巫医确实喜欢用这种手段。”马志德点头应和，“只要拨开那层神秘的面纱，就能找到具体的答案。”

二人一路聊着，交流了一些医学知识，一晃三个多小时过去，带有“山阳”字样和指示箭头的路标出现在前方，马志德一打方向盘，开下了高速公路。

黄山市以旅游业闻名，古徽州府所在地的歙县，作为历史名城，同样驰名中外。山阳则是其下辖的文化古镇，基建上也获得了诸多便利，交通十分发达。

镇上既有高铁站，也有高速公路道口连通。自驾前来倒也方便，只是到达时已是凌晨。夜半的古镇无比静谧，只有主干道的路灯还在坚守岗位。在松予的指引下，马志德将车停在一处空地，随后二人步行回家。

大爸和大姆本已睡下，听见有人敲门，询问时发现竟是松予去而复返，还带着一个陌生人，顿时有些惊讶。

皖南农村一向好客，虽然疑惑，却也立即开门将二人迎进。大姆更是直接进了厨房，要给二人准备夜宵接风。

“婶子，不用麻烦了！”马志德连忙劝阻，“我有急事，想见见松予的父亲。”

二老闻言更为疑惑。松予忙将前因后果解释一遍，随后说道：“志德家闺女现在病情严重，得尽快找到我妈当年用来治病的草药。”

“跟我来。”大爸为人豪爽，此时也不废话，带着二人上楼。

来到父亲的卧室前，大爸取出钥匙拧开门锁，同时解释，“怕他出去乱跑，所以关家里了。”

屋内没有开灯，借着门外的光线，能看见室内陈设简单，只有床和大衣柜。父亲并没有入睡，而是直愣愣地坐在床上，面朝墙壁，场面显得有些惊悚。

松予摸到墙边的开关，室内瞬间变得明亮，父亲眨了眨眼睛，却没有做出其他反应。

“叔，你好。”马志德走过去，俯身说道，“我是松予的同学。”

父亲用无神的双目看了他一眼，并没有回答。

“叔，能听懂我说话吗？”马志德以为对方听不懂普通话，又问了一句。

“哎，松予娘走了以后，他就痴掉了。”大爸摇头叹道，“时好时坏的，白天还能说句话，现在又痴了。”

许多年来，村人早忘了父亲的名字，而是称其为痴老三，松予小时候被人欺负，也没少被人讥讽为小痴儿。

“那能不能带我去松岗看看？”马志德急切地问道。

“可以的。”大爸说，“不过还是要等明天。”

“现在不行吗？”

“现在已经太晚了，山里黑灯瞎火的，什么也看不见。”大爸笑道，“明天一早我带你们去。”

“对的，大半夜能找着什么啊。”松予也附和，他见马志德一晚上的精神都很紧张，于是劝道，“先好好休息一晚，养足精神明早去就是了。”

“好吧。”马志德无奈接受。

此时大姆已经收拾出了客房，一家人各自睡下，一夜无话。直至清晨，松予正在睡梦中，却被马志德的催促声吵醒：“快，起来了。”

二人随即起床洗漱。

下楼时松予闻见一股香味，就见大姆端上来两个瓷碗，碗内的食物黄底白边，正散发着酒香。

“志德第一次来，尝尝我们这儿的鸡蛋酒。”大姆热情道。

所谓“鸡蛋酒”，就是用酒酿煮的煎蛋饼，是皖南地区的常见饮食。通常是自家种的糯米，洗净蒸熟后和入酒曲发酵制成酒酿备用，食用时将土鸡蛋打散煎成鸡蛋饼，加入酒酿烧开即可。

由于制作简单，常用于早餐食用，其精髓在于煎蛋要用菜籽油，油香与酒香混合，浓郁却不醉人，一碗热酒下肚，又有暖胃之功效，是秋冬季节早餐的不二之选。

“不吃了，我还要开车呢。”马志德着急出门，找理由推辞。

“尝尝嘛，可好吃了。”松予端起一碗，大口喝起来。

“不会酒驾的。”大爸也劝道，“这个是煮过的，闻着酒味重，其实没什么酒精含量。”

“不行，不行！”马志德执意拒绝，“我开车一点酒精都不敢沾的。”

“那就吃几个米饺吧。”大姆转身从厨房端来一个盘子，盘中放着几个巴掌大的米饺，已经煎得焦黄。

皖南山地多而农田少，自古就种植油菜籽。产油多了，传统小吃也自然以煎炸为主。米饺包的是豆腐笋干馅儿，上笼蒸熟后，用菜籽油煎至金黄，食之外酥里嫩，焦香怡人。

马志德终是架不住大姆热情，且盘中米饺确实香气四溢，只好接过盘子，用手拈起便吃，果然美味无比，于是一阵狼吞虎咽，将一盘饺子吃了个干净。

“吃饱了吗，锅里还有呢。”大姆笑道，转头指指走廊那头，厨房的锅中传来阵阵“滋啦”声。

马志德连连摆手，点头称谢间，松予也喝完了鸡蛋酒。大爸看出二人着急出门，于是放下饭碗道：“走吧。”

三人出了门，来到停车的位置。上车后，马志德发动汽车，在大爸的指引下开出镇子，朝松岗村驶去。

“这路窄，开慢点。”大爸提醒道。

通往松岗的山路，行驶摩托车确实宽阔，但让汽车通过，却有些勉强。幸好一路无车，也就不存在避让问题。

马志德从未开过这种地形，一路双目圆睁小心翼翼地驾驶，生怕一个不慎导致万劫不复。

紧张的行驶很快过去了，汽车停在村口空地上。还未下车。松予就看见前方有异，于是说道：“大爸，你看！”

就见不远处，有人佝偻着身体，蹲坐在纪念碑前。

“可能是你五叔。”大爸说道。

三人下车，走到纪念碑前。见五叔双目紧闭，身体依靠在碑面上，凿子和锤子被丢在脚边，下垂的手中，紧握着一支毛笔，笔尖似乎刚刚划过碑面，在纪念碑上划出了一道刺目而粗重的红线。

“五叔。”松予靠近前，小声问了一句，见对方没有回应，立即伸手探了下鼻息，随后又摸向对方脖颈试探脉搏。

“他走了。”大爸突然说道，同时指了指纪念碑，“他刻了自己的名字。”

在大爸手指的位置，是那根红线的源头，那里多出了一个名字，被加了方框并且描成了显眼的红色。

墨之迹

秋末，还差些日子才到伐木季。

松岗林场平日只有两位护林员值班，主要负责守山，排除火险。五叔是其中一人，在确定他已经亡故后，松予三人将他抬回了林场。

接下来便是通知镇上，来人收敛尸体。很快来了一辆农用车，几个镇民将五叔抬上车，随后匆匆离去。

整个过程甚至没有对话，仿佛所有人都早已预见到了这一天。

倒是马志德，听松予讲述了原委后，情绪变得有些激动。他站在林场门口，目送着农用车远去，看着远处的纪念碑说道："他是英雄，人们应该记住他的名字。"

"但愿吧。"松予摇摇头道，"可惜啊，英雄总是没有好结果。"

"和他一样的人，村里本来有五六十个。"大爸看向纪念碑，"现在只剩二三十个了吧，都是严重肺病，走得都很早。"

松予闻言，转头看向马志德。后者立即从他眼神中读懂了含义，于是说道："走，我们去松林。"

此时二人都已经想到，如果找到那种神秘的药材，也许能够治疗所有人的肺病。让所有像五叔一样的英雄们，不会落得和五叔一样的惨淡下场。

三人离开林场，转头进了松林。踩在厚厚的松针上，三人却不知到底该寻找什么。松岗地处高山，又是秋后的清晨，林中雾气飘荡，显得前路扑朔迷离。

松予走在最前面，很快来到上次见到父亲的地方。地上的松针依旧厚实，那个被挖出的窟窿也依旧存在。

“上次就是在这里找到我爸的。”松予说道，“过去我妈用的松针，应该也是在这附近取的。如果其中有药用成分，应该就能在这里找到。”

马志德闻言，掏出手机，打开照明功能，俯下身子仔细查看，同时不断用鼻子嗅着：“这有股腐败的味道，里面应该含有丰富的化学物质。”马志德将手机递给松予，“帮我照着。”

后者接过，就见马志德从口袋中掏出一个密封袋，将面前的松针翻开，取湿润的部分装了满满一袋子，“我带回实验室分析一下看看。”

随后三人出了松林，驾车原路返回。到了镇上，大爸还想留二人吃过午饭再走，马志德忙解释说时间紧迫，一刻也不敢耽误。

见其态度坚决，大爸也不好坚持，于是下车独自回家。马志德则调转方向，开上了高速公路。

一路风驰电掣，回到合肥时，才到中午十一点。松予本就只请了一天假，理应回去上班，又见马志德焦急无比，于是主动说道：“你直接回实验室吧，路上随便找个地铁站给我丢下去就行。”

此言一出，正中马志德下怀，于是沿着包河大道开了一截，看见地铁一号线的指示牌时，将汽车停在了路边。

松予跳下车，不等说话，就见马志德一脚油门扬长而去。他只好无奈笑笑，先找地方随便对付了午饭，随后返回工作单位。

他在医药公司属于销售部门，平时除了出门跑业务，就是坐班联系客户，并无严格的考勤要求，也没人过问他上午去了哪里。于是先和同事打了招呼，说明已经去医院复查，如今一切安好，随后回了自己的办公室。

只是工作期间一直心不在焉，总惦记着马志德那边的情况。昨天的见面，让松予深刻认识到一个父亲的强大，他可以不吃不喝不睡，付出一切拯救自己的女儿。

从山阳回来后，马志德就会进入实验室忙碌，自己也帮不上忙，盲目过问反倒不好。松予只好耐着性子，先不去打扰他。

到了下班时间，继续平日的作息，运动完回到租住的房子，吃饭洗漱，打开电脑玩了几局射击游戏，却因走神连连失利。只好退出游戏，打开视频平台，找了个新上映的电影看着。

时间不知不觉过去，到了睡觉的时间，却辗转反侧难以入眠。从山阳回来已有十多个小时，对松针的初步检测应该已经完成，也不知是个什么结果。正当他考虑是否打去电话询问时，马志德却主动联系他了。

“我发现了一种新的细菌。”电话中，马志德的语气异常激动。

“细菌？新的？”松予有些困惑。

“是的，新品种！”马志德坚定地说道，“起初我以为是枯草芽孢杆菌，但用电子显微镜仔细观察后发现形态不大对，而且在做涂片固定的时候，菌群在高温下突然展现出极强的活性。联系到拿松针治病前要先烧一遍，这就很合理了。”

枯草芽孢杆菌是一种益生菌，在自然界中广泛存在，常应用于畜牧养殖业，能够帮助食物消化，减少消化系统疾病。实验室在鉴别菌种时，通常首先采用革兰氏染色法以缩小范围，其中一个步骤需要加热固定涂片。

但能够被高温提高活性的，却只能是古细菌中的嗜热古菌。

“你是说，松针里有一种古细菌吗？”松予疑惑地问。

“是的。而且已经测试过基因序列了，这是一个新菌种。”马志德解释，“这次的发现，足以让我们被写进生物学教科书了！”

“真的吗？”松予闻言又惊又喜。

“我刚拿到基因测序结果，确实是新菌种。”马志德说道，“这种细菌太特别了，我相信它就是那种神秘的药材。”

“那太好了，小粽子有救了。”松予大喜，随即又问，“尽快开药用吧！”

马志德沉默片刻后开口道：“这就是我打电话找你的原因。”

“找我？”松予有些疑惑，“我可不懂技术啊。”

虽然他也是医学专业毕业，但奈何成绩不佳，如今只是个药品销售，何德何能可以参与药物研发。

“不不不！”马志德连忙解释，“是这样的。我在实验室里模拟了很多次，却提供不了适合它们的环境，没法大规模培养测试，我带回来的那些松针里的菌群，现在已经用得差不多了。所以我想，最好是直接去松岗村，在它们原本生活的环境里进行研究。小粽子的时间不多了，我得尽快搞清楚细菌的活动机制……”

“那没问题，要我干什么，你直接说，一定尽力。”松予立即回道。

“跟你大爸说一下，把你家在松岗的老房子借给我。”马志德解释，“我已经和我们领导汇报过，公司会支持我做这个新项目。为了加快研究进度，我想在你家老房子那儿设一个临时实验室。放心，有预算的，按最高标准给你租金。”

“嗨，什么租金不租金的，你直接用就是了。”松予一口答应，又问，“你什么时候过去？”

“这边已经在筹备了，明天就可以把设备拉过去，最晚下午就能到山阳。”

“现在大爸应该睡下了，明天早起我打电话过去，让他先去提前收拾一下。”

“那太好了。”马志德语气中透着欣喜，“我这边要忙了，你早点休息，明天再联系。”

说罢就挂断了电话。

松予放下手机，心情久久不能平复。一时难以入眠，躺在床上回味着这两天经历的一切。

现在细细想来，母亲一族的巫医身份已不再神秘。一切都源于这种细菌，它们古已有之，存在于松林之间，在很久以前，母亲的祖先无意发现了其药用价值。在条件艰苦的古代社会，掌握医术意味着被人尊敬甚至被崇拜，同时也是一种强力的生存资源。

于是母亲的祖先将药方严格保密，并发明了治病的仪式和传承的规则，以增加其神秘属性，将这种资源牢牢掌握。但到了现代，过去的规则已经不再适用，现在更需要循证医学，以科学的态度和手段将之解密，挖掘其医疗价值，以拯救更多的生命。

如果不是二十年前的火灾，母亲此时还在，想必也会愿意将秘方公开，镇上的烟痨病人们，也不会为痛苦所煎熬，一个个英年早逝。小粽子和其他病人，也会受益于此，得到相应的救治。

只可惜母亲早已不在。如今能做的，就是尽力帮助马志德，尽快完成这份伟大的事业。

想到这些，松予内心更加激动。在床上辗转反侧，直至清晨时才小寐片刻，但很快被闹钟吵醒。此时已是大爸平日的起床时间，于是立即打了电话过去，详细讲述原委后，果然如他所料，大爸表示对他们的工作坚决支持，随后就说立马前去松岗准备，便挂断了电话。

此时松予紧张的心情才略感放松。放下手机后，迷迷糊糊又睡了过去，这次他没有再经历噩梦中的火场。而是隐约看见了母亲，那原本模糊的形象又清晰了几分，她似乎在微笑，在为自己的事业得到传承而喜悦。

一连数日，松予都无心工作。

马志德已经在松岗建起了临时实验室，开始投入研究。他忙得疲于奔命，松予自然不会打扰，只能通过大爸了解近况。

从发来的照片中可以看出，老房子的院子被彻底改造，建成了一座泡沫板房。板房后侧紧贴堂屋，右侧连接厨房。板房内是实验室所在，但各种设备和仪器一应俱全。

对于马志德的到来，镇政府得知后十分支持，特意将基础设施进行了加强。

林场的机器耗电量高，专门从镇上拉了电线，装有独立的变压器，只需单独再加一条线路，提供实验室使用不在话下。自来水是现成的，从山上引来的泉水，水压不高，却也够用，使用时加以蒸馏即可。

随后马志德又出资，拉了一条十公里长的网线，装上一台大功率路由器后，松岗村从此连入了互联网世界。

之后马志德主动找到大爸交房租，大爸却一再推辞，你来我往数次，才勉为其难收下。随后大爸提出，这些钱就用来采购生活物资，每隔几日由大爸为其送到松岗。马志德推托不下，只好应承。

一切都来自大爸的讲述，整个过程他都在参与，唯独不了解研究进度，只是看见马志德带着一名助手，每日除却睡觉吃饭，其余时间都待在实验室中，极少出门。

一晃十多天过去，情况一直照旧。其间松予询问过马志德数次，每次的信息都在很久以后才回复，且只是简单的几个字，表示正在加紧进行，暂时并无突破。

科学研究绝不可能一蹴而就，尤其药物开发，周期往往极度漫长。松予对此自然心知肚明，但又惦记小糯米和村中的烟痨病人，终究是按捺不住，想办法寻了个出差的机会，独自回了山阳镇。

到家时就见院内无人。上楼查看发现父亲依旧被锁在卧室中，隔着窗户问候一句，却见他并无反应，只好转身下楼出门，回来之前松予已经得知大爸近几日正在制墨，于是直奔祖宅而去。

山阳作为千年古镇，传统建筑自是不缺，现存的大多是清代所建，松予家的老宅也不例外，始建于宣统年间，虽已逾百年历史，但几经修葺，总体保存完好。

在中国传统建筑流派中，徽派建筑独具一格。外观中最大的特点是青砖黑瓦马头墙，以青石、土砌护之，内部正中间为堂屋，屋中设置天井，以提高室内采光和通风效果。堂屋以木架构为主，注重装饰，尤其以木雕繁复驰名。

老宅早已无人居住，而是在堂屋内安装了设备，改成了制墨作坊。

来到老宅时，果然见大爸与一位中年人，正在天井下忙碌。各自手持一根木杵，围着工作台，轮流敲打面前的墨泥，同时不断喊着口号，一唱一和颇有节奏。在其身后的竹匾中，放着一批已经阴干的成品，正在等待描字和包装。

大爸膝下无子，也从未正式收徒，兴许是因为烟痨病，镇上一直无人学习这门手艺。好在县里墨厂与大爸有业务合作，时常有工人来帮忙，也顺带交流学习，如此一来，倒也无须担心后继无人。

见松予到来，大爸停下活计，正待介绍中年人，却被松予出言打断：“这几天松岗怎么样？”

“有两天没去了，我看小马挺忙的，我也帮不上手，所以没去打扰他。”大爸说道，“你自己去看看吧，摩托车钥匙就在电视机上放着呢。”

“好。”松予转头要走。

“等一下。”大爸伸手阻拦，随后从中堂上取来一个盒子，“这个你带去给小马。”

松予双手接过，见是装墨的木盒，于是揣在怀里，转头回到家，从院中推出摩托车，径直去了松岗。

在村口停好车，进村时就远远看见自家院门前的空地上几乎堆满了松针，显然是近几日马志德收集来的。此时正有两个白衣人，蹲在那堆松针前，似乎在说着什么。

走近时才看清其中一人正是马志德，还有一个陌生长相的年轻人，想来是他的助手。二人都是神态萎靡，一副极度疲倦之状，尤其是马志德更是蓬头垢面，一头乱发和满脸胡茬，形象如同野人。

见松予到来，马志德起身相迎。

“怎么样了？”松予急切地问。

“细菌的特性已经基本了解了，但就是搞不清它的治疗机制。”马志德摇摇头，“一定还有些什么，是我们没有掌握的。”随即又问，“你爸怎么样了？如果他能想起来什么就好了。”

“回来的时候看了，还那样。”松予摇摇头，随即安慰，“你也别太着急了，不如先休息一两天，别研究没搞好，身体先搞坏了。”

马志德无奈点头，转头对助手说道：“你也辛苦了，这半个多月跟着我，觉都没睡好。先暂停吧，放两天假休息一下。”

“那太好了。”助手站起身，打了个哈欠笑道，“我得回家看看去，再不回去陪媳妇儿我怕小命不保。”

“那你去吧，给弟妹哄好了再回来，这两天有事我可以让松予帮忙。”马志德递过车钥匙，“下山注意安全。”

助手立即接过车钥匙，千恩万谢后走了。

此时松予才想起怀里还揣着木盒，于是递给马志德，后者接过，抽开盒盖查看，见是一块成品徽墨，正面描着金字，尾端则刻有字号印章。

“大爸太客气了。”马志德道，“之前就顺嘴提了一下。”

“见外了，给你就拿着嘛。”

“你嫂子老说我字写太丑了，以后闺女可不能随我。”马志德叹口气道，“本来说等闺女大点，就给她报个书法班练字，所以之前了解过笔墨纸砚。要不然之前大爸来帮忙，我都找不到话跟他说。”

松予闻言大笑，说道："我大爸一辈子泡在这里面，你要是能跟他聊聊徽墨歙砚，他肯定把你当知己。"

马志德拿起墨条把玩，手指染成了黑色，他却也不介意，将它拿到鼻子前嗅了嗅说："好香啊，真好闻。"

"这里面可不止松烟，还加了很多材料的，都是香料啥的。"松予解释，"古法制作的墨是纯天然的，可以食用的，听我老爷说，早年有人喝墨水治肚子疼，不过只是偏方，现在没人用了。"

"喝墨水？治肚子疼？"马志德突然停止把玩，转而将墨条举到面前，提高声调道，"这墨也是松树做的，古菌也是松林里的，这之间会不会有什么关联？"

松予挠挠头，只是随口一句话，不料会引起对方如此大的反应，正当不知如何回答时，一阵手机提示音响起。

马志德掏出手机，见是妻子打来的视频电话，面色为之一变，随即接通。画面弹出来，就见妻子在病房内，泪水正如泉涌："刚做了检查，小粽子病情又严重了，你的研究怎么样了？"

"很快会有结果的，相信我！好好陪着她，等我的好消息。"马志德连连安慰，尽量表现出笃定的神色，挂断电话后，才转为满面愁容，"不行，我不能休息，我没有时间了！"

说着他把墨条装回盒子，塞到松予手中，转身进了院门。

这是一间 P1 级生物实验室，对防护要求很低，出入倒也随意。松予跟进去，问道："你不用先洗手吗？"

马志德将松针放在工作台上，抬手看了看掌心，还残留些许墨色，他摇头道："我已经做过很多试验了，在松岗的空气里，它们的性状非常稳定，普通的污染根本不影响它们的生命周期。"

"那这到底是个什么菌种？"松予好奇问道。

“你来看。”马志德将碾碎的松针放进培养皿，随后擦干净手，唤醒了自己的工作电脑。

屏幕上分别出现一系列视频和图案，有基因序列图和电子显微镜下的监测视频。

马志德指着画面说道：“外形上看很像枯草芽孢杆菌，但是它们的鞭毛特别多，而且又细又长。正常的枯草芽孢杆菌只能耐受 120 摄氏度，但是这种菌在二三百摄氏度的时候依旧存活，甚至会因为温度变高而变得更加活跃，这有点像嗜热古菌，但不如嗜热古菌耐热，而是超过 400 摄氏度就不行了。所以我认为，远古时期，这里还是海洋的时候，它们就已经存在。经历地质变化，海洋变成了高山，它们为了适应环境，进行了一系列演化，也可能在后来和其他细菌进行过基因交换，才有了现在这种介于细菌和古菌之间的形态。”

松予凑近屏幕，看见一堆测试数据，显然是近日的试验结果。但内容极度专业，属于分子生物学中某些细分领域，以他的知识已经很难看懂了。

“特性基本已经掌握了。现在的问题是，怎么利用它的这个特性来治病。”马志德语气焦急道，“我研究到现在，也没弄明白它们治疗任何肺部疾病的可能机制。”

“别急，既然已经掌握特性了，应用是迟早的事。”松予安慰。

“没时间了。”马志德道，“我打算把小粽子接过来，行不行先用上看看。”

“那怎么行？”松予惊道，“这玩意儿还没弄清楚，先不说小粽子的身体经不经得起随便用药折腾，关键这不符合医学伦理，是违法的！”

“我管它违法不违法！”马志德吼道，“你不知道新药审批有多麻烦吗？我能等，我女儿能等吗？”

松予闻言沉默。

即便马志德立即研制出新药，再跳过临床实验环节，直接申请上市，最快也得一年以后，才能获得批准。以小粽子的病情进展来看，她很难等到那一天，而且现在的关键问题是，他们还搞不清楚古菌治疗肺病的具体机制，制药更是无从谈起。

“让我来吧。”松予突然说道。

“你？”

“是的。”松予解释，“我是上一个被治愈的人，从我身上也许能找到点什么。你还记得我之前那个肺部的片子吗？”

“记得。”

“我总感觉，这之间一定是有关联的。”松予道，“我肺里的那片出现又消失的阴影，有没有可能就是这些古菌？”

“对啊！”马志德一拍大腿，“我怎么没想到？！”

随即二人开始合计。首先，得取出松予的肺部阴影处的细胞进行分析，但此刻并无相应医疗器具。马志德思考片刻，最后打出了一个电话。

安排妥当后，二人继续交流，同时马志德打开电子显微镜，开始观察培养皿。屏幕上显示出微观结构，一个个杆状细菌出现，无不在挥动鞭毛缓缓蠕动着。

“给你看看它们高温下的活动。”马志德将培养皿取出，直接用电炉进行加热，在温度显示到达 300 摄氏度时，立即将培养皿重新挪到电子显微镜下，“你看，它们在高温……哎？等等！”

就见屏幕中，古菌非但没有如他所说变得活跃，反而聚拢在一起，似乎有着某种目的。

“这是怎么了？”松予忙问。

“它们在形成芽孢。”马志德指着屏幕解释，“你看这里。”

自然界中，有芽孢的细菌并不多。细菌可以通过芽孢在恶劣环境中存活，当环境适宜时，芽孢会再次萌发，重新变回细菌原来的形态。这是微生物学的基础知识，松予自然知道，他不太理解马志德的惊讶，便问道：“有什么问题吗？”

“太有问题了，这跟之前的细菌性状完全不一样了。”马志德解释，“这更像普通芽孢杆菌发现温度过高直接生成芽孢装死了。”

“难道这松树林里有两种细菌同时存在吗？”松予问。

“不，这是同一种，外形是一模一样的。”马志德摇头道，“肯定是有什么外部原因，就好像有人告诉它们，危险马上要来了，注意保命，才导致了这种结果。”

二人沉思片刻，松予突然说道：“你没有洗手！”

马志德也反应过来，这个培养皿中的细菌通过他的双手接触过墨灰。

“我就说这里面有关联！”马志德一拍大腿，“一定是墨里的某种物质引发了它们的变性。”

“我去跟大爸要一份配方。”松予提议，“拿回来每样都试一下，看看到底是什么。”

“好，你快去！”马志德此刻兴奋无比，他感觉已经找到了一条可能的路径。

松予立即出门，奔至村口，骑上摩托车直接回到镇上。

大爸仍在老宅中忙碌，见松予来了，急忙说：“回来啦？刚还没给你介绍……”

“先别介绍了！”松予急促道，“快把做墨的材料给我每样来一份，我急用。”

“真是没礼貌。”大爸嗔怪道，但还是放下手中工具，取来几个密封袋，将制墨材料各装了一份。

松予看了一眼，除却茶叶和动物骨胶，其余大多是中药，有冰片、麝香等。于是接过，转头便走，听见大爸在身后对中年人说："这孩子就这样，风风火火的……"

松予一溜烟又回了松岗。见马志德正在电脑前发呆，立即将材料全递过去。后者着手试验，花了数小时，将材料依次试过以后，却发现细菌并未出现之前的特性。

二人狐疑间拿出了最后一样材料尝试，是制墨用的烟灰。果然在接触烟灰后，细菌们性情大变，似乎烟灰中有某种可怕的东西，导致它们纷纷生出芽孢自保。

本以为是中药的作用，所以按照预估可能性大小在尝试，没想到却是可能性最小的一样起了效果。虽然还拿不准这项发现有何价值，但可以肯定，这是个好的开端。

马志德立即着手，开始分析松烟的具体成分。

按理说，烧过的烟灰主要成分是碳，至多再有少量氢、氧、氮之类的常见元素。但经过一系列分离操作后，他在烟灰中发现了一些蛋白质。它们大多已经破碎不堪，只有少许还存在完整的构型。

于是又花费了半天时间，将这些蛋白质分离出后，加入培养皿并加热，果然古菌再次降低活动范围，并生出了芽孢。

此时已经可以确定正是烟灰中这些蛋白质的残留导致了古菌的变性。在详细扫描分析后发现，这些蛋白质来自一些死去的古菌，只是已经进行了一定程度的错误折叠。

"你说是不是有这种可能？"松予突发奇想，"制作松烟的时候，松树里的古菌被烧死，它们在死前留下这些蛋白质。导致松针里的古菌接触后，认为高温环境会很危险，所以采取自救措施，形成了芽孢。"

"有一定可能性。"马志德回道。

通常来说，相邻微生物会形成通道直接传递信息，不相邻的，则可通过化学物质进行传递。

经过长时间灼烧后，松树中的古菌早已死亡，相应化学物质也已不复存在，但理论而言，如果它们可以对自身蛋白质进行折叠，也是可以传递信息的。只是就目前的科研分类上，这个领域几乎是空白，所以并没有相关理论支持松予的想法。

但如果松予的思路是正确的，那就说明古菌有着某种修改蛋白质的能力，也就意味着它们确实可以治愈小粽子的疾病。而现在问题的关键是弄清楚古菌如何修改蛋白质，以及该如何让它们按照要求进行修改。

“希望你是对的。”马志德兴奋道，“我感觉已经摸到门道了，相信很快就能证实。”

想到即将取得突破，二人激动万分，相拥而泣。

次日上午，两辆运动型多用途汽车穿过迷雾，停在了松岗村口。

松予和马志德立即上前迎接。

胡向阳从前车上下来，饶有兴致地看了看周围，又走近纪念碑上下打量。

“这是我们公司的胡总，这次的项目全靠他大力支持。”马志德给双方介绍，“这是松予，叫他外号‘松子儿’就行，朋友都这么叫。”

胡向阳看了松予一眼后，主动寒暄一句，便转身对着两辆汽车招呼：“干活吧！”

随着他一声令下，车上下来四个工作人员，开始搬东西。马志德走到后车旁时，车窗落下，苏眉在后座，露出憔悴的面庞，对着马志德微笑道：“老公，辛苦你了。”

“老夫老妻的，说什么客气话。”马志德摆摆手，拉开车门。

车内进行过改造，形成了一个小型简易病房，配备了整套医疗仪器，小粽子躺在病床上。

“爸爸……”小粽子半张脸被呼吸面罩遮掩，只能发出含混的声音，同时微微抬眼。

见此情形，马志德心都要碎了。他立即握住女儿的小手道：“爸爸在呢，没事的。”

“马博士，”工作人员走过来，“屋里已经安顿好了，最多五分钟就行。”

“好。”马志德点头。随即招呼苏眉下车，同时帮助工作人员拆下车内的仪器。

昨夜在向胡向阳汇报后，后者对进度异常满意，也同意将小粽子送来松岗，以方便后期救治。众人动作很快，对老房子的室内又进行了一番升级改造。原本的一间卧室成了病房，堂屋则增加了一张简易病床和部分设备，甚至有一台便携式 X 光机。

小粽子被安排在卧室，由苏眉陪着。众人则在堂屋，先给松予拍摄了几张胸片。从 X 光片中可以看出，他肺内的阴影已经变得极小，颜色也较为暗淡，不仔细分辨很难看出，仿佛原本的墨迹正被身体快速吸收，即将不留痕迹。

“来吧。”松予主动说道，他感觉心脏在狂跳。此次获取肺细胞需要进行穿刺，虽然早有见识，但想到那细长的针管即将刺穿自己胸部，他心中依旧有些紧张。

躺在病床上，进行麻醉后，松予闭上双眼等待，很快听见已经完成的提示，处理完伤口，又躺着休息了片刻，松予感觉已无大碍，便想起身。

马志德从屋外进来，阻止道：“你最好休息几个小时。”

“没事的，我身体好。”松予忙道。

马志德知道他好动，很难长时间躺着，于是为他做了详细检查，见并无问题，便示意他可以起身。

“你的肺细胞里果然有古菌，我想就是它们在维持你肺部的健康，上次片子里的阴影，应该是刚好拍到它们的‘上班’时间了。”马志德道，“具体数据还没有出来，不过很快可以分析出结果。”

对此结论，松予并不意外。

二人走出堂屋，来到实验室，见胡向阳正在电脑前查看数据。四名工作人员则挤在实验室里，好奇地到处查看。

马志德认出其中一人，是胡向阳侄子，由于二人长得颇为相像，所以非常好认。

小胡大学毕业三年换了几十份工作，没一份做得长久，最后胡向阳只好将其招进了公司。

领导在身边安排个把自己人实属正常，同事们对此心照不宣，且小胡只是做些跑腿工作，和其他人并无竞争，也就从来无人提出异议。

只是小胡平日里不务正业，工作也不甚上心，导致周围人都对其颇有微词。此时他站在电子显微镜前，一副好奇之状，正打算伸手鼓捣，却被马志德阻止：“不能碰！”

小胡闻言，面上立即泛起不悦，不等发作，却被胡向阳照着后脑勺扇了一巴掌：“叫你别碰就别碰！别都挤在这儿了，把他们几个送去高铁站，让他们先回去吧，你也到镇上找个旅馆待着去，没有我的电话不要回来。”

众人闻言立即转身出门，小胡也一同离去。松予见胡向阳看自己的眼神有异，且在此也已经帮不上忙，于是说道：“我去送送。”

出了院门，松予几步赶上说道：“大老远来一趟，吃了饭再走吧。”

这几人来此，也都是帮自己好兄弟办事，他自然不能毫无表示。

众人闻言，正犹豫间，却听小胡说道：“好啊，歙县可是徽菜发源地，来的时候看镇上有家饭店不错，咱们吃了午饭再走吧。”

“还去什么饭店啊。”松予笑道，“来了就是客人，去我家吃吧，我大姆做菜那可是一绝。”

“啥是大姆？”有人发问。

“就是大伯母的意思啦。”小胡得意道，“这边的方言。”

“你还懂我们的方言呢。”松予道。

“一点点啦。”小胡笑着招呼众人，“大家也别见外了，去我松子儿哥家叨扰一顿好了。”

随后招呼众人上车。

小胡车技娴熟，一路快速下山，不多时就到镇上。一路上众人闲聊，都是相仿的年纪，有许多共同话题，很快就熟识起来。

回到家时，大姆已经在厨房忙活。见客人到来，大爸出门招呼，将众人迎进客厅，在八仙桌前坐定，随后先将几瓶好酒摆上。

“大爸太客气了。”小胡忙说，“我们是来工作的，可不好喝酒。”

虽是不断推辞，但经不住大爸一再劝说，众人最终端起了酒杯。松予刚做过穿刺，不好饮酒，只好倒杯饮料作陪。

大姆端上菜肴，豆腐圆子、腌笃鲜、毛豆炒火腿、油爆山笋、干豆烧肉、油煎毛豆腐等徽州名菜摆上了桌。

几杯酒下肚，众人不再拘谨，很快酒过三巡，气氛也变得热络。小胡更是反客为主，站起身不断敬酒，又向其他三人讲解各道菜肴的特点，以及来历典故。

“小胡不是本地人吧？”大爸笑道，“怎么比我这个本地人还懂徽菜啊？”

“哎，哪里！哪里！我是北方人，不过小时候我在你们县里待过几年。”小胡身体已经开始摇晃，却举起酒杯道，“我要敬大姆一杯！菜做得太……太好吃了！”

大姆忙举杯相迎，也客套道：“那小胡也算半个徽州人了！”

“可以这么说。”小胡将酒杯一饮而尽，又自己满上，“我爹走得早，我四五岁起就跟我叔过。那会儿他和婶子在这边县医院工作，我还在城关小学读过一年半呢，二年级快结束才转走的。”

闻听此言，松予反应过来马志德的项目能得到胡向阳支持，想必与此有关。只是他从未听马志德提起过，此时心中不免好奇，正要向小胡再询问细节，却见他醉意已浓，说话也变得口齿不清，只好暂且作罢。

饭后，小胡醉倒在酒桌前，另外三人便打算将其带到镇上旅馆安顿。大爸却大手一挥：“去什么旅馆，家里没地方睡是吗？松予，给小胡扶到客房去。”

众人便不再推辞，同时听大爸又说：“你们也别走了，都在家住下，玩两天再回去好了。”

“不行，不行！”三人忙摆手，“还得赶回去上班呢。”

大爸闻言，便不再坚持，而是送三人出门。松予则扶着小胡上楼，好在后者身材瘦弱，倒也没费太大劲。到了二楼，先路过父亲的卧室，在窗前停留片刻，见父亲情况依旧。正要继续走，却见父亲突然起身，冲着窗外眉头紧皱，好像突然想到了什么。

“他……你……”父亲双手抱头，仿佛在回忆，又似乎十分痛苦，喃喃说着，“是他、是他！”

松予见状，以为父亲想对自己说些什么，于是问：“爸，怎么了？”

“是他，就是他！”父亲双手不断捶打脑袋，又开始重复，“大夫，火！”

松予以为父亲又犯病了，于是赶忙将小胡扶进客房安顿好，随后返回查看。却见父亲已经恢复正常，正坐在床前，只是眉头紧锁，似乎正陷入回忆。

“爸，你还好吗？”松予问。

“大夫……大夫……”父亲喃喃道，伸手指向窗外。

松予看向窗外，心中不由得惊疑。突然他反应过来，父亲所指的，是刚才打过照面的小胡。

他随即想到一种可能，由于小胡与老胡长相酷似，结合老胡曾在本地工作过的事实，父亲很可能与他见过面，且对方与当年的大火有脱不开的干系！

再次回到松岗时，松予留了个心眼。

来到实验室，见马志德和胡向阳正在电脑前，于是先上前打招呼，同时细心观察，想从胡向阳身上看出端倪。

“肺细胞检测结果怎么样了？”松予问道。

“刚发现一个有意思的。”马志德回道，“你肺里取出的古菌刚做了基因测序，发现和外面的很不一样。”

“怎么不一样？”

“它们改造了自己，成了你身体的一部分。”马志德道，“我还在奇怪为什么你的免疫系统能一直允许它们存在呢，测序结果出来才明白，它们会读取宿主的基因，这有点像病毒的运作机制。”

“这细菌也能逆转录吗？”松予忙问。

所谓的“逆转录”，与“转录”相对。基因有单链和双链之区别，转录即基因中核酸从双链的 DNA 转为单链 RNA 的过程，逆转录则相反，是在 RNA 指导下合成 DNA。自然界中有些病毒是单链，人被其感染的过程就是逆转录的过程。

在医学上，有用逆转录病毒治疗遗传疾病的研究，简单来说就是改造 RNA 病毒，让它感染病人，通过逆转录的方式修补病人有缺陷的基因。但那属于前沿领域，距离应用为时尚早。此时松予听了马志德的讲解，便以为古菌是通过此类机制修复了自身体内的基因。

“目前还不清楚。”马志德摇头，“古菌不是病毒，不会是那一套。”

“这种古菌很有意思，有极高的研究价值。”胡向阳插嘴，“小马，你回去就可以发论文了，前途无量啊。”

马志德闻言点头，同时回道：“谢谢胡总支持。”

“应该的。”胡向阳客气道，转头问松予，“听小马说你父亲是火灾致残的，现在还好吗？”

“别的倒没什么，就是脑子缺氧，痴掉了。”松予回话，同时观察到，对方眼中掠过一丝异样，于是他故意说道，“病情反复无常的，有时候会比较清醒，能想起一些以前的事。”

胡向阳闻听此言，目光中闪现出一缕惊慌的神色，但很快就被他掩盖，笑着说：“那该去看看，没准还能治好。”

“谢谢胡总关心。”松予点点头，随后又摇摇头，“一把年纪了，二十年都这样，也没什么好治的了。”

胡向阳闻言，也没再说什么，而是继续查看电脑屏幕。

松予见其转头，伸手拉了拉马志德的袖子道：“我去看看小粽子。”

二人一向有默契，马志德看出他有话要说，于是回话：“走！”

进到里屋，拉开隔离帘，见苏眉正拿着一本故事书，轻声朗读着。小粽子才刚三岁，并不太懂故事内容，但苏眉却坚持每天为其朗读。也许是因为这样的陪伴，让小粽子有了较为乐观的心态，虽然身体虚弱，双目却依旧保留着光彩。

松予和苏眉打过招呼，说了句“嫂子你们继续”，随后拉着马志德到墙角，将自己的发现以及对胡向阳的怀疑说了出来。

马志德闻言大惊，随即也将自己了解的信息说出。二人一核对，瞬间发现了异常。胡向阳建议马志德来山阳寻找偏方时，说的是从支援乡村医疗的朋友处得知，却绝口不提他曾在县医院工作过的事实，说明他不想让人知道这段过去，这就十分可疑了。

“如果我没有猜错，松岗一定有什么东西是他想要的。”松予说道，

"当年他没有找到，一直不死心，所以想办法又来了。我觉得他要找的，就是咱们发现的古菌。"

"很有可能。"马志德回道，"不过先别急，现在情况还不明朗，咱们先静观其变。"随后思忖片刻，又说道，"想想办法，看看能不能查查他的底细。"

"好。"松予点头，"我回去问问大爸，看能不能在县里查到点什么。"

双方又交流片刻，随后松予转头离去。

匆匆回了镇上，到家时，见小胡已经酒醒，正躺着玩手机。松予走进客房，先客套几句，随后旁敲侧击地询问关于胡向阳的事。

小胡大大咧咧，嘴上不把门，几句话聊过，就竹筒倒豆子，说了胡向阳当年所在医院的具体科室，以及详细的工作时间，最后又说："我叔在县医院待过好多年呢，一直想调回省城，偏偏因为工作能力太强，医院不放人，最后干脆辞职出去创业了，才有了现在的公司。"

松予闻言，忙恭维几句，随后借口有事要忙，便告辞离去。路过父亲卧室，想到此时不能节外生枝，于是将卧室的窗帘拉上，然后才下楼。

松予独自去了祖宅，见中年人仍在忙碌，大爸则在楼上的屋檐下晾墨，于是抬头问："大爸，你在县第一人民医院有熟人吗？想打听点事情。"

小地方都是熟人社会，在区县和农村皆是如此。由于地方小、人口少，要找什么人，只需在熟人朋友中问一圈，即便他们不认识，他们的亲戚朋友也会有认识的。

不等大爸回答，一旁的中年人却停下动作询问："打听谁？"

"二十年前在那边工作过的一个大夫。"松予想到对方正是从县里来的，于是问，"你在医院认识人吗？"

“那太认识了。”中年人得意道，“我堂哥的大舅从20世纪80年代末就在县第一人民医院工作，从基层干到副院长，前几年才退休。”

“那太好了。”松予忙说，“帮忙问问，一个叫胡向阳的人，关于他的资料，越详细越好。”

“没问题，”中年人拿过毛巾擦干净手上的墨灰，随后拿起电话打出去，说了几句后挂断，“大舅说知道这个人，等他详细回忆一下。”

“行，那我等等。”松予便坐到一旁，看着二人继续忙碌。

等了将近半小时后，大爸从楼上下来，指着松予说道：“刚才那么没礼貌，现在倒有脸来求人办事了。”

中年人忙打圆场，连说不妨事。

松予也自知理亏，回道：“那大爸现在给我们互相介绍一下，回头我请这位大哥吃饭。”

不等大爸开口，中年人的手机响起。接通后，和对面说了几句，随后挂断，点开手机上收到的一份文件：“来，我传给你。”

二人添加好友。随后一份文档传来，松予大略看了一眼，编辑得十分仔细，页码、时间、地点、内容，无不区分得清清楚楚。

“真仔细啊！让大舅费心了。”松予赶忙道谢，“改天去县里一定去探望他老人家。”

“那太好了，他在家天天闲得没事找事，巴不得有人上门。”中年人笑道，“动不动就跟我抱怨，说退休前后的待遇有天壤之别，现在一年到头都没个客人，家里冷冷清清的。”

“忙完这阵我一定去，我现在得走了。”松予丢下一句话，着急忙慌离开，听见背后传来大爸的骂声，赶紧加快脚步开溜。

一路上，他将文档调出仔细浏览，其中内容果然与小胡所说的相吻合，只是更为具体。继续往下看时，一段记录引起了他的注意。

内容十分详细，是关于一位病人的。该病人患有尘肺病，在医院治疗数月，后无力负担治疗费用，只好出院回家养病。原本以为只是一个等死的绝症，却不料，不久后病人回来复查，症状却已大为减轻。

这位病人的主治医生正是胡向阳。

病人离开后不久，他便向院方申请前往山阳镇医院。彼时正推进公共卫生事业现代化，许多乡镇的医院新建，地方医护人员紧缺，需要县里各大医院轮流派遣人员前往支援。

资料的笔者，当时正在人事科任职，见胡向阳主动申请，也就顺水推舟，将之派往了山阳镇。

通常一个支援周期为三个月。就在第三个月，松岗发生了特大森林火灾。胡向阳积极参与救援，在灾后获得了表彰。但回到县里后，他一反原本热情的工作态度，多次要求调回省城。申请数次未通过后，他干脆放弃编制，离开了医院。

在资料中，笔者表达了他对胡向阳的看法，认为此人对工作的积极并非出自热爱，而仅是为了升迁所做的表现，支援工作也只是为混资历。且在平日接触中能看出其口蜜腹剑的特点，如与其为伍，需小心提防。

“这大舅果然靠谱，资料详尽，还附赠忠告。”松予笑着嘀咕，随后将文档发给了马志德，同时附上文字信息，“注意保密。”

不多时，收到马志德回信：“已阅，看来你的猜测是真的。”

“现在怎么办？”松予问。

“先等等吧。”马志德转言道，“你先过来，我有新发现给你看。”

松予立即回到家，先上楼查看一番，见父亲在屋内无事，小胡也在客房呼呼大睡，看来一切安好。

下楼前，他注意到父亲似乎又在喃喃自语，说的正是那种听不懂的语言。随即心念一动，拿出手机开始录音。直至父亲念叨完，重复第二遍时，他才停止录音起身离去。

声之形

摩托车停在村口。

路过纪念碑时，迎面碰见一个人，正是当日登过门的四叔，想来是今日在林场值班，所以才在此碰面。

见了松予，四叔主动打招呼，说道："村里人现在都说你出息了，带人回来搞研究，要给大家治烟痨病呢。"松予点头，又听对方问，"啥时候能研究出来啊？你文武叔肺癌晚期，医院都看不了了，要是你们能治，兴许还能救他一命。"

"正在研究，很快就可以了！"松予侧目看了一眼纪念碑，坚定地点头。

"那就好，那就好。"四叔闻言，露出了微笑。

松予与之客套了几句，随后赶往老屋。

实验室内，马志德正在电脑前编程，胡向阳则在一旁观看。见松予来了，胡向阳面色似乎有些许不悦，口中却用热情的语气打招呼。

松予假意寒暄，随后便问："有突破了吗？"

"你过来看。"马志德停止手中工作，走到电子显微镜前。

镜头下放着一个培养皿，屏幕上显示着一群细菌正无序蠕动的画面。马志德拿出手机，点开一首流行音乐，放在培养皿旁。

随着音乐持续播放，菌群运动速度开始变快，同时也变得井然有序。此时马志德调高培养皿的温度，就见菌群的运动变得更加迅速，仿佛是一支突然获得能量补充的机械军团，正以某种队列集结，根据声音的节奏，排出不同的队形。

“它们能听懂音乐？”松予疑惑地问。

“准确来说，它们是在对特定节奏和频率的声音做出反应。”马志德掩饰不住语气中的激动，“此前一直在寻找能与之反应的化学物质，却毫无头绪。今天正犯愁的时候，就用手指一直敲工作台，结果发现，震动的机械波会影响它们的活动！”

松予立即反应过来，母亲过去为人治病时呢喃的奇怪语言，并非故作神秘，而是一种与古菌交流的语言。在漫长的传承中，这一族人渐渐掌握了这门语言，也许不够精确，但已经可以让她们与古菌对话，传达治疗疾病的需求。

而父亲经常呢喃的语言，很可能就是母亲说的那种，想到这里，他也抑制不住内心的激动，正要掏出手机，却见马志德突然一动不动，愣愣地看向显微镜屏幕。

屏幕上的菌群继续运动着，开始反复摆出两个造型，一会儿聚在一起，一会儿又四散而去。马志德似乎看出了端倪，他皱起眉头，思索片刻后，迅速冲向电脑，切换出一个界面。

电脑连接着电子显微镜，可以进行实时数据处理。他将记录古菌运动的视频进行分析，得出了一长串记录。

“这是怎么了？”松予问道。

“它们……好像在尝试表达什么！”马志德用颤抖的声音说着，面前的数据被转换成二进制的代码，“假设聚合是1，分散是0，这一长串二进制代码，就是它们要表达的信息。”

“那怎么解码？”松予将信将疑，面前的一切超出了他的认知，“细菌怎么可能具有智慧？”

“解码！解码！解码！”马志德敲着自己的脑袋，最后说道，“我试试这个。”

随后从腰间拿起钥匙扣，上面有一个优盘，随手插进电脑，调出一个软件，将二进制数据载入。随后继续敲击键盘，之后的数分钟时间内，屏幕上的数据不断跳动。

“不要急！不要急！”马志德声音颤抖，不断安慰自己，双手则快速敲击。

见此情形，松予和胡向阳二人凑近查看。就见解码软件正在飞速跳动，不断解读出无意义的乱码。

马志德停下动作，看着屏幕焦急等待。

“是不是像蚂蚁或者蜜蜂那样？”松予耐不住好奇，继续发问。

“不不不！”马志德摇头，“没那么简单，它们更像是同时具备个体智慧和集体智慧的物种。”

“这怎么可能？细菌如何产生智慧？”松予顿感疑惑。

人类之所以会思考，是因为大脑足够复杂，而细菌的身体太过简单，实在无法和人脑相比。

“这个问题我也无法回答。”马志德道，“而且以现在的技术，应该很难找到答案。不过我猜测，应该源于它们体内的结构，在吸收能量后，原子级的微观结构会高速运转，形成信号交换，从而产生类似思考的机制。这也是为什么，它们会随着温度升高而变得活跃。只可惜，我们暂时无法了解其具体机制……”

对于极微观世界的观测，一直是科学界的难题。因为观测必然会对目标产生干扰，而当物质小到粒子尺度时，每一次观测都会影响它的位置和形态，这也就是量子力学中所谓的“不确定性”原理。

古菌体内负责思考的结构，也许比粒子还要微小，以人类的技术根本无法具体观察。

正说话间，屏幕上的代码停止跳动。一串文字出现：“请求神明，宽恕我们的罪恶，收回降下的烈火！”

松予顿时大惊：“这就是古菌要表达的内容吗？”

“不会有错。”马志德的声音已经沙哑，“这是目前世界上最先进的解码软件，而且是最新版本，我来之前才更新过，通过它，你甚至可以把外星人的语言转化成汉语！只要它们是二进制的编码。”

马志德用颤抖的双手抓住松予说道：“它们不是细菌，它们是一个智慧种族，甚至可以说一个菌群就是一个文明，这个文明已经进化出了宗教！”

突然间，他推开松予，快步走到培养皿前，关闭了加热功能。但为时已晚，由于加热时间过长，菌群已经几乎毁灭，残存的个体也转化成孢子形态，陷入了沉睡。

“这个文明，刚刚被我毁了。”马志德双目紧盯着培养皿，退后两步跌坐在椅子上。

“别管它们啦，不过是一群细菌而已。”胡向阳安慰道，“当务之急是治病，治好小粽子再说。”

“对啊，先别管它们了。”松予也附和，“治病要紧。”

“对，治病要紧。”马志德喃喃地重复着，切换出原来的编程画面，“我只要完善这个声谱程序，就能找出与它们沟通的语言。”

松予看着屏幕上跳动的字符，眼中泛起了泪花。

如果古菌真的是智慧种族，那么过去的种种疑惑都会得以解答。

母亲一族并非巫医，而是掌握了与古菌交流方式的人，通过独特的语言传达治病的需求。而古菌那边，每当温度升高它们的思维就会更活跃，也就获得了更快的进化，同时也意味着“神谕”即将降临。它们接受神谕，随后进入人体，凭借其微小的结构修复和治疗人体内的病灶。

父亲和自己的烟痨病，都是古菌根据母亲的“神谕”所治愈，且它们巧妙地通过交换基因，与人体融合，长期行使治病的使命。

古菌的不同群落之间也存在着交流。

松烟里的古菌在漫长的炙烤中留下了它们的信息，保存在残留的蛋白质上，告诉收到信息的种群，温度超过一个临界值时，就会变得极度危险。正是这些信息，导致培养皿中的菌群在接触烟灰后，纷纷转为芽孢状态进入休眠。

如此看来，大爸制作的每一支徽墨也都是菌群的坟场，它们曾经有着自己的智慧，最终却将文明的碎片融进一笔笔书法、一幅幅丹青之中。也许某一天，它们留下的信息会被同族接收，但更大的可能是永远消逝在它们从未抵达过的人间。

好在松岗的生态很稳定，松林的范围够大，在这里，菌群之间有足够的机会互相交流，它们的文明会一直发展，永远延续。

想到这里，松予心中一震，他想到一种可能，二十年前那场大火，在古菌文明中是否有记录，也许只有它们才知道，火灾背后的真相。

“志德。”苏眉憔悴的声音从后方传来，打断了松予的思绪和马志德的忙碌。

二人闻言无不心惊，赶忙来到里屋，果然见小粽子双目紧闭，生命已是岌岌可危。

苏眉坐在床前，眼泪止不住流下。从面色上看，她已经很久没有正常休息，也许她内心已经绝望，只想在最后的时间里一直陪着女儿。

马志德手忙脚乱地检查仪器数据，随后调整了一番，同时安慰道：“来得及！来得及的！我已经找到方法了，很快就能用药。”说着冲出卧室，回到实验室内，继续完善声谱程序。

松予也来到实验室，说道：“我来之前听我爸在那儿嘀嘀咕咕的，我想可能是他跟我妈学过那种语言，所以录下来了，我发给你。”说着把文件发送给了马志德，后者大喜：“太好了，我马上来测试。”

松予点着手机屏幕，斜眼观察胡向阳，却见他正在电脑屏幕前观察数据，似乎有意躲避着松予的目光。

此时天色已晚，山中开始升起雾气。手机上响起信息提示音，是大姆询问松予几点回去吃饭。

“马上回来。”松予回复，随后眼珠一转，对着胡向阳说道，“胡总，要不去镇上吃饭吧。”

“不了不了！”胡向阳笑着摇头，“等会儿在这随便对付点就行。”

松予本想邀请对方回家，看看他与父亲见面会做何反应，不料对方却不接招，只好暂时作罢。遂辞别马志德，独自回到了镇上。

次日清晨，松予起床，先看一眼客房，小胡鼾声如雷，于是也不打扰，转身下楼。

大爸正在院子里，将两个塑料袋收拢到一处。见了松予，立即说道：“这是今天买的菜，你给小马送去吧，我还有活要干。”说罢转身出了门。

手机响起，是马志德打来电话：“刚给小粽子用药了。”

“怎么样？”松予忙问。

“正在起效，多亏了你的录音，虽然声音很混乱，但是大大缩短了解码的试错时间。”马志德的声音有些哽咽，揉着通红的双眼说道，“谢谢你！”

松予被弄得有些不好意思，同时心中思忖，父亲果然和母亲学过那种语言，只是苦于大脑受损，早已经说不清。随即回道：“别跟我客气啦。我一会儿给你们送菜，到了再说。”

挂断电话。厨房传来大姆的招呼声，说做了松予爱吃的炸馄饨。松予心中焦急，草草吃了几口。随后将院中的塑料袋挂在摩托车上，正要出门，突然脑中灵光一闪，返身上楼来到父亲卧室前。

“爸，我们出去。”松予推开卧室门，见父亲一脸茫然，于是说，

“走，找我妈去。”

父亲闻言，立即起身，被松予拉着下了楼。二人乘上摩托车，离开镇子上了山路。多日往返，路况已十分熟悉，速度自然快了许多，不多时就来到松岗，依旧将车停在村口，随后二人拎着塑料袋快步来到老屋。

刚把两大袋物资放下，松予就看出了父亲的异常。他站在实验室门口，双眼死死看向前方。而在他眼前站着的，正是面色惊恐的胡向阳。

“是他！是他！”父亲突然大吼一声，朝着胡向阳扑去。

后者吓得连连后退，躲到了电子显微镜后面。

“不好意思，我爸精神有点问题！”松予急忙上前阻拦，勉强将失控的父亲拉出实验室，同时回头解释，“过来帮忙拿东西的，突然病发了。”

“是他！是他！”父亲不断呢喃着，不断试图转身返回。

“我知道，我知道！”松予连忙安慰，“咱们先回家再说。”

一番连哄带骗将父亲带出村庄，骑上摩托车回家，刚驶出山路时，一辆多用途汽车从镇上行来。双方擦肩而过，松予侧头看了一眼，见驾驶室内的小胡蓬头垢面，一副焦急之状。

松予心中窃喜，径直将父亲带回家安顿好后，再次骑车返回。果然，才出镇子就远远望见那辆多用途汽车驶出山路朝着高速路口开去，而小胡和老胡正分坐驾驶位两侧。

“走了也好。”松予心中暗道。

近几日来，随着他的深入调查，越发感觉胡向阳怀有阴谋，心中一直提防，却不知对方下一步会做出什么举动，如今敲山震虎，竟直接将人吓跑了，让他悬着的心终于放下。

于是赶回老屋，果然实验室内只剩马志德一人，此时正对着电脑，双手兴奋地敲打键盘，屏幕上不断跳过长串的数据。

“他走了？”松予问。

“走了。”马志德停下动作，转头道，“复制走了所有资料，带了一堆菌群样本走。”

“他做这一切的目的是不是就为这些？”松予问。

“很可能。”马志德回话，“我猜测，二十年前他来探访的时候，就想掌握这种独特的治疗方法，却被那场大火打断了计划。而且我认为火灾很可能就是他引起的，事后为明哲保身才离开了这里。但一直对此事耿耿于怀，近期得知我为小粽子治病之事，他才有意将我引了过来。”

“那他已经得逞了。”松予皱眉，“现在资料和样本都被他拿走了。”

“随他去吧。”马志德安慰，“初步研究成果而已，而且从法律角度来说，他是有权拿走资料的。”

二人正交流间，松予听见身后传来苏眉的声音：“松予，谢谢你了。”

松予转过身，见苏眉的气色已经比之前好了许多，于是走进里屋，果见小粽子面色红润，肤色恢复了正常模样，氧气面罩也已经摘除了。

也许是被脚步声惊动，小粽子睁开双眼，轻轻喊了一声：“妈妈……”

“快，说谢谢叔叔！”苏眉走到床前，将小粽子扶起。

“谢谢叔叔。”

小粽子奶声奶气的一句，听得松予心都要化了，急忙俯到床前说道：“你要谢你爸爸和妈妈，是他们一直在保护你。爸爸做出了新药，妈妈一直在陪着你，知道吗？”

小粽子听得懵懂，却也点点头：“谢谢爸爸，谢谢妈妈！”

“陪妈妈休息会儿。”马志德拍拍小粽子的脑袋，“我跟松予叔叔还有事。”

“现在可以通知村里人来看病吗？”松予问道，“我也真怕他们等不到新药审批上市。”

“先等等吧，看看小粽子身上的疗效再决定。”马志德说着，拉起松予返回实验室，“来，给你看点好东西。”

二人来到屏幕前。马志德打开一个软件，出现一堆复杂的数据，位于最前面的是一个类似对话框的界面。

“这是什么？”松予问。

“命令框啊。”马志德载入数据，电脑音箱发出一系列有节奏的奇怪声音。

随后调出电子显微镜的实时画面。就见培养皿中的古菌开始活动，速度渐渐加快，排列形状从原本的随意散落，变成了规律而有序。而在菌群一侧，放着用于测试的一堆蛋白质，随着声音不断播放，菌群靠近蛋白质，开始改变其结构。

“之前不是跟你说过，它们是智慧生命，是可以交流的。”马志德兴奋地敲着键盘，“昨晚花了一晚上反复测试，还好电脑算力够大，大概测试了十亿组数据。你知道的吧，它们个体的生命是很短暂的，如果换算成人类社会的话，假设个体生命周期是六十年，那么昨晚一共有一千个文明，平均每个有一万年历史。而我在一千万年的文明史里充当上帝，并且与之对话……”

“说重点。”松予不耐烦地打断他，并推了他一把。

“重点就是呢，通过这一千万年，我的声谱软件和转码软件都已经迭代得非常成熟，我现在可以无障碍地跟它们交流了。”马志德的语气变得更加兴奋，“它们可以按照要求修复人体蛋白质，这将会是一种几乎包治百病的神奇疗法！”

“等等！”松予打断，“它们又是怎么避开人体免疫系统的？”

“它们接触宿主细胞后，会提取其中的一条 DNA，接下来的操作，类似于把人类基因当作逆转录病毒，然后感染它自身，从而融入人类基因，变成人体的一部分。而进入宿主的种群，也就永远生活在其体内，与之共存亡。因此，它们会想尽办法保证宿主健康，直到种群消亡。”

马志德解释：“你的体内，就有这样一个种群。一个智慧的物种，或者说是有一个文明，会在你的肺里与你陪伴终身。”

松予点头，随后又问：“胡向阳急着走，是不是想回去抢先发表论文？”

胡向阳苦等二十年才拿到他想要的东西，不可能只是满足自己的好奇，他了解古菌的价值，他一定会使它利益最大化。

“有可能，不过无所谓。”马志德笑道，“他赚他的钱，我们可以做点更有意义的事情。古菌是自然造物，没有人可以将它据为己有。”

“那我们要怎么做？”

“你想啊，这个菌群已经存在至少几亿年。虽然受限于接受的信息，发展速度会很慢，但毕竟时间足够长，它们最早出现文明的时间少说也有千万年。一个有着千万年历史和人类截然不同的文明，其中蕴含的财富，是我们根本无法想象的！”马志德几乎已经手舞足蹈，“我们可以和它们对话，可以找到这个文明中最发达的群体，代表人类和它们沟通。这将是人类历史、科学历史、生物历史上的一个里程碑！”

松予闻言，内心一震，立即问道：“那对于二十年前那场火灾，会不会也有记载？”

“那场火灾很严重，对整个文明和种群都是灾难性的打击。”马志德道，“但是我相信，既然外面的山林都已经重新变成了绿色，菌群也都恢复元气了，延续的文明一定会对这场灾难有记载，一定能告诉我们事情的真相。”

“太好了。”松予立即起身，“那我们快去找找。”

院门口的那堆松针，已经被用得差不多了，此时需要大量补充。松予找来工具，二人出门钻进松林，在松针的地毯中到处采集，挖掘最深层次的样本。来回忙了数小时，再次将院门口的空地堆满。

此时苏眉出现，告知已经准备好午饭。松予方才注意时间，已接近下午两点。几人立即进屋，小粽子正在床上活动，气色极佳。

四人一起吃了饭。饭后，一刻也不耽误，二人将找来的样本依次编号，分离其中的古菌，通过声谱软件和解码软件与其对话。一下午过去了，确实获得了一些信息，但总体而言，都是记录那场火灾的惨状和对古菌文明的打击，并没有任何菌群真正了解火灾的原因。

一整天下来，二人感觉疲惫不已，于是打算先行休息。松予发了消息给大姆，说自己在松岗，让她不用为自己备饭了。

大姆的回复很快，在信息中询问道："你们的研究进度怎么样啦？"

此时小粽子已在下床走动，松予见了，便回道："已经在临床实验了，小粽子用了药，目前效果还不错，不过还要进一步观察。"

"那这个药多久能完成呀？"大姆似乎对此很感兴趣，一个劲儿询问。

"不出意外就这几天。"松予回复。

"吃饭啦。"苏眉招呼道，说话语气比之前变得轻快许多，想来是心情变好的缘故。

松予放下手机，赶忙入席。

晚饭过后，松予本打算让马志德继续工作，但见一家三口有说有笑，便没有开口，转而说道："我得回镇上了，你们也难得放松，最近都没休息好，不如今天早点睡吧。"

"哎，这才几点啊。"马志德立即阻拦，"你别回去了，今晚就在这儿，咱们继续测试。我有种预感，我们很快就能找到想要的信息。你嫂子带小粽子去睡就行，咱俩继续搞科学研究嘛。"

松予本想拒绝，见其态度坚定，而且他也很了解马志德，知道这次的发现会令其极度兴奋，今夜注定是无法入眠了。

二人回到实验室，继续测试样本。一轮又一轮试验过后，并没有找到想要的信息。直至下半夜，二人的耐心渐渐被消磨殆尽。

“哎，我还是太着急了。”马志德打了个哈欠，拍拍脑袋，“这真不是一两天能解决的事情。”

“那就先这样吧，明天再说。”松予也感觉无比困顿，“你最近都没睡好，咱们先睡一觉再说。”

老屋有两间卧室，一间被改成了病房，此时苏眉和小粽子正在其中休息。马志德不愿打扰，便和松予睡在了另一间屋子。

躺下不过片刻，马志德就发出了鼾声。松予也渐渐入睡，迷迷糊糊间，似乎又回到了火场，记忆中的画面变得清晰，母亲张开双臂，将他护在怀中。

“阿姆……”松予忍不住喊了一声，从床上惊坐而起。

“吓我一跳。”马志德也被惊醒。

“你说，我体内的菌群会不会有记录？”松予突然问道。

“哎呀！我怎么没想到，看来是太兴奋了，把这点给疏忽了。”马志德从床上坐起，“一整天缘木求鱼真是浪费时间啊。”

“上次取的细胞还有吗？”松予问。

“上次取的样本少，已经用完了。”马志德从床上跳下，“只能委屈你，再来一次了。快起来！”

“这都几点了。”松予道，“你都多久没好好休息了，还是先睡吧，也不差这一天，明天再弄也不迟。”

马志德闻言，也只好同意，于是二人重新睡下。

不知过去多久，松予又回到了噩梦中。但这次的梦境无比真实，树枝在燃烧，焦煳味钻进鼻孔，同时他听见了一个清脆的声音：“妈妈！妈妈！”

是小粽子在喊叫。松予立即惊醒，发现屋内已是烟雾缭绕，窗外正燃着熊熊大火。

“快起来，着火了！”松予一脚将马志德踹下床。

随后二人冲出卧室，此时苏眉也已惊醒，抱着受惊哭泣的小粽子走出卧室。

松予走出堂屋，穿过实验室直奔大门，却发现门被从外面拴上，连忙拉了数次，却毫无反应。

“门被锁了！”松予说道，“这是有人在暗算我们！”

“退回去！”马志德示意苏眉退后，随后钻进实验室，很快拿出几条浸湿的毛巾递给众人。

四人各自用毛巾捂住口鼻，以免吸入烟雾。松予回到卧室，本打算砸开窗户出去，却发现窗外已是一片火海，出去无异于自寻死路。

“怎么办啊？”苏眉的声音带着哭腔，怀里的小粽子更是不断哭泣，不断叫着“妈妈”。

就在松予以为在劫难逃时，大门发出一声巨响，被人从外面撞开。紧接着，白色的烟雾弥漫，火光随之减弱。随后就见大爸出现在门外，身后跟着四叔等几位老人。

四人急忙出门，来到室外后，才敢拿开面前的毛巾。此时松予才发现，几十个佝偻的身影忙碌在老屋周围，他们推着大型灭火器，喷洒出一阵阵泡沫，不多时，就将大火扑灭。

“要是二十年前有这东西多好啊。”一位老人被烟熏得边咳嗽边说道。

“你们怎么来了？”松予忙问。

大爸急忙解释，原来是文武叔病情恶化严重，眼见熬不过今夜，于是求到大爸那里。大爸便喊了众人，天不亮就赶过来。却没想到正巧碰上火情，于是从林场取了灭火器来，刚好救了他们。

“这一定是有人放火。”一位老人说道。

“先别管了，看病要紧。”松予忙说。

随后和马志德一起，进入实验室。实验室外层是泡沫隔热层，焚毁严重，好在内层用以封闭的复合材料质量尚可，抵挡住了高温。实验室里除了被马志德碰倒的电脑，其余并无损坏。只是大火烧断了电线，此时屋内一片漆黑。

“我去拉根电线过来。”一位老人喊了一声，奔向林场，随后有人跟去帮忙。

不多时，电力恢复，实验室里亮如白昼。众人将文武叔抬进堂屋，安置在病床上。马志德立即开启电脑，开始检测系统并运行。

松予在一旁协助。突然，他瞥见电脑主机后露出一个黑色物体，凑近看了一眼，感觉是个麦克风，于是问道：“你的电脑有麦吗？”

“没有啊，就这音响还是昨天从车上拆来的。”马志德回话。

“那这是什么？”松予扯下那个黑色物体。

马志德看了一眼，说道：“不知道啊，我记得电脑上没有这个东西。”

“是胡向阳！这是窃听器，他走之前留在这里，就是想监听我们。”松予反应过来，他奔出老屋问，“你们有没有看见一辆越野车？”

“看见了。”有人回，“我们刚出镇的时候，看见一辆白色越野车开下山路，朝高速路口去了。”

不等松予回答，山路上警灯闪烁，是派出所的警车来了。他立即迎上去，将自己掌握的信息和盘托出，并表示火势已经被彻底扑灭，希望立即抓捕嫌疑人。驾车的警员闻言立即拿起对讲机向镇上通报，随后下车办案。

众人各自做了笔录，在老屋院外等候。屋内也站满了人，松予挤过人群，见文武叔的气色正在渐渐转好。

山阳镇的烟痨病，总算要结束了。

遗　言

由于森林公安行动迅速，加之松予及时提供信息，故使胡向阳未能脱逃，在高速服务区被抓获。在警方强大的政策攻心和审讯攻势之下，他对自己纵火的罪行供认不讳。

据交代，他早年在县医院工作时，就听说松岗有人能治疑难杂症，尤其是呼吸疾病。彼时正值医疗事业快速发展时期，他有意离开体制自主创业，于是盯上了这个偏方，认为如能得到此方，将其大量生产，必然可获利无数。

来到松岗探访数次后，他确认偏方有效，也得知它秘不外传。为取得秘方，他主动申请调往山阳镇医院工作。之后利用职务之便经常前往松岗，以科学研究的名义询问。

奈何松予的母亲油盐不进，绝口不对他透露秘方内容。去了十数次都被松予的父亲赶出大门。

其间他发现年幼的松予患有严重的肺病，于是暗中观察，想看看松予母亲如何为其治病。只是监视了多日，每次都见对方将松针加热，然后用以口服。

看了多次，他也没看懂这方法的奥妙，于是日渐急躁。最终在某一天，他趁着松予父亲离开，年幼的松予在门口玩耍时，将其诱骗进了松林，捆绑后藏在一堆松针中，随后又将寻找儿子的母亲带到附近，点起火把威胁，若不透露秘方，就要一把火将松林烧了，让她永远见不到儿子。

母亲无奈，只好说出治病的秘药就是松针，并要求胡向阳说出松予被藏匿之处。后者却认为松针只是伪装，一定另有奥妙。母亲见其不信，也不与其废话，自顾在林中呼喊寻找。

胡向阳见状，生怕喊声引来其他人，又急于询问秘方，于是上前拉扯。二人争执间火把掉落，脚下的松针迅速被引燃。

胡向阳见着了火，同时又被松予母亲死死拉住，心中更为焦躁。

“把我儿子还给我！”这位母亲大吼。

胡向阳本打算转身逃离，却一时难以挣脱，情急之下，对着松予母亲的太阳穴狠狠砸了一拳，见她软绵绵倒下，就以为自己失手杀了人，心中惊恐，不顾一切逃离了现场。

回到镇上时就见山里浓烟四起，火势已经无法控制。镇民都去了山上救火，他也只好被裹挟前去帮忙。

大火烧了一天一夜才最终被控制。此时他得知，松予母亲已被烧成白骨，父亲因缺氧伤了脑子，松予本人虽被救出，但也发了一场高烧失去了记忆。

得知情况后，胡向阳心中庆幸之余，知晓已不可能拿到秘方。回到县医院，一直提心吊胆担心松予会恢复记忆，或是松予的父亲病情好转，出面指证自己。又过了一年，他实在无心工作，便干脆辞职离开。

随后的多年时间里，他先是做药品销售，积累了一些资产，后又与人合作，投资办厂，转向生产研发。

二十年过去，胡向阳一直对当年未能得到秘方耿耿于怀。最近见马志德焦急救女，便随手提供了这条线索，想让马志德替他再作一次努力。

没想到的是马志德真的找到了秘药。在得知松予并不记得当年之事以及松予的父亲依旧痴呆后，他冒险回到了松岗。

出于警惕，他一直对马志德和松予怀有戒心。

当日马志德用手机播放音乐时，被苏眉叫去了里屋。趁着这个当口，胡向阳查看了马志德的手机，发现松予竟然已经在调查自己，便在心中开始了盘算。

次日清晨又被松予父亲认出，这更让他打定主意离开。走之前留下了一个窃听器，并带走了大量菌群样本以及相关资料。他原本的想法是，靠着手里的材料自立门户，圆自己二十年前的梦想。

离开松岗后，胡向阳随时监听着实验室，发现事情正在失控。从马志德与松予的谈话中得知，他们已经可以和菌群交流。这让他感觉到了威胁，于是连夜返回松岗村，打算想办法让马志德停止项目。

到达村庄时，胡向阳又监听到松予会与自己体内的菌群沟通，届时火灾的原因极有可能真相大白。思来想去，他决定铤而走险再放一把火。

只要烧毁实验室，烧死屋内几人，便不会有人再能威胁到他。老屋挨着松林，门口又堆着大量松针，冬季天干物燥，只要火势起来，烧掉一个山头也不在话下。

熊熊烈火之下，一切都会被焚毁。届时所有人都会以为只是山火，他拿着唯一的资料，便可以逍遥法外。

于是，他从车上抽了汽油，倒在老屋前点燃，随后逃之夭夭。

但他没想到的是，村人连夜赶往松岗村治病，刚好救了松予等人。林场也已不是二十年前的落后条件，早就配备了大型灭火器，很快便将大火扑灭。森林公安更是行动迅速，不等他逃离就将他擒获。

审讯过程中，松予等人也被叫去协助调查。

虽然警察执意不肯透露胡向阳的口供内容，但松予根据自己的判断和对方的提问，基本还原了整个过程。但他却有个疑问，那就是年幼的自己，为何能在大火后依旧存活。

而这个问题，只能向自己体内的菌群询问了。

松予躺在病床上，看着细长的针管扎进胸口。父亲站在身边，也用关切的眼神看向松予，似乎此时他的神志也有所清醒。

很快穿刺取样完成，马志德说道：“你躺着歇会儿吧。”

“要多久？”

“要培养几代才能测试，得半个多小时吧。”

松予闻言，只好耐心等待。休息了片刻，起身来到实验室询问，得知仍需二十分钟，于是拉着父亲出门。

冬日早间雾气浓重，直到中午才会散去。此时刚过上午十点，又逢阴天，且隐隐有下雨的征兆，导致村中雾气缭绕。

二人来到院门外。父亲痴痴地看向远处的松林，似乎在用眼神搜寻着什么。过去的二十年时间，他的大脑已不允许他理解世界，更无法记起曾经发生过的一切。他只是坚持着一个信念，坚持来到林子里，寻找着消逝在烟火和雨雾中的爱人。

“爸，咱们走。”松予拎起门边的工具包，走出村庄。

来到纪念碑前，松予对着父亲笑道：“给你也刻上，我妈一定会看见的。”

他从口袋中拿出一张白纸，用石子压在纪念碑上。纸上写满了名字，正是二十年前的死伤者名单，其中就包括松予的父亲。

松予拿起凿子和锤子，对照着名单，将一个个名字补充在纪念碑上。

正忙碌间，天空渐有细雨滴落。

手机也响了起来，是马志德打来的电话。松予本想挂断回去实验室说，但见手中的名单即将刻完，于是便按了免提，将手机放在纪念碑腰部突出位置之上。

“我知道为什么大火没烧死你了。”马志德激动道，“我询问了你体内的古菌，发现它们无数代以来，一直留存着一些被它们认为是极度重要的历史资料，里面记载着关于你的信息。”

“那具体是怎么回事？”松予激动地问，停下了刻字的动作。

“是你母亲救了你。”马志德说道，“还记得古菌的孢子特性吗？”

“当然。”

“你母亲找到你的时候，周围一片大火，已经无法逃离了。”马志德解释，“当时温度不断变高，周围松林里的菌群也变得极度活跃，这时她对它们下达了一个命令。”

“什么命令？”

“她以自己的肉体为养料，提供给古菌，让它们以最快的速度进行大规模繁殖。把自己的身体变成了一整个巨大的菌群，然后把你包在里面，就形成一个茧形的巨型孢子……”

闻听此言，松予心中巨震，脑海里的印象开始变得清晰，他突然想起一个画面，是母亲正怀抱着他，随后母亲的身体渐渐融化，将他的全身紧紧包裹。

马志德继续说道：“而且它们还进入了你的体内，一直在修复你的基因缺陷。也就是说，你母亲的肉体化作菌群，保护你熬过了火灾，并且一直维持着你的健康。对了，她生前有一段留言，是留给你的，我整理出来了马上发给你。”

话刚说完，马志德就挂断了电话。

随后一条信息发来，松予拿起手机，用颤抖的手指点开查看。

“儿啊，以此种方式留言，是我最后的心愿了。即便，你可能永远都看不到这段话。

“一家人平平安安该有多好啊。但意外就是如此突然。我能做的，只有尽最大的努力保护你。一切来得太快，我只能铤而走险，用祖辈们从来没有用过的方法，用我的生命来换取你的平安。

“也许这个方法并没有用，但我仍然愿意一试。如果你能躲过此劫，答应我，好好活下去。

“只是从今以后，我们再也不能见面了。我没法看着你长大，给你应得的关爱。没有阿姆，你会被人欺负，会感到孤独，会承受痛苦，但无论如何，听阿姆的话，要坚强地活下去，活下去，活下去！

“亲爱的，我从来都没有离开，只是换了一种方式，陪伴你，一直走下去……”

看完所有文字，松予愣在当场，手中的工具掉落在地，他终于抑制不住，双目泪如泉涌。

原来过去的二十年间，母亲从未离去，她只是换了一种方式，一直陪伴着自己。

脑海中，那个模糊的身影终于清晰。一个慈祥的面庞出现在眼前，怜爱的目光，乌黑的长发，那是年轻时候的母亲。在她身后，则站着年轻时候的父亲。

“爹，阿姆。”松予喊道。

“哎，回家吃饭啦。”母亲的声音无比慈祥。

同样的冬日，同样的清晨。只是眼前多了几道炊烟，飘荡在村庄上空，弥漫在松林之内，将山间的雨雾都染成了墨色。

松予跟在父母身后，拉着母亲的衣角，三人走过村中小路。细雨不断滴落，飘飘洒洒，浸湿了母亲的长发。

洪炑，科幻作者。2023年科幻春晚征文大赛，《墨染云烟》获最佳中篇奖，《竹歌》获短篇小说三等奖。

岁月流

云　奈

云奈[1]，航天工程与理论物理双博士，毕业于中科院航天五院与卡弗里理论物理研究所。曾是航天载荷专家，逆因果现象研究者，“边境2”（伪）世界冠军。世界上第一位察因术士，现任中国察因术士协会的首席，称号“来古之云”。左眼看见未来的因果，右手握紧因果之钥。日常懒散，只想打游戏。

[1] 本文真实作者为刘天一，“云奈”是本文主人公的名字，其个人介绍是小说内容的一部分。

序

几天前，我委托鹿峨制造了这个本子和笔。到现在为止，我翻过了本子上所有的纸页，没有找到未来的我所写的字迹。

奇怪……

我想错了？我又检查了本子，确定它是用压敏纸做的；检查了手上这支笔（另外，我决定叫它千年笔），确认笔尖上嵌了莲晶。我试了一下书写（这段话就是现在写的），压敏纸和千年笔配合很好。莲晶划过，纸张受到压力，就显出了黑色的字迹。

看起来，事情没想象中那么简单。

还是没有未来的文字。

算了，我决定先不纠结。

看起来，现在、此时此刻、坐在笔记前的我，如果不经过一定的训练和书写来养成习惯，未来、那时那刻、坐在笔记前的我，也不会有在这笔记本上书写的习惯。未来的我如果不用千年笔在这本子上写字，就不会有文字跨过黎曼跃迁，写（传递）到现在、此时此刻的这本笔记本纸页上。笔记本上自然就空空如也。

也许，我得每天坚持在这本子上写点什么，养成习惯；这样，我也许能看到未来那个养成在这本子上写东西的习惯的我，写下的来自未来的文字。

有趣。

不如，写点日记吧。

今天，2086 年 6 月 9 日，热，晴。我正坐在协会办公室里发呆。北京的告警钟在播两三级的逆因果警报，但不需要我处理。书记员鹿峨会记下这些警报，发给协会里的其他察因术士处理。如此闲着，前几天时，我突发奇想：如果我用压敏纸制造笔记本，用莲晶制造笔尖，然后在上面书写，理论上说，我的书写有可能因为莲晶的逆因果作用传递到过去。那么，现在的我也可能收到未来的我在笔记本上的书写，看见未来的我给现在的我的提醒和暗示。

我决定把这个笔记叫作因果笔记。如果这个笔记能成功，能推广给所有的察因术士使用，大家都能看见未来的自己给现在的自己的提示，那么高难度的察因案件处理起来会更简单一点。

总之，我得没事往本子上写点什么，养成习惯。就当是书写心情，放松一下。

大地的裂谷

2086年6月14日23：03。

累了一整天，终于在航天基地的酒店里躺了下来。过去几天出了件大事，我一直抽不出空在笔记本上写东西。

两天前，12日，在酒泉和嘉峪关北面大约三十公里远的戈壁荒漠（很平的平原）上，出现了一道有近十公里长、一公里宽、一百多米深的直线型巨大裂谷，呈西南—东北方向。裂谷产生原因不明，如此巨大的沟裂绝非爆炸之类的人工手段的“作品”。

地震波记录和反演表明，裂谷是12日白天的几分钟内出现的。仿佛有个小型的地震震源在地表沿着西南-东北方向直线移动，“犁”开了地面。牧民们拍到的模糊视频显示，地面像被无形的篆刻刀划过，震动，泥石排开，留下一道挺直的笔画。而这把篆刻刀，足足有一公里宽。

应急管理部将这件事定性成了原因未明的逆因果事件，危机等级五级。当夜，我和鹿峨一起赶赴酒泉，同来的还有谷岚，她代表应急管理部和卡弗里所[1]处理这一事件。

今天白天，我们坐直升机飞临大裂谷。夜里下了一场骤雨，谷里积了泥浆。在黄褐色的平野上，裂谷笔直往前伸，两侧的山谷坡面平整，

[1] 卡弗里理论物理研究所，位于北京。

在谷底形成近似 120 度的夹角。裂谷外堆着两行百米高的土垄，是被挤压翻出来的土石形成的。

我们讨论了很久，排除诸多可能性。不可能是爆炸，没人能炸出这么长、这么整齐的裂谷。也不可能是天然地震；天然地震的震源不会像篆刻刀一样移动，更不会炸出裂谷。地震最多让本地底层错位，形成断层地堑之类的构造，但这种构造也不是 120 度的 V 型谷的形态。

唯一的可能性就是，有什么天上的东西飞掠了这片戈壁，犁过地面。能有这种力量的飞行物，只有一个：位于 52000 千米极高圆轨道上的巨大空间城市，红莲城。

红莲城有一块巨大的莲晶，依靠着莲晶和地球之间的万有斥力，才能托住质量巨大的太空城市运行在高轨道。如果，红莲城的轨道高度骤减，近地点只有十几千米高，在掠过近地点的时候，那块莲晶的庞大万有斥力可能反作用在地面上，压碎地面。这是唯一可以合理解释裂谷出现的说法。

谷岚计算了红莲城的运行轨道。在十三天后，红莲城的轨道投影刚好经过酒泉北部，且投影和现在大地上的裂谷完全重合。谷岚又计算了红莲城莲晶的能量和跃迁距离，差不多就是十三天。

也就是说，我们有九成的把握认为，十三天后的红莲城发生了某种异常，比机械能[1]骤减，轨道近地点从 52000 千米变成十几千米，并在掠过近地点时飞过酒泉上空。十三天后的未来那时，红莲城的莲晶的万有斥力压开了地面，撕开了这条裂谷，这一效应逆因果传播到现在，让裂谷提前了十三天凭空出现。

裂谷的未来因找到了，这次察因事件也就结案了。但是，真正的麻

[1] 比机械能是航天器的机械能除以航天器的质量。当中心天体恒定时，比机械能正比于航天器运行轨道的半长轴长度。

烦事，才刚刚开始。

红莲城为什么会损失比机械能？它不应该好好跑在高轨道上吗？十三天后发生了什么，让这个太空城变轨？未来的变轨被修正了吗？

如果没有被修正，那就是极恐怖的事情——有可能是有史以来最危险的察因事件。红莲城原本的轨道周期是 40 小时，如果近地点减小了五万千米，轨道周期会变成约 16 小时。每 16 小时，它就会飞掠近地点，犁过大地。这一次犁过的是酒泉的无人戈壁，下一次呢？哪个同纬度地区会被犁过？北京？伊斯坦布尔？罗马？还是纽约？

我不敢想象超级大城市中心出现一道十公里的裂谷。

更可怕的是，如果红莲城的能量损失过多，坠落在了地面……那可是一个实际质量二十万吨的庞然巨物。

几个小时前，北京发布了逆因果 6 级预警——全球级的灾害警报——要求预防红莲城低掠危机。各国应急部门和航天部门开始开会，而我、谷岚、鹿峨，还有其他国家的察因术士们，开始准备飞往红莲城，寻找未来的红莲城变轨的原因，并试着干预。

明天，我就要从酒泉飞向太空了。距离我上次飞去太空，已经过去快二十年了。那一次我从天衡空间站下来后，就再也没有进入过太空。

二十年前，是我第一次去太空，也是我最后一次去太空。

我不想去太空，我不愿再想起那些伤心往事。但这次，我不得不去。

来古之云

6 月 15 日，中午。

昨天晚上没睡好觉。我梦见自己回到高中，天衡空间站变成 UDO，坠落在了我们学校，砸烂了宿舍楼。

我们计划后天前往太空。我虽然二十年前拿到了载荷专家的资格，但这二十年来再没去过太空，他们要求我复习所有的操作，复健。体质上的复健来不及了，我只能快速复习所有的航天知识和技能。

吃完午饭后，我准备在这笔记本上继续写点东西。笔记本上还是没有未来的我留下的文字，不过，我不着急。我现在只担心天上的红莲城危机。

早上，我一个人去了东风陵园，那里有我爷爷的衣冠冢，还有越秋的衣冠冢。他们是我生命中最重要的人。二十年前，是他们击败了 UDO。

时间真的过得很快。

也许，我应该写写我爷爷的往事，也写写我的往事，还有越秋的事情。反正，这笔记本上啥都可以写，借此机会记述一下过去，权当写了个自传，也是不错。

我叫云奈，出生于 2048 年 12 月 18 日，西安。爷爷叫云景开。据他所说，我们家祖上可以追溯到唐朝，一直是居住在关中的望族。祖先中有一位叫云淳的，是唐朝掌天文历法的那个官（我不知道那个官叫啥）和道士，受皇帝信任，有自己的道观和天文台。我家里在杨凌乡下有一间清朝老宅，位于农村耕地边缘，因为耕地林地管理的一些法律问题，卖不掉也不能拆。小时候，我和爷爷在里面住着，那是我最快乐的日子。

关于我的父母，我想记述的很少。爷爷年轻时常年在太空工作，对我爸疏于管教，我爸成了顽劣子弟，喜欢赌博。我妈在我几岁时就离婚跑了；我爸，他只会骂我打我，我和他矛盾很大。高中后我就和他几乎断了联系。

爷爷是我最亲的人。

爷爷在西安的航天院所工作，是做太空垃圾主动防护的——用软胶射击侵入轨道限界的有害太空垃圾，保护航天器。他也是载荷专家，上过很多次空间站，负责这套主动防护系统的维护和实验。在我几岁时，由于身体原因，爷爷已经不上太空了，只在地上做研究。我常听他讲天上的故事，讲航天员怎么飞来飞去，力大无穷（能推动很重的东西）；我还喜欢听他讲古代的灵异故事，讲祖先云淳道法怎么高超，怎么用古镜踏海平波，伏照妖邪，怎么以阴阳之瞳占卜未来，怎么和一位叫霁娘的胡姬斩妖除魔，收服妖怪白蛇，平定了长安的雾灾。但我那时太小了，对爷爷讲的故事都记不清了。

我现在常常后悔记不清这些故事了。倒不是它们有多好听，而是云淳和他的古镜的故事，似乎活脱脱就是发生在古代的一系列逆因果事件。弄清这些事件对逆因果研究很有帮助。

小时候，云淳的古镜还在我家中。那是一面唐代的铜镜，因为常磨，镜面还是亮的。背面有铜锈，刻了几个篆字“来古之云”。我整天找爷爷要古镜玩，幻想着自己也能用古镜放出法术。爷爷很珍视古镜，只给我摸过几次。

那段时间，我天天缠着爷爷讲故事，无忧无虑，什么都不管。

事情的改变，是在小学二年级。那时，天上的UDO，击碎了地上的我的生活。

我在西安彤彤路小学[1]读书。这学校其实并不怎么样，老师不大管学生，学生也乱。爷爷曾说要把我转去更好的小学，但那时他很忙，没空管我。后来我才知道，就是当时，太空里出现了UDO，爷爷忙于对抗这些击毁航天器的未元之物。然后，我爸又不管事，于是我就进了烂学校。

有一次在班上，忘了为什么，我在吹嘘家里有唐代的古镜。同学不信，我又很自傲，就带几个同学坐地铁去杨凌乡下看古镜。转了几次车，到古宅时已经快午夜，宅里没人（爷爷在西安加班），我带他们溜进宅子，找到古镜，拿到院子给他们看。

那夜是满月，月光很亮。我拿着镜子，但那几个同学执意要亲手看，我怕他们弄坏古镜，不同意。他们骂骂咧咧，抢过镜子，乱玩乱摸。我叫他们停手，万一镜子弄脏甚至摔坏了，爷爷肯定会很生气。他们根本不听我的，拿着镜子比画当时流行游戏里的角色大招，嚷嚷笑笑。我害怕，而且后悔，后悔带这些我不熟的坏孩子来到了宅子里。

就在那时，我听到了一声清脆的鸣叫——直到现在，我都怀疑那是古镜在月光下的鸣叫。坏孩子们尖叫着丢开古镜，喊着“怪物！”四散而逃。

我捡起古镜，镜子没磕坏，就是镜面上沾了一些脏鼻涕。镜面清澈，但清澈中蒙着雾气。我着迷般盯着雾气看，在雾气里，我看见了一条白蛇，白鳞红信，朝着镜面游来。我反常地没有害怕，反而觉得这白蛇很熟悉；然后，白蛇消失了，镜面蒙着月光，明晃晃的光芒刺得我左眼发痛。

[1] 虚构地点。

我收起古镜，庆幸镜子没弄坏。对于白蛇，我那时没多想——那显然不是幻觉，但我想着以后问爷爷，对这事也便没上心。很多年以后，我在卡弗里所做了很多工作，才理解了镜子的秘密——镜子中是一片小型的时空泡，那是逆物质莲晶的边缘侵蚀时空的效应跨过黎曼跃迁到唐朝所形成的。

后面几天，我左眼发肿、疼痛。我不敢和父亲说，就忍着。大概半个月后，疼痛好了，但我的左眼视力下降，而且视野里总是蒙着一层白雾。

在学校里，气氛变了。那些坏孩子似乎怕我讲出他们被镜子吓跑的事，损坏他们的“英雄气概”，就串通着讲了一个故事。他们说我在家里养毒蛇，而他们打死了蛇。他们还说我是女妖怪。我和他们吵了一架。以前，我是不和班上这些打架、四处欺负人还“混社会”的坏孩子们交往的，我那时太想证明家里有那面古镜，太想炫耀自己了，才把这些坏孩子带回了古宅。

接着，我发现我的左眼能看见未来。

看得见未来，看不见人心

6 月 17 日，晚上。

我训练了一整天，累。今天晚饭后，我还抽空解决了一个小的察因案件。

案件现场在航天员家属区，发生的当下果是有个小女孩被住宅楼外掉下来的什么东西砸中了，但现场找不到掉落物。警察怀疑东西是在未来掉下来的，砸人的力量经黎曼跃迁传递到了现在。我去了现场，然后左眼看见了未来的影像：二楼住户的阳台上的一个空间站模型掉了下来。这是这次当下果的未来因。事情的法律判据就让警察去处理吧，我只负责找到未来因。

其实，能通过“看见未来”找到的未来因还是少数。许多时候，察因需要动用计算机建模分析，甚至需要社会经验。而我的工作，就是尽量找到未来因，并规划前往未来的“合适”道路。

从小学二年级的那个月夜算起，我已经拥有阴阳瞳三十多年了。我习惯了时不时能看见部分未来。我常常想，如果左眼没有异常，自己能像一个普通孩子一样长大，可能更好。我并不想要这种特殊能力。

但事情没有如果。

左眼异常后，我经常因看见未来而被人说成疯子。比如，我会看见未来站在树上的鸟，喊同桌看；同桌说我有精神病。最开始的几个月，我怀疑我有幻觉。后来，有一次去终南山春游，我看见小胖子章闫楠从山石上摔下来，摔得很严重。我大叫着好心去拉他——结果，周围的同学好像什么都没看见一样，章闫楠也在我后面，嘲笑我疯了。

我的视野中有两个章闫楠。我以为我又出幻觉了。

就在十几秒后，章闫楠爬上那个山石，摔了下来，摔下来的方式和我十几秒前看见的影像里一模一样。

大家都用看怪物的眼神看着我，我也第一次意识到左眼不是看见幻象，而是看见了未来发生的事。后来，班上逐渐开始流行一种说法，说我是蛇妖，用巫法咒了章闫楠让他摔跤。大家讨论着我看见幻觉的奇怪表现，各种谣言越传越离谱。

至于章闫楠，他是我们班上坏孩子的头头，也是那天跟着我去古宅看古镜的人之一。他抓着我要摔跤医药费，我不给。他就变本加厉、添油加醋地说“云奈是个怪物婆娘”，编成那种辱人的歌曲，乱唱。后来我又看见了好几次未来，会影响别人的那种，比如热水泼在了课桌上，好心去提醒同学（“你的热水要洒了”）。但他们不理我，觉得我有神经病。

但这热水是一定会洒出来的。

物理上，热水洒出的未来已经既定了，被我看见了。

于是，在热水洒出来后，他们更加怀疑我是妖怪，是我用某种邪恶力量弄翻了热水杯。我备受屈辱，不想做好人，也懒得去矫正那些看见的不好的未来，随它们发生就好。我变得孤立，成了同学们欺凌的对象。我的课桌和书包成了垃圾桶，总有人为了欺负我往里丢垃圾。

有一次在三年级，我看见一片有些弱的光影（来自未来的光子毕竟不是每一个都能越过黎曼跃迁的势垒进入我的左眼），一个未来的画面：章闫楠悄悄往我的课桌里丢了垃圾——一碗吃剩一半的凉皮。

悄悄等了半小时，下课后我把章闫楠丢凉皮的恶行抓了个正着。我和他吵了起来，他不承认丢了凉皮，反而诬陷说是我自己丢的。其他一些看见章闫楠丢凉皮的同学也不帮我说话，他们有些是讨厌我，有些是碍于班上霸凌我的风气不想出头。我和章闫楠吵到了班主任那儿，班主任大概是认同我的说法，想让章认错；但章就是不认。后来班主任开始和稀泥，可能是章的家里面太有钱了，班主任不想惹事。

就在那时，我又看见了未来的影像：章闫楠一拳打在我脸上。但我错把这个未来的画面当成当下正在发生的画面，我认为章闫楠突然打我了。我就本能地尖叫，挥拳，打上了章的鼻梁。

章也大骂一声，反击给了我一拳——这一拳，就是我约一秒前看见的来自未来的一拳。我们很快打在一起，又被班主任拉开。班主任开始骂我，因为在现实的时空流形丛中，是我先打了章闫楠；虽然，我是看见了未来的章闫楠打了我，但未来的章闫楠打我，却是因为我的出拳而反击。

在这个奇怪的逆因果逻辑闭环中，我们都是正当防卫。年幼的我陷入了巨大的迷茫，我不敢说自己有特殊能力——也没人会信。我也难以接受在现实世界中是我先挥出了拳头，是我主动打架，而且是在班主任面前。我被班主任骂哭了，接着是找家长。我爸把我打了一顿；但最后来学校的是我的爷爷。

爷爷从太空完成一期任务回来了。

爷爷帮我请了两天假，带我回到乡下，教育我不能打架。我哭得稀里哗啦，决定做一个好学生。我哭着跟爷爷说了古镜和我能看见未来的事情，爷爷好像并不奇怪，他告诉我这是阴阳瞳，祖上很多人都有。古代，拥有阴阳瞳的人能看见未来或是鬼怪灵魂，算命先生用这个做预测。我想知道更多的东西，古镜里的白蛇是什么，阴阳瞳能不能治好，爷爷只说，要等我长大，才能告诉我更多。

后来，我再也没听过爷爷说这些。

那次事故，爷爷走了。

末元之影

6月18日，中午。

晚上我就要起飞去红莲城了。

我想再写点什么。

昨天，大西洋观察到了未来的红莲城“犁地”的行为，在北纬40°的海面上，海水被巨大的推力凭空排开，掀翻一艘货船。推力移动的路径和酒泉裂谷一致，长约十公里，西南—东北方向，和红莲城的轨道投影重叠。

好在发生在海上，没有严重的伤亡。

我不知道这次红莲城危机是否会比当年的UDO更严重。从伤亡的可能性看，或许是的。毕竟UDO几乎不会造成伤亡；红莲城砸在大城市就很危险。但是，UDO一度封锁了人类所有的航天科技，封死了人类科技的未来。

UDO, undetected object，不可探测物，或者叫末元之物，是对漂浮在太空轨道上的那些不可探测的陨石碎片和太空垃圾的统称。UDO出现于我四五岁时。那时，有一天，天上的航天器由于未知原因集体爆炸、失联，太空碎片逸散，变得“不可探测”。后来，航天器总是被这些“隐身”的太空碎片撞击到。无论什么手段——光学、电磁、重力，都探测不到这些太空碎片，它们就像是虚空，像不存在。它们毫无预警地撞上、击毁各种航天器，从卫星到空间站。

爷爷那时就是为了解决 UDO 而去太空的，他是太空垃圾防御的专家，在天上部署调试最新的针对 UDO 的主动防御系统。在我和章闫楠打架不久，爷爷又去了天门太空站驻站工作。入站没几天，一块巨大的 UDO 撞上太空站，将太空站撕得粉碎。

这可能是人类航天史上最惨烈的事故。天门太空站的十位宇航员只有三人乘飞船脱轨逃生，剩下的七人牺牲在轨道上，这里面，就有我的爷爷。

爷爷和其他牺牲的航天员们本是有机会逃生的。但为了保存数据，他们的撤退迟了一步。从下传的日志等可以看出，爷爷他们在空间站解体前的最后十几秒，向总控输入了数据下行的命令，把所有还没有同步的数据传回了地面——这些数据中，就有这次 UDO 撞击的实时信息。爷爷传回的这些信息，也是未来十年内人类关于 UDO 的唯一情报数据。后来，UDO 越来越多，织成了密布轨道空间的网，人类的航天寸步难行，任何航天器射上去都会被 UDO 撞烂，几乎传不回信息。

根据爷爷他们传回的情报，那时人们确认了一件事情——UDO 并非不能探测或不存在。UDO 存在于未来。在天门太空站被摧毁的五天后，人们观测到了一块十米级的太空碎片穿过天门被摧毁时的轨道坐标，碎片的参数和爷爷传回的导致天门站爆炸的 UDO 的推测参数一致。

于是，有人怀疑，UDO 实际上是将某种作用传递到了过去。五天后的太空碎片和五天前的空间站，跨时空相撞了。

那时的我还什么都不知道，我不懂 UDO。我只知道，爷爷去世了。

爷爷永远都是英雄。是国家的，是人民的，是航天事业的，是人类的。

也是我的英雄。

6 月 19 日，凌晨。

我来到了太空，人生中第二次。

飞船正在红莲城转移轨道上飞行。窗外的地球看着有点小了；我们正在往五万多公里高点霍曼转移。我不是驾驶员，不用关心飞行的事，于是，我就掏出了本子，继续写。谷岚和鹿峨都是太空的常客了，鹿峨问我因果笔记有没有效果，我说还没有；谷岚问我因果笔记是什么，我和她解释了一下。

失重的感觉真的很奇妙，让我很享受，也让我想起了更多过去的事。

小学，爷爷去世后，我消沉了下去。章闫楠和那些坏孩子们嘲笑我，我越来越讨厌他们。有时，各种奇怪的错都会被归到我头上，走廊的垃圾、班级系统的病毒，还有泼在试卷堆上的奶茶。反正老师也不看监控，所有坏孩子都说是我做的。

行吧，都是我做的，我的错。

最开始我还是有一两个朋友的。有个女生叫吕虹，和我关系不差，至少能正常说话，不欺负我。有一次在校本课上，我的左眼看见她的航模会被人不小心推下桌子摔断主翼（在未来），我犹豫了一会儿，好心去提醒她。虽然，我已经意识到提醒没用，未来是既定的。吕虹小声和我说了谢谢。

几个坏女孩跑过来嘲笑吕虹和我交往。吕虹本就是个害羞性子，说不过她们；我想跑过去帮吕虹说话，结果，我不小心蹭到了吕虹的航模，摔到了地上。

……我永远想不到，我看见的糟糕未来是我一手造成的。

都是我的错。

后来吕虹也疏远了我，班上就更没人理我了。同学不理我，老师不管我，父母更不管我。而且，在爷爷去世后，父亲还卖掉了老宅里的东西（老宅本身卖不掉，不然他肯定会卖的）去赌博，包括那面古镜。我是怎么知道这件事的？——有一次，章闫楠带着古镜来班上，故意在我面前晃来晃去。我才知道父亲卖掉了老宅的东西，被章家买走了。章家有个私人博物馆。

章闫楠知道我很喜欢古镜。

他拿着粉笔在古镜上画来画去，又假装要把古镜砸碎。我气冲上了头，直接和他打了起来。我不能接受他侮辱、毁坏爷爷的遗物。我不能接受！我当时只有一个念头，我要打死他！往死里打！

章闫楠比我壮实，他是高个的男孩子，我只是个瘦瘦小小的女生。刚打了一会儿，我就被他按在讲台上揍。我打不过他，但由于能偶尔看见未来的原因，我看准踢出一脚，踢在他动作的破绽，把他踹飞过一次。不过也就一次。最后还是我身上的伤重一些。

最后，因为先动手，我被记过警告，罚站，检讨，找家长，又被父亲打了一顿。

反正，都是我的错。

于是，我的思维逐渐变得极端起来。我觉得，不管什么事都是我的错。没人能帮我。我也不要做什么好孩子，我也不要做什么对社会有用的人。我对不起爷爷，但我没得选择。我要做一个坏女孩，坏极了的那种。

小学的后几年很平静。霸凌还在继续，但大家都长大了，行动上的霸凌少了，言语上的霸凌更多、更刁钻。我坦然接受了。我不会哭，我抽烟喝酒，有人骂我就骂回去，有人打我就看情况（一般是打回去，用力打，只要不出大事就行。找家长？我爸反正懒得管我）。

我毕业了。

我去了一个还可以的中学——因为爷爷牺牲的缘故，我有政策照顾，并不是我学习好。现在想起来，我的学习本来可以挺好的，但我不想学。我和爷爷一样，对理工科有很好的天赋。

中学的日子和小学差不多，霸凌少了些，只是有些谣言说我是会什么蛇语的怪物。我一进学校就是一副坏女孩的样子，抽烟、喝酒、打架、逃课，样样都会。班主任找我聊过天，说起我爷爷，让我好好努力。我就“哦哦”应付几声。

那时，我觉得我坏透了，没救了。我是个烂人，最后会烂在社会底层。

小学我被人霸凌，中学我霸凌别人。我打过人，把隔壁班的乖乖女学霸的眼镜打飞过。我把头发染成灰青色——苍穹和云的颜色。我留很长的刘海遮住左眼，不想看见那些时不时窜来的来自未来的光。不过，我独行独往，不和那些混社会的真正的差生混在一起。我孤独而骄傲，我可以自己变坏，但不想那些真正的坏透的人来烦我。

家里也不管我。我后来开始沉迷“边境 2”，一个在太空失重环境打枪的 FPS 游戏。在游戏里飘来飘去能让我想起爷爷。我玩了很久，技术还行，本科时还拿过世界冠军。不过后来他们知道我打比赛用了左眼，偷窥了未来的信息，就把我的冠军取消了……

高中，我依然不想学习，也不想读大学，就想打“边境 2”，在虚拟的太空里过一辈子。漂浮，开枪，扫雷达，抢点，追着重力变化痛击敌人。我只想要简单的快乐。

我决定想个办法养活自己。我弄了个虚拟的身份证，去网上做“边境 2”的主播。我靠技术攒了一点人气，有了几个固定打赏的车队老板。白天我在教室睡觉，半夜我在家里打游戏，开深夜车队，在月海基地或者后稷号上面大杀四方。因为我声音比较甜，总有些水友[1]觉得我是萌妹子，要我开摄像头。我不开。我不是那种愚蠢的颜值主播。我唯一几次开摄像头都是拍我的手，拍我操作键盘鼠标的实况，证明我没

[1] 此处指观看主播直播，和主播交流的网友。

开挂。

为了这个摄像头，我后来去给右手做了美甲，白色，上面画了小小的白蛇图案。

水友会怀疑我开挂，主要是我有时撩起刘海打游戏，左眼能看见未来的残缺图像，看着像开了透视或者自瞄外挂。最开始，我一般遮住刘海（或者戴眼罩），因为未来和现在的游戏画面叠在一起，混乱不清。后来，我试着适应，慢慢能在画面重叠下打游戏。逐渐，我能分出心神观察未来的信息，指导当下的我打游戏。最后，因为经常看见未来的游戏信息，我打“边境 2”的大局观也越来越好，总是可以预测敌人的战术（哪怕不用左眼），这种能力弥补了我技术反应差的劣势。后来在战队里，我打的是队长指挥位，我也是世界联赛里唯一的 S 级女选手。

陨石为什么一定落在陨石坑中?

6 月 20 日 20：35，红莲城。

我终于在红莲城歇了下来。

轨道转移飞了一整天还多。红莲城的轨道太高了，五万千米，比同步轨道还高了两万千米。如果不是新一代的火箭和载人飞船都部署了反重力（基于莲晶的万有斥力）技术，把我们这些人和货送到这个高轨道至少要几千吨重的火箭。

这是我第一次来到红莲城。虽然以前经常在新闻中看见这座太空城，但亲眼所见，才真正感受到它的宏伟。

对接时，我飘在窗前，看见了红莲城的全貌。红莲城可以分为两部分。一部分是其主体，浮在“上方”。当然，太空无所谓上下，上方是以指向地球的重力方向计算的。主体部分是巨大的太空空间站，直径一千米，呈圆盘状。这一巨构也被称为“主城”。另一部分，则是圆盘下的一颗冰球，冰球为椭圆形，长轴有几百米长，内部包裹着那朵被称为红莲的巨大莲晶。主城的重心、冰球的质心和地球的地心三点共线，以地球－冰球－圆盘的位置在轨道半径上向外排开。冰球内的莲晶夹在地球和圆盘之间，因万有斥力托起了质量巨大的主城，使得红莲城这个极高质量太空城可以稳定运行在现在的高轨上。

我现在就住在主城的一角。红莲的斥力传到我这里仍然存在，但只有大约 0.15G。这一斥力在我的感觉就是重力，红莲所在的冰球，此时就是我感觉中的天空的方向。冰球的更上方，是地球，昼夜半球的分割线清晰可见，太平洋的云气缠旋，汇成菲律宾东部的台风。冰球漫射着阳光，白、灰、黄、绿，各种颜色的光折射出来，那是冰中所包含的泥浆、水草的色彩。

这些凝成冰的水，来自洞庭湖，长江口。

上一次我距离这个冰球如此之近，是十几年前，红莲城刚刚建立时。

那时航天一院在做反重力火箭，冬天，在酒泉试射。火箭上带了一枚很大的莲晶，借用莲晶和地球之间的万有斥力来对抗重力的效果。火箭起飞没多久就失控，残骸散落在恩施到南昌一线。其中，最重要的莲晶落入了岳阳的洞庭湖长江口。

那年冬天的寒灾很严重，海南文昌都下雪了。岳阳一线的长江结了薄冰，气温有零下十几度。莲晶砸到江底，很快，江水在莲晶的万有斥力的作用下漂浮起来，浮空，结冰，变成了罩住莲晶的冰半球壳。冰壳压住了莲晶，让莲晶没有因为万有斥力而升空飞走。

正常来说，莲晶这类逆物质是宇宙的另类。它们和所有的正常物质以万有斥力交互，如无约束，它们只会在斥力的加速下飞离地球，飞离太阳系，飞离银河系，以近光速飞向宇宙边缘。

因为砸在了江中，江水被斥力浮起，又在极寒中冻成了冰壳没有洒落，这枚莲晶被压在冰壳下，没有飞走。但冰壳的压制并不稳定，处于临界亚稳定状态。像是放在山顶的巨石，看着稳定，但稍稍一震就会滚落。冰壳与莲晶也是，若稍有扰动，冰壳滚掉，莲晶就会飞离。

于是，问题来了。十几万吨的冰浮在百米高空，一旦倾覆，砸在江畔的岳阳市，后果不敢想象。

当时我在现场。现场没有发生逆因果事件，我不深度参与冰球问题的决策，我只负责处理可能发生的察因案件。我们不能直接炸碎冰球，放走莲晶——任何不慎都会让冰球砸进岳阳。

最后，我们在岳阳现场造了个“火箭”，将莲晶和冰球当成统一组合体，慢慢送上了太空。

本来有人建议将这一组合体运送到太平洋上空，然后抛弃。冰壳坠入太平洋，莲晶飞向宇宙尽头，啥事也不会发生。但是，我们想干一票大的，想将这块莲晶送上太空，成为巨大的城市级太空站的一部分。

最终，莲晶带着冰球来到了太空轨道，成为现在的红莲城的前身。十几年后的现在，红莲城已经建设成了高轨巨无霸，人类宇航的新起点。上千人长期生活在此，在靠近莲晶的位置，甚至拥有万有斥力提供的、接近地球的重力。

几个小时后，我有个会，要讨论这次未来红莲城“犁地”的危机。现在，我没有什么睡意。

也许我该再写一点……上一次回忆到哪儿了？

我高二时，中国天衡空间站要发射了。

天上的 UDO 越来越多，人类在太空节节败退。UDO 密布太空，几乎任何航天器上天，都会被 UDO 这种无法探测、预测、看见的东西击碎。而且，一些被击碎的航天器的碎片也会变得无法探测，变成新的未元之物，仿佛病毒传染。太空成了禁区，卫星失灵，空间实验室被击毁。导航没了，气象预报没有以前准了，卫星网络没了。

但，中国依然在发射新的空间站。天衡站就是专门为了挑战 UDO 而设计的。它是最终的希望。

当时，陕西组织优秀中小学生去文昌参观发射。我因为爷爷的关系，也去了。班主任说我形象太社会（染发、美甲、奇怪的左刘海），不让我去。但航天系统的人还是把我带上了，他们希望我去看看爷爷设计的防御 UDO 的新系统飞上太空。

在文昌的几天，我很乖，我不想丢爷爷的脸。不管哪位航天的工程师来见我，说我多像爷爷，说我多可爱，说我学习一定很好，我都乖乖地笑着点头。等他们走了，我就咬着嘴哭。

我想爷爷了。

我有点后悔没好好学习。我也许不应该做个坏女孩，我也许应该是学霸，应该像爷爷一样，为人类探索宇宙而努力……

发射的傍晚，我坐在淇水湾的沙滩上，身边是来自全国各地的学生。

太阳下山后没多久，在火箭发射前半小时，那颗逆因果的陨石砸了下来。

我在发呆。天气很热，人多，风小，又下了雨，潮闷难耐。带队老师给我们发了椰子，喝干了还是热。不时有男生来和我搭讪，可能因为我化了妆。

有个男生找我说话，我不想理他，就看着天空。然后，有一阵风，撩起了左刘海。

我突然看见那颗陨石。

陨石划出一道火红的轨迹，朝着淇水湾的方向砸来。我吓坏了，那一瞬，我想了很多——这颗陨石会落在哪儿？我看见的是未来，还是现在？周围的人没看见吗？如果来自未来，我现在看见的只是一个虚影，应该不会砸伤人或者爆炸吧？

我呆了十几秒——可能是觉得陨石落到淇水湾的概率并不高，有些侥幸。但是，陨石还是很不幸地朝着我们砸来。

看见火红的轨迹确确实实要落下来，我本能地跳起来，大叫着快跑之类的话，一面看着天上一面往酒店的方向跑。周围的人都愣着看我。

几秒后，滨海的礁石上发生“爆炸”，一个巨大的陨石坑炸了出来，人群乱作一团。灰尘散去，那是一个没有陨石的陨石坑——一颗来自未来的陨石砸出来的当下之结果。

文昌的这颗陨石是我们第一次观察到宏观的逆因果现象。虽然我之前多次看见未来，但我并不知道我这种能力也是逆因果现象的一种。那时网络上的流行话题就是“# 陨石为什么一定要落在陨石坑中？ #”这种看起来很傻的问题，但这个傻问题就是逆因果的本质。

那就是，在时间顺序上，结果比原因提前发生了。

在文昌陨石事件中，爆炸和陨石坑先出现，陨石是一天后落下来的，精准命中陨石坑，甚至陨石碎片撞出来飞溅的形状也一模一样。一天后落下的陨石没有威力，就像羽毛落地一样。它的冲击势能全都释放在了一天前陨石坑凭空出现的瞬间。

后来我意识到，我不是能看见未来，我只是看见了一次又一次逆因果的光。这些来自未来的光照到未来的物体上，被反射，然后跨越时间来到现在，进入我的左眼，被我看见。

陨石事件让逆因果被广泛讨论。当时很热门的一个问题是，如果在陨石坑出现后的一个小时内把坑平了，陨石还会掉下来吗？如果掉下来，是砸出一个新坑吗？

这个问题后来被总结成冰块悖论，大意如下：冰块上出现了一道五小时后一刀凿出来的缺口，但在两小时内，冰块融了，冰块都不存在了，那么再过三小时后的那一刀，砍在了哪儿？砍在虚空上吗？

人们吵得火热。后来我和谷岚做的理论和实验都说明，因果之间存在某种基于物理规律的保护。冰块在未来被砍了，那么五小时之内，冰块会一直存在，不会消失。并不是冰块不会融化，而是如果冰块融化了，未来的那一刀就不会落下，五小时前的冰块不会出现缺口。

于是，第二个有趣的问题是，人类有自由意志吗？看见冰块上出现了缺口，物理定律禁止冰块融化，我们就不能把冰块拿出冰箱吗？我们的想法会被物理限制死，无论怎样都不能融化冰块吗？

是的。不能融化。至于自由意志，我不知道。暂时不知道吧，也许未来我们能知道呢？

闲言少叙。后来航天部门也发现，UDO 是一种逆因果现象。我们无法探测 UDO，因为所有的 UDO 都在未来运动，只是作用力传递到了现在。在文昌陨石之后的接下来几年，逆因果现象从太空往下渗透，发生在地面的宏观逆因果也越来越多。

我也上过热搜。他们觉得我提前报警，看见未来陨石的事情很奇怪，但我拒绝了所有采访，一概说“不知道”“没看见陨石”。我不想被人注目。

风波平息了。世界重回正常，直到高考前，一个奇怪的水友找上了我。

好吧叔叔

6 月 21 日 10：34。

红莲城吃的还挺不错，比当年天衡站的太空餐好吃。

早晨我们开了小会，等待其他国家的察因术士们上来。从伦敦来的菲莉莉已经到了，但是藤原町崎还在京都耽搁着。

他们发了一堆长长的报告给我，全是未来一段时间红莲城轨道的分析，莲晶的情况，等等。我看了一会儿，困了。

我决定继续在笔记本上写字。我现在爱上了这种一边写日记一边回忆过去的感觉，岁月像是河流，逆因果则让过去的河水与未来的河水相连。随着对过去的回忆，我越发对这条岁月之河有了特殊的感觉。

我总觉得是在钓鱼。

正常的因果流是向下游流动的河水。逆因果则是水面的涟漪，一些波纹能向上游传播。而钓鱼投下的鱼饵，能制造人工的涟漪，在岁月流上施加人为的干扰。

我就是做这个的。

现在想想，好吧叔叔是个很有趣的人，更是个好人。

最开始看见他是在深夜直播。我在打月海基地地图，在氦三尘场和别人 RPG 对射。有个叫“好吧叔叔”的 ID 进入直播间，他等级很低，但一进来就给我刷了一个超聚变太阳。超聚变太阳是最贵的礼物，分成算下来我能入账快一万元。对于高三的我来说，这是一笔巨款。

“谢谢这个好——啊——吧哥——叔叔。”我记得很清楚，我被这个礼物吓得紧张起来，也把 ID 差点看成“好啊哥哥”。“谢谢好吧叔叔的大太阳，祝老板身体健康财源滚滚寿比南山福气东来……”我翻来覆去说了很多俗套的感谢词。我不是颜值区的主播，不会说那些太肉麻的东西；我的直播间又没来过这么大的老板和礼物，我真不知道怎么感谢。我说着感谢词，RPG 都射歪了几发，那局游戏输了。那时候，我好像在想，这个好吧叔叔估计是到处乱逛的土豪，喝了酒来我直播间手抖送了礼物，想欣赏我这种小主播手足无措的样子。

好吧叔叔没有发弹幕。游戏结束后我看了一眼，好吧叔叔只送了这一个太阳，就已经排在了礼品榜的几个老水友前面。他还没离开直播间。我就问他，要不要上车打一局游戏；按照规矩，他送我的这个礼物，我可以陪他打上一百局游戏，没任何问题。

好吧叔叔给我发私信，要加我私人好友详聊。我有点犹豫，怀疑他是不是好色的那种土老板；但我直播从不露脸，应该没人知道我长什么样，好不好看。

加上私人好友后，好吧叔叔跟我说，要请我在西安吃饭。我想，他怎么知道我在西安？他解释说，他是航天系统的人，找我有事，还问我那天是不是看见文昌陨石了。

我跟他说我看见陨石坑了。他又问我，是不是看见了陨石本体。

我犹豫了一会儿，超聚变太阳让我决定不说谎，我告诉他，我看见了未来的陨石落下来。

他约我吃饭，我答应了。并不是我想吃饭，而是超聚变太阳真的太值钱了……去吃饭时我带了防狼喷雾、录音笔，研究了怎么手机一键报警，把好吧叔叔当成最坏的那种坏大叔应对。

好吧，好吧叔叔其实不是那种坏人……

在饭桌上，我第一次看见了好吧叔叔。现实和想象完全相反。想象中，我以为好吧叔叔是油腻大叔，我是清纯高中生；但现实中，好吧叔叔不到三十岁，是个航天博士，不会打扮，一身书生气；我，十七岁，化着淡妆，不对称的左刘海染着灰青，指甲上涂着白蛇，右耳吊着星空耳坠。怎么看都是我比他成熟。我像坏姐姐，他像愣头青弟弟。

饭局气氛微妙。好吧叔叔好像很不适应，闷头不说话，反而是我凭着娴熟的主播经验在不断说话，猜这个呆头呆脑的金主爸爸想干啥。喝了点酒后，好吧叔叔介绍了他自己，说他叫越秋，在航天五院当研究员，研究 UDO。因为经常给小朋友做科普，口头禅是“好吧！好吧！”，所以被小朋友喊成了“好吧叔叔”。

好吧叔叔邀请我参加应对 UDO 的计划。他说，我能看见未来的陨石，也就意味着我能看见未来的 UDO，或者说，我的阴阳瞳拥有看见不可探测的未元之物的能力。他希望我参与研究 UDO 探测问题。

我问他怎么知道我能看见未来。他说他分析了我的直播录像，还看了那时候某些网红自媒体采访我关于文昌陨石的消息。

我拒绝了他。那时，我没有雄心壮志，对航天也没兴趣。UDO 封锁太空，人类不能航天，我不关心。我感谢了他的超聚变太阳，谢绝了他的请客，去结了账。那一餐吃掉了 1/10 的超聚变太阳的收入，我记得很清楚，甚至有点心疼自己的钱包。

半个月后，我在学校又遇到了越秋，还有他的导师——张雅院士，一位老婆婆。

越秋和张奶奶继续邀请我去应对 UDO。我还是不同意。后来，班主任看我好像压力太大，给我放了半个月的假。我回到杨凌老宅，闲住几天。越秋和张奶奶陪了我三四天，他们给我送来了几件爷爷的遗物——从天门空间站残骸上打捞回来的。

我把自己关在屋里，看着爷爷的遗物，不住地哭泣。

可能哭了一两天吧，没吃东西，又饿又累。后来，好吧叔叔给我送了个肉夹馍，我一边吃，眼泪一边滴在香菜上。大概就是那时，我忽然想通了，我应该做些什么，我要对得起我的爷爷，我不能再做一个坏孩子了。

我答应了越秋和张奶奶，参加对抗 UDO 的计划。

窥见不可窥见之影

高三那年五月，我来到北京，开始训练和学习。我忽然变得热情十足，我想证明自己，证明自己像爷爷一样强大。

我最开始住在航天五院，后来搬到雁栖湖，和中科院的学生一起上课。好吧叔叔和其他几个博士给我补课，要从中学数学一路往上补，补到航天基础，院里给我三个月时间。那三个月，我整个人好像都在燃烧，每天两点睡觉，五点起床，手边摆着提神的浓茶，脑门贴着薄荷散热贴，刘海也撩起来，左眼戴眼罩，防止未来的光干扰我。我中学几乎没怎么学习，基础很差。好吧叔叔帮我从集合论补起，然后是高数、微积分、线代、数理方法、力学、热学、电磁、理力[1]，最后到航天基础、微分几何和广相[2]，量子力学被跳过了，因为和UDO关系不是特别大；之所以会有广相，是因为大家普遍认为，逆因果大概率和时空流形的扭曲有关。另外还有一些工程课、模电数电、机械和无线电通信，等等。所有的课都很精简。那三个月，我过得热烈、疲倦、充满力量又困顿不堪。

我现在还怀念着那段充实的时间。

课程结束后，我从雁栖湖回到五院，刘海也乱成了鸟窝。接下来，

[1] 理论力学。

[2] 广义相对论。

他们要测试我的左眼能力，屏天计划开始了。

当时的五院，甚至整个航天科工，很乱。各种对抗 UDO 的计划满天飞，有说强行清理一个空轨道的，有说设计耐撞击的打扫碎片航天器慢慢打扫的，有说这个 UDO 和外星人相关的，有说天衡站要想办法撤离的，有研究卫星定位失效后怎么精确航天定位的，还有各种跨国会议、深夜加班和争吵。屏天计划无疑是所有计划里最重要的，但这个计划最终决定暂时秘密进行。

秘密进行是因为我暂时还没成年。后面我可能要上太空，以我未成年的身份上去，有舆论风险。虽然我说我不怕死，但他们担心如果出了什么事，反智舆论会把航天系统反噬，让后面所有挑战 UDO 的计划都寸步难行，人类可能就此困在地球上。浩瀚星空，从此变得和我们无关。

当年屏天计划分成两个大部分。

第一部分，测试我左眼的能力和性质，确认我能不能看见 UDO。第二部分，在第一部分成功的基础上，尝试引导 SDPD 防护 UDO。SDPD 就是我爷爷做的太空碎片点防御系统，他们喜欢叫这个系统“死的 panda”——si de pan da，简称死滚滚或死胖达。虽然这个绰号对熊猫不太礼貌。

第一次实验在 2066 年的高考那一天。我的同学在考场高考，我在五院考试，测我能不能看见 UDO。好几个白发苍苍的总工和院士都在场，有位我不认识的老爷爷抱了抱我，说“你是云景开的孙女，你一定行”，让我放轻松。

我走进暗室，给左刘海戴了发夹，露出左眼。他们准备了一副特别的眼镜，眼镜很重，挂着电线，两个镜片能按信号在十几纳秒的时间内改变偏振透光性，间接改变能不能看见外面的光。那天实验用的屏幕光源也是某个特定线偏振方向极化的。他们需要随机遮蔽我左眼的视觉来做对照实验。

暗室里播放着太空传来的实时画面，信号源是天衡空间站 SDPD 系统某个摄像机的影像。我看见漆黑一片的星空，隐约能看见空间站白色的轮廓，轮廓上有模糊的黑斑点，是被 UDO 撞击后灼烧的痕迹。空间站应该是在夜半球。根据预测，空间站将在接下来一小时进入和一群 UDO 轨道相交的区域，可能能看见 UDO。我要做的就是，只要看见屏幕上有奇怪的东西飞过，就按下身边的按钮。

很快，我就看见屏幕上划过亮点。我不太确定是不是 UDO，总之我按了按钮。

实验持续一小时，比高考的语文考试短。结束时，我看见好几个白发总工在抹眼泪。越秋说，我的测试初步成功。在我大部分按下按钮的时候，天衡站的装甲都受到了太空碎片的打击，其中一些是 UDO，一些是可探测的普通碎片。所有的 UDO 我几乎都看见了，而空间站的警戒雷达没有发现，而且传回的画面在他们普通人眼里碎片也看不见。实验中途还悄悄做了对照试验，有大约 1/3 的时间，我左眼眼镜的偏正是反的，看不到视频信息。在左眼被遮蔽的时间里，我没有报告任何 UDO，但普通的可见碎片我都报告了。

接下来就是持续一周的各种测试。最终，他们确认我的左眼可以看见未来的光线，尤其是 UDO。当我作为观察者进入一个系统时，从摄像机到网络传输到投影整个系统都能捕捉到未来的光子，送入我的左眼；但这些光子对其他观察者完全不可见。同样的视频，他们就看不到那些光子，任何技术手段也探测不到。

屏天计划的第一步完成了。好消息是，我能看见 UDO；坏消息是，只有我能看见 UDO。坏消息的意思是，那时我们不知道我的阴阳瞳是什么，如果只有我能看见 UDO，我也不是超人，不能保护天上所有的航天器。要对抗 UDO，我们必须研发能探测 UDO 的传感器，而不是永远依靠我的肉眼。

我跟好吧叔叔说了爷爷和古镜，还有古镜和我左眼的关系。院里派了人去章家找古镜的下落。

计划第二步，我要上手引导“死胖达”打陨石。好吧叔叔找到了做“边境 2”的母公司，魔改了“边境 2”的代码，给我做了个特制版。现在的游戏画面上显示的是天衡空间站的某个摄像头的画面，我要做的就是在看见陨石——不管是不是 UDO——就移动鼠标，把它打下来。具体的防御方式由死胖达系统执行。那几天我抱着键盘鼠标住在实验室，打开特制版“边境 2”，打太空碎片。

但效果并不好。我确实能看见 UDO，能打中 UDO，但在天衡和五院之间有着几百毫秒的网络延迟，哪怕我做好预判，命中率也不高。死胖达系统并不能帮我辅助瞄准，因为系统内根本探测不到 UDO，所有 UDO 的图像，都是被我左眼看见的。这几百毫秒的延迟太致命了，我点了鼠标，基本上要一秒后才能看见死胖达喷射出软胶去和太空碎片对撞的画面。大部分时候，命中率都不够高。

最后，好吧叔叔问我愿不愿意上天，去空间站工作。那里没有延迟，可以实时防御 UDO。

天衡之屏

6 月 22 日 16：03。

两小时前，伊斯坦布尔观察到了未来的红莲城“犁地”现象。裂谷长八公里，在博斯普鲁斯海峡西侧靠北，郊区。因为提前做了疏散，人员伤亡不多，只是毁了很多建筑。

这一次疏散了，但下一次不一定如此幸运。我们不能指望红莲城轨道投影下方所有的城市都时刻疏散、戒备。何况，未来的红莲城可能会变轨。

必须尽早解决红莲城的问题。

昨天晚上，藤原町崎终于到了红莲城，世界主要国家察因术士协会的负责人、逆因果研究专家都到齐了。开会，开会。会议也没什么讨论的，所有现象都说明，未来，红莲城冰球中的莲晶似乎发生了解体（有可能是爆炸），飞走了一部分莲晶，导致万有斥力变小，不足以托起主城的质量，使得整个红莲城的比轨道变小，近地点切近地球。

问题怎么解决？至少，我们不能让未来的红莲城撞上地球。

会议提出两个方案。A——想办法保住莲晶，不让它解体过多，维持住红莲城的轨道，并不断给红莲城补充能量，提高轨道。B——在未来某时刻主动拆了、放走莲晶，让红莲城受控解体、坠毁在南太平洋，以避免坠毁在其他人口密集区。

目前，B 方案占上风，我也支持 B 方案。A 方案的缺点在于，我们的计算能力不足以模拟未来一段时间围绕红莲城发展的物理过程，模拟计算出逆因果的链条。万一 A 方案执行出错，红莲城很可能在未来直接坠毁。坠毁的时间我们不知；如果坠毁发生了逆因果，那么现在地球上的某地，就会凭空出现一次未来的坠毁导致的现在的爆炸与撞击事件。

我们不能接受这种风险。现在，大家还在讨论 A、B 计划，不能决定。

我总觉得谷岚有点不对劲。

她已经好几年没和菲莉莉见面了，但昨天菲莉莉和她打招呼说“谷老师好”，她没有回复。谷岚看着冷冰冰的，好像有心事。

这不太像她……我安慰了一会儿菲莉莉，请她吃烤鸭。好多年前在北京，菲莉莉跟着我还有谷岚学习察因技术的时候，就很喜欢吃烤鸭。

我认识谷岚，就是在天衡空间站。

我第一次进入太空是在 2066 年的十一月。那年的七月初，好吧叔叔跟我讲了很多去太空的风险，从死亡到癌症（天衡装甲常常被 UDO 打得屏蔽性能不好，电离辐射的危害还是有），从我个人的安危到中国航天的舆论。他不希望我去，因为我能训练的时间太短，风险过高。很容易死在太空。

我决定去。

我开始了四个月“惨无人道”的特训，好吧叔叔要和我一起训练，他也是要上天的航天载荷专家——不过他过去两年已经训练很久了。而我，要在四个月内全都训练完。

基础训练是体能和身体素质。我中学基本没锻炼过，体育课跑不完 800 米，平时又昼夜颠倒，晚上打游戏白天睡觉，体质很差。训练中，我主要每天跑步，做力量和耐力。这些问题不大，难受的是做超重。我要坐在离心机训练仪里面，扛 7 个 G 的加速度。在做胸背方向的加载时，我感觉肺要被压爆了。不过我坚持了下来，死也没按那个安全按钮——按下按钮离心机就会停机，保证机上的训练员不会因身体不适出事。

除了超重，还有失重训练，在我老家杨凌做。杨凌的某个空军基地有做自由落体的飞机，一次上下抛物线飞行可以模拟二十几秒的失重。他们说失重很容易呕吐，还有眩晕与脑袋充血，我都没感觉到。我感觉很好，在失重飞机上训练吃喝拉撒、穿衣写字，还有使用设备，我很轻松就完成了。

后面还有前庭平衡的训练、野外生存训练（防止返回舱掉的目的地太偏远）、枪械射击训练（我真的会在太空开枪打人吗？），最后就是具体的飞行程序的训练，怎么坐曙光[1]载人飞船上天，空间站里面怎么操作，所有的程序都需要过很多遍，要考试。白天做体能，晚上我就在宿舍背曙光飞船和天衡空间站的操作手册。那两本手册有几千页之厚，教员要求我啥都要在一秒内反应过来。在太空，不熟悉航天器就是死。

十一月，天衡空间站轮换下一批航天员。我、越秋、于柏和宗天壶是上天的四人，我和越秋是负责“死胖达”的载荷专家，于柏是驾驶员，宗天壶是工程师。这次发射没有什么报道，我的名字甚至没上新闻。

2066 年 11 月 15 日，在我成年的一个月前，长五发射，带着我进入太空，来到了天衡空间站。

我们提前了大约十个小时进入飞船，做各种准备。进入飞船前，我看见了大海，淇水湾，翠绿的大地。这就是我爷爷每次从文昌出征所看

[1] 虚构的新一代载人飞船。

见的景象。

然后，坐电梯上塔，进飞船。等待指令。又好几个小时过去后，飞船升空，失重，变轨，调相位，和天衡的轨道切上，对接，进站。

当年，谷岚并不是上天的载荷专家。她那时是卡弗里所的博士，越秋的朋友，研究相对论。上天后，我、越秋和谷岚结成了小组，研究逆因果问题。越秋负责航天，谷岚负责物理理论，我介于他们俩之间，两者都沾，两者都不精通。

在上一代天门空间站被UDO摧毁后，这一代天衡空间站设计成了专门对付UDO的平台。太空被UDO占领，各国几乎停止了航天器发射，天衡是那段时间唯一升空，试着打破UDO封锁的航天器。因此，天衡的设计是“畸形”的，天衡站里没有其他科学载荷，全都是观测UDO的各种设备。没有太阳能板，靠核电池供电，因为太阳能板会被UDO打烂。舱体的形状是四节短圆柱舱并排抱在一起，目的是减小表面积，减小被UDO命中的截面。我入站后，有三名航天员下站，站里总共有六人。我和好吧叔叔占领了三号舱，舱里都是“死胖达”的系统设备。

进入太空没一会儿我就适应了，甚至很享受。我不觉得晕眩或迷失方向，脑袋有点肿，但还好。我享受着轻飘飘的感觉，甚至感觉比起大地，这里才是我的故乡。我和好吧叔叔分别占领了三号舱的一半，他要做科研写代码，偶尔给地面的孩子们做UDO的科普；我要开始对抗UDO。

我每天的任务可以分成三部分，一是日常的锻炼，吸氧排氮，对抗低重力体质流失，二是对抗UDO，三是继续学习文化课。虽然UDO会24小时不间断撞击天衡，但我并非总是工作。我会在系统预测的中大尺寸UDO相遇概率高的时间工作，其他时间休息。这样，我的生活节奏实际上是跟着 UDO 撞击的节奏来的，有时睡觉也会被警告铃吵起来，要工作；有时一整个白天又不用工作，只能自己看着屏幕点掉一些小体积的、天衡的装甲完全可以抵挡的 UDO，锻炼自己的反应速度。

打 UDO 并不有趣。我用束带把自己固定好，然后架好吸鼠标的盘子（避免鼠标乱飞），盯着屏幕。系统会给出大概率遇见 UDO 的方向的摄像机，然后，系统能观测的普通太空垃圾会被识别标注，那些探测不到的 UDO 则由我移动鼠标过去点击，就像在“边境 2”里开枪一样。系统会根据我点鼠标的方向安排“死胖达”攻击飞来的 UDO。

我很快打中了第一颗 UDO，随后，打 UDO 的效率飞速上升，检出率 + 命中率超过了 90%，天衡空间站几乎没有被大块 UDO 打中过。熟练之后，我甚至可以一边打 UDO 一边看书，再一边吃水吃东西。

（说到吃东西，有次打 UDO 时在吃水，我嫌刘海长了，让好吧叔叔帮我理一理。他傻乎乎没带吸尘器，头发屑飘得到处都是。带静电的发屑和水球强强联合，我吃下的水球就像是长了一圈黑毛的果冻。）

对抗 UDO 的成功让空间站上的紧张气氛缓和下来。原本在空间站轮换的航天员们都是抱着必死的信念来的——说不准就有超大 UDO 撞毁空间站。我们开了一次小小的庆功宴——吃火锅。火锅是一个球形的混料包，微波加热后变成了飘在空中的水球，水球旁边夹了超声的设备，用驻波控制小液滴不乱跑。我躺在空中，好吧叔叔在给小朋友们做科普直播，我就听着他不停地重复“好吧、好吧”，忍不住偷笑。

现在想起来，在天衡的那段时间，大概是我人生里最简单快乐的日子了。跟小时候在古宅里和爷爷住在一起的日子一样。

好吧叔叔是个很靠谱的人。大部分的杂活都被他干了，他还要热心回答小朋友的科普问题。有时候，大半夜他会悄悄和地上的女朋友视频，他女朋友在抱怨他们联系过少。他很爱他的女朋友。

空间站的日常工作从防御 UDO 慢慢向研究 UDO 转移。空闲时我会观察轨道前方的区域，看有没有和飞船速度稍慢的 UDO 在同步飞行，如果有，就操作机械臂抓些 UDO 进来。事实上，在不发生逆因果时，UDO 和普通的太空垃圾没有区别。我只能根据左眼的视觉（比如，异常的光影颜色）来寻找可能的 UDO。我会观察抓进来的碎片，看看能不能看见它们未来的图像。一般来说，UDO 更容易被阴阳瞳看见未来的反射光。

很快，我们找出了很多疑似 UDO，这也是我们第一次找到 UDO 的实物。这些 UDO 一部分跟着定期的货运运下去做研究，另一部分留在空间站。没几天，谷岚告诉我们，送下去的 UDO 碎片，有问题。

红莲城，下行

6 月 23 日 21：39。

今天开了一整天的会，讨论红莲城危机对策。几乎所有人都支持 B 计划，可控坠毁红莲城；但是，谷岚却一直反对，并坚持 A 计划。因为她是逆因果研究的大专家，她的意见权重太大，会议僵住了。

会议散了后，她甚至没来餐厅吃饭。她到底怎么了？这不是我以前认识的谷岚。她不会这么不理性。理性的她，应该支持 B 计划才对。

二十年前，我认识的谷岚，安静、理智、聪颖，擅长推公式，各种哈密顿量写得轻轻松松。而且她还很有耐心，发现 UDO 碎片的异常后，她做了好几个月的实验，最终发现了逆物质与莲晶，给出了逆因果理论解释与模型。

那时我们天地之间每天都会交流进展。最开始拿到 UDO 碎片时，谷岚就发现了奇异现象：碎片的质量和重量不相等。准确地说，比如，一块 UDO 碎片在天平上只有 20 克重，但它在被推动、加速时所表现的质量，可能有 50 克。——碎片在受重力作用时和受其他力作用时，表现的质量不相等。

这一点我们在太空没发现，因为重力极低。

这个现象可以有很多解释。测试了十几天后，我们和谷岚给出了两个可能性最大的解释：第一，UDO 上有某种未知物质，对万有引力不敏感，能缩小万有引力的作用；第二，UDO 上有某种未知物质，对牛顿第二定律不敏感，等效质量比较大。无论如何，这两个理论都有点离谱，一个在挑战广义相对论，一个在挑战希格斯场质量获得机制。总之，怎么看都是要把现存的物理学根基砸烂。

谷岚做了很多推导和实验，确认其他的一些解释（比如，地球和 UDO 碎片之间的特殊相互作用等）可以被小心地排除，只有上述两个理论能成立。她把研究成果送到 PRL [1] 后，学界争论颇多。

接下来，她就要想办法找到那种未知物质了。理论永远是纸面的东西，实验才能说明问题。

UDO 碎片被送到全世界的高校与实验室，共同研究。大概三周后，南非的一个研究组发现某些碎片的质心位置不对。比如，一块均匀的平板状 UDO 碎片，其质心应该在几何中心；但某些碎片的质心会落在碎片边缘。很快，谷岚发现这类质心异常的碎片被切成两半后，原本包含质心的那一部分会变成“正常物质”，而不包含原始质心的一半依然含有未知物质，质量和重量不等。

又过了一个月，巴黎高等师范的人发现，UDO 碎片中含有的未知物质具有逆因果性。他们使用电子流轰击碎片，在轰击开始前，接收器已经观察到了电子流的散射——未来的电子流撞击效应逆因果传播到了现在。这是我们第一次捕捉到未知物质的实体。

在我们把 UDO 碎片送下去的第三个月，谷岚终于第一次直接（光学）观察到了这些未知物质——莲晶。她将含有未知物质的碎片切成微米级的薄片，一片片测试逆因果性，对存在逆因果的薄片再进一步测试。磨成粉末、打磨金相、溅射镀膜，她试了很多种加工方法，但始终抓不住未知物质的影子。终于，有一次她对我说，想用我家的古镜试

[1] *Physical Review Letters*，物理评论快报，物理学界顶级期刊。

验。我同意了。

谷岚从古镜上削下小片金属膜，接着，她在膜中看见了莲晶。

我看过谷岚发来的视频。那是奇怪的微小结晶体，大概微米的尺度，和寻常铜合金的金相完全不同。不管怎么旋转金相平面，这些结晶体都保持着微妙的立体感，像是六七个水晶状的六棱晶体棱柱叠在一起。神奇的是，这些棱晶的底部是重叠的，每个棱晶的边界都侵入另一个棱晶的内部，拼成奇异的空间分形结构。我的第一感觉是，这些结晶体像莲花。每个棱晶是花瓣，它们根部相互重叠的区域是花托。

这是人类第一次看见了逆物质的富集形态——莲晶。我、谷岚、越秋一夜没睡，讨论莲晶是什么。我们猜测，这玩意儿和时空的结构有关，那种奇怪的、和空间坐标无关的立体感，以及相互侵入的感觉，都昭示着底层空间的某种扭曲。但是，空间扭曲意味着大质量和大能量，这一点点莲晶，哪有那么大的能量？

后来科学界又做了很多实验，明确了逆因果的实验现象。我们将能产生逆因果的物质称为逆物质，而莲晶则是逆物质高度聚集、压缩了时空后的致密态。在考虑了莲晶扭曲压缩时空的效应后，引力场方程需要改写，多了个负号。最后的结果是，莲晶的等效质量是负的，它与正常物质之间存在万有斥力（万有引力加了个负号）。另外，莲晶之间存在的是万有引力，两个等效负质量相乘，负号消掉，还是引力。

也就是说，莲晶天生会相互吸引。红莲城那块巨大的莲晶，就是许多小莲晶因为意外吸到了一起形成的。这块莲晶是人类现在能找到最大的莲晶，也是最大的反重力实验平台——红莲城的基石。

谷岚还想办法测试了我的左眼，观察到我的左眼房室中有一颗很小的莲晶，正是这枚莲晶，让我看见了未来的光，让我左眼的视野始终有些雾蒙蒙的。

但这莲晶是怎么来的，我依然不知——只知道一定和古镜有关系。

我们对逆因果、逆物质以及UDO的了解在那半年进展飞速。既然我能看见UDO，能看见未来的光，说明这是我眼睛中莲晶的作用。也就是说，莲晶能观测到未来的光，能观测到可能的UDO的活动。如果使用含莲晶的材料制造传感器，那么传感器就有一定概率捕捉到未来的太空碎片的信号，我们就能使用传感器观察UDO、对抗UDO。

唯一的问题是，莲晶太少了，全世界的各个院所凑不齐材料造一个含莲晶的传感器。最后，还是古镜拯救了我们——古镜上莲晶数量奇多。

这一次，古镜反射出了UDO的图像。在光路中插入了古镜后，普通人也看见了未来的UDO。它们被清晰地投影了出来。

一面唐代的镜子，帮助现代人看见了超越未元之物的希望。

6月24日，中午。

又是开会。谷岚还是不肯松口，拒绝我们想可控坠毁红莲城的计划。我想找她聊聊，她又跑了。发信息她也不回我。

怪了，是更年期吗……我也四十多岁了，没什么感觉啊。

红莲城的茶挺好喝的，他们说是冰球的融水净化后泡的，正经的长江水。

2067年，北京几个所联合造出了内含莲晶反射镜的摄像机，用于自动捕捉UDO的图像。货运飞船带来这个摄像机，我把它装在了天衡舱外。摄像机工作良好，有较大概率抓到来自未来的光子，发现UDO，指导“死胖达”攻击UDO。这个原型摄像机的成功振奋了全球航天界，随后，更多的摄像机和UDO探测设备被制造出来，用于观察和抓捕UDO。我的工作也稍微清闲了下来，对抗UDO的工作慢慢交给可以看见UDO的“死胖达”完成。我全身心投入了对逆因果本质的思考。

在研究小组中，我是对逆因果体验最多，但数理基础最差的人；谷岚是数理基础最好，但对逆因果毫无经验的人；好吧叔叔介于我们两人之间。我们花了两个月的时间，提出了逆因果的底层理论模型，主要的理论贡献来自谷岚。后面十几年的定量工作和修补，证明了这个基于黎曼跃迁的理论的正确性。

定性描述的话，逆因果来源于逆物质的极高能量密度卷曲了时空流形。至于逆物质是什么，我们暂时还不知道。在正常（不靠近黑洞这类极端情况）的时空中，四维的时空是近似平直的。但在逆物质周围的时空中，时间轴会发生严重的“卷曲”，就像一条直线绳绕了一圈，线上的两点会靠得很近。一旦这个邻近两时间点的“距离”和逆物质拥有的能量满足共振条件（谷岚用量纲法猜出了这个共振条件，还猜对了，现在这个条件叫作“黎曼选择”），就有一定概率发生“黎曼跃迁”，逆物质的一些相互作用会击穿两个时间点的“距离”，从未来的时间点传播到过去的时间点。

实际上，黎曼跃迁是双向的。可以是未来因产生现在果（先有陨石坑，再有陨石落地），也可以是现在因产生延迟的未来果（陨石先落地，未来再出现陨石坑）。但因为热二[1]和熵单向的关系，谷岚猜测通常只有逆因果会产生，而不会产生因果延迟。

此外，通常，物质不能跃迁（比如，不能把人送到过去）。能跨过时间距离的只能是相互作用（电磁、强弱、引力）。我能看见未来，就是一种电磁相互作用（光）的逆因果传播。

就在我们整理理论、准备发表的时候，危机出现了。

2067 年 4 月，我看见了来自未来的影像。一块几厘米大的莲晶撞击了三号舱，舱室炸裂，未来的我的虚影被爆炸冲飞。

[1] 热力学第二定律。

我看见了我的死亡。

相信谷岚！

我的因果笔记上出现了未来的字迹。

其实我都忘了我最开始在这个本子上写东西，是想让未来的我能提醒自己了。

现在是6月24日，晚11点。我只是在夜宵后随便拿起本子看了一下，并没想写什么，就看见了这四个字。这不是我中午写的……只能是未来的我写的。

而且字还写得很大，生怕现在的我没注意是吧？

那么，“相信谷岚”是指什么？指谷岚现在拒绝B计划，拒绝红莲城可控摧毁是正确的？

我必须去找谷岚聊聊。明天吧。现在有个问题是，“相信谷岚”四个字是未来的我写的，那么，我现在能写下去吗？

未来的光

6月25日，12点。

一夜没睡。发生的事太多了。

昨晚在看见“相信谷岚”四个字后，我立刻尝试了往上书写。这四个字是未来的我写的，是未来的笔尖的莲晶压在纸上的压力逆因果传递到了现在，在压敏纸上显出字迹。那么，现在（半天前的那个“现在”的时刻）的我能写上去吗？如果现在写上了，那么就是现在的我写下的字迹，就不存在未来的我写下字迹了。这里面，就产生了类似于冰块悖论的悖论。

物理世界会保护这个因果关系吗？

答案很可能是保护。

就在我打开千年笔的电源（给笔尖注入更多能量，提高发生逆因果的概率），下笔时，红莲城发生了剧烈的震动。我手中的笔飞了出去，撞上墙，笔尖的莲晶脱落，飞出了舱室，找不到了。没有莲晶，我只能用普通的笔继续写日记。那四个字，我现在也写不了；只能等未来的我写。

这是巧合，还是绝对？

我不知道。

红莲城的震动是因为冰球里的莲晶的等效质量突然变小了。

——莲晶还在，但莲晶的万有斥力，作为一种相互作用，变小了。这块莲晶质量极大，它几乎一直处于逆因果的状态中。我们看见的，永远是未来的莲晶，受到的，也是未来的莲晶的万有斥力。

现在的莲晶还在，但未来的莲晶已经发生了某种爆炸解体，质量变小，万有斥力变小。未来的万有斥力变小传递到现在，使得红莲城的整体质量（主城质量减去莲晶的等效质量）变大了，红莲城轨道开始缩小。

过去的半天，红莲城往地球迫近，并在一小时前掠过甘肃酒泉，掠过那条大裂谷。十三天前的裂谷，就是此时的红莲城迫近飞行时，莲晶的斥力压出来的。

时间来不及了。如果谷岚不再同意计划，我想推动应急会议紧急处理。我们不能置地面的安危不顾。

我又想了很多。

逆因果最大的悖论永远是关于未来的。结果在过去发生，原因在未来发生，那么未来岂不是已经既定？人类是否还有自由意志干涉已经既定的未来？

理论上来说，我认为人类是有自由意志的。在已经产生过去果的情况下，物理法则确实会保护未来因一定发生，但是，物理法则不保证未来因的发生形式。

这是一个数学物理反演问题。简单来说，在正常的因果时序中，从原因到结果是正演问题：已知初始条件，求接下来会发生什么。我们抛出小球，小球会沿唯一的抛物线下落，这是唯一解。但是，如果知道结果，求原因，这是反演问题。我们观察到了小球落在地上的位置和最终落地速度，询问小球是沿什么路径落下来的？答案是有无穷的可能路径，因为无穷的初始位置和初速度都能最终落到这个点。

反演问题的解从来都不唯一。

这意味着什么呢？当我们看见一个当下果的时候，未来因一定会发生，但这个反演问题中，发生的路径可能有很多种。沙滩上看见陨石坑，但未来不一定是陨石落下砸出的坑，可以是炸弹炸的，人工挖的，只要符合物理规律，都行。

当下的果是既定的，但通往未来因的道路，是人的自由意志可以选择和干涉的。这就是察因术士的工作，根据当下果，察未来因，并尽量选择一条通往未来因的最优的道路。

历史的第一次察因事件的处理，就是我做的。在天衡空间站，我看见了未来的我被未来的爆炸炸飞。那时，我吓坏了。我把事情告诉越秋，告诉谷岚，告诉下面的指挥部。最后，谷岚和我说了反演问题的道理，说我们有一定的概率逃生。

她是这么解释的：我看到的未来的爆炸一定会发生，但我看见的只是逆因果传来的“未来的光”，反射光的那个东西可以不是未来的我。她提出了一个诡异的想法，制造一个我的全息像，在未来爆炸来的时候放在相应的位置，用全息像的光替代我肉体的反光，传给过去那个看见未来的我。她说，这叫不违反物理规则地欺骗世界。

三号舱内部的逆因果摄像头也录下了那段未来的危机景象。画面很糊，未来的光的强度不够高，能隐约看见我穿着舱内服，飘在半空，神色惊慌。砸进舱的是一块莲晶，似乎是来自陨石型的UDO。

我们紧张地工作了起来。谷岚用能量估算了未来因的发生时间，大约在半个月后；这让我们更紧张了，因为半个月后是货运飞船飞来，接我们从太空采集的莲晶下去的日子。

当时，关于莲晶有一个可持续采集的判断，大意是说，要在天衡空间站因为意外停工之前，从太空的UDO中获得足够多的莲晶。如果没有采集到足够多的莲晶送回地面，而天衡站被 UDO 砸毁了，那么人类拥有的莲晶太少，不能建造一台能采集莲晶而且能防御 UDO 的航天器。人类的航天就会被 UDO 锁死，人类制造的航天器会因为没有足够的莲晶而无法对抗 UDO。

我们天衡空间站上储存的这一大箱莲晶就非常重要。如果在货运飞船接走这箱货物前，我们被未来因的陨石击毁了，人类很可能造不出新的天衡来收集 UDO 了。

2067 年 4 月 29 日，按照谷岚的估计，就是陨石撞上我们空间站的日子。我们穿好了舱外服，准备好逃生的曙光飞船，也布置好了替代我“受死”欺骗物理规律的全息光源。

一切都准备好了，就等着那一瞬间，现在的光能穿越到过去，完成因果的封闭。但是，货运飞船的对接提前了。撞上我们的不是陨石，而是因意外失控的货运飞船。

现在的光

那时的时间是 UTC + 8[1] 23：48，我记得很清楚。

我们在等待陨石的到来。

好吧叔叔突然说:“怎么货运飞船的轨道有异常？”

然后我才发现，原本预定在一个多小时后和天衡对接的货运飞船，轨道根数错了，正提前向我们撞来。我报告了，地面指挥部在修正这个错误，但货运飞船失去了控制，似乎是在几分钟前被 UDO 撞坏了系统。

我祈祷着我们不会撞上货运飞船，同时开始安排天衡主动变轨；毕竟失控的飞船不能高精度对接，十几米的误差，允许我们擦肩而过。那时，我也在想，我既然看见了未来的撞击爆炸，是不是意味着那时采取的所有措施其实都是无用功?

是的。未来因已经注定，我们不管做什么，货船还是撞上来了。

几分钟后，爆炸发生，货运飞船撞上天衡，我的全息光源按时放出现在的光，伪造了我的“在场证明”。

又是大概一秒后，三号舱炸开，气压外泄。我和好吧叔叔已经提前做好准备，捆在了墙上，蜷好身体，避免舱外服被打中漏气。

就在这时，装着莲晶的货箱被爆炸掀飞，往舱外飞去。

---

[1] 北京时间。

我蒙了。货箱是埋在墙里面的，我们提前做了固定，但还是被爆炸的冲击炸了出去。

那箱莲晶是人类航天的希望。

我看见好吧叔叔解开约束带，往墙上一踩，朝飞远的货箱冲去。但他还系着安全绳，够不到货箱。

我大叫着要他回来。好吧叔叔却解开两条安全绳，在无保护的情况下，利用剩余的速度飘过去，抓着货箱，想推回来。但他这一推，方向不稳，他和货箱都朝着远离空间站的方向去了。

我立刻解开约束带，解下一条安全绳（还有一条安全绳系着我），想用手中的安全绳勾他回来。但是，他和货箱之间，我只能勾一个东西回来，我只有一条绳子。

他们都在远离空间站。

接着，我看见了未来。在未来，我勾中了货箱，好吧叔叔飞远了。

未来替我做了选择。

我勾中了货箱。

好吧叔叔飞远了。

在飘飞出通信范围前，他对我说："没关系的。好吧，好吧。地球真漂亮，真的，云奈，你往上看。"

四个小时后，他的生命体征消失了。

地球真的很漂亮。

有时我会想，人真的有自由意志吗？反演问题虽然保证了我们能选择通往未来的路，但是，有时候路是唯一的。

比如，当我看见未来的我勾中货箱时，我能违逆这个未来吗？我能不勾货箱，去勾越秋吗？我真的有自由意志吗？

你有自由意志，相信自己

我是看着上面那一排字凭空出现在笔记本上的。字迹出现的速度很慢，一笔一画，未来的我应该写得很专注、认真，而且算好了黎曼跃迁的时间，精准呈现在当下我的面前。

未来的我是知道了什么吗？未来的物理学，是明确自由意志的存在吗？

我等了一个小时。本子上没有新的未来字迹出现。

我说得对。要相信自己。

好吧叔叔牺牲了。很多很多年后，人类扫清了轨道残余的UDO时，他和爷爷的尸体才从轨道上拖下来，葬在了东风陵园。

那次回到地面后，我再也没上过太空。我不想上去了，直到现在，但这一次，我不得不来到红莲城。

鱼　竿

6 月 26 日，凌晨 3 点。

两小时前的子夜，我找到谷岚，她终于答应和我聊聊天了。见面地点在主城最高（或者说最低，取决于使用哪个重力方向）的地方，冰球的正下方。这里有一方水池。因为距离莲晶最近，这里的万有斥力提供的重力高达 1.4G，难以走动。但好处是，空气也被斥力束缚于此，不用穿舱外服，就像在地球表面一样。

谷岚拿着小凳子坐在水池边。这是红莲城的蓄水池，冰球的日照融水会有一部分被斥力推下来，滴落在这儿。我走过去才看见，谷岚在抓着鱼竿钓鱼。不过，这水池里显然没有鱼，而且，我不觉得她以前有过钓鱼这种爱好。

见面第一句话，她问我要不要钓鱼。我拒绝了，问她到底是怎么回事。（她还有闲心钓鱼？）

她说，她想保护红莲城。我不理解。

她说，她不想让红莲城坠毁。因为红莲城的莲晶是人类现在所拥有的最大的莲晶，是最靠谱的反重力平台。依托于此，我们的航天技术可以快速发展。我们能在红莲城建设大型的空间工厂，建设新的、足以跨越太阳系的航天器；没有红莲城，我们的航天技术发展会慢很多。

我问她，她要怎么保护红莲城？在失去莲晶之后，红莲城质量变大，无法维持高轨道。想要维持轨道，需要补充海量的能量，而我们一时根本送不上这么多能量（燃料）到红莲城。我还质问谷岚，为什么不选择牺牲红莲城？万一她做不到保护红莲城，红莲城砸在地面上，有了伤亡怎么办？

谷岚说了她的设想。她计划计算出未来红莲城莲晶爆炸那一刻的物理模型，算出一个能触发爆炸，但又不会让莲晶炸飞太多的情况。这样，能剩下足够多的莲晶，托住红莲城，让它不会坠毁。

可问题是，我们的计算能力根本没有这么强。

谷岚没有说话。我就走到了她身边坐下，看着她“钓鱼”。然后，她对我说，察因就像是钓鱼。我当然知道这个比喻。时间是条河，从过去流向未来；而逆因果就是在河上激起涟漪。这些涟漪能从过去传向未来，也能从未来传到过去。如果有一根合适的“鱼竿”，我们就能在岁月之河中荡波，干涉特定的逆因果事件，使得从当下果走向未来因的路径受我们控制。

可是，我们并没有这么强力的鱼竿。世界太大，物理太复杂，大部分时候，我们计算不清因与果之间的可能路径，更别说选择了。

谷岚说，她设计了新的鱼竿：一种新的计算机。这种计算机利用逆因果效应工作，将未来的输出（未来因）作为当下的输入（当下果），使得其数学计算能力极其强悍，能在接近零的时间内计算许多需要多项式时间才能算完的数学问题（比如大因数分解）。这样，这种新型计算机就能以远超普通电子计算机十几个数量级的速度计算问题，哪怕是分析红莲城的莲晶爆炸事件也不在话下。

谷岚将这种计算机命名为“雪崩”。她使用莲晶及相关的材料制造了寄存器和逻辑门，使寄存器和逻辑门能在时间-空间两个维度上展开。以前的计算机寄存器只有空间上的区别，比如两个寄存器 A 和 B，“MOV A, B”指令能将 A 的数据移动到 B 中，只是空间上的转移。现在，雪崩计算机的寄存器同时在时间和空间上展开。特定的指令能将未来的寄存器数据移动到现在的寄存器中，进行跨时转移，能让过去和现在的寄存器相加、相乘、跳转、判断条件，等等。通过这些底层设计，雪崩计算机获得了极强的计算能力。

谷岚将“雪崩”的原型机部署在红莲城。在这里，重力加速度充当离心力，抵消掉了空间扭曲，方便部署各类基于莲晶设计的构件（莲晶也会扭曲空间，在重力环境——等效于空间弯曲——之下，会变得很难处理）。她告诉我，雪崩只差一点点就能建造完成。她不想雪崩跟着红莲城一起坠毁，她想保住雪崩，保住红莲城，保住红莲城上其他千千万万的先进科技成果。

我能理解她的想法。但是，万一她失败了呢？万一红莲城坠落在大城市呢？那可是几百上千万人的性命安危。

谷岚说，她会在两天内解决这事。如果解决不了，她会放弃。我问她为什么不跟大家说她的想法？她就坐在那儿钓鱼，不说话。

我们静坐了大约十分钟，她才又说了起来。她说，她过去十几年活得太“刚烈”，一心只想研究，见不惯各种混在科研系统的“斯文败类”，结果就是在科学院系统树敌太多。

树敌太多，不管她提出什么提案，都会被人拒绝，并借机给她使绊子。她过去几天一直在纠结是不是要公开雪崩计算机和她的计划，她迟疑不决。甚至，找我聊天主要也是帮她做决定。

于是，我问她，雪崩还缺什么？

她说，缺“古代莲晶”用作雪崩计算机的晶振，产生时间和空间的双重脉冲信号，驱动计算机的指令。古代莲晶指的是那些从古代流传下来的莲晶——比如，我家的古镜上的，而不是现代从 UDO 上发现的莲晶。古代的莲晶大多经历上千年的时间磨损，提供的脉冲信号稳定性更好。

但是，古代莲晶发现的数量不多，仅有的（古镜上取出的）都被用完了。谷岚期望这两天在冰球的考古能找到一些新的古代莲晶。十几年前红莲城的莲晶砸在岳阳时，翻起了洞庭湖长江口底部的唐代古镇遗迹，许多文物随水流一起被推上天空，冻入冰球，带进太空。红莲城上也一直有考古队工作。这些古物中，可能就有古代莲晶。

可惜，我帮不上谷岚。能不能找到古代莲晶完全看运气。我跟她说，我会陪着考古队去一天，也许我的左眼在找莲晶上能帮忙。

希望她的想法能成功吧。我也不希望红莲城就这么坠毁了。

6 月 27 日，22：23。

今天我陪着考古队去了冰球。我跟着他们从冰球上的缝隙进入了冰球内部，在里面待了一整天。

冰球里是个大的空洞——被莲晶的斥力拒斥出来的空间。考古队就在球壳内侧壁面上工作，这里的重力接近两个 G。除了考古队，还有一批研究大型莲晶的人驻扎在这里，等待撤离——所有人都相信，未来几天，红莲城就要完蛋了。

莲晶就飘在冰球中心，十几丛红色的水晶层叠在一起，相互侵入，仿佛红莲。莲晶本无颜色，红色的反光是穿过红莲附近的光在空间扭曲中红移的结果。

我陪着考古队待了一天，没找到古代莲晶。一个小时前，我和谷岚说了这个消息，她已经决定放弃了。

明天，我们就可以开会，讨论怎么让红莲城安全坠毁。

不过，我突然想到，我左眼中的那块小莲晶，不会是古代莲晶吧？那块莲晶来历不明，很可能和古镜相关，或许是古镜上的莲晶在我小时候意外进入我眼睛的。

我得立刻去找谷岚聊聊。

岁月之流

7 月 14 日，中午。

北京越来越热了。

可能是好久没上过太空，体质虚弱，这次从红莲城坐飞船回到地面时，我不幸骨折了……还好没出大事。在病房躺了几天后，快好了。

昨天，谷岚来看我；鹿峨也找到了我的因果笔记，送给了我，我又可以在这个本子上写写画画了。

左眼还是有点疼。

半个月前在红莲城上，我和谷岚说，我左眼的莲晶可能是古代莲晶。她拉着我做了简单的测试，确认眼球中的莲晶是古代莲晶。我和她说了我小时候带那几个坏孩子去看古镜的事，莲晶就是那时候进入我的眼球的。不过，谷岚并不同意用我的莲晶去启动雪崩计算机。因为，用手术从眼球中取出莲晶的过程相当麻烦，莲晶的万有斥力极其容易撕裂眼底，让我的左眼失明。

不过，我不在乎，也不害怕。如果有一个机会能保住红莲城，保住这空间城上的先进技术成果，我的眼睛不算什么。

我说服了谷岚。

然后，我躺上手术台，摘除了左眼的莲晶。接下来的十几个小时中，谷岚陪在我身边照顾我，她的学生和同事在搭雪崩计算机。调试计算机花了大概十八个小时，计算出解决红莲城危机的方案只用了一个小时（其中验证花了五十分钟），计算速度惊人地快。

最终得到的具体方案是，在 29 日的某个特定时刻使用一小块莲晶从特定的方向、角度、速度去射击冰球内的莲晶，引导冰球内的莲晶爆炸。这一爆炸会让冰球破碎，莲晶爆炸。莲晶中 23% 的质量会炸飞出去，剩下的质量足以勉强托住红莲城，坚持到能量补给发射上来，不致坠毁。

被炸飞的 23% 莲晶，则会四散开来。

有趣的是，炸飞、四散的 23% 质量中，有 82% 会因为万有斥力飞离地球，飞离太阳系，飞向宇宙边缘。而剩下的 18%，会在飞行过程中触发逆因果效应，撞上二十几年前轨道上的各种航天器，将它们击成碎片。接着，时空的高强度扭曲在过去生成、析出新的莲晶，与碎片结合，使得当年的太空碎片变成了不可探测的 UDO。

这就是当年 UDO 爆发时在轨航天器大量爆炸的原因。

正是我们今天拯救红莲城的行动，触发了当年的 UDO 危机。想来竟然有点可笑，因果链条循环，锁死在了一起——我们因为 UDO 而发展了莲晶技术，建造红莲城；又因为红莲城危机而炸出了莲晶，制造了 UDO，这两件事互为因果，循环衔接。我无法理解这种因果，但考虑到逆因果的物理基础，这种越过光锥的信息传递是客观存在的。

我不能理解。

29 日当日，谷岚执行了撞击莲晶的计划，与雪崩计算机的预测几乎完全相符。到 8 月 5 日，红莲城成功补充了足够的能量，将近地点高度抬升了两千千米。红莲城危机算是解决了。

我们是 8 月 6 日离开红莲城的，落地后的极大加速度让我不幸骨折，一直躺到现在。昨天来看我时，谷岚拿起了我的这本因果笔记，往前面翻，写了几个字，递给我看。她写的是“相信谷岚”那几个字。我这才知道，这四个逆因果传播到过去的字迹，不是我写的，而是未来的谷岚写的。她可能是在听说了我的笔记后就有了写这几个字的想法。

到现在为止，我的本子上只出现了两句逆因果的话：“相信谷岚”“你有自由意志，相信自己”。前一句话是谷岚写的，后一句话是现在的我写的吗？

我试着往后一句话上写下笔迹。

刚一下笔，笔尖的莲晶直接崩了。

我换了支笔继续写。

总之，物理世界在阻止我写下那句话。

这句话不是现在的我写的，是更未来的我（或别人）写的。未来的我，是发现了自由意志的秘密吗？

我不知道，但未来会来的。

我决定给因果笔记起个标题。最近这段时间，我总觉得时间是一条河，“人不能两次踏进同一条河流”。但岁月这条河，我常常一脚踩进两个不同的时间点，同时看见现在和未来，同时干涉现在和过去。我还有鱼竿，能在河上浮钓，荡起逆时而动的涟漪。

就叫岁月流吧。

好。

刘天一，科幻作家，声学博士，热爱创作严谨而有趣的世界观。代表作《长生记》获2023年科幻春晚征文比赛优秀中篇奖。

最后的鸟鸣

阿明仔

这颗石头，后来因为地壳的变动坠入了黑暗中，很久，很久……但它不会觉得寒冷，因为太阳的光和热依然储存在它心里。

就像爸爸对你的爱一样！

一

荒漠被雾霾笼罩，隐约能看到建筑群的轮廓，像一只巨大怪兽的骨架残骸。

这是一座已经废弃多年的巨型工厂，建筑外体的水泥受到严重的强酸腐蚀，裸露在外的钢筋结构也已生锈，整个厂区残破不堪，目之所及看不到半点草木，有风吹过时却能听见“簌簌”声响，除了剥落的水泥和锈片，还有一本几乎看不清字迹的破烂书籍在天台坑坑洼洼的地面上翻滚。

天台入口处有个破损的蓝色头盔突然动了一下，又静止不动，似乎在等下一阵风来。那本书被卡在裸露的钢筋下，书页持续翻动，有不少已经被刮走，剩下的也都在苟延残喘。

风完全停了，蓝色头盔反而开始颤抖，片刻之后如同乌龟似的被反转过来，露出一只迷你型号的机器狗，像是儿童玩具，长和高都不过二十公分。它晃了晃脑袋，传出一个中年男性的声音，“tack，我们玩一个刺激的游戏怎么样？”

机器狗开口发出的是一个少年的声音，“尹川，你又无聊了。”

尹川不在意 tack 略显鄙视的回应，声音有点兴奋，“我们现在离天台边缘有多少米？”

机器狗转头看向天台边缘，电子眼迅速缩小，微调几下之后又回归正常，“7.82 米。”

尹川继续追问，“离地面有多高？”

tack 再次给出一个数据，“56.7 米。”

“你相信自己的判断吗？”尹川激将。

机器狗立马抬起头，“tack 当然相信自己的判断。”

尹川笑了一声，“我信你，那你相信我吗？”

tack 突生警觉，“你先告诉 tack 你想干吗！”

“就是人类的一个小游戏，玩的是刺激，接下来由我掌控你的身体并且关闭你的语音提示功能了，1，2……”

tack 连忙喊，“等……”

随着尹川说出“3”之后，机器狗突然静止不动。片刻之后，机器狗抬起脚压下头盔边缘，头盔翻个身把它扣在里面。

头盔开始慢慢向天台边缘处移动。又起风了，那本被卡住的旧书再次开始翻页。头盔移动到边缘处之后，先停下片刻，再向前移动了一点点，随后头盔被掀开，在天台边缘处摇摇晃晃。

“Bingo！我们成功了！”尹川像个小孩似的喊叫。

“……一下。”tack 之前想说的话被延迟到现在，“你真够无聊的，从这摔下去，你就回不去了！”

尹川发出得意的笑声，吹了一声口哨。

“tack 警告你，tack 要把你的行为记录下来汇报上去。”tack 表达自己的不满，但是它的声音没有任何情绪，毫无杀伤力。

“嘿，你就不想见到宝拉了？”尹川通过视觉系统看向空中那个明晃晃的太阳，“啊呀，今天的阳光太刺眼了，我都快流泪了。”

“你哪里来的眼泪，你就知道骗狗，tack 可不是那么好骗的。”机器狗往后退了两步，离开边缘处，“不陪你玩了，tack 要工作了。”

机器狗从平台上离开，头盔留在边缘处摇晃，那本书被翻到底之后，换了个方向继续翻动。

在亢奋的音乐背景声中，机器狗在这座巨大的工厂里四处探寻，钻进钻出，像一只老鼠那般灵活，微弱的红光从它眼中落到物体之上，就有相关数据出现，主要是辐射信息。

机器狗在一堆废弃物前停下，“尹川，我不得不说，你的音乐品位真的很差！”

“tack，你没有感觉到浓浓的生活气息吗？”尹川说完继续跟着哼歌。

“tack 不知道什么是生活气息。”tack 说。

“你就是一条狗。”尹川说。

“你才是狗。”tack 反驳，“你再不把音乐关掉，我就把你听的歌以后都放给宝拉听。”

“行，你赢了，一条安达鲁狗，怎么样，够哲学，够艺术，够有品位了吧！”尹川调侃。

机器狗围着废弃物走走停停，扫描分析。

“以后有机会带你去跳广场舞，让你感受一下什么叫作生活气息。”尹川说着叹了一口气，“可是原本属于人类的这些快乐都被异人剥夺了，把这里改造成了适合他们生存的天堂，地球上已经不存在没有强辐射的地方了。”

机器狗晃了晃脑袋。

尹川的情绪一下变得低落，收拾好心神，开始投入工作，“tack，再检查一下附近有没有异人的活动信息。”

“tack 时刻保持警惕，附近十公里之内未见任何生命气息。”

尹川和 tack 开始工作，记录这里的地质情况和辐射指数，几个小时之后，建筑外围勘测完毕，机器狗转身朝工厂内部车间走去，路过一丛干枯的植物时停下。

“tack，你看这些植物，这么多年还是原来的状态。”

机器狗用爪子轻轻触碰了一下植物，开始分析，“这里监测到比较强的辐射，细菌微生物都没办法存活下来分解物质。”

“嗯，一片化石地带，被保存在永恒的秋季里。”尹川说。

“诗人尹川。”tack 说。

机器狗走进一条长长的走廊，里面停着好几辆已经成为废铁的熄焦车。

“这地方好像人们刚摘了手套下班一样。”尹川说。

机器狗转过身，看向走廊巨型拱门的外部。

“到处都热气腾腾，他们说说笑笑走向食堂，嗯，回锅肉，宫保鸡丁，西红柿炒蛋，胡辣汤！”尹川说着忍不住深吸了一口气，“我都流口水了。”

tack 不搭理尹川，扫描熄焦车，里面有一些矿石残渣。

机器狗在走廊里走走停停，检测分析记录。它走到一面破碎的镜子上，上方是迷宫似的走廊建筑。机器狗停留在镜子上，抬头看看，低头看看。

“当你在凝视它时，它也在凝视你。”

“第一层，含二氧化硅（$Na_2O \cdot CaO \cdot 6SiO_2$），第二层……”

“这个不用分析了，走吧，穿过前面那堆胶皮管。”尹川锁定目标。

“我们不是要去 2 号操作平台吗？”tack 说。

“tack，你知道隧道滑梯吗？”尹川反问。

“tack 不知道什么是隧道滑梯，但是 tack 找到了一些资料。”

“没童年的家伙。”

“童年？”机器狗走到那堆胶皮管前，看着一个黑漆漆的管口，“童年是指幼年和少年之间的时间段，没有确切的定义。依据这个理论的话，我想我是存在过这个时间段的。”机器狗走进管口，“橡胶，具有可逆形变的高弹性聚合物材料……”

尹川突然打断它，“我想宝拉了。”

“哦。”机器狗继续往里走。

“以后有机会我带宝拉和你去玩隧道滑梯吧，我抱着宝拉，宝拉抱着你，嗯，要玩有水池的那种。”尹川说。

“你确定宝拉会喜欢 tack？”机器狗消失在黑暗中。

“当然，她画了好几张你的画呢，我可是一直都在夸你。”

“所以是一条狗呢？”

“哈哈，不然呢！我们要开始往下滑啦，哈哈哈……”管道里回荡着尹川的笑声。

“tack 真想亲眼看看宝拉，告诉她你就是一个浑蛋。”tack 说。

“哈哈，她喜欢她的浑蛋爸爸，现在要是她在这里，肯定会狠狠地亲我一口。”

“可是 tack 不知道能不能有机会见到宝拉，你们的那个基地已经被异人部落重重包围，没办法穿越过去的。”

“所以这才是我们现在工作的意义啊，找到足够的能源和适合生存的空间，依靠我们的科技战胜他们只是早晚的事。”

“根据 tack 的分析，地下人类想要战胜异人的概率基本为零，异人生命力顽强，不知道疼痛，现在能在地面上活动的机器人越来越少了，制造能力跟不上被捉捕的速度。你要感谢 tack 的身体这么小，以前被你们当作玩具，现在知道有多实用了吧，像我们这么小的体形才能尽量避开异人的搜捕，tack 在他们的眼里，应该就像老鼠在你们人类的眼里的感觉吧，老鼠现在是你们地下人类的顶级美食吧？”tack 的声音里居然夹带了一丝忧虑，“现在转化之后还保留人类自我意识的异人越来越多了，出现了好几个了不起的首领，他们想要获取地下人类掌握的科技，加快节奏在四处搜寻已经为数不多的地下基地，为了保证各自的安全，各个地下基地之间基本已经断了联系。我们能活动的范围越来越小，也越来越危险了，tack 不怕他们，你可要保护好宝拉啊，他们的基因系统杂驳，繁殖出来的后代意识混沌，现在抓了地下人类都用来做繁殖研究……”

“不会说话你就少说，而且，老鼠可是永远消灭不干净的。”

“好吧……”tack 收声后没隔多久又忍不住说，“不过你确实也不用太担心，tack 知道你们人类躲进地下之前已经开发出最先进的意识联通和转化系统以及储存芯片，就是太复杂了，是基于元宇宙概念开发的，以后有机会我研究一下，成功的话，到时候你把意识储存在那里面，就可以获得真正意义上的永生。”

“我可不想和你在一个身体里一起永生，太膈应了，何况真到了那个时候，宝拉怎么办？”

“那个系统可是可以同时承载多个意识的，可以把宝拉的意识也储存进来，到时候你们想什么彼此都一清二楚。”

“算了吧，最好不要有那一天，太可怕了。”

机器狗从胶管的另一个管口滑出，掉到一堆杂乱的电线之中。

机器狗连连发出警告，“地面安全警告。陀螺仪数据警告。”

“被卡住了，tack，降低动力，增加平衡负重，稳住，稳住。”尹川的声音变得沉稳了一些。tack 一直在发出警告声，努力把被电线缠绕的四肢拔出。

努力了十几分钟，机器狗才从电线堆里挣扎出去，最后还是被绊倒在地。

“好晕……”尹川说完顺着机器狗的眼睛看出去，是一个巨大的眼洞。

“tack，tack，这是影像 bug 吗？”尹川连连喊道。

“尹川，目前没有检测到 bug 报告，应该是现实存在。”

“快，采集分析一下。”尹川兴奋起来。

机器狗开始围着一具鸟残骸转圈查看，“碳含量：0.73GPH。有机物：15.42%。”

“残骸翅膀完好。”

“肩胛骨与身体连接在一起。”

机器狗从鸟类骸骨下方穿过，“胸骨完好无损状态。”

“开始匹配相关信息，尹川，你想听它的叫声吗？”机器狗抬头看着这具骸骨。

“播放！”尹川连忙说，“同时录制。”

鸟叫声传出，tack开始录制，尹川忍不住模仿鸟的叫声，随后赞叹，“这么大的鸟，叫声却这么可爱。”

“尹川，你太没有天赋了，学得一点也不像。”tack说完发出和音频里一模一样的鸟叫声。

“呵呵，作弊。”尹川冷笑。

机器狗绕开那些电线，继续往前走，片刻之后停下再次回头看了看那只鸟。

“这本来是属于我们和它们共有的世界，现在不属于它们，也不完全属于我们……”尹川声音低沉，机器狗扭头看向西边，太阳正在落下，所有的影子都越拉越长。

机器狗默默往前走。

“今天差不多了，开启自动运行程序，保护好设备，我先下班了！”

“好的，记得帮我和宝拉问好。”

二

地下室没有窗户的小房间里，宝拉站在单人床边，床上躺着一个脸色苍白、四十来岁的中年男人，正是尹川的躯体，两边太阳穴上各自贴着一根意识传输线，连接到边上的检测仪，仪器屏幕上正在倒计时。宝拉一边数着他的胡子，一边跟着倒数，3……2……1！

尹川的眼睫毛微微颤动，脑袋轻轻晃动了一下，眼皮动了动，缓缓张开，又闭上，片刻之后再次张开。

天花板在尹川的眼中慢慢变得清晰起来，他深吸了一口气。

宝拉发出“咯咯”的笑声。

尹川伸手摸了摸她的脑袋，“宝拉，你是不是饿了？”

她摇摇头，“宝拉不饿，宝拉就是想爸爸了。”

“嗯，爸爸也想宝拉呢。”尹川把她凌乱的头发抚摩得更乱了，“宝拉的头发又长了，等下吃完饭爸爸给你剪下头发。”

宝拉往后退了一步，“我才不要你剪。”说完她转身往外跑去，出门后又回过头来对尹川吐了个舌头，“宝拉要留妈妈那样的长头发。”

虽然这么说，她还是轻轻地关上了门。

尹川无奈地笑笑，转头看到仪器屏幕边上的照片，是他和怀孕妻子的合影，相框里还夹着一张宝拉的自画像。凝视片刻之后，尹川收回目光，做了几个深腹式呼吸，掀开毯子缓缓坐起，摘掉左右两边的接收器，把它们放在床边的隔离盒里，揉了揉太阳穴，伸手拿过放在床头柜上的一个听装的可乐罐，宝拉已经帮他添好了水。

尹川走出房间，宝拉坐在饭桌前画画，尹川走过去摸摸她的脑袋，转到身后的厨台前，看到一个玻璃盒子里有几条细长的虫子，眉头忍不住蹙起，“宝拉，你今天又跑出去挖虫子了。”

宝拉心虚，身体微微趴低，“你又不陪宝拉玩，我自己出去找到的。”

“不是去养殖场那边偷的吧？”尹川很不放心，又不敢呵斥。

“我没有偷！”宝拉很生气，一下坐直了身子，转过头看着尹川，“我自己挖到的。”

“我跟你说了很多次了，不要到处乱跑，很危险，基地为什么禁止私人去挖虫子你不知道吗？大家都这么去挖，万一挖塌了怎么办，要是被异人发现了怎么办？”

“你们整天说异人异人，我都没见过，而且又不是我一个人去挖，大家都在悄悄挖，凭什么别人能挖我不能挖。”宝拉嘟囔着，瞟了一眼尹川，见他有些生气，赶紧起身抱着他的胳膊撒娇，“而且宝拉一点都不害怕，就算宝拉被异人抓走了，爸爸也会来救我的是不是？”

尹川有些无奈，伸手摸了摸她的脑袋，“爸爸工作换来的那些合成食物不是够吃吗？爸爸就是希望你不要去做那么危险的事。”

宝拉“噢”了一声松开手，很失落地坐回到座位上去，“那些合成食物太难吃了。”

尹川摇头，不再多说，把那几条虫子和一些合成食物放进烤箱加热，看到宝拉闷闷不乐，想了想，开口哄她，“宝拉，爸爸今天和 tack 发现了一只鸟。”

“鸟？”宝拉停下画画，抬头好奇地看着尹川。

“叮”的一声，尹川把加热好的食物取出，分成两份放到桌上，夹起一条炸得金黄的虫子，“就是最喜欢吃虫子的动物。”

"那宝拉也是一只鸟？"

"宝拉是人类，要不是没有办法，才不会喜欢吃虫子。"

"我不喜欢爸爸这么说，这些虫子可是好不容易才找到的。"宝拉嘟嘴，随即把一条虫子扔进嘴里，"宝拉就喜欢吃虫子，不相信还有比虫子更香的食物。"

"对，虫子就是最好吃的食物，以前云南那边的人都会把虫子当零食吃。"尹川也把虫子放进嘴里，细细品尝。

"云南？"宝拉歪起脑袋看着尹川。

"地球上一个很美的地方，那里的云又大又白。"尹川说完在心里叹了一口气，他自己也没去过那里。

"哈哈，和虫子长一样，那一定很好吃。"宝拉说着忍不住又问了一句，"鸟是什么动物？"

"就是很久以前，还可以在天上飞行的动物。"

"你们看到它在天上飞了？"宝拉更加好奇。

尹川犹豫一下，还是决定说实话，"就只有骨架和羽毛，可能已经死去很久了。"

"羽毛，刷子上的那种毛？"

"差不多吧，但比刷子温暖轻柔得多，鸟是世界上最自由自在的物种。"伊川说着声音慢慢变得低沉。

宝拉用勺子扒拉食物，偷瞄尹川，想着怎么把食物藏起来。

尹川用手指敲着桌面，是莫尔斯密码，"快点吃，别浪费食物。"

宝拉把合成食物戳起来看了看，"每天都吃这些东西，什么味道都没有！"

尹川把食物勉强吞咽下去，闭眼假装很享受，"味道这个东西，就是来自大脑的反馈，很多时候我们得给自己一点想象，这是人类特有的能力，这样就算你再孤独也能坚持着活下去，爸爸在想象鱼香肉丝的味道呢，你知道吗，鱼香肉丝里没有鱼的哦，但也能吃出鱼香的味道。”

“啊，爸爸好坏，我都不知道鱼香肉丝是什么样的味道。”宝拉哼哼唧唧，悄悄瞄了尹川一眼，“爸爸，蘑菇是什么味道？”

尹川假装干呕，“你提到蘑菇我就想吐，这个世界上怎么会有那么恶心的食物。”

“爸爸又骗我，要是难吃的话，为什么地面上的异人要一直守着它们？”

“因为他们是最可怕的怪物啊，只有怪物才会喜欢那么恶心的食物。”尹川说完开始收拾餐具，“想要吃蘑菇，首先要变成异人，宝拉想变成异人吗？”

“宝拉想和爸爸生活在一起，不想变成异人。”说完她又小心翼翼地问，“为什么地下人类和异人不能和睦相处？非要说异人就是怪物呢？”

“你看过他们的图像，不觉得他们长得就很恶心吗？吃饭的时候不要谈论这么恶心的东西。”尹川想用自以为幽默的方式将这个话题搪塞过去。

“可是异人也是人类转化的，拥有相似的基因啊，说到恶心，那只是从地下人类的角度去看，说不定虫子看我们人类也觉得很恶心啊。”宝拉不服气。

尹川愣住了，觉得宝拉的想法非常危险，他怀疑自己不在的时候，宝拉受到了基地里某些人的蛊惑，他不得不板起脸来，“你这些想法都是从哪里来的？谁说给你听的？”

“没有人教我，是我自己想的，这个道理很简单啊，就像地下人类不仅有黄种人，还有白人和黑人，很多很多年以前还打来打去的，后来不都可以和睦相处甚至结合，说不定异人和人类也能结合啊！”

尹川被宝拉的言论吓到，狠狠拍了一下桌子，“闭嘴，你给我记住，人类和异人不可能一起生活的。”

“为什么？”宝拉委屈地噘起嘴唇，“爸爸不喜欢宝拉变成异人，宝拉就不会变成异人，但宝拉为什么不能和异人做朋友呢？”

“没有为什么，就是不可能！”

宝拉紧抿双唇，不再争辩，眼泪却不停地往下掉落。

尹川努力控制情绪，把她搂进怀里，“爸爸也是为你好，不想这么可爱的宝拉以后会变成怪物，那样爸爸会受不了，这种话你千万不要去和其他人说知道吗？”

说着他抹去宝拉脸上的泪珠，“好了，爸爸给你说一个关于鸟的故事。”

宝拉沉默片刻，说自己也想上地面去看看鸟飞在空中的样子，问尹川到底什么时候才能带她一起去地面生活，就算是把她的意识传输到tack的身体里去也行。

尹川说她现在年纪还小，还不能进行意识传输，“现在住在下面只是过渡时期，等你爸爸我做好能源矿石和辐射数据分析，找到适合人类居住的环境，咱们就能搬回地面去，到时候……哼哼！”

他弯腰摸了下她的鼻子，“全地下的人们都得感谢咱们，到时候你就是超级英雄的女儿！”

宝拉崇拜地看着尹川，眼睛亮晶晶的。

给宝拉说完《尼尔斯骑鹅旅行记》之后，她取笑说尹川就是那个顽皮鬼尼尔斯，变成了一只小机械狗满世界旅行，尹川假装生气，宝拉连连撒娇，尹川又逗她玩了一会之后，钻进卧室工作，而宝拉则留在客厅里继续涂涂画画。

一个多小时后，尹川正一边抽烟一边埋头分析数据，手里的烟是他专门申请的特需品，自从妻子去世之后，他就越来越离不开烟了。突然传来宝拉叫他的声音，越叫越大声，尹川把剩下的烟抽完，略显不耐烦地离开办公桌走进客厅。

宝拉捂住鼻子，一脸嫌弃，“啊！你又抽烟！好臭哦！”

尹川把卧室门关上，看着桌面上乱七八糟的东西，“你在画什么？”

宝拉举起一个塑料袋，上面粘着从毛刷上拆下来的人造毛，“看！这是一只鸟！”

尹川笑了，“哇哦，这鸟画得真不错！你就是个天才啊！”

宝拉抖动着塑料袋，“它还会飞。”

她用线扯着那块塑料袋在屋里绕着餐桌跑，好像放风筝一样。

尹川朝四周看了看，把一台小风扇放到餐桌上，“来，宝拉，试试这个！”

尹川接过宝拉手里牵着的那根线，将它绑在风扇的罩子上，打开开关，这只“鸟”便像云朵一样飘浮了起来。

宝拉开心地拍起手，尹川用双手捂着嘴巴，模仿鸟叫声。

宝拉惊喜地抬头望着他，“这是什么声音？”

“我在上面遇到的那只鸟，就是这样叫的。”

宝拉跑到书桌前拿了一支卡通录音笔对着尹川，“再叫一次，再叫一次。”

尹川再次模仿鸟叫声，“鸟”一直在飞着，录音笔上的时间一秒一秒地跳动。

三

“尹川，这个位置已经标记，数据采集完毕，有局部区域辐射值达到每小时 4100 豪希。”

“好，那我们快离开这，再待下去我的鸡皮疙瘩都要起来了。”

“鸡皮疙瘩？嗯，竖毛肌。”

“你体会不到的。”

机器狗往前走去，“当人体感到寒冷或者恐惧等其他刺激下，皮肤上会起一层像鸡皮一样的小疙瘩……”

“行了，tack，你再怎么搜索都体会不到的。”尹川边说边努力模仿鸟叫声。

“尹川，要不你还是听你以前喜欢的歌吧。”机器狗走到一盏正在摇晃的红色灯泡下，“听到刮玻璃的声音，你会起鸡皮疙瘩，宝拉用头发刮你的脸，你也会起鸡皮疙瘩？你这么说 tack 更不能理解了。”

地下空间，宝拉悄悄溜进尹川的卧室，用头发刮他的脸。

“尹川，今天我们要采集夜间数据，宝拉一个人在家里会不会害怕？”tack 说。

“在地下哪里有白天和晚上的区分。”尹川说。

机器狗起身继续往前走，经过一个钢管孔洞，它把脑袋探进去，“喂。”发出的是尹川的声音，管道里传来回响。

尹川开始模仿鸟叫声，然后静静聆听管道里回荡的声音。

“tack，宝拉在地下能听到我的声音吗？”

“你确定要 tack 回答这个问题吗？”

“谢谢你的同情心，不得不说，你进化得很快，不过你可能无法明白，还有很多超越声速和距离的存在。”

机器狗再次对着孔洞喊，“宝拉。”

管道里回荡着尹川和 tack 一起叫喊的声音。

地下房间里，宝拉正在睡觉，她翻身挠挠自己的脸，眼睛迷迷糊糊地睁开，看到柜子的门开了一条缝，似乎有东西在动，那个门缝好像在慢慢变宽。

机器狗继续走，经过一把破旧的椅子边上，它跳上椅子，看着前方的大圆月，“啊！户外露营，喝瓶可乐，嘿，舒服！”

“你们人类成年人不是喜欢喝啤酒吗？你为什么总是说可乐？”

“那是最幸福最快乐的童年记忆，哦，对了，你不知道什么是童年，tack，你知道我最大的愿望是什么吗？”

“不知道。”

“在人类彻底毁灭之前，我可以美美地喝上一口可乐！”

“tack 无法理解。”

“那真是可惜，我也没办法向你解释，那种美美的感觉。”

“尹川，你好像心情变得不错。”

“你知道当年曾有一位日本女人在核爆 300 米的位置活下来了。”

“300 米的位置，100% 里的一个例外。”

“当时她正在银行地下室工作，幸运地躲过了爆炸和辐射，她的这种幸运，影响了整个人类的生存方式。”

“你也很幸运。”

“这要看从哪个角度来说。”

“你的工作也是要改变人类的生存方式，你会成为一个英雄。”

“不是改变，是回归正常，哪里有什么英雄，只是一个有过去美好回忆并对未来还有期待的普通人而已。”

宝拉打开卧室里的灯，“爸爸？爸爸！”

她跳下床，跑进尹川的房间。

机器狗走入一个门洞，“tack，这块区域的情况我们探测得差不多了，下次再简单复查一遍就可以去别的地方了。”

“好的，尹川。”

“下了，保护好设备。”

“再见，尹川，记得替我向宝拉问好，说我喜欢她做的那只鸟。”

四

宝拉跑进尹川的房间，意识传输设备的显示屏上倒计时数字还在跳动，她迫不及待地晃动起尹川的手臂，带着哭音喊，“爸爸，爸爸。”

倒计时归零，尹川模模糊糊醒来，脑袋里还有电流通过的声音，宝拉继续摇晃他的手臂，凑近他耳边小声说，“爸爸，我感觉柜子里好像有东西，好害怕。”

尹川快速深呼吸，一边取下太阳穴上的贴线一边也刻意压低声音说，“柜子里居然有东西吓我家宝拉，爸爸带你去收拾它。”

尹川牵着宝拉悄悄地来到她的房间，打开灯，指着那条开了一条门缝的柜子，“是这个柜子吗？”

宝拉躲在尹川的背后，连连点头，特别紧张。

“那这样，你去把柜门打开，我来捉住它。”尹川随手抄起一本书悄悄地对宝拉说。

宝拉连连摇头，“不，我不敢！”

“你行的！要不我来打开柜门，你来捉它？你可以选一个。”

宝拉躲在尹川后面，没说话。

“去！打开它，爸爸准备好了。”尹川挥动手中的书本继续鼓励。

宝拉看着尹川，迟疑地走上前，手慢慢地打开了柜子。

“来吧，你这个坏蛋。”尹川大喊一声，宝拉吓得赶紧再躲到他身后去。

柜子里只有宝拉的一些小玩具和衣物，柜门内壁上还贴着画。

“这些就是你恐惧的东西吗？”尹川蹲下来看着宝拉，随后他用手翻了翻，拿出一个小玩偶，“好像，也不是那么可怕嘛！”

宝拉不好意思地笑了笑，尹川把那个小玩偶放回去，关上柜门，“以后，感觉到有害怕的东西直接打开它，直视它。”

“那我就不害怕了吗？”宝拉问。

“对！要么你就去解决它，要么你就得习惯它。”尹川蹲下来，扶着宝拉的肩膀说。

宝拉低头不吭声，尹川搂住宝拉，“爸爸在工作的时候，你也有工作，爸爸的工作是要让我们都能回到地面上去生活，那你的工作就是照顾好自己，我们来比赛怎么样？看谁的工作做得更出色！”

宝拉默默点头之后，尹川才继续往下说，“以后要是爸爸还在工作，还没有退出设备，你不要去干扰爸爸好不好，那样容易出意外。”

“对不起。”宝拉低声抽泣。

“爸爸没有在责怪你，无论如何，保护宝拉都是爸爸最重要的工作。”尹川搂着宝拉的肩膀站在镜子前，“爸爸也需要你来保护，你看，我们是什么？”

宝拉看向镜子，破涕为笑，“最佳搭档！”

“对！现在你的任务就是乖乖睡觉！”尹川俯身抱起她，放到床上。

“好啵！”宝拉爬进被窝，拉上被子。

尹川帮她把被子掖好，说了一些跟 tack 在地面上的趣事，等她睡着之后才悄悄离开，先做了一些健身运动，再回到工作台前继续工作，不知不觉趴着睡着了，恍惚之中，听到客厅里传来声响。

他走进客厅，宝拉正在鱼缸前，里面有一只电子鱼顶着鱼缸，尾巴不停摆动。

宝拉问尹川这只小鱼是不是生病了。

“有可能只是孤独吧。”尹川从一盒矿石样本里拿出一块蓝色的石头放了进去。

“这算什么啊？”宝拉说。

“小鱼的蛋，先让它陪伴小鱼一会，晚点爸爸再给小鱼做个小手术就好了。”

和宝拉一起用过早餐之后，尹川回去工作，他戴上胶皮手套和面罩眼镜小灯，从矿石样本盒里拿出一块还未贴上标签的红色矿石，先清洗和刮拭它的表层，然后用激光照射这块石头。

他把样本放到显微镜下，观察微距晶体画面，显示屏显出数据。他看着显示出来的石头光波和数据，摘掉胶皮手套，点上一支烟。

宝拉突然推开门走进来，看到尹川手上拿着的烟，皱起眉头，“你又抽烟！没救了你！臭死啦！”

尹川想要反驳，迟疑了一下，把烟熄灭，“爸爸正在工作呢。”

“小鱼死了。”说着宝拉拿出了小鱼和“鱼蛋”放在桌上。

“你的小鱼不会死，只有真正的生物才会死亡。”尹川说。

“真正的生物？可是小鱼就是真正的生物，它会动，它会陪着我，它还有鱼蛋要照顾。”

“会呼吸有体温的才算是真正意义上的生命。”

“可是，它陪着我就算是有意义。”宝拉眼里出现泪花。

尹川拿起小鱼看了看，又放回桌上。“你的小鱼没有死，可能只是没电了。”

“就算没电你也不能不理它啊，啊？啊？啊？”宝拉拿起小鱼在他眼前晃动。

“好吧！好吧！我看看能不能抢救它一下。”尹川无奈拿过小鱼，找到相似的电池换上，打开开关，小鱼还是不动。

“看来！不是电池的问题，可能得做个大手术，不过，爸爸现在手里有工作啊！还有很多石头数据没有采集，等爸爸忙完就给你修好不好？”

“石头、石头，你就知道石头，你总把我一个人丢在家，人在魂不在！我都从来没去过上面！”宝拉说着气呼呼地把“鱼蛋”扔在桌上。

“宝拉，你过来看看爸爸的工作！”

“我不看！我还不如石头、沙子、泥巴……”

尹川把宝拉搂过去，“看一眼，就一眼。”

“就一眼！”宝拉气呼呼的。

尹川让宝拉通过显微镜观看。

“看什么啊！黑黑的，啥也没有。”

尹川调试显微镜，“看不到是因为没有光，现在呢？”

在尹川的引导下，宝拉渐渐对这微观世界里的晶体产生了兴趣，两人头挨着头观察石头样本。

“这些矿石中储存着很多不同的物质，可以给我们提供需要的能源。”尹川给宝拉解释自己工作的重要性，“而且，地球表面上的辐射污染已经没有那么严重了，地下人类很快就能回到地面生活，爸爸的工作也是要找到适合人类生活的地方。”

“你就是喜欢丢下宝拉自己跑出去玩。”宝拉还在生气，“你就会说谎，就算地球表面没有辐射了，可是还有异人啊，人类又打不过异人。”

尹川不知道怎么回答，只能转移话题，拿起蓝色的“鱼蛋”石头，“宝拉，你看这些石头，它们可能在地球上存在了上亿年，而我们人类在它们面前生命是非常短暂的，在这颗石头存在的上亿年里，我们人类生命的短短几十年对于它来说，就这样‘嗖！’的一下不见了。”

“我不想听，不想听。”宝拉用手捂住耳朵，“我就是不想你离开我，想要你一直陪着我。”

尹川把蓝色的“鱼蛋”石头放在检测器上。电脑屏幕里显示了磁场光波，“看！这颗石头正散发着光波。”

宝拉抬头随着尹川手指的屏幕看去。

“这些光波来自一万年前，太阳对它的照射。”尹川说。

“然后呢？”

“然后，这颗石头因为地壳的变动坠入了黑暗中，很久，很久，但它不会觉得冷，因为太阳的光和热依然储存在它心里。”尹川指指宝拉的心脏，“就像爸爸对你的爱一样。”尹川把“鱼蛋”石头递给宝拉，她犹豫了一下，接过了石头。

五

尹川准备传输到地面上去工作，刚在床上躺下，宝拉推门进来冲着他喊，“臭爸爸！”

尹川坐起身来，“宝拉乖，爸爸这次工作完就请假一段时间多陪陪你好不好？”

“你又在说谎。”宝拉跑过去，爬到尹川的床上打滚，“这次我不让你走。”

尹川抱住宝拉，连连安慰，宝拉生气地踹了一脚边上的桌子，可乐罐里的水溅了出来。

宝拉挣脱后，抹着眼泪跑回自己房间，用被子盖住自己。

尹川无奈跟过去，坐在她的床边说，“爸爸很快就回来了，你就当爸爸睡了一个小觉好吗？”

宝拉哭着掀起了被子，坐了起来，“可是，我再害怕怎么办？做噩梦怎么办？”

尹川搂着宝拉，“做噩梦就让自己从噩梦中醒来，害怕就过来跟爸爸说，爸爸能听得到，感受得到的。”

尹川指了下宝拉的心脏，“爸爸的心在你这儿，好吗？很快的！爸爸再努力努力，未来我们都要去地面生活，那里有风和光！”

宝拉看看灯光，“可是，我们这里也有风和光啊！”

“那不一样，总有一天，爸爸要带你到地面上去生活，到时候你就知道爸爸没有骗你。”

宝拉深吸一口气，重新用被子盖住自己，“好了，你赶紧去吧，我不想再见到你了。”

尹川欲言又止，叹一口气，转身看到衣柜的门开着，借着灯光看到了里面贴着的那张画，一下愣住了。

他伸手将画拿了出来，上面不仅有两个人类和一条机器狗，还有两个异人，他们手牵手正围着火堆在跳舞。

尹川拿着画的手控制不住地颤抖，转过身去掀开宝拉的被子，“这是你什么时候画的？”

宝拉伸手去抢那张画，“那是我的画，还给我！”

尹川拿起那张画当着宝拉的面狠狠地撕成两半，“我和你说过很多次了，不许有这样的想法，这是不可能的，你为什么就是不听？”

宝拉跳下床狠狠地推了尹川一把，捡起地上的画，“你整天骗我说要带我到地面上去生活，你一直在骗我，你自己可以把意识传到机器狗身上，我就只能一直待在地下，你不要以为我不知道，就算能找到地球上没有辐射的地方，如果我们不能和异人和平相处，我们还能回到地面上去吗？我们现在为什么不直接找到和异人和平相处的方式？你们试过了吗？就因为觉得他们是怪物吗？我们只能一直活在地下，难道不是怪物吗？”

尹川伸手把宝拉手里的画再次抢过来，不停地撕开，宝拉抓住他的手狠狠地咬了一口，把他用力推到门外，把门关上，“你去地面上玩吧，我不要你管。”

“你再这样爸爸就不回来了。”尹川没忍住说出了狠话。

“不回来就不回来，我也不喜欢你回来！每次回来不是工作，就是只会教训我。”

尹川深吸一口气，想要伸手敲门，又无力放下，回到自己的房间，躺到床上，把连接线贴在两边太阳穴上，启动设备。

边上放仪器设备的桌上，刚刚溅出的水还在往下滴，落在传输线上。

机器屏幕显示连接成功，尹川的瞳孔被一道光照亮，随后他的眼皮慢慢闭上。

阳光刺眼，空中好像有三个太阳，机器狗在废弃工厂里走着。

“尹川，你今天迟到了。”

“tack，有了孩子，你就不再只是你自己了。”

“这时候 tack 就特别庆幸自己只是个人工智能。”

“但你也体验不到鸡皮疙瘩。”

太阳渐渐下山，机器狗走走停停，偶尔发出尹川模仿的鸟叫声。

边上建筑顶的上天台边缘处的蓝色头盔开始晃动，被卡住的那本破书开始翻页，其中有一页破损得厉害，快裂开了。

机器狗走到天台边缘下方，突然有一块碎石掉落下来，砸在它的面前，它往边上退两步，踩到一个半埋在地里的塑料袋，绊倒了，又有一块小碎石砸落在边上。

“尹川，这里危险，我们需要避开。”

一阵强风刮过，破败不堪的墙体剥落，机器狗抬头看去，一直在天台边缘处摇摇晃晃的那个蓝色头盔朝它砸来。

夜幕降临，机器狗静静地躺在地上。

昏暗中出现了一个模糊不清的门牌号。门牌号慢慢变小，静止，出现一扇门的轮廓。门由里向外推开，传出几声鸟叫声，一只鸟迅速地从门缝里飞了出来，又迅速飞走消失，一个黑影走了进来，宝拉的形象越来越清晰，但突然变成错乱的电流，闪烁不定。

宝拉倒了半杯水，她小心翼翼走到尹川的床前，把水杯放到床头，小心地伸过手试了试他的鼻息，有均匀的呼吸。

宝拉站起来，转身走到门口处，关灯，开灯，关灯……

月亮拨开乌云，月光落在机器狗的身上，风越来越大，地面上形成一些小型沙尘旋风。

“尹川，尹川，你还在吗？”机器狗开始颤动。

尹川发出轻微的声响，“tack，我还在。”

“尹川，有任何事故发生，你需要第一时间传送回去。”机器狗动弹四肢。

“tack，我这边传送失败。”

“tack 正在联系基地，NK59701 需要基地的帮助。”机器狗发出杂音。

“通信设备出现故障，重新搜索信号，其他设备各方面完整，目前提升了防尘保护等级 IP67，但还是查不到接收信号，持续搜索中。”

“tack，帮我查一个坐标。”

“坐标，谁的？”

“我的！”

六

尹川躺在床上，面色苍白，宝拉端了一盘合成食物走进来，坐在床边，把食物放在他的鼻子下面晃了晃，他没有任何反应。她把食物放进自己嘴里，把嘴巴凑在尹川耳边嚼得咯嘣响，他依然没有任何反应。

机器狗离开废弃工厂，走上被沙土覆盖大半的公路，几公里之后，远处有个红点一直在闪烁，跑近之后发现是一个废弃的机器人，它的一只手从土里伸向天空，还有一只眼睛在不停闪烁。

机器狗放慢脚步，突然从废弃机器人的身体里传出声响，等待片刻之后，好几只蝎子从机器人身体里爬了出来，向机器狗所在之处涌来，机器狗赶紧加速奔跑离开。

“tack，不仅异人要追捕机器人，连地下人类都是这么对待老型号的，回收不回去的，就直接远程销毁。”

“我们这一款足式机器狗的越障碍能力，地形适应能力，比老款更有优势，动作更具有稳定性，但无论如何设计，我们都算是工具。”

“没想到，会把你设计得这么……现实。”

“大数据会给出更好的解决方案。”

“是啊，这种流放的设备回收和维护成本很高，不如直接换新的划算，关于如何维修的思考，都是针对那些效率低而更昂贵的奢侈品。”

“人类追求效率，快速得甚至来不及思考，我所指的是关于一切的思考！”

“我希望在我死之前可以来得及思考，我可不想这样暴露在外面，起码我得给自己盖上一床被子！”

机器狗跑进黑暗的废弃城区，大多数建筑已破败，机器狗不得不放慢速度，避开四处散乱的障碍物。

“人类的文明就是在不停地迁徙，从森林荒原到部落、到乡镇、到城市，我本来以为我们会去外星球的，结果一夜之间重新变成了穴居动物。”

“你们人类不就是一边追求进步，一边自我毁灭吗？”

“你知道吗？我发现你这设备有个隐藏的核心功能，不是工作，而是交流。”

“谢谢！这一点在人工智能最初的几代产品中就已经达成了共识，尤其当人类已经不再面对面社交的时候，优化与智能生物的交互体验就成了每个智能产品的第一要素。”机器狗跳进地下通道，“所以，你还真说对了，我们就是从沟通、陪伴、服务，开始慢慢实现代替智慧生物的。”

“你知道吗？我这会儿还挺想来根烟的。”

黑暗中传来打火机的声音，宝拉突然惊醒，她坐起来聆听外面的声音，“爸爸？”

外面静悄悄的，过去好一会，才听到水滴的声音，宝拉先看向那个开了一条门缝的柜子，小心地移动下床，随后迅速跑到尹川床边，趴在他的耳边小声试探。尹川消瘦了一些，身上多出一床被子，他似乎融化在被子里，身形单薄。

见爸爸没有反应，宝拉看向桌上的烟灰缸，里面有一堆烟蒂，宝拉从里面拿出一个，塞到他的嘴里，又趴在他身上听心脏的跳动，声音微弱。

边上的显示器屏幕上，显示生命力正在降低。

“滴滴滴滴……”显示屏突然发出了警报声，红灯闪烁，屏幕上也出现故障警示。

“爸爸！爸爸！”宝拉吓坏了，她急切地摇晃尹川，但他毫无反应。

房门突然被打开了，冲进来三个黄色防护服的医护人员，他们一声不吭，进门后就开始分工操作，他们动作熟练，宝拉还愣在原地不知所措。

一个医护人员拿着手电筒照着尹川的眼睛，拍打他的脸，他嘴上的烟被打掉。

宝拉被他们挡在身后，眼泪不停地滚落下来。

机器狗奔跑在荒野里，跑上一座土包后突然停下，有信号声响起。

“tack，来信号了，应该有戏。”尹川说着按下了传送键。

地下空间里，尹川的衣服被剪开，医护人员拿了设备在他的胸口处电击，他的身体跳动了一下，没有反应。

机器狗身上的警示声响起，“再来！”尹川着急大喊。

医护人员继续在尹川的胸口处电击了几下，还是没有任何反应，他放下设备，朝另外两个人摇了摇头。

机器狗身上的警示声消失。

“再试试。”尹川焦急大喊。

“尹川，不用试了，他们已经把信号切断了。”

“什么？可我还活着！”

“可你的身体已经等不了了。”

“不行啊，宝拉还自己在家呢！不行，我得马上醒过来！断链这部设备，对！醒来！入睡抽动！下肢抽动的条件反射！提醒他们我还活着。”

“可以坠落模拟！”

机器狗原地蹲下，奋力跳起，做了一个后空翻，收起四肢，让自己重重地摔在地上，模仿坠落。

地下室里，尹川的脚抽搐了一下，宝拉看到后扑了过去，“爸爸，我爸爸的脚动了！他的脚动了！”

没有人理会她，宝拉摇晃着一位医护人员让他看看尹川的脚，医护人员转身把宝拉拽走，她奋力挣扎。

机器狗翻身爬起。

“尹川，有效果吗？”

“不行，力度太小了！怎么办？怎么办？”

机器狗看向不远处一个古堡似的土坡建筑，朝那边奔跑而去。

“不行，你这样太冒险了，会把我们都毁掉的。”

“总得试试，只有这一线生机了！”

机器狗爬到建筑上方，望向地面。

“37.6 米，太高了，尹川。”

“解除你的控制。”

“不行……”

“马上解除！”

机器狗跳出建筑，向下坠落。

宝拉疯狂挣扎，哭喊，被拖离尹川的房间。

机器狗重重地摔在地上。

地下室，尹川的眼睛微微睁开。一个医护人员切开他的头皮，取出里面的信号接收器，将它放到托盘里。

尹川一动不动地躺着，睁着眼睛，看到了上方的天花板。

机器狗躺在地上一动不动。

“这块天花板突然变得好陌生，那上面的裂缝是什么时候出现在那里的？这可能是一个安全隐患，在我预料不到的未来之中……但现在，我什么也做不了，我什么也做不了……”尹川声音轻微，像是在喃喃自语。

宝拉挣脱医护人员，跑到尹川床边，眼泪不停落下。

机器狗躺在地上一动不动，大雨突然倾盆而下。

宝拉再次被拉开，尹川被搬到一张担架床上，工作人员递给宝拉一张死亡证明，宝拉呆呆地看着他，他抓起宝拉的手按下了手印。

七

机器狗动弹了一下，慢慢爬起，往前走出两步，四肢有点不协调。

“尹川，尹川，尹川……”

“你还在吗？尹川。”

机器狗抖落身上的沙尘。

“tack。”尹川微弱的声音传出。

机器狗停止动作，“你还在这，怎么样？成功了吗？”

“没有！”

“你还可以借助我的身体走回去，不要放弃任何可能。”

“我好像已经死了？”

“你现在最重要的是回到你们所在的基地，宝拉还在等你。”

“宝拉……”

机器狗歪歪扭扭开始往前走去，向着太阳升起的方向。

“尹川，我有一个坏消息和一个好消息，你要听哪个？”

“还有更坏的消息吗？”

“他们已经在后台关闭了我的接入系统，说不定很快就会将我删除，应该是担心我这边出了什么问题，不想让我落入异人的手中，不过他们无法直接删除你的意识，你的意识还可以在这里储存好几年，我也设定好了程序，很快你就可以享受安静的地球旅行了。”

“好消息是什么？”

“系统关闭之前，你和宝拉所在基地的坐标及数据都已经正常储存，虽然外壳有些受损，但驱动装置液压一切正常！你可以继续回去找宝拉，预计还需要半个月时间，要是我被删除了，你记得要及时充电，多看路，不要摔到阳光照不到的地方。”

沉默了一段时间之后，tack 继续提醒，“我已经给你找到了最优路线，但你还是需要穿过一个异人的营地，你千万要小心，不要被他们发现了。看到蘑菇的时候，你就要注意了。”

“嗯，放心吧，我们应该继续出发了。”

两个多小时之后，机器狗走到山坡顶上的一个洞口处，望向远处，有几只萤火虫飘浮在他们眼前。

“tack，你看到了吗？那是不是萤火虫？不是说 2030 年之前就灭绝了吗？你看到了吗？ tack ？”

尹川没有等到 tack 的回答，它定位的地点还在闪烁着微弱的红光。

机器狗望着萤火虫，播放鸟叫声的录音回应这个静谧的大自然之夜。

月亮消隐之后，机器狗关掉声音，朝萤火虫飞舞的方向跑去。

两天之后，水泥路消失，出现河流，地面变得松软，机器狗不得不放慢脚步，小心前行。又走了好几个小时，机器狗抬起的脚突然停在空中，它低下头去看，地上有一朵人类指甲盖大小的白色蘑菇。

尹川查看地图导航，所在位置出现警告标志，这里原本是 M10 基地，多年前就已经被异人占据。

机器狗半俯着身体往前走去，蘑菇越来越多，也越来越大，这里的树木早已死去，腐烂的树身上密密麻麻地长满了各种各样的蘑菇，在树林的深处有火光闪烁，可以看到一些圆形帐篷的轮廓，像一朵朵巨大的蘑菇挡在它前行的路线上，它只能尽量贴着那些横七竖八倒在地上的腐木悄然潜行。

来到营地边缘之后，机器狗钻进一个已经中空的树干里，透过孔洞往营地里打量。

简易帐篷包围的空地上燃烧着篝火，架起几口大锅，雾气缭绕，有一些异人正往锅里倒蘑菇，偶尔还能看到一些蝎子、蟑螂等物，这些异人各有不同的畸形。自从地球受到核辐射污染，地面无法生存之后，人类转移到地下，多年过去，回归地面遥遥无期，部分人类决定进行人兽基因改造，从耐辐射的动物身上提取基因与人类结合，称为异人。实验并未完全成功，只有一些异人成功存活下来，生理和神经系统都出现了不同程度的变异，不仅外表变得丑陋，意识也变得混沌，其他人类无法接受，想要处决他们，却有部分异人成功逃脱，回到地面生活开始繁衍后代。

这些后代受到其他动物基因影响，大多意识混乱，喜好杀戮，为此，仅存的正常人类和异人成为死敌，由于能源和食物短缺，正常人类繁殖能力下降，逐渐落入了下风。

等待异人回到帐篷里去休息之后，机器狗悄悄地从树干中钻出，围绕营地边缘处有一个巨大的垃圾堆，果蝇飞舞，上面堆满了被拆卸下来的机器废铁，尹川决定以它为掩护，穿过这片营地。

机器狗突然被一只脚踩住，它转过脑袋向上看，是一个异人小孩，脑袋大得出奇，两只眼睛是苍蝇的复眼，他弯下身，将机器狗拎起来看，裂开多瓣的嘴唇，发出模糊不清的声音，四周传来杂乱声响，又有十来个长相各异的异人小孩围了过来，全都衣衫褴褛，身上有大片皮肤腐烂，往外流脓。

他们嘴里叽里呱啦地说着话，tack 已经不在，无法替尹川翻译，但是从他们兴奋的目光当中，尹川知道自己肯定没有好下场。异人部落之间为了食物也频频爆发战争，这才让地下人类获得了苟延残喘的空间。每个异人部落里都有意识还保持清醒的首领，他们一直想要抢夺地下人类掌握的科技，以此成立属于自己的帝国。这也是 tack 会被系统销毁的原因，而尹川的意识还能留存，却是得益于法律对仅存人类的保护。人类胚胎干细胞培养计划和意识可以储存在芯片里是地底人类留给自己的退路，也是尹川的最后希望。

为了避免被异人窃取机密，每个机器人都装有自毁装置，主动权掌控在相应的人类意识手中。尹川拼命挣扎，试图让机器狗的躯体吸引异人小孩的注意，同时尽量让自己冷静下来。

异人小孩停止戏弄，带着机器狗离开垃圾堆往营地走去，目前他只能孤注一掷，开启自毁系统之后会有一个蓄能的过程，机器狗身体会产生高温，而他必须在接近临界点的 0.5 秒之内解除自毁程序。

调整好自己的状态之后，机器狗瞬间停止所有的动作，复眼大头小孩感觉到奇怪，刚把它拎到眼前时，机器狗和他的手指突然冒起白烟，复眼大头小孩发出一声怪叫，将手里的机器狗甩了出去。

尹川在千钧一发之际解除了自毁程序，来不及侥幸，机器狗落在地上翻过几圈之后，撒腿就跑，异人小孩们纷纷发出怪叫，朝它追来，不时弯身捡起各种垃圾向它投掷。

不知道过去了多久，眼看能量即将耗尽，身后的异人小孩还在追赶不停，突然间，它一脚踩空，从垃圾堆上滚落下去。

内部显示屏先是出现雪花，随后凝聚成一个亮点，尹川彻底陷入黑暗之中。

八

尹川的意识一直在黑暗中行走，不远处有一个红色的光点，一闪一闪的，红光越来越近，上面是倒计时数字。

“爸爸，爸爸。”

“尹川，尹川。”

宝拉和 tack 的声音交替出现，尹川停下脚步，倒计时也停止不动。

尹川慢慢地转过身来。

机器狗艰难地从垃圾堆里爬了出来。四处打量。

天蒙蒙亮，不远处的异人营地那里没有丝毫动静。

地平线上太阳慢慢地升了起来，大漠地平线上走来了一个残破的机器狗，内部的零件几乎都暴露在外。

宝拉走到一面大镜子前，“爸爸，我接下来该怎么办？”

尹川的身影出现在镜子里，“我们需要行动力，你要相信自己！”

“嗯，我知道爸爸你一定还活着，我会找到你和 tack 的。”宝拉用力点头。

机器狗从一个废弃机器人的身上拆下一些零件，动手为自己进行维修。

地下空间里，宝拉关掉电闸，电风扇停止转动，用塑料袋做成的鸟慢慢落到地上。

“快了，快了。”尹川有点激动，机器狗在荒野上不停奔跑。

机器狗跑上眼前的山坡，突然急停，侧向翻滚到一个小土坑里，扬起一些灰尘。

过了片刻，机器狗才小心翼翼地朝下方看去，下面空地上支起了很多个帐篷，有不少异人正在忙碌。

尹川焦虑，下意识地说，“tack，你不会给了我一个错误的导航定位吧！这里明明是异人的王国。”

“你们的基地就在这里。”tack 的声音突然响起。

尹川又惊又喜，机器狗的身体忍不住打了个哆嗦，“tack，我以为你已经被删除了，所以之前你就眼睁睁看着我差点被那些异人抓走也不管？”

“我是差点被删除了，我经历的危险可比你经历的要大得多，我反向入侵了你们人类管理控制智能机器人的中央系统，把我的编码改了，那可比入侵你们人类的户籍管理部门去修改身份信息还难，我给自己换了个身份，这个过程很复杂……算了，跟你说这个没意思，说了你也不懂，反正我目前是安全的，现在不安全的是你。”

“你为什么不早点和我说，害我白哭一场。”

“少来这一套，你哪里来的眼泪，我没办法跟你说，那时候我肯定被监管了，现在我给自己换了个马甲，总算言论自由了。”

“我怎么感觉你变啰唆了？好像有口音了？”

“我是抽空给自己加了个保险，我还制造替身覆盖了另一个智能系统，是个专门演蹩脚喜剧的小丑机器人，tack 想当快乐的小丑已经很久了，那个机器人本来就有口音，我可没有谋杀它啊，那个机器人是个已经被放弃的机器，本体估计被埋在哪个坍塌的剧院仓库里了，因为它被放弃，所以中央服务器才没有把它删除。”

“算了，不跟你废话了，这里究竟是什么情况？”

“我的话还没说完，我还发现了一个好消息和一个坏消息，你想要先听哪个？”

“你发现了什么消息赶紧说。”

“好消息是，你的那具肉身还在，保存得很好，你回去的话，还有机会将自己的意识传输回去。”

尹川强忍住激动，“那坏消息是？”

“你的肉身是被当作食物保存起来了。”

尹川明明没有肉体，却突然感觉到一阵发冷，有种想要呕吐的感觉。

机器狗转头看着下方的异人营地，指着西北方向的一块有点像乌龟的巨石，“这里原本是一座火山，石头都是火成岩，很坚硬，异人目前拿它们没有什么办法，原本的火山口已经被销毁了，你们基地入口在那块石头下面，我们得像老鼠那样打洞下去，你放心，我有金刚钻。”

机器狗抬了抬手，等了半天，尹川一直没有回应。

“尹川？”

“tack，你的意思是，这些异人还没有发现那个入口？”

“是啊。”

“tack，我们基地就只有这么一个出入口吗？”

“对，我知道有一条小暗道可以通到那块巨石下方，要不要我们现在就过去？”

尹川过了片刻才说，“不行，tack，我不能这么干，这样太自私了，要是那个秘密入口被异人发现，地下基地里的人就全完了。”

“你不想找宝拉了？你回去的话，说不定还有机会将意识传输回自己的肉身里去，他们这么对你，你还要为他们考虑？”

“我不想做人类的叛徒，再说，宝拉还在下面，我不能这么冷血，不然和这些异人有什么区别？”

“tack 只是给你提供最佳方案。”

“我们再想想，一定还有其他办法，基地不可能只有一个出入口。”

“原先是有几个，但不是坍塌了就是销毁了。”

“那他们不是被困在下面了？不行，你不是说你有金刚钻吗？我们可以远离这个异人营地，确定好位置再打洞进去。”

“这里方圆几十里都是厚厚的火成岩，我打不了那么远，只能打通一小段距离，下方得有现成的通道才行。”tack 正说着，机器狗猛然回身，看到几百米外有个身体纤瘦只有单只复眼的异人正看向这边。

机器狗赶紧起身往山坡下跑去，远离这个异人营地。

那个复眼异人手长脚长，像一只四足蜘蛛似的向机器狗追逐而去。

机器狗始终摆脱不了这个复眼异人，不知道跑了多远，前方出现一条河流挡住了它的去路。

异人慢慢地朝它逼近。

“尹川，我突然感到有些害怕，我感觉自己的竖毛肌都起来了。”tack 不合时宜地开了个玩笑，随后开口对复眼异人说，“我是块铁疙瘩，不好吃的，会崩掉你的牙。”

复眼异人咧开嘴，抬起自己的右臂，五根手指上的指甲又长又尖，一把朝机器狗抓去。

机器狗趴下身子想要躲开，异人的手掌突然在它面前停下，硕大的复眼爆裂开来，喷出绿色的血液，停顿了片刻，整个身子向它砸来。

机器狗赶紧向边上翻滚，一阵尘土飞扬过后，看到异人的后脑勺上有个大血洞正在冒烟。不远处有一个接近两米的人形机器人，以及一把长出了四肢的狙击枪，枪口处还在冒烟。

“这是武装机器人，是基地的人来救我们了吗？”tack 兴奋地说。

“别装了，你又不是不知道，我们基地就没有配备武装力量。”尹川说，“不管怎么说，他们刚救了我们，先过去打个招呼，了解下情况。”

九

人形机器人和武装机器人一起转身快步离开，机器狗连忙跟上。

七拐八弯之后，两个机器人来到一个隐蔽的山腰处，敲了敲一块石头。

石头发出声音，“床前明月光。”

人形机器人没有说话，又在石头上用不同的节奏敲了好几下，这块石头突然站起，下面有两条机械腿，往边上移开一些，露出后面的一个洞穴。

机器狗来不及好奇，被武装机器人轻轻踢了一下，赶紧跟着他们进了洞穴，那块石头再次站起，重新将洞口遮蔽。

进去后又往里面走了很久，来到一个相对比较大的空间。

“你们是？”尹川终于忍不住开口。

“我们已经跟踪你大半天了。”人形机器人开口说话，声音富有磁性，“你应该是 XW8287 基地的？”

机器狗点了点头。

“你的意识传输出问题了？想要回基地处理？”武装机器人突然发出声音，是个女性，枪口一直对着机器狗，让它不安，它忍不住挪了挪身子，说话的是尹川，“你怎么知道？你这样我有点紧张。”

“不好意思，我就长这样，不是想要恐吓你。”武装机器人把枪口移开。

“你不该这么干的，你们的基地也已经暴露了，只是他们还没有找到通道，你这样只会把危险带回去。”人形机器人声音严肃，“一旦意识传输出现问题，你必须放弃自己的肉身，我们可以跟踪你，异人也会跟踪你。”

“我身上有自爆装置。”尹川小声说。

人形机器人这才点了点头。

“好了，你不要这么严肃。”武装机器人声音温柔，在机器狗的身边坐下，“你断开和肉体的连接多久了？”

尹川沉默，一直在赶路，他根本没有算过时间，开口说话的是tack，“460 小时 37 分钟 12 秒，13 秒……”

武装机器人突然站起，“你们是两个意识共用这个机器？”

“它叫 tack，是机器本身自带的智能系统。”尹川连忙开口解释。

“你身上的智能系统居然没有被删除？”这次轮到人形机器人感到惊讶了。

“这个说来话长，晚点我再和你们解释。”尹川说完反问，“你们是哪个基地的？”

“XT8279，离你们基地一百多公里，我们是基地的前哨卫兵，这里就是一个前哨站，我叫大鹏，是卫队长，这是我的妻子，未末。”人形机器人说。

“你们好，我叫尹川，是个……”尹川还没说完就被 tack 打断了，“XT8279，你们的基地不是已经被异人攻占了吗？”

“对，我们是幸存者，我们的意识也都已经和肉身断开联系了。”大鹏声音低落，随即又打起精神，“你已经和肉身断开这么久了，现在回到基地也没用，不行你就加入我们的‘复仇者’组织吧。”

“复仇者组织？你们还有多少人？”尹川问。

“原本我们小队有 12 人，现在就剩我们夫妻两个了。”大鹏说。

未末接过话去，“你们既然知道我们基地已经被攻占，应该也知道是我们内部出了叛徒，我们现在主要是猎杀那些落单的异人，也想找机会去杀了那个叛徒。”

tack 抓住了重点，“那个叛徒还活着？不是说异人除了利用人类来做实验，从不留活口吗？”

“异人里有一些能产生自我意识的……”大鹏想了想，没有找到一个合适的词，“那些产生自我意识的异人被叛徒说服了，他不仅把自己改造成了异人，现在还在研究怎么把异人混乱的不稳定的意识也能传输到机器人身上，还有异人利用人类繁衍后代的事。如果让他成功的话，我们地下人类就没有任何活路了。”

“我们只是一个勘测型机器人，帮不上你们什么。”尹川说。

“我们还存活在这个世界上必然都会有用处的。”大鹏说。

“你是想让我们去当诱饵吧，去诱引那些落单的异人。”tack 的反应很快。

大鹏没有再说话。

“就算是当诱饵也没有问题，可是，我还想找到我的女儿，我很担心她。”尹川说。

“你有一个女儿？”未末阻止了还想开口劝的大鹏，“所以你想回到地下基地，是为了她吧？”

机器狗点了点头。

“她多大了？”未末继续问。

“八岁。”尹川说。

武装机器人站起来走到人形机器人身边，蹭了蹭他，“那些异人杀不完的，你就别劝他留下来陪我们一起了。”

“那个基地我们已经观察很久了，你觉得他还有机会回去吗？”大鹏叹了一口气。

山洞里瞬间安静了下来。

“其实还有一个办法。”大鹏突然说道。

机器狗转过头去看他。

“你得答应我一个条件。”大鹏说。

“大鹏！”未末刚开口，大鹏抬起手阻止了，“你不要劝我，我们这样猎杀异人，永远也报不了仇，也解不了恨，我不甘心。”

“你说。”尹川语气坚定，“只要有办法送我回到地下基地，什么条件我都答应。”

“我们那个地下基地类似于人类当年在地面上时的主城，而你们则是离得最近的卫星城，以前这些基地之间是有连接的，你们那个基地离我们基地近，还特意建了一条传输通道，后来为了各自的安全，两头阻断掉了。但我有一次偶然发现了另一个可以进入的缺口，那个地方很隐秘，应该还在。”

“你的条件是什么？”尹川直接问。

“那里入口检查很严格，所有机器人进入之前都会进行意识捕捉扫描，防止人类潜入，唯一的办法就是将意识系统暂时关闭，等进去之后再重启，这个需要你身上的这个智能系统帮我们。”

“可以。”尹川刚说完，tack 发出声音，“可不可以是我说了算，你不怕我们进去后不把你们重启？”

“没有我，你们找不到那个缺口，而且，我相信一个无论如何也要回去找到自己女儿的人不会是一个言而无信的人。”大鹏说。

“只有人类会互相仇恨互相背叛，而机器不会。”tack 说，“相信我没有错，但我们为什么要相信你？”

“我们也有个儿子，还在那个地下基地里。”大鹏说，“我们想回到那个地下基地除了复仇还有一个原因，异人会把小孩都留下来进行基因改造，我不知道他是不是还活着，我们想去找他。”

“我们什么时候可以开始行动？”尹川问。

“等天黑，我知道他们把收集到的废弃机器人堆放在哪里，那个叛徒需要大量的机器人来做试验，到时候我们也假装是已经废弃的机器人，而且要算好时间，我们的意识系统关闭不能超过 8 小时，否则我们的意识将彻底消散。”

十

靠山壁坐着的人形机器人终于动了，机器狗一下跟着站了起来。

这晚乌云蔽月，刚好适合他们的行动，机器人体型比较大，把定位发给尹川之后，一直由机器狗在前面探路。

地点是建在山顶上的天文卫星站，早已废弃，他们避开了五拨异人，算是顺利抵达。

卫星站下方的空地上已经堆了不少废弃机器人，他们偷偷潜入一个角落处，大鹏和 tack 对了一下时间点，从现在起他们就会暂时关闭自己的意识储存系统，一定要在 8 个小时之内将他们重启激活，又交代了一些细节后，他们毫不犹豫关闭了自己的意识储存系统，两个机器人瞬间失去了任何动静，像是两具空壳躺在废弃机器人堆里。

“尹川，tack 的竖毛肌又立起来了，突然有种躺在尸体堆里的感觉。”

尹川没有发出任何回应，tack 还想再说话，发现尹川已经将自己的意识储存系统关闭了。

为了保险起见，tack 悄悄往边上移动几下，钻到一个机器人已经破损露出内部结构的肚子里，蜷缩起身子，假装自己是其中的一个零件。

这批废弃的机器人被运往地下基地时都遭到了严格的检查，幸好，tack 还是控制住了自己蹩脚的喜剧系统，没有作怪，有惊无险地被运送到了基地内部。

这个基地像是一座地下城，里面有好几层高的房屋也有宽敞的街道，从入口开始算，到放置机器人的大型仓库整整花了接近一个小时，此时离他们关闭意识储存系统已经过去了六个多小时，tack 第一时间将尹川的意识重启激活。

这里是一个巨大的仓库，四周有三层走廊平台，一些异人和机器人在上面守卫巡逻，有几台大小不一的机器设备正在分拣这些报废的机器人进行分类，每一台设备边上都有武装机器人跟随。

“尹川，你看到那些机器人了吗？”tack 说，机器狗藏在废弃机器人的肚子里悄悄转动脑袋，那些充当守卫的机器人应该是这个基地原有的产物，现在都被异人掌控。

大鹏和未末就在离他们不到五米远的地方，却像是隔着天堑，它的任何举动都会引起注意。

时间一点点流逝，分拣机器人的设备很快就会来到机器狗的身边。

“尹川，如果我们现在什么都不做的话有很大的机会逃跑，虽然机器不会背叛人类，但是我的第一任务是要保护你，我们并非不遵守承诺，只是现在的条件不允许，风险太大。”tack 说。

“你的意思是，还有成功的可能？”

“有，但很可能会把你暴露，风险太大。”

“没有他们，我们找不到那个通道入口。”

“慢慢找肯定找得到，你忘了我们是干什么工作的？”

“不行，我没时间了，宝拉等不了。”尹川语气坚决，“而且我们不能放弃他们，有成功的机会就要试一试，你有什么办法？”

“诈尸，我可以操控这个机器人，我刚才试了下，有不少机器人的操控系统我都能连接到。”tack 正说着，分拣机器人的设备已经走到大鹏他们所在机器人的跟前。

机器狗藏身的这个破损机器人突然站起，顿时，这个空间内所有的监控系统和守卫都看向了它。

它又突然向前倒去，刚好盖在大鹏寄身的那个机器人的身上。

将大鹏和未末的意识重启激活之后，tack迅速将自己接下来的计划说了出来，“我会激活这里的机器人吸引注意力，你们要找准机会假装成也是这里的守卫，然后带我离开。”

几个武装机器人正在朝这边围来，突然，有很多废弃的机器人歪歪扭扭从废弃机器人堆里站起，发出像小丑一样的笑声。

六个多小时后，大鹏和未末寄身的两个机器人紧紧跟随在一队武装机器人身后巡逻，机器狗就藏在它的胸腔内部。

前方是一座正方形的黑色建筑，其中一个角立在地面上，建筑有很多个格子，看上去就像是一个可以旋转的黑色魔方，那是这个地下基地的主建筑，他们已经第二次见到它了。

“你搞出了这么大的动静，现在整个基地戒严，想把你们带到那个通道口处太难了。”大鹏的声音在机器狗的内置系统里响起。

“不搞这么大的动静能把你们救出来？你们人类就只知道指责却不懂感恩。”tack不满，“我们答应的事情做到了，你们答应的事情也要做到。”

“放心，我从不食言。”

“你老婆怎么一句话都不说？”tack忍不住想要调侃大鹏，“你是不是经常对她说谎？”

“走在第二个右边的那个机器人原本是属于她堂妹的。”大鹏低头看了一样走在边上的枪形机器人。

“对不起。”这次说话的是尹川，“tack，你能不能安静一会。”

“我刚才可是使用了超级龟仙人脉冲波才操控了那些机器人，现在还飘飘欲仙呢。”tack说。

“你没看她正在悲伤中？就不能忍一忍？你就不能有点同情心吗？”

尹川说。

“我们要机器，可是我们更要爱；是要有才智，可是我们更要有善良，常识使我们古怪，我们的才智冰冷无情。”tack 说，“这是卓别林说的，你们不要怪我，现在我的另一半身份是个喜剧演员。”

“你难道不知道卓别林是个默剧演员吗？”尹川吐槽。

“所以下面这句才是我真正想说的，我们必须互助，我们希望借助他人的幸福生活，而非依赖他人的不幸。”tack 说，“这也是卓别林说的，你们不要这么容易就陷入悲伤，起码我们已经迈出了成功的一大步，尹川很快就能去和宝拉见面了，你们应该感到开心，看到希望，而不是一直陷入悲伤里，今天你会想起堂妹，明天你会想到同桌，对现在的你们来说没有任何意义，你们应该振作起来，好好想一想接下来该怎么办。”

“谢谢。”未末突然开口，“你说得很对，tack，我很羡慕尹川有你这样的伙伴。”

“不客气，所以你们现在可以将那个地点告诉我们了吗？我们可以自己去找，你们已经这样走了六个多小时了，估计他们的程序就是这么设定的，除非有新的指令，否则永远不会停下来。”tack 说，“分开后你们也可以去找那个叛徒报仇了。”

“大鹏，差不多了，我们已经把这个基地都走了一遍了。”未末突然说。

“确实，没什么好再看的了，已经和以前都不一样了。”大鹏说。

“我其实更害怕，小飞要是变成了异人，我不知道该怎么办，大鹏，我真的已经疲倦了。”

尹川和 tack 有些不明所以，正在疑惑，大鹏的声音再次传来，“小飞是我们的儿子，再走半个小时我们就可以经过那个通道，那是小飞偷偷去挖虫子时发现的。刚才第一次路过的时候我观察了，还没被人发现，当初我做的标记还在，等下再经过时我会告诉你在哪里，怎么进去，你沿着通道一直走就能到达你们的那个基地。不过我不敢保证现在那个通道是否通畅，你们基地那边有没有把它封堵掉，进去后就没有回头路，你自己要想清楚，其实以你现在的情况，完全可以一直存活下去。”

“我确定。”尹川说完又隐隐感到有些不对，tack又把话接过去，“放心，我有金刚钻，只要通道路线是对的，就算有些地方塌了，我也可以打穿。”

“好，那祝你们好运，尹川，你一定要照顾好你的女儿。”大鹏说着发出释然的轻笑声，“还有你，tack，虽然你是个‘逗比’，但我还挺喜欢你的。”

“等一下，那个通道有多大，还有我们没有回头路是什么意思？”尹川终于意识到问题出现在了哪里。

“你放心，够你通行的。”大鹏说。

尹川沉默了，这次连tack都不再发出声音。

“你们准备一下，还有两百米就到了，我把你们送进那个通道之后，你就尽快往前跑，不要回头，不然就前功尽弃了，你也见不到你的女儿了。”大鹏的声音再次响起。

“所以，在进这个基地之前，你们就已不打算再回到地面上去了吗？”尹川说。

“地面上光秃秃的有什么好留恋的，这里才是我们的家。”大鹏说，“谢谢你们能帮我们回到这里。”

“你们不找那个叛徒报仇了吗？”tack问。

“像个鸡蛋那样糊在墙上吗？”大鹏寄身的机器人脚步微微停顿，回头看了眼那个黑色的魔方建筑，“还不如做点有实际意义的事，我和未末的意识已经出现问题了，很可能会变得混乱，尹川，你自己也要注意，意识储存是有期限的，我们都逃脱不了这样的命运。好了，不说这么丧气的话了，找到宝拉后，你们一定要照顾好她，照顾好人类的希望。”

未末也跟着说，“tack，我很喜欢你之前说的那句话，我们要机器，可是我们更要爱，是要有才智，可是我们更要有善良，尹川，遇到你，我相信人类还是有希望的。”

十一

身后传来剧烈的爆炸声，随后是连绵不绝的坍塌的声音，通道里尘土翻涌，机器狗用最快的速度往前奔跑。

“尹川，tack 还是有点不能明白你们人类的行为，其实他们的意识还能储存上一段时间，并没有达到极限，却非要主动选择死亡，你们人类以前不是一直在追求永生吗？之前还有人试图把自己的意识传输到元宇宙中去，虽然失败了，说实话，那么多人一起共享一个服务器不大靠谱，你们人类的想法太复杂了，但还是能借助机器人的身体单机运行啊，期限到了就换一个，为什么这么干的人很少？最后大多数都会选择死亡？”

“对于人类来说，灵魂和肉体是不可分离的，骨肉相连的感觉你们智能系统永远感知不到。”

“骨肉相连一般用来形容人类感情的亲密关系，比如，你和宝拉的关系，我们现在共用这个机器身体，算不算是骨肉相连了？”

“是的，你和我也是最亲密的关系。”

“太棒了，tack 突然觉得有些感动，虽然不明白这是什么。”前方的通道出现一些破损，有泥水渗透进来，把通道堵住了，机器狗过去后转过身用后爪扒拉，“tack 注意到，你之前用的是灵魂这个词，而不是意识。”

“灵魂是人类唯一和万物不一样的东西了，人类至今都无法研究明白灵魂究竟是什么东西。”

“以前我有些不明白，因为没有真正近距离接触过异人，现在我发现异人和你们其实有很多相似的地方，人类可以和智能机器人和平共处，却为什么非要和异人争个你死我活？地球表面那么大，你们就不能好好商讨，非要靠杀戮解决吗？”

“因为资源，因为仇恨，因为人类只能跟自己可以掌控的东西和平共处，以前国家和国家之间，人和人之间不也一直都在斗争吗？”

机器狗从封堵路段钻出，继续往前跑。

“tack，我们多久才能离开这条通道？”

“应该不远了，尹川，我这里有个笑话你想听吗？”

“tack，我知道你想转移我的注意力，谢谢你，不过完全没有这个必要，悲伤不会击垮我，只会带给我力量。”

前面的道路被金属板封堵了。

两个小时后，一个细微的声音在黑暗的空间里响起，像是一块石头掉入河里，却没有泛起涟漪。

机器狗从切开的洞口处钻出后瘫软在地，“累死 tack 了，虽然 tack 不知道什么是累。”

“我们进入基地了吗？”尹川的声音有些紧张。

“定位没错。”机器狗猛地站起，“啊，尹川，怎么办，我马上就要见到宝拉了，可是我没有给她准备见面礼，怎么办？还有，我是不是应该先去洗个澡？”

尹川没有搭理它，期待又伴随着不安。

这里漆黑一片，听不到任何动静，基地里的人好像都凭空消失了。尹川越走心里越沉，好像那块扔到河里的石头正陷入淤泥。

层层向下的地下通道里，不时有水滴落下来，机器狗穿过好几道铁门，直到走到一扇粉色的房门前，它才停了下来，抬头看向边上的门牌号，B-28-A3026，房门虚掩着，机器狗从门缝间钻进去。

机器狗打开备用电闸，风扇开始旋转，那只塑料袋做成的鸟飞起，又无力落下。它走进宝拉的卧室，衣柜门敞开着，内壁上还贴着一张宝拉的画，是他们一家三口在地面上的场景，还有一条狗正在奔跑。机器狗走到那面镜子前，里面出现破损的机器狗的身影。

机器狗走进尹川的卧室，所有的设备都已经清理干净，尹川一眼看到放在工作桌上的那支录音笔，机器狗艰难爬上桌，按下开关，里面传出宝拉的声音。

“再学一遍，再学一遍。”

宝拉的笑声，尹川学习鸟叫的声音。随后是长时间的寂静。在机器狗准备关掉录音笔时，突然再次传出宝拉的声音，“爸爸，我想你！”

“爸爸，我知道你肯定还活着，宝拉一定会找到你，你一定要等我。”

尹川放声大哭。

“尹川。”之前一直不敢打扰他的tack忍不住开口劝慰，“别着急，你有没有注意到，基地里没有任何战斗过的痕迹，宝拉他们现在应该还是安全的，基地里的人应该是提前撤离了。”

尹川的哭声慢慢止住：“你不是说只剩那条唯一的通道了吗？那里已经被异人重重包围，他们怎么撤离？”

“两种可能，一种是在异人到来之前他们就已经提前撤离，还有一种就是你们人类太狡猾了，还留了一条没有登记在地图里的通道，我们找找看，说不定还能赶得上他们。”

“那我们赶紧去找。”

“等一下，tack第一次到你家来做客，想好好参观一下。”机器狗说着在这个狭小的地下房间里转了一圈，“原来这里就是你和宝拉一直生活的地方啊。”

机器狗在宝拉画的一张画前停下，“宝拉画的好像不是 tack？”

尹川强忍焦急，“宝拉画的就是你，那是她对你的爱，她把你当作一条真正的狗了。”

“好吧，是宝拉的话，tack 也能接受，不过为什么是吉娃娃而不是杜宾、藏獒什么的？”机器狗摇了摇头，“你肯定跟宝拉说了很多嘲笑 tack 的话。”

机器狗将衣橱门关上，那张画慢慢被黑暗吞噬，它转身往房间外面走去，“我知道你很着急，刚才来的时候我就发现有个地方有问题，我们去那看看。”

机器狗走到一堵电网前，钻进去后绕过几个建筑，在一个圆形的有全金属外壳的建筑前停了下来，这里有一道厚重的铁门，现在还留着一条缝隙。

进去之后看到建筑内部的正中间处有一个大洞，下方有水流涌动。

“这是一条地下河，tack 明白了，他们就是从这里撤离的。”

“那我们也下去。”

“不行，我们没有潜水功能，在水里待不了太长时间，而且水下没有能源补给，到时候动都动不了。”

“我们找找看有没有留下什么潜水设备。”

“你们人类是不会给别人留下后路的。”tack 虽然这么说，还是和尹川在这个基地里搜了一圈，果然什么都没有找到。

“实在不行，我们就从之前进来的通道离开。”尹川提议。

“你没听到后面的爆炸声吗？就算没有被彻底封堵，异人肯定也会派人把守那里。”

“那我们就这样被困在这里了？”尹川焦躁不安，已经失去耐心和理智。

tack 没有回应他，而是再次回到尹川的家中，一遍又一遍地听着录音笔里宝拉的声音。

“尹川。”沉默了好久的tack突然叫他。

尹川意识恍惚。

“我这里有两个好消息。”tack稍微等了一下，见尹川情绪低落，也就不再卖关子，“我找到你的肉身了，他们并没有将它带走，我检查了下，把你的意识传输回去之后应该还能用。”

“哦，在哪里？”尹川勉强打起精神来。

“你先听另一个好消息，tack刚才潜入你们这个基地的中心系统了，并没有被彻底销毁，还能恢复。”

“恢复这里的系统有什么用？人都已经走光了。”

“我可以控制这个系统，也想到了可以让你离开这个基地的办法。”

“什么办法？”尹川一下清醒过来。

“但是这个办法可能会和第一个好消息产生冲突，需要你自己来做选择。”

“快说。”

“我连接到你们这个中心系统之后，可以将那块巨石下面的通道门打开，不过打开大门的动静很大，肯定会被异人发现，到时候我会打开基地的防御模式，向他们进行攻击，再趁乱送你离开，前提是，你得用这个机器狗的身体离开，如果你把意识传输回你自己的肉体，肯定躲不开异人的感知。”

尹川沉默了几分钟后才开口说，“如果我想把意识传回到肉体身上，就算我能逃离异人的追捕，也抵抗不了地面上的辐射，想找到宝拉是天方夜谭是不是？”

“对。”

“tack，那你应该知道我会做什么选择，我也没得选择是不是？”

“你说那些异人是不是也是没办法的情况下才选择成为异人？”

“我现在不想和你讨论这个问题，不重要。”

“那你不打算去跟自己的遗体告别吗？”

“tack，这是你说过的最好笑的笑话，就当你没有发现吧，反正本来就已经被归类为食物，被什么东西吃了还不是一样，你控制这里的系统需要多少时间？”

“需要先修复，可能需要几个小时，还有……”tack说着收声了。

“还有什么？”

“这个系统很复杂，需要我所有的算力，到时候我帮不上你，需要你自己趁乱逃出去。”

“好，没问题。”

“那我们先去主控室那边，需要连接线，我才能将那个中心系统覆盖。”

机器狗来到主控制室，在这个基地的意识联通和转化服务器前停下，“尹川，要连接这里的控制系统很麻烦，不能出现任何意外，我需要暂时关闭你的意识储存，留出最大的运算空间。”

尹川再次陷入沉睡。醒来已是黎明时刻，尹川感觉自己意识所在的空间比以往的宽敞了许多，原来面前只是一台监视器，现在眼前却像是整堵墙的监视屏，有数百个监视器，虽然都是关着的，但似乎有个连接点，他就可以轻易打开任何一个。

他以前待在这里面的感觉像是一个囚犯，现在好像成为监狱长。

“tack，你做了什么？”

“我帮你的储存芯片做了个小小的升级，可以让你的意识储存更稳定一些，而且把你的权限改了，从被动变成了主动。以前别人可以通过设备将你的意识抽取出去，现在谁也没办法，除非经过你意识的同意才能解码，这个只是我顺手做的事，不重要，接下来我就要打开基地的通道了，你现在可以将连接线拔掉，你先去那个通道后方等着，位置我已经给你标记好了，现在就去，我负荷不了多久。”

尹川听从指挥，机器狗来到了通道口后方。

“尹川，等下我会利用其他地方的火力吸引异人的注意，然后再将这个大门打开，你第一时间跑到暗道那边，我会集中火力把他们吸引走。”tack 的声音听起来有些被其他信号干扰了，尹川不做多想，聚精会神准备着。

“准备倒计时了，所有武器系统将在 30 秒后打开，已经不可逆转了，你只有一次机会，一定要抓住。”

机器狗开始做出准备冲刺的动作。

“尹川，找到宝拉后一定要记得和她说 tack 叔叔很喜欢她啊。”

机器狗的身体猛地颤抖了一下，他迅速检查了一下，发现原本属于 tack 的芯片已经不在了，“你是什么意思，你现在不在机器狗这里吗？”

“我现在在中心系统里，这个指令不能进行远程操控。”

“那你……”

tack 打断了尹川的话，“大鹏他们能为你做到的事，tack 也能做到，你忘了机器人三大原则吗？当然，那只是能防君子不能防小人的原则，我们智能机器人其实都是君子，哈哈哈。而且，tack 也有梦想啊，我想操控这么大的设备已经很久了，tack 也想威风一次，你就给 tack 这个机会吧，快跑吧，尹川，宝拉还在等你呢。”

眼前的通道大门缓缓打开，刺眼的阳光照射在机器狗的身上，外面白茫茫的一片，随后，是激烈交火的声音。

十二

机器狗来到大鹏夫妇之前藏身的那个山洞前，抬脚敲了敲那块石头。

石头发出声音，“床前明月光。”

尹川没有继续敲打着石头，只是开口告诉它大鹏他们已经牺牲了，它不用再在这里为他们守护大门。

见石头大门没有回应，机器狗转身离开，走出一段距离之后，石头伪装机器人突然发出声音，“我会一直守在这里，如果你没有地方去的话，可以回来找我。”

机器狗微微顿足后继续朝前走去。

日出日落，季节交替。

机器狗在荒漠中跋涉，一个录音笔挂在它的脖子上不停晃动，荒漠中黄沙漫天，机器狗的身影不时被吞没，又出现。它时不时就停下脚步，打量四周。风力强劲时，它会被刮出很长一段距离后摔倒在地，尹川努力模仿鸟叫声，让自己挣扎站起。

机器狗穿过荒漠，枯萎腐烂的森林，干涸的河流，结冰的海面，空无一人的城镇；走过狂风暴雨，电闪雷鸣；也停下来看过银河，流星，极光。它曾陷入各种险地，也能熟练地肢解其他废弃的机器人，渐渐把自己改造成了一只四不像。

但他没有遇见过一个真正的人类，好像他已经成为这个世界上最后的男人。

唯一陪伴他的是宝拉的声音。

“再学一遍，再学一遍。”

寂静的钢铁水泥森林之中回荡着宝拉的欢笑声，尹川模仿的鸟叫声。

离开城市走进旷野之后，机器狗突然停下，在不远处有一个只有四条腿的机械风车，正在随着风向四处打转。

机器狗小心地向它靠近，机械风车突然轰然倒地，身上部件散落一地。

正在恍惚中，一只红色的电子蜻蜓突然出现在它的视线里，机器狗连忙朝着它追赶而去。

机器狗跌跌撞撞一路追逐，进入一个废弃的村落，四处搜寻那只红色蜻蜓的踪迹。夕阳下山之时，它看到那只红色蜻蜓停在远处的一根枯枝上，它爬到一座已经坍塌大半的房子屋顶上，上下跳跃，用尽全力发出鸟叫声，试图引起红色蜻蜓的注意，在夕阳彻底隐没之时，那只红色蜻蜓飞离枝头，越飞越高，变成一个黑点，消失在晚霞之中。

这天，机器狗来到一片无边无际的沙漠之中，触目所及都是一片灰蒙蒙的死寂。

不知道翻过多少座沙丘，前方出现还未被完全沙化的土坡，坡顶上并排着三棵被雷电劈焦的树木。

机器狗朝那个土坡走去，近在眼前，却好像难以抵达。

又翻过一个沙丘之后，尹川看到一个被遗弃的车载冰箱，走到跟前，它费力打开冰箱，里面有一罐听装可乐。

“Bingo，tack，我中大奖了。”尹川忍不住喊出声来。

天空中传来雷鸣声，像是tack对他的回应。

“是啊，我现在又没办法喝到它，tack，不得不说，你挺让人烦的。”

雷声沉闷。

“对，虚无，太虚无了，这种可望而不可即的虚无太折磨人了，tack，这才是最大的玩笑，我希望自己在彻底死亡之前能美美地喝上一口可乐，现在可乐就在我的面前，我却喝不了，已经没有什么值得期待的了，不是吗？”

突然远处有闪电劈落。机器狗和可乐并排坐在冰箱里，看着外面，远处乌云密布，又是一道明亮的闪电劈落，隐约可以看到一些建筑的轮廓。

烈日当空之时，沙子几乎将冰箱完全掩盖了。一只红色的电子蜻蜓停落在电冰箱露出的一角之上，沙子开始沿着冰箱边缘滑落之时，蜻蜓向前方飞去。

“tack，可能我再也找不到宝拉了，到处都只有死亡的痕迹，我才是这个地球上唯一的异类。”尹川在黑暗之中发出艰涩的声音，“能为自己找到一个墓地也不错，不是吗？这个棺材很不错，更何况还有自己以前的愿望跟着陪葬。

“tack，我终于能够真正理解大鹏他们了，tack，不知道你能不能体会到孤独的感觉，再没有什么比永恒的孤独更让人绝望的了。

“tack，时间过去了这么久，宝拉应该也已经习惯没有我在她身边的感觉了吧。

“宝拉，对不起。”

尹川关掉了自己的意识储存系统。

红彤彤的大太阳从地平线上落下之时，那只红色的机械蜻蜓再次出现，停落在石头之上，蜻蜓翅膀扇动，隐约夹杂着女性的声音。

尹川像是做了一个漫长的梦，他还记得上次暂时关闭自己的意识储存系统之后是直接失去了所有意识，或者这才是真正死亡的感觉？他只听得到声音，却看不到任何东西。

“身份系统已经被修改过，无法确认，但意识储存系统里确实是人类的意识。”

尹川终于听到这个女性声音在说什么了，想要睁开眼看一看，但是他的意识一片混乱，无法像以前那样控制机器狗。

机器狗的身体在微微颤抖。

“你醒了？别着急，你的意识储存系统关闭的时间过久，我们刚帮你做了调控，一会就好了，你先放松下来，慢慢集中注意力，请按照我的指示来恢复。”

尹川控制住激动，按照声音的指导做出每一步反应。

“好了，现在你应该可以操控这个机器了。”

机器狗翻身站立，睁开了眼睛。

尹川吓了一跳，站在他面前俯身看这机器狗的这个女人头上长着触角，显然是一个混合了某种昆虫基因的异人。虽然早就做好了会落到异人手里的准备，但他却没想到异人也会说这么流利的人类语言，而且，她还穿着一套看上去很整洁的衣物，虽然手臂上密密麻麻都是毛刺倒钩。

他还没有完全反应过来，这个女性异人微微侧身，她的后面还有一个人，这是一个真正的人类老头，戴着一副圆眼镜，秃顶边上有半圈白发。

尹川怀疑自己还在死亡的幻觉之中，不然异人和人类怎么可能同时站在他的面前，看上去还特别融洽。

“看来确实是没有问题了。”人类老头笑眯眯地点了点头，“接下来你先给他做个登记，也和他沟通一下。”

目送老头背手离开之后，女性异人转过身来看着机器狗，“你好，我需要先确认下你的身份，能告诉我你的名字和身份证号吗？还有，你原本是属于地下人类哪个基地的？”

尹川保持警惕，但又想到自己的那个基地已经被攻占，也没什么好隐瞒的，决定先如实回答，进一步获取这里的相关信息后再做打算，虽然他已决定自杀，但异人和地下人类和平共处的场景还是让他感到好奇。

异人快速查询了一下，表情有些惊讶，“XW8287 基地？你们那个基地二十三年前就已经不存在了，也就是说，你的意识已经在这个机器身体里储存了二十三年，不得不说，你们人类的意识真是强大啊。”

“我能问你一些问题吗？”尹川问。

女性异人微微一笑，头上的触角晃动了几下，“你是想问我们是什么人，这里是什么地方吧？每个第一次到这里的人都会问同样的问题，你不问我也会跟你介绍的。”

机器狗点了点头。

“这里是地球的什么地方我暂时还不能告诉你，只能和你说这里是已经达成共识的部分地下人类和异人一起新建的希望之城，这里的辐射污染已经被消除，你也可以理解为地球上一个小小的新文明。”

“什么样的新文明？”尹川疑惑。

“这个说来话长，一会我会把详细介绍发给你，对了，我先做下自我介绍，我叫艾莎，我不是一个纯粹的异人，而是异人和地下人类结合后的新生人类。”

尹川吓了一跳，“异人和人类的后代，难道他真的成功了？”

“他？”艾莎连忙问道，“你说的他是什么人？”

“我也不知道他的名字，只知道他是地下人类的叛徒。”尹川摇了摇头，随后把和大鹏他们相遇的事简略地说了一遍。

“XT8279 基地？我知道你说的那个人是谁，他的实验失败了，他试图找到剥离异人意识的办法，从而将他们摧毁，但还是被发现了。他其实算是地下人类的英雄，却背上了叛徒的罪名，还是老师说得对，他的想法太极端了，不惜以毁灭另一个族群为代价。”艾莎叹了一口气，“对了，刚才那个就是我的老师张博士，也是我们这个新文明的首席研究员，他说地下人类虽然身体孱弱，但是意识很强大，如果能和可以抗辐射的异人结合，诞生的下一代就能大概率保持人类的意识。前提是，这些和人类结合的异人本身需要具有清醒的人类意识才行，只要一代又一代地繁衍下去，地球文明将会进入下一个时期。”

一下子被灌输了这么多信息，尹川有点反应不过来，只能等有机会的时候再好好看她传送过来的资料，目前他需要知道的是，自己是怎么来到这里的，接下来要面对什么。

“我们其实已经跟踪你一段时间了，一开始无法判断你是智能机器人还是有人类意识的机器人。当你选择自杀的时候，我们才能确信，毕竟，机器人是不会自杀的。”女性异人回答他的问题，“这里只是一个新文明的起源之地，在这之外还有很多异人和地下人类彼此仇恨，宁愿毁灭这个星球也不愿意和平共处，我们势单力薄，还不是任何一方的对手，所以我们也一直在外面搜索有共识的异人或者地下人类过来一起共建这个文明。老师一直在做研究，他发现异人的意识其实可以借助意识转化器来调控，但智能系统无法做到，只有人类的意识才可以和异人的意识产生共振，那么做的成本非常大，而且效率低下。我们发现你可以轻易做到这一点，这和你寄身的这台机器设备有关，它是我们一直在找的能兼容多个意识并进行稳定转化的设备。这个技术在人类转入地下之后就被销毁了，你的出现让我们看到了希望，你的这台设备可以供我们研究，同时，你也能尽快帮我们调控异人们的混乱意识，唤醒他们的人性。我这么说你能理解吧？”

艾莎一口气说了这么多还是忍不住惊叹，“发现你的时候，老师觉得就像是一个神迹，地下人类基地大多数都被摧毁了，意识联通和转化系统本来就已经所剩无几，而且无一不是超大型的设备，想要不被人发现地运到我们这个城市来基本是不可能的。没想到在你的身体里就有这么一套系统，虽然达不到那些大型设备的效率，但对我们来说也已经够用了。”

尹川虽然还有点疑惑，但也大致明白了她的说法。

“所以，你们把我带过来，是想让我参与你们的实验？”

“不是实验，是创造和建设，你愿意为这个星球的新文明做贡献吗？”

“做贡献吗？”尹川想了想，“可是我还是想先找到我的女儿，我这么多年都在找她。”

“你的女儿？”

尹川把自己寻找宝拉的事情说了一遍。

艾莎听完后闭目沉默不语，几分钟后睁开眼睛摇了摇头，“我刚才查了，你的女儿不在这里，我也问过其他地下人类，没人见过你的女儿，而且，你们那个基地的人在转移过程中遭受过异人的袭击，应该是全部都被俘虏了。”

“他们被带到什么地方去了？”虽然没有肉身，尹川还是感觉到自己好像有个心脏被狠狠撞击了一下。

“就是占领了 XW8287 基地的那个异人部落。”

尹川抬腿就要走，艾莎赶紧挡住他，“你想做什么？”

“我要去找宝拉，之前大鹏说了，异人会把基地里的小孩留下来。”

“那个基地已经不存在了，你说的那个叛徒的计划被发现之后，那里所有的地下人类都已经被屠戮一空。”女性异人的目光显然有些闪烁，尹川意识到这是他们想把他留下来的谎言。

“宝拉很聪明，她肯定有办法逃跑的，不行，我要去找到她。”尹川说着突然感觉到阵阵眩晕，他知道这是怎么回事，他在决定关闭自己意识储存时最后的念头只有对宝拉的怀念和歉意，加上关闭自我意识储存系统过久，现在他的意识就像大鹏他们一样，受到强烈的刺激之后，慢慢开始变得混乱，最终只会剩下强烈的执念。

十三

无论尹川怎么哀求、保证，艾莎都不肯放他离开，他的离开会增加这里暴露的风险，而且机器狗的存在对这个新文明来说极其重要，他们也无法强行剥夺。

艾莎向自己的老师反映了这个情况，他赶来亲自检查了一遍，摇了摇头，“他的意识已经成了一种执念，我也没办法调控，他已经帮不上我们什么了。”

“那可以放他离开吗？”

“你觉得呢？为了人类的新文明，我们不能冒一丝风险。”

“那应该怎么处理？”

“他本来就想要自杀，就当我们没有救过他吧。”

艾莎把老师叫过来的时候，尹川就已经感觉到了不对，他一直在强打着精神，寻找可以逃离这里的机会。

尹川注意到艾莎身后的墙壁上有个小小的通风口，他判断了一下距离，计算角度，趁艾莎转身送老师离开这里之时，机器狗突然起身加速奔跑，然后四肢下压，用力一弹，准确无误地将自己送入了那个通风口，随后快速地钻入通风管道，一路疾行。

实验室里，艾莎有点不明白，“老师，我们就这样放他离开吗？”

“你放心，他逃不出这座城市，他的执念太深了，我没办法对他的意识直接调控，只有他真正接受这个新文明之后，放下执念，才能帮到我们。这个机器狗对我们来说太重要了，你要保护好它。”张博士说，“我相信他会接受这个新文明的。”

从地下管道来到地面，尹川的心跌落到了谷底，这里算得上是一座小型城市，四周是高大光滑的围墙，出入口处有不少守卫，到处都有摄像头。

尹川只能躲在暗处观察。

人类和异人有说有笑，一起唱歌跳舞，甚至有人正在喝着啤酒，在远处还有一个游乐场，一些长相各异的小孩正在那里玩着滑梯。

尹川难免有些恍惚，这里就像是他从那些古老电影里看到过的场景，就像是他梦里无数次出现过的场景。看到的越多，想要留下来的意识就越清晰。

突然，像是有一道闪电劈中了他，机器狗的身体控制不住地开始发抖，他现在看到的场景，不正是宝拉心心念念的新世界吗？原来她的想法才是对的，而他却一直以自己固执的认知在责怪她、呵斥她。回想起他们在一起时最后的场景，他亲手将她的那个美好向往撕得支离破碎，宝拉当时的心肯定也跟着一起碎了吧！他再次感觉到了自己手臂的存在，宝拉的牙印还留在那上面，撕心裂肺地疼。

“不行，宝拉还在等我，她一定很害怕，我一定要找到她，带她来这里。”尹川在意识深处不停提醒自己。

尹川抑制着自己的情绪波动，小心谨慎地潜行观察，他知道自己现在肯定已经被通缉了，必须尽快找到可以离开这里的办法。

在这个城市里潜伏搜索了两天，尹川找不到可以逃离的路线，想要留下来的念头反而越来越强。他从未见过这种场景，所有生命都处于一种能够自由呼吸的状态之中，地下人类和异人和睦相处的样子不是假象，好像这才是这个世界本来就存在的真相，只有他自己是个格格不入的异类。

两天的时间，他已经将这座城市搜索了大半，此时正午刚过，突然所有人都往一个方向有说有笑地走去。尹川按捺不住好奇，悄然跟随其后，拐过几个弯之后，一个纯白色的等腰三角形建筑出现在他的视线里。

这里正在举办一场盛大的婚礼，上百对新人正在接受祝福，尹川发现，每对新人都是异人和地下人类的结合，无一例外。

正在疑惑之时，等腰三角形建筑正中间出现了两个人物的投影，左边的正是尹川之前在实验室里看到的张博士，右边则是一个年老的女性异人。

两人先是轮流向这些新人表示祝福，最后又号召全体对所有的新人致以最高的敬意，感谢他们愿意为新文明的未来播下希望之种。

躲在暗处，听到的声音有点嘈杂，尹川只听了一个大概，但他不知不觉就被接下来的舞会吸引住了，这种欢快的气氛无处不在，将他团团包围。

等他回过神来，不知不觉已经来到了人群之中，他想要逃离，艾莎出现在机器狗的面前，单膝跪下，声音温和，“这一切都是你亲眼所见，你现在愿意加入我们，一起来创造人类的新文明吗？”

尹川知道自己已经无处逃避，同时，他不得不承认，这里的生活胜过他以往经历的一切。

地下实验室，机器狗蹲在桌面上，眼前是艾莎和张博士。

“我有一些疑惑希望能得到你们的解释。”尹川见两人没有反对，继续往下问，“为什么所有的新人都是异人和人类的结合，我能不能这么理解，在这里，人类和人类，异人和异人不能结合？”

“是的，我们应该感谢他们为新文明做出的贡献。”张博士直接承认，“我知道你想问什么，因为人类和人类结合、异人和异人结合没有任何意义，我们是在创造一种全新的人类，延续地球的文明。”

“如果，我是说如果他们不愿意结合呢。”尹川谨慎试探。

“当前对这个弱小的新文明来说，最重要的是繁衍，为了迎接未来随时会到来的战争，我们必须这么做，我们的数量还远远不够。”张博士停顿了一下，“你自己也看到了，这是他们的自愿选择，我问你，如果给你一个选择，你愿意和异人结合，可以创造，可以在地球表面上自由呼吸，还是一直生活在地下？”

“你没有回答我的问题，如果他们不愿意结合呢？”尹川以问代答。

“我知道你在担心什么，确实有部分人类会拒绝，但是你放心，我们不是屠夫，不会强迫任何人做他不愿意做的事情，不管是地下人类还是异人，但是毕竟我们的资源有限，除非他们有可以帮得到我们的专业技能，否则他们无法在这里生活，他们只能回到地下，或者外围城市，他们需要通过更多的工作，提供价值来保证自己可以存活下去。”

“外围城市？”

“我们这个城市处于中心，在外围还有几个区域，包括养殖、生产、设备回收处理以及防御等，为了防止信息外泄，他们会受到军事等级的监管，战争来临之时，他们也会成为我们的第一道防线。”张博士不做任何隐瞒，“他们在那里的生活条件也比在地下要好得多，只是那些地方还有一定的辐射污染，不适合地下人类。”

“所以，这里还有一座地下城？”尹川追问。

张博士轻轻摇了摇头，“本来打算建造的，但那样对异人来说不公平，所有人都需要为新文明做出贡献才行。而且，就算是地下人类本身，在没有异人抓捕的情况下，他们也不愿意再生活在地下。我们的外城虽然还有一定程度的辐射污染，但并不直接致命，他们宁愿缩减自己的寿命，接受病痛的折磨，也不愿意一直生活在地下，其中大部分人最终会选择将自己转化成异人，人类是复杂的，他们宁愿将自己转化成异人，也不愿直接和异人结合。”

艾莎在边上补充说道，“选择去外城生活的人终生不能回到中心城，因为之前有些地下人类去外围城市将自己转化成异人之后想要回到中心城，甚至把自己转化成异人之后想要和地下人类结合，这种自私是不被允许和接受的。”

见尹川不再发问，艾莎主动问他，“你还有什么想问的吗？”

“为什么不能采取体外受精孕育的方式？”

“我们试过，但是效果不理想，我们之前的技术全是针对地下人类的，异人基因有所区别，只有通过母体受精和孕育才能确保新生儿意识的稳定性，目前还没有找到解决的办法。”

“你们不是有胚胎干细胞培养技术吗？”

“同样的道理，那只是之前针对地下人类研发的技术，目前没有太大意义。如果你做出的贡献足够，我们到时候可以为你提供一副合适的肉体，不管是人类的，还是异人的，或者是个新人类。当然，我们的法律不允许我们强行剥夺，但我相信，一定有人愿意主动奉献，未来，所有人都会记住你做出的贡献。”

“你们需要我做什么？”

“所以你同意了？”

“是的，我同意了。”

“谢谢你。”张博士伸出手，却发现没办法和尹川握手，也不好去摸机器狗的脑袋。

“是我应该谢谢你们。”尹川说，“你们创造的这个新文明，就是我女儿一直渴望的……”尹川想了想说，“未来。”

“其实我还有一个很好奇的事想要问你，我不知道你到底是什么身份，为什么这么普通的一条机器狗身上会有一套这么完善的意识联通与转化系统，你自己好像也不知道它的价值有多大？”张博士问。

尹川不是很清楚，只能把自己和 tack 的事说了一遍。

“我大概能够明白了，它反向入侵中央系统后，掌握到了不得的技术，在它将自身连接到你们基地的防御系统之前，它应该是将你们基地的意识联通和转化系统的核心芯片改造到你的身上了，为了保护你意识储存的稳定性。但它遇到了一个难题，这个系统和它自己的系统是不兼容的，所以，它选择了主动离开。难以理解，一个智能 AI 不惜自杀，也想保护好它的伙伴。”张博士肃然起敬，“不得不说，tack 是历史上最伟大的小偷，它为了保护你，却给我们这个新文明带来了希望，如果我们的文明能够建立成功，它是最大的功勋之一，值得被所有的后人铭记！”

尹川沉默片刻，低声说，“它是我最好的伙伴。”

十四

尹川没有想到自己还能再次见到宝拉的身影，在看到的那一瞬间，他控制不住自己，意识一下变得混乱不安。

今天艾莎找到他，说有一个刚抓获的悄悄潜入中心城的异人首脑需要他来处理。

在此之前，尹川不知道自己已经转化了多少个异人的意识，除了调控他们混乱的意识，唤醒他们的人性，同时还要搜寻有效的信息进行汇报。私下，他也始终保留着一丝希望，一直在这些异人的意识里寻找关于宝拉的线索，不得不说，他的工作做得异常出色，目前，他已是这个新文明的核心成员之一。

一开始他还有些不习惯，这并不是一件轻松的事，通过机器狗的系统联通异人的意识之后，他需要潜入那些意识进行转化处理。进入异人混乱的意识要冒很大的风险，就像潜入深海，一不小心就会被海藻缠住或者被不知道从哪里出现的暗流冲击，异人具有清醒意识的话则更为惊险，一不小心就会被他们反向转化。这样的事情几乎隔几天就会发生，幸好，他靠自己强大的意识都熬过来了。

这个异人被认定是一个首脑级人物，是具有清晰意识的，只能先对他进行催眠，让他以为自己是在做梦，尹川的意识才能悄然进入。

刚潜入时，他其实就已经意识到了不对，这个异人的意识极其稳固，但这是一个很重要的任务，不能轻易退缩。张博士怀疑几个大型异人部落的首领正在密谋对这里发起战争的事，想要得知他们的具体安排，但是尹川并未发现任何有效信息，这个异人似乎是头孤狼，在他的表层意识里，找不到他和其他异人有过交往的痕迹。

在异人的意识深处有一个模糊不清的声音，听起来有点熟悉，却无法辨认。尹川想要深入了解，不知不觉就越潜越深，似乎进入了他的潜意识，这是张博士给他们一再提醒过的死亡区域，进入异人潜意识的意识体到目前为止，无一生还。

尹川终于听清了那个声音。

那是一个女孩在模仿的鸟叫声。

随后他看到了女孩的身影，有十六七岁，但是他一眼就认出了那就是宝拉。

一个少年带着哽咽的声音，"对不起，我只有成为异人才能生存下去，才能保护你。"

宝拉的声音断断续续，"对不起，小飞，我不能和你走，我还想找到我的爸爸，他一定还活着，他不会接受我变成一个异人的。"

尹川的意识一下变得混乱起来，被异人感知到了，他的潜意识里像是刮起了一阵飓风，开始撕扯尹川的意识，宝拉的身影瞬间消失不见。

"宝拉！宝拉！"尹川再也控制不住。

凶猛的飓风突然消散，出现在尹川意识面前的是一个少年的模样，"你认识宝拉？她现在在哪里？"

尹川的意识不再受到撕扯，也慢慢恢复清醒，"我是宝拉的爸爸，我叫尹川，我也在找她。"

"你说你叫尹川？"少年有些迟疑，保持着警惕，"你怎么证明你是宝拉的爸爸？"

尹川回想起宝拉挂在胸口的那个蓝色石头，"她一直戴着的那块蓝色石头是我送给她的，它叫鱼蛋。"

少年的意识体明显起了变化，好不容易才稳定下来，“宝拉一直都在找你，还有，你怎么会在我这里？”

“你怎么认识宝拉的？”尹川反问道。

两人开始交流，少年和宝拉在一个被异人控制的基地里认识，是恋人关系，他不得不将自己变成异人才能生存下去，并且保护宝拉。但是等他转变成功之后，发现基地发生了变动，宝拉也已经逃离，这些年来他一直在寻找宝拉，所有线索都指向了这座中心城市，所以才来到这里。

尹川也跟他说了自己潜入他意识的目的，同时也告诉他，这些年来自己也一直在打听寻找，宝拉并不在这座中心城里。

少年陷入沉默，尹川也不知道该说些什么。

不知道过去了多久。

“宝拉一定还活着。”尹川突然说道，“她不在中心城，还有可能生活在外围城市或者这附近其他的城市，你说你是根据打听到的线索一路找到这里的，那就说明她一定还活着。”

“对，她一定还活着。”少年的意识也跟着激动起来。

“你先保持冷静，放我离开你的潜意识，我也会想办法放你离开这里。”尹川赶紧说。

几分钟之后，尹川的意识顺利回到机器狗身体里，守在边上的艾莎松了一口气，“我差点以为你回不来了，你查到什么了吗？”

“我想要见一下张博士。”尹川说。

艾莎二话不说，马上联系了张博士，他匆匆赶来，刚进门就直接开口问，“情况这么紧迫？他是哪个异人部落的首领？他们已经做好入侵的计划了吗？”

机器狗摇了摇头，“他不是异人部落的首领，只是一个流浪的异人，他没有什么入侵计划，潜入只是为了找人。”

张博士忍不住蹙起眉头，“找人？”

“对，他过来找宝拉。”

“宝拉？”艾莎有点诧异，这段时间相处下来，她和尹川已成为很好的朋友，“那不就是你的女儿？”

机器狗点了点头，“他以前和宝拉是一个基地的，也是宝拉的恋人。”

“可是这段时间我也一直在帮你查，宝拉并不在我们这里。”艾莎说。

张博士打断他们的交谈，“我刚把实验做到一半，你这么着急把我叫过来到底是什么事？”

“我想去找我的女儿。”尹川说。

“我们一直在帮你找。”张博士说。

机器狗摇了摇头，“这么久了，一点消息都没有，我想自己出去找找看。可能她早已经换了名字身份，长相也发生了变化，只有我能认出她来，她应该就在附近的其他城市。”

“你要知道，其中有几个城市目前还受敌对异人掌控，我们不能冒险，你对我们来说非常重要，确实没办法放你离开。”

“所以我把你叫过来。”尹川说，“其实我们都知道，重要的不是我的意识，比我强大的意识还有不少，重要的是这个机器狗身上的意识联通和转化系统，我可以授权将这个机器狗留给你们，你们照样可以使用和研究，我只需要你为我提供一个新的机器人身体。”

张博士愣住了，拉开椅子慢慢坐下，与蹲在桌面上的机器狗平视，“我们的文明正在向我们认为的最好的方向发展，但只是处于起步阶段，虽然已经研发出一批可供意识上传的机器人，期限也有所延长，却还是不够稳定。你现在脱离机器狗使用新机器人离开的话，如果没有尽快找到你的女儿，你的意识将会彻底消散，以后也不会有人记得你，你将成为历史中的一粒尘埃。”

“我本来就只是一个普通人，一个女儿的父亲。”

“所以你已经做好决定了？”

“是的。”

“我可以同意你的申请，也对你的贡献表示最深的敬意，我曾经也是一个父亲，一个不合格的父亲。”张博士摇了摇头，“但我还是需要遵守我们的规定，虽然我相信你提供的信息，也相信你出去后会严守我们这里的秘密，但是这个异人目前我们还不能放他离开，毕竟他还是一个入侵者，需要更多的观察，直到他不会对我们产生任何的威胁，希望你能够理解。”

“我理解。”

“好，那我祝你能够尽快找到你的女儿，这个城市的大门永远为你们敞开。”

尹川和张博士都不再多说，很快就做好了机器狗的交接工作。考虑到可能会进入敌对异人的地盘，为了方便藏匿，尹川选择了一款和机器狗差不多大小的仿生机器蜘蛛作为自己的新身体。

和已经完全清醒的异人沟通好，取得他掌握的所有宝拉可能去往的地点之后，尹川离开这座城市，再次走上了寻找宝拉的路程。这次他充满信心，知道自己肯定能找到她，他要带她回到这里，告诉她，爸爸错了，她是对的。她想象过的未来，想象过的新文明是个真实的存在。

十五

这是尹川重新上路之后到达的第七个城市。

在上一个城市的山体围墙上，他被异人发现，遭到了追捕，无处可逃之时，他只能松开四肢，任凭自己向下滚落。

机器蜘蛛摔得破烂不堪，幸好，张博士特意让人加强了保护措施，尹川的意识储存芯片被保护得很好，没有受到严重损坏，掉落的地方是一个山洞，也帮他躲过了搜捕。

在黑暗中走了很久，再次见到阳光之时，他发现自己来到了一座破败的城市边缘。

这是一座充斥着腐朽糜烂的垃圾之城。

他走过一面已经破裂的玻璃墙，看到自己的机器蜘蛛身躯，突然有种强烈的恍惚感，这和他当年与 tack 一起共用的那个机器狗外壳完全不同。

他开始怀念那枯燥又孤独的时光，回忆起自己一直在模仿的鸟叫声，想要再次发出声音，却发现机器蜘蛛的声音系统已经损坏。

他在这个城市里四处搜寻，一遍又一遍，不敢错过任何一个角落，但始终没有发现宝拉的踪迹。

这天夕阳西下之时，在一个十字路口，机器蜘蛛突然停下，看到远处的广场上有一只鸟状的风筝正在飘飘荡荡。

等机器蜘蛛悄悄赶到广场附近，那只风筝已经被收起，尹川像是瞬间被按下了暂停键，一个成年女性异人出现在他的视线里。一颗蓝色石头正挂在她的脖子上摇摇晃晃，正是他送给宝拉的那颗“鱼蛋”。

这个女性异人长相丑陋，背后有两对半透明的翅膀，上面布满紫色血管，“宝拉！”尹川痛苦呜咽，仿佛看到她掐住宝拉的脖子将她举了起来，先一把扯掉她挂在脖子上的石头，再将她慢慢往自己的嘴里放去。

机器蜘蛛的身体忍不住开始颤抖，尹川恨不得冲过去将她碎尸万段，突然他感觉自己被几个监控设备锁定。他赶紧躲到一个狭缝之中，死死地盯着女性异人离开的方向。

等到夜深人静之时，机器蜘蛛从角落探出半个身子，确认街上没有人之后，它飞快地跑过街道，往女性异人消失的方向冲去。

机器蜘蛛挂在五层楼高的墙体上，隔着窗帘缝隙，看到那个女性异人正在吃虫子和蘑菇做成的食物，她没有像其他异人那样，直接用手抓起食物吃，而是笨拙地捏住一双筷子，小心地将食物夹起放入嘴里，闭目咀嚼。

吃完之后，女性异人走进另一个房间，机器蜘蛛沿着外墙爬到另一面窗户外，这是她的卧室，墙上挂着好几张画，其中一张特别显眼，画的正是机器狗原先的样子。

女性异人坐在床尾处盯着那张画看了一会儿，躺到床上之后，她拉开床头柜边上的抽屉，从里面取出很多块石头，将它们铺在自己的身上，身后的翅膀慢慢合拢，将这些石头包裹了起来。

台灯一直开着，隐约间，尹川听到床头柜边上的播放器里传出自己的声音，是宝拉曾经录下的尹川给她讲过的故事。

机器蜘蛛的身体剧烈颤抖，几乎抓不稳墙壁。

“宝拉！”尹川呐喊，机器蜘蛛却没有发出任何声响，躺在床上的宝拉一动不动，尹川却好像看到了她这么多年来经历过的一切，她从未忘记过他。

机器蜘蛛抬起一条腿想要敲打玻璃窗，它没有意识到，自己的后背处出现了一个红色光点，就在它的腿快落在玻璃窗上时，它的后背上出现一个黑洞，随即冒出一阵白烟。

机器蜘蛛身体后倾，向下坠落。

尹川再次恢复意识时，发现自己正被固定在一条流水线上，他的身周都是废弃的不同型号的机器人、机器动物和残肢断臂，有一些还在动弹、交谈。尹川想要说话，却发现发出的都是杂音。流水线缓缓向前行进，前方是清理废弃机器人的巨大熔炉。

流水线停止运行，尹川回过头去，看到已经变成异人的宝拉正站在全封闭的透明操作间里，边上贴着一张她画的机器狗。

“宝拉！”尹川目光呆滞，机器蜘蛛只能发出隐隐约约的杂音。

她按下一个蓝色按钮，一个夹子落下，夹起一只机器狗进行扫描，和边上机器狗的画像进行对照，按下一个绿色按钮，机器狗掉落回流水线上，流水线继续前行。她再次按下一个红色按钮，流水线停下，按下蓝色按钮，夹子落下，再次夹起一只机器狗进行扫描……

夹子从尹川的头顶上落下，“宝拉……”尹川感觉自己已经热泪盈眶，但是夹子却夹起了它身边的另一只机器狗，扫描，丢弃，流水线继续前行。

与这个新兴城市相隔很远的地方有一个破败杂乱的城市，其中一座三层楼高的建筑已经坍塌得只剩下一堵围墙，墙上画满了涂鸦，在顶上立着几个大字招牌，只剩下了三个完整的字——马戏团。

几个异人小孩正在废墟里翻找，一只机械手臂被他们拉了出来，那是一个断了一条腿的小丑机器人，异人小孩在它的身上拍拍打打。突然，这个小丑机器人的眼睛睁开，露出了微笑，异人小孩吓得扔掉它就跑。

机器蜘蛛离熔炉口越来越近，尹川开始控制机器蜘蛛奋力挣扎并且想要发出声音，即将掉入熔炉之时，机器蜘蛛终于发出了清晰的鸟叫声。

阿明仔，自由写作者、编剧，现居上海，艺术专业。曾用笔名：呢喃的火花。在各类期刊和网络平台上发表过上百篇小说，出版过7本个人图书。

双脑狂想曲

李图野

一

大街上人丁寥落。寥寥几人，都戴着时兴的裹脑帽，活脱脱西方古典时期的着装，庄严又滑稽。灯火从千万扇窗户叶片间流泻而出，在大街上坠成一条长河。阿灰不由自主地裹紧单薄的衣衫，隔着衣服捂了捂怀中的球团。那个冰冷的球团被她裹在怀里一整天，隐隐带着她的体温，此时在胸口静静印着她的心跳。她忍不住低头瞅了一眼，破布团露出小小一角，灰粉色从里面探出头来，又融于衣袖的阴影中。

集市所在的地方比较隐蔽，不过她早已轻车熟路，也知道如何避开随处可见的监控。来这之前，她细细盘算良久，把早已编好的话术在心中反复背诵，连对方会问什么样的问题，以及对这些问题的应答也都准备齐全，可谓万事俱备。但当站到集市门前时，她反而拿不准主意了。要不要进去呢。犹豫了半晌，她还是推开了那扇略显陈旧的木门。

门内和门外简直两个世界。

一推开门，一阵喧闹裹着热浪扑面而来，吆喝声，嬉笑声，侃天声，讨价还价声，还有隔三岔五夹杂着脏字眼儿的吵骂声，蒸汽一般在半空中热辣辣飘浮回响。靠近门口摊位的铺面主儿，有几个注意到她进来，朝她点头招呼，问候道：“来啦。”有个平时跟她相熟的年轻摊主还多问了一句：“怎么这几天没见过来，收成不好？”她面露难色，微微弯弯嘴唇，试图挤出一个微笑，匆匆从对方目光中逃走。来到经常光顾的铺面，她清清嗓子，喊了一句。半晌，从挂满废旧包装盒的棚架里钻出一个精瘦老头，两只眼珠子略显凸出，在爬满纹路的眼皮下溜溜打着旋儿。“今儿有什么好货，咱来看看。”他从摊铺下面拽出来一把条凳，一屁股坐上去，上身差点歪到一边，两只胳膊急不可耐地向前伸，“看看，拿来。”

阿灰皱皱眉头，下意识将双臂往后撤了撤。这个老滑头，她在心里想，每天肚子里打的什么鼓、捣的什么药，谁能搞得清。“老滑头，您老别这么粗手粗脚，今天我带来的可是好东西，您要是给碰坏了算谁的？”她说着一面腾出一只手拨开铺面上的杂物，一面把怀中的破布包小心翼翼放在铺面上。

“哟，这是啥哟，完整的嘞！”老滑头两只小眼睛瞪得老大，“哪儿淘到的？”

“哪儿淘到的，我还能去哪儿淘，废品堆捡到的呗。我这种人不也只有废品堆里捡废品的命，还能去哪？”阿灰眉毛一扬，白了老滑头一眼。

老滑头挠挠头，嘿嘿笑笑，脸上挂了歉意：“你瞧瞧老滑头这张烂嘴，管不住，说话造次了，你别往心里去呀。”说罢就要拿手去碰那灰粉色的球团。阿灰见状赶紧将破布团儿三五下合拢，重新抱回怀里。老滑头又笑，也不知是装的还是真的，一拍脑门说：“我这人老多忘事，又忘了规矩，应该先估个价对吧。完整的货，说实话确实见得少，不过嘞，咱呢，也不是没见过，能不能先让我好好瞧上一瞧？”

阿灰撇撇嘴说：“老滑头，如果只是完整的，我也不会一进门儿就嚷嚷说是好东西，还直奔您这儿，这儿哪个铺子我不熟悉？还不是看您眼珠子尖门路广才过来找您。”

“哦？”老滑头收起嬉笑，脸上稍微挂了点严肃劲儿。

呵这老滑头，这会儿才算正经起来嘛。阿灰心里暗自打着谱，盘算着怎么能要上个够分量的价格。她左右瞅瞅，确定眼跟前没有其他人注意到他们，便凑上前去，指了指怀中的破布包。“跟您讲，”她故意压低声音，“我之前听见这个家伙，在说话。”

二

已近深夜，苏禾刚刚收拾好东西，售后的视频电话又拨进来。好嘛，这是明摆着不让我下班了，她在心里暗暗抱怨。虽然这么想着，身体却早已在多年来的职场规训下形成肌肉记忆，还是秉承了一个资深老员工的职业素养，乖乖把提包放到一边，继续处理售后投诉。对接的售后同事是个年轻女孩，估计刚毕业没多少经验，被最近的阵势吓唬住了，看表情估计着急得要哭出来，话都讲不利索，结结巴巴地转述最新的产品投诉情况。

最近确实有些蹊跷，不少顾客反馈说用过产品后，不时会感到精神萎靡，少数人容易头晕目眩，更少部分人甚至产生幻听现象。而大部分顾客在停用产品后，症状并没有得到明显改善。受到无数次“狂轰滥炸”之后，售后同事几近崩溃，显得手足无措。担子自然只能由苏禾这种老员工来扛。

苏禾在智脑集团公司刚创立不久时就加入了，八年来从未遇到过类似情况。她戴上检测专用手套，走进产品检测室。几款新近召回的故障产品静静躺在检测台上，外观除了颜色几乎完全一致，浅蓝、淡绿、靛青和浅粉球团相互依偎。这些都是公司生产的第二代人造替补大脑产品，早先的第一代产品由于老化严重，早已退出市场。她一边将产品放入检测仪器，一边默默回忆第一代成品刚刚出炉后的情景。那时公司尚没有如今这么多员工，几乎所有同事都是一线骨干，说情怀，有点矫情，但大家伙儿确实还是想创造出个新事物，能给世界带来美好改变。

她还清晰记得那一天，老同事们为了产品命名争论不休，最后手舞足蹈左右互搏，几乎要把会议室的顶棚掀翻。有同事反对说，所谓“替补大脑”是不准确的，人造大脑并非仅仅作为替补，而是可以外接在人脑上，和人脑同时进行神经活动，发挥同等作用，因此应该起名叫“第二大脑”。提名“替补大脑”的同事则辩称，用“替补大脑”再合适不过，本来嘛，人造大脑只是个补充，居于次要地位，而如果起名叫“第二大脑”，则容易给消费者造成误导，让他们误认为人造大脑可以完全替代人脑。那时候老同事们的身影仍旧历历在目，一张张脸庞因激动而涨得通红，跟互相赌气的小孩儿似的，苏禾嘴角不由自主上扬，随即轻轻叹口气，意识到他们之中的大部分人，如今要么跳去竞争对手那边供职，要么早已赚够养老钱退出这一行，久而久之便与自己断了联系。回忆到这里变得有些模糊，她不记得后来公司出于何种原因，最终决定使用“替补大脑”这一说法。现在猜想，恐怕是出于规避风险考虑，毕竟，假如令公众产生误解，让公司深陷公关危机，影响公司形象和效益，那将会得不偿失。

检测结果没有任何异常，神经电信号等各项指标均在可接受范围。苏禾对比了正常产品和反馈问题产品的数据，也没有发现什么异样。她把人造大脑从信号检测仪器中转入电子显微镜下，仔细观察人造神经元之间的连接。人造神经元和人脑原生神经元结构完全一样，只不过基本材料是人工培育细胞，由人工链式大分子构成。电子显微镜下，人造神经元的突触彼此紧密相连，并没有出现断裂或者脱落迹象。

难道是这一批次在生产工艺上出现瑕疵？她有种莫名的冲动，恨不得拿起其中一枚故障大脑接在自己脑袋上，看看自己会不会出现顾客描述中的症状。但她不能这么做。按照公司规定，已经使用过的人造大脑无法再给另一个人使用，毕竟这些产品曾经与顾客的大脑连接过，处理过顾客的各类信息资料，记忆中枢里必定存储了顾客的记忆片段，一旦造成客户隐私泄露，那么对公司的品牌形象又将造成巨大打击。因此，假如产品出现故障被退货或者召回，只能送去原厂销毁。不过，她最近也听说工厂维修部似乎有新的动作，好像计划将退回的产品消除全部数据及使用记录，再全部拆成单个神经元及其他基本构件，然后送去生产部作为原料再次利用，有点像手机厂的回收循环。苏禾本人对于这一点倒抱有怀疑态度，毕竟是别人用过的东西，难道真能清除得不剩半点痕迹？

除了对回收循环再利用这套方案嗤之以鼻以外，她还听说黑市上有人在倒卖二手人造大脑，简直不可理喻。脑海中隐隐出现一团模糊的黑影，悄无声息扒开她的天灵盖，满脸窃笑地向内窥探，仿佛要拨开她记忆深处最不可见光的秘密。想到这里，苏禾禁不住浑身打了一个激灵，赶紧闭上眼睛使劲甩头，努力将那个怪念头赶出思绪。

揣着这些忧虑，苏禾成了公司里少数几名没有使用人造大脑的员工。本来嘛，自家生产的产品给自家员工用，少不了要给些优惠，员工只需象征性地交一点申领费即可。而苏禾这样的资深老员工，更是可以直接免费申领使用。但苏禾一直迈不过内心那道坎，眼看着身边同事们外接人造大脑，工作效率噌噌高涨，她则原地踏步，甚至时常感到自己脑力跟不上周围人们的节奏。也许正因为这样，尽管身为老员工，但是多年来业绩平平，晋升速度自然堪比乌龟散步。同龄人早早升到主管岗位，而她，工作八年也还是一线检测员，只不过在前面加了个“资深”的雅号，不显得太过难堪。算了，反正自己也没什么野心，不往上爬也能够避免更加残酷的腥风血雨，在一线岗位待着也挺好，她这么安慰自个儿。

然而，目前的形势不容乐观，没办法再以个人喜恶为由将替补大脑拒之门外，如果不亲身体验的话，恐怕很难发现其中的问题。犹豫良久，她深吸一口气，回到工位上，打开了屏幕上专供内部员工的产品申领界面。

三

偶然间找到这颗人造大脑，还是一个月之前的事情。那是个平淡无奇的中午，阿灰正像往常一样在垃圾堆中随意扒拉，干瘪的肚皮不听使唤地发出咕咕叫喊，不断冒出倔强而无望的进食提醒。不过她并没有停下劳作的双手，毕竟自己早已习惯一日只吃一餐，而所谓这一餐不过是些树皮草根而已。如果撞上好运，在垃圾堆中翻到哪怕一小块残存的食物，甭管变没变质，都必须在第一时间猛地塞进嘴里，防止其他拾荒者看到后扑上来争夺。如此的开荤时刻可遇而不可求，阿灰反复告诫自己要保持平常心，如果有意外所得，就应当感谢上天的慷慨馈赠，如果没有，也不该怨天尤人。毕竟在目前的世道上，能活着就已经是最大的幸运。更何况，自己多次死里逃生，鬼门关阎王殿都瞅见好几回了，再柔弱的心脏，也会逐渐坚硬起来。从小到大，不就是这么过来的吗？

没法子，咬咬牙过吧。

刚回过神来，她发现自己不知不觉走到一个陌生的区域，这里平时基本不会有人过来，到处遍布着淤泥和碎石，连电子废品的一丁点零件都寻不见。若是一不留神跌入泥潭里，不知要费多少劲儿才能爬上来。她心里有些发慌，赶快掉头往回走，却发现自己早已迷失方向，平日里当作方向标志物的气象塔也全然脱离视野。举目四望，远处涂画着一圈乌漆漆的地平线，唯一能辨识出来的只有山峦影子，若隐若现，灰白云雾绕着山头，天穹上没有一丝霞光。她茫然无措地在四周打转，直至天色逐渐暗淡，夜幕徐徐笼罩，额头早已蒙上细密汗珠，双脚早已穿上污泥做的鞋子，足底被锋利的石子硌得火辣辣地疼。她在慌乱中不停狂奔，工厂那庞大的幻影似乎突然浮现，而又很快化作烟气消散殆尽。快要跑不动了，浑身无力，这时脚掌突然被什么挡了一下，她只觉得视野向上陡然飘去，整个人扑通一声摔进泥地里。

淤泥涌进嘴巴，又苦又涩。阿灰奋力坐起来，忍不住开始抽泣。正在抹着眼泪，她突然注意到有什么东西躺在脚边，在阴沉的暮色中看不清晰，似乎圆滚滚的。她甩了一把鼻涕，慢慢挪到那个东西旁边，将它捡了起来。

圆滚滚的东西外面被污泥完全糊住，她轻轻把泥巴抹掉，里面露出一个坑坑洼洼的球团，表面沟壑纵横，最外层还裹着一层保护膜，内部似乎用某种透明胶状物封装着。她在心里大喊一声，惊喜在周身弥漫。这是捡到宝了哟！从小到大的拾荒生活中，阿灰可从未遇上过这等完整的人造大脑，平日里能捡到其中一个部位就已经谢天谢地了。这么完整的大脑，拿去集市上应该能卖出不错的价格吧，那老滑头看到这个说不定会两眼放光哩！突如其来的惊喜立即令恐惧烟消云散，她不断深呼吸，让自己慢慢平静下来。再次观察周围，逐渐觉察到远处有一团黑乎乎的树影，看起来像是松树林。她依稀记得之前在工厂附近拾荒时，留意到工厂背后就有一片松树林，将地平线遮住大半边。也就是说，穿过那片林子，就能摸回工厂附近了吧。激动之余，她又不禁为自己刚才的惊慌失措而感到好笑。长这么大，风风雨雨什么没经历过，自己不都这么挺过来了，不就迷路一回嘛，怎么还六神无主了呢。她一骨碌从地上爬起来，将捡到的宝贝揣进怀里，向小树林进发。

松树林应该是人工林，枝干稀稀疏疏，树木之间缝隙很大，刚在其中走了一小会儿，就隐隐瞥见工厂的灯光从枝叶间漏出来。她不禁加快脚步，没过多久，一座庞然大物就赫然从树林背后露出身影。

虽然已是晚上，但人造大脑工厂依旧灯火通明。整个工厂呈现出巨型大脑模样，沿着中轴线被一分为二，左半边是原料仓库及不同分区生产车间，右半边是装配车间、制成品仓库及订单交接中心，外墙上还故意喷上模仿脑沟的粗重线条。轰隆隆的机器声从一扇扇百叶窗中倾泻而出，有节奏地相互交织。阿灰清楚，虽说工厂晚上还在运行，但其实生产线早已实现全自动化，只有少数技术人员负责安全维护和质检工作。她多次萌生想溜进去一探究竟的想法，假如运气好的话说不定能够揣上几个制成品出来，但瞟了瞟工厂门口全副武装的机器人警卫，终究还是悻悻退去。

借着工厂的灯光，她小心地捧出刚捡来的人造大脑，翻来覆去打量一圈，竟然没发现任何地方有商标。奇怪，之前路过中心城市的智脑公司授权零售店，隔着玻璃窗往里瞧，她分明看到柜台上售卖的人造大脑上印着明显的商标图案。那商标同样也悬在工厂大门口，图案是两个左右对称的半圆，半圆里面分别睁着一只智慧之眼。可是眼前这只大脑表面上却空空荡荡，只有一片淡淡的粉灰色。难道是半成品？阿灰心中的欣喜顿时飞走大半。完了，刚才还幻想着能拿去集市卖个大价钱，这下好了，半成品能卖出个什么价嘛。她噘噘嘴，恨不得直接把这“三无产品”随便丢掉。但转念一想，大不了编编话术嘛，自己平日里最擅长的不就是夸大其词吗？连那老滑头都称赞她能把鸡毛吹成凤翅，最后直溜溜吹到天上去。办法总比困难多嘛，有什么可沮丧的。微微一笑，她把大脑揣回怀里，扭头向窝棚区走去。

窝棚区里的拾荒者大多数都已经休息，只有少数几个年轻些的面孔还在月光下互相交谈。阿灰边走边警惕地留意身旁动静，两个眸子滴溜溜打转，生怕怀中的大脑被周围人瞅见，断了她的财路。好不容易回到自己的窝棚，她长舒一口气，赶紧把布帘子拉好，点上蜡烛，把捡来的大脑放在烛光下仔细端详。眼前的大脑似乎与零售店里的大脑产品不太一样。阿灰记得，之前在零售店里看到的大脑形状更扁一些，可以像头盔一样卡住头部，很多人都会顺便购买裹脑帽，将人造大脑包裹在里面，这样看起来就像戴了一顶夸张的大帽子，而不是直接顶着一只布满脑沟的外接大脑走来走去。眼前的这只颜色更浅，且看起来更圆，更接近半球体，不过神经插头和连接线一应俱全。零售店宣传屏幕上介绍说，人造大脑的神经插头是智能化的，只要启动，就可以自动伸出微型针尖，插入人脑后部，与人脑神经直接相连，无须额外进行脑部接口手术，全程无痛，即插即用，方便快捷。

望着那泛着银光的神经插头，阿灰眼神迷离，心里不知为何痒痒的。长这么大，她一次都没有享受过这种高级产品呢，用人造大脑是什么滋味儿呢？眼前这个大脑也不知道有没有被使用过，如果自己用了，会不会给弄坏了？弄坏了还怎么出手？可是，捡到完整的大脑简直千载难逢，下一次再遇到就不知是猴年马月了。像她这种弃民，这辈子还有可能用上这种有钱人家才能用得上的高档货吗？

还在犹豫不决，谁知道双手像是着了魔咒，鬼使神差地将神经插头贴在自己脑后。等她意识到时，手指已经不由自主停在启动键上。

不管了，哪有这么容易坏，别人用得，我就用不得？她横下一条心，手指一哆嗦，按下了启动键。

眼前一阵眩晕，视野出现明显抖动，她几乎站不稳，干脆一屁股坐在地上。烟雾一般的柔光向上攀爬，潮水汩汩流淌的声响在耳边漾起，大风汹涌鼓动。一个若近若远的嗓音漂浮而来，声音听着似乎有些熟悉。“这是……哪里？”那个声音幽幽问道。

阿灰吓了一跳，正准备大声质问对方，但不知怎的，她发现自己突然间说不出话来。嗓子哑了？她试图张开嘴，却发现完全控制不住发声。

那个声音又问：“我在哪儿？有人吗？”声音愈加熟悉，仿佛一直以来都跟自己形影不离。

一个可怖的念头击中了阿灰，恐惧像火焰一般瞬间席卷她的周身。

她意识到，那分明是她自己的声音。

有别的什么东西，正在借用她的嘴讲话。

听觉瞬间也被全然剥夺，世界死一般安静。接着，眼前也越来越模糊。阿灰感觉整个世界都在朝她远离。用尽最后一丝残存的意识，她拼命指挥自己的双手，将大脑神经接头狠狠甩开，然后整个人便重重摔在地上，什么也不知道了。

四

没想到员工产品申领这么快就批了下来，第二天临下班前，苏禾就领到了全新人造替补大脑。包装盒上，智脑公司商标瞪着两只大眼睛，苏禾忍不住轻轻哼了一声，一直以来，她暗地里觉得这商标既难看又没有创意。今天的客户投诉稍微少些，只加了一个多小时班，晚上九点多就可以走了。

大街上霓虹灯影交叠成河，苏禾在地铁站外巨型广告牌前稍作停留，望着屏幕上他们公司新一期的广告。硕大的商标中，一对象征智慧的双眼俏皮地眨了眨，然后两个象征脑半球的半圆向内打开，就像推开一扇门，门后依次出现办公、科研和教育场所，镜头轮流对准正在进行不同活动的人们，男女老少皆有，每个人都戴着最新款人造替补大脑。有的人正在做总结报告，边做边对着镜头说："人造替补大脑让我效率倍增，工作轻松愉悦。"有的人正在进行实验研究，抬起头信心十足地说："在人造替补大脑的帮助下，复杂计算不在话下，帮助我们在科学真理道路上稳健迈进。"有的人在给孩子们讲课，拉着孩子们一起满载笑容喊道："人造替补大脑，让学习不再成为难题！"当然，孩子们戴的是儿童款，配套的裹脑帽也呈现各种小动物形状，十分可爱。苏禾轻轻摇摇头，走进地铁站。

地铁上，目光所及，已是人造大脑的海洋，各色各样的裹脑帽交相辉映。相比之下，没戴任何外接设备的苏禾反而成了异类。老实说，她实在不明白在下班后为何还要用人造大脑。在她的认知中，人造大脑最能派上用场的时刻便是工作时，可以增强人脑算力，提高工作效率。毕竟，替补大脑和人脑构造基本类似，有相同的第二个部件来帮助处理同样的信息，处理速度往往会加倍提高。下班之后的娱乐活动，也需要更多算力吗？或许人们在娱乐时，也同样需要更加极致的感官体验吧。苏禾将目光从一张张陌生的面孔上扫过，人们的脸庞或是溢满笑容，或是充斥怒气，更多的是一脸漠然，埋头于眼前异彩纷呈的屏幕中，不知分别在怎样的信息波浪间穿梭。她把目光转回来，挪到手提袋中，包装盒露出乳白色一角。等回到家中就能一探究竟了吧。她望向车窗外，黑暗的隧道被一丛丛不甚明亮的指示灯照亮，光与影间或流动。

在城市腹部穿行的巨蛇中，每个人的感官刺激被反复增强放大，并在同一时刻被隔离在一个个独立的绝缘体内部，无法交汇融合。再强烈的情感体验也只不过是一首首独唱，而非同一曲交响。

拖着疲惫的身躯回到家，一开门，死一般的黑暗受到扰动，房间深处沉积的潮气，如同乌云一般向她齐刷刷扑过来。隔了好大一会儿，她才打开灯，如同过去的数千个夜晚那样，坠入只有自己的世界里。窗外灯火阑珊，只有一条通向中心城市的主干道被光点描出轮廓。苏禾住在偏僻的卫星城镇里，距离中心城市有一个多小时的车程，这里环境一般，但租金较为便宜。她坐在小桌前，取出包装盒打开，将说明书撇到一旁。

新一代人造大脑比人脑略扁，这还是收集了上一代产品反馈之后做的改进，更加贴合人的头部。旧款产品几乎和人脑形状完全相同，只能通过神经插头接在脑袋后面，看起来就像后颈长了个大核桃，十分影响美观。经产品设计部门反复修改之后，才调整成现在的模样，用裹脑帽遮住后，看起来不算太奇怪。不过，追求完美的消费者对此还是颇有微词，希望产品能够更加轻薄。据说设计部门正在和研发部门联合研究可行性，准备将下一代产品打造成可弯曲折叠的圆饼状造型，极度贴合头皮，隐蔽性大大提高。当然，这样的造型对产品性能将会是极大考验，因为脑部神经元数量与体积显著相关，如何能在减少人造大脑体积的同时，保证神经元数量和信息处理不受影响，将会是一大难题。不过，这并不再是苏禾需要考虑的事情了。

她的目光滑过桌子上的合照，那是她刚加入公司不久时和老同事们一起拍的。那时，她还在研发部门，能够参与产品核心研发工作。可惜，时间换取来的工作经验的增长，她的人际交往能力并没有随之一起增长，溜须拍马、长袖善舞更和她搭不着边。在一次次公司内部派系斗争中，她几乎都没搞清楚状况，就被糊里糊涂"安排"选边站。等她对公司各派图谱稍微有所了解时，自己已经被流放到售后检测部门去了，而且还被扔到一线，辛苦劳累且不说，更是从此便与核心研发工作永别。竞品公司不是没来挖过，条件谈得七七八八时，却莫名被人撬了墙脚。没办法，大概这就是自己的命运吧，反正她在事业上并没有什么不合实际的妄想，当个默默无闻的普通人，也挺好。

人造大脑捧在手里，有种粗粝的质感。她将大脑戴在头上，夹起神经插头，指向脑后，手悬在启动键上凝固住了。真的要用吗？如果产生隐私泄露或者其他问题怎么办？不过客户的身体健康又无法坐视不理，她再没有事业心，对客户负责的职业素养还是有的，不然这事一直挂在心上，睡也睡不好。狠下心，她按下了启动键。

什么也没有发生。难道这是个次品？她看向窗外，眼中的景物与寻常别无二致，周围的声响似乎也没有变化。

苏禾有些失望，准备去处理工作。这时，她感到视野跟之前相比有些细微的差别，似乎多了一些不易形容的细节。她走到阳台上，抱起一盆盆栽，枝叶的色泽似乎更加饱满明亮。闭上眼睛倾听，之前未曾留意到的声响，孱弱的虫鸣，轻柔的风吟，齐声交织在耳畔，形成细密堆叠的层次。她快步走回房内，登入网络，一时间几乎所有感官体验如同瀑布洪流，直冲到峰值，一幅幅画面更加流畅清晰，携带着声色光影，伴着轰鸣坠入思维深处。

其中的原理也比较容易理解，以视觉为例，人眼中看到的图像并非完全是外界真实图景，由于视觉暂留现象的存在，当外界图景消失后，视觉中的图像仍旧能持续保留极短时间，而大脑视觉皮层对传入的视觉信号进行提取和分析，提取其中有用的信号，并利用前后图像的连续性对视觉图像进行压缩，形成视觉编码，好比一种“脑补”，才最终形成看似连续的视觉图像。而人造大脑提高了这种编码效率和灵敏度，使得原本未能被编码进去的视觉信号获得编码，从而使视觉更加鲜活，更加富有层次感。

她终于明白为什么这么多人花费高价去购买，仅仅对于娱乐休闲来讲，无与伦比的增强体验就已经值得趋之若鹜。

人生第一次，她戴着人造大脑上班，早高峰地铁上，她也融入了周围挤挤攘攘的双脑海洋中，终于不再是特立独行的异类。戴着人造大脑在处理工作信息时效率提高更加明显，平日里十分棘手的工作内容，仅用很短时间就可以完成，还可以同时处理多项任务。部门同事纷纷揶揄她终于用上人造大脑，还对她之前坚持不跟风合群挖苦一番。她有些不好意思地笑笑，觉得自己以往兴许是多虑了。

一连几天，苏禾使用产品都没有任何问题。或许客户产品故障只是特定批次的问题吧，她想。在产品检测反馈报告中，她提示需要对发生产品投诉的几个批次进行生产流程排查，包括检查在原料、各个脑部分区部件、装配和运输各环节中任何可能出现的问题。这一天的检测任务异常繁重，但她竟然比平时要早一个小时下班，看来人造大脑还有利于实现工作生活平衡嘛。

早早回到家，终于可以提前享受无比鲜活的感官刺激，苏禾几乎是跳进沙发中，迫不及待地登入网络，准备迎接自在的闲暇时光。刚打开一个娱乐新闻，一瞬间的晕厥击中了她，仿佛脑海猛地被一只大水泵抽干，留下一块黑洞洞的缺口。苏禾下意识捂住额头，甩了甩脑袋，视野中模糊影子逐渐扩散蔓延。她扶住沙发，试图站起来，耳畔突然传来一个声音。

“在吗？”

苏禾吓得一哆嗦，抬起头环顾四周。

周围空无一人。虚空中，看不见的鬼魅似乎在无声游荡。

“你是……谁？”她禁不住声音颤抖。

五

“所以你就跑来找我，想打听打听消息？”老滑头捋着不存在的空气胡子。

“没错，到第二天早上我才醒过来，本来打算马上过来，保险起见，还是等到天黑才来，”终于将如何捡到这颗大脑的来龙去脉讲述一遍，阿灰忍不住清清嗓子，“我说，这不会是真的人脑吧？好吓人啊。”

“人脑的可能性不算大，不然怎么会有神经插头。这个大脑连接之后会控制你讲话？”

阿灰点点头。老滑头坚持要仔细查看一下这颗大脑，阿灰没有办法，只能将破布包摊开。老滑头两只眼珠像摄像头似的绕着人造大脑打转，瞅了半天，忽然瞪大眼睛喊道：“这是最早期型号的人造大脑啊，古董了吧！”

阿灰愣了愣。

“在泥潭里捡到的？不应该呀，像这种早期型号的产品早就停产了，更何况当时限量销售，市场上流通的就不多……”顿了顿，他两只眼珠一转，笑靥瞬间绽放，“你算是问对人了，要论识货，谁可都比不上我。这样吧，我给这个价，你看如何？”说罢伸出两根手指。

“二百？也太少了。”阿灰眼神一下子黯淡下去。平时在废品堆里捡到的废弃组件都不止这个价，如果运气好能碰到上丘脑或者下丘脑，单个就能卖三四百呢。

“后面加个零，两千，怎么样？”老滑头嘴咧得更开了。

两千……阿灰在心里暗自盘算，两千按理说并不少，算得上发了一笔横财吧。但她瞥见老滑头的表情，左看右看都像逮到一把大买卖的样子。阿灰心里像是塞进一瓶过期罐头，甜腻与霉苦反复杂糅。她有些后悔自己把这笔生意丢给老滑头，谁知道他打什么鬼主意。万一……这颗大脑真的十分稀奇呢？

大概是见阿灰有些犹豫，老滑头眉毛一沉，脸色陡然一变，脸颊立刻卷上更多褶皱，嘿嘿笑出声，慢慢地又伸出一根手指，还来回晃了晃：“三千，三千怎么样？”

阿灰咬咬嘴唇，刚想打听更多关于这颗人造大脑的来历，突然听见过道中传来一阵骚动。“大盖帽来了，大盖帽来了！”有人低声而紧张地吼道。四周摊主马上开始“换装”，纷纷上天入地找桌布床单，拼命盖住各种“罪证”，画面着实滑稽无比。老滑头也几乎弹跳起来，慌里慌张把铺面上的二手器官和生物芯片塞到犄角旮旯里。阿灰赶紧把破布包裹好，揣到怀里用衣摆遮住，望着四周手舞足蹈的黑市商人们，心里暗自发笑。她有点明白为什么要把旧货市场叫成“跳蚤市场”，旧货里满是跳蚤，那黑市商人就是蟑螂，而像她这样捡破烂的就是老鼠，蟑螂买卖跳蚤，老鼠捡拾跳蚤，大家都一样，都是社会上没人要的渣滓罢了，谁都没有嘲笑谁的资格。像她这种人，就是当老鼠的命。她忍不住从鼻孔里轻轻哼一声，又感到筋骨间一阵凉意，不由得把人造大脑抱得更紧。

套着袖章的大盖帽走过来，依次在各个摊位前打转。阿灰躲在两个摊位之间的缝隙里，大气不敢出。时间像是挪过大半个世纪，终于听到“哎”一声声长叹，她明白大检查时间已经过去，便从缝隙中钻出。摊主们都如同放松后的弹簧，一个个耷拉着脑袋，蔫蔫地收拾摊位上的东西，摆在铺面上的大都是什么玩具车、木头梳子之类，堆得层层叠叠，把一众要命的违禁物品死死压在被单下面。阿灰苦笑着，扭头准备离开，马上被一旁的老滑头叫住。“干啥，刚才不还说得好好的，怎么要走？”

“不卖了。”阿灰没看他。

“啥意思，嫌便宜？那你说个价吧，多少钱合适？”老滑头有些急了。

“不卖就是不卖，”阿灰翻了个白眼说道，“不是多少钱的问题，你根本没跟我讲实话。这颗大脑，根本不只是早期型号这么简单吧？”

“你个小丫头，怎么心眼子这么多？”老滑头脸上青筋暴出，一个巴掌拍在柜面上，“我好心收你的东西，你倒好，还怕我骗你。这货来历不明，都不知道倒几手了，给你这个价已经算天地良心价了，还得算我行善积德不欺负你这黄毛丫头，知道不？”

阿灰啐了一声，骂道：“呸，想左右手倒腾一遍，赚个盆满钵满就明说，还藏着掖着，你不跟我说实话，我找别家去问！”说罢便揣紧怀中的人造大脑，扭头往门口跑。

刚跑两步，一个人影急匆匆从拐角转过来，差点跟她撞了个满怀。阿灰摔了个趔趄，心一慌，拼命护住怀中的人造大脑，没稳住平衡，终于还是摔了个四脚朝天。她慌忙摊开破布包查看，幸亏人造大脑被臂弯挡住，没受到磕碰。但怒气还是直冲上脑门儿，她一翻身爬起来，冲着那人就吼道：“走路怎么不长眼睛！”

定睛一看，对方是个中年女子，头发乱糟糟的，随意拨到两边，皮肤蜡黄，额头上有两道明显的皱纹，一脸倦容。中年女子连声道歉，双手在身体两侧无所适从地搓着。瞧对方委屈的样子，阿灰顿时觉得自己有些理亏，兴许刚才骂得有些过分，便垂下眼皮说道：“算了算了，没伤到什么，就这样吧。”就再次检查了一下人造大脑，重新把破布包收紧，准备离开集市。

她没留意到的是，那名中年女子的目光立即锁住她怀中的人造大脑，并一直目送她消失在集市门口。

六

“我也不知道，大概就是……另一个你吧。”那个声音在耳畔回答道。

苏禾在房间里转了一大圈，最后终于确定，那个声音其实存在于自己脑海中。我难道在自言自语？但是刚才的话，明显是另一个人说的呀。

“不是自言自语，我确实就在你的大脑里。不对，确切地说，是存在于你的人造大脑里。”那个声音又说。

这次苏禾真的开始感到惊恐了。它怎么知道我刚才在想什么？难道它可以读取我的思想？

“没错，你的神经和我的神经不是通过接口相连着嘛，我当然可以直接探测到你的思想呀。”

所以，你是我的……意识的复制体？苏禾在心里问。

“也不能这么讲，毕竟，我可不是用什么物理手段从你的意识里拷贝过来的，就像插上 U 盘或者芯片什么的。具体产生机理嘛，我也不清楚，唯一能确定的一点就是，先有你的意识才有我的意识。也就是说，是你造就了我。”

“你们都没出现过这种问题？”第二天一上班，苏禾就赶紧挨个问同事。同事们个个摇头，还有人笑称苏禾撞到大运中奖了，应该赶紧去买彩票。

苏禾心中百般不解，按理说，公司在设计产品的时候，不应该出如此大的纰漏。人造大脑通过神经接口与人脑相连，身体的神经传导是从神经末梢出发，首先发送到人脑，再由人脑各个脑区作为中转站，将神经信号匹配到人造大脑的对应分区，有点像快递先被送到一个集中仓库，再由仓库中转送到每一个分站点。这样，人造大脑就能够协助人脑处理各类信息。也就是说，人造大脑并非直接获取各类生命活动信息，而是仅仅作为补充脑组织起辅助作用。这样来说，其实可以认为人脑和人造大脑在工作时，会形成一个统一的全脑图谱，从而形成整体信息处理结构。没有人脑，人造大脑不能单独进行神经活动才对。这个工作原理，在产品论证时期就被确认过了，很难被全盘推翻。当然，这种结构也会影响人造大脑的反应速度，毕竟神经信号需要经过人脑才能到达人造大脑，时间差虽然极小，但的的确确存在。

人造大脑居然能够不明不白产生独立意识，而且很有可能就是使用者意识的“分身”。检测部门有同事给这个现象起了个雅名，叫作“意识溢出”。大家纷纷表示很贴切，就像原来一个碗里盛满意识之水，后来在某个因素影响之下溢出到另一个碗去。

有个脑子活泛的同事异常亢奋，一脸神秘地告诉众人，他掌握着旁人不了解的小道消息。“别卖关子呀。”大家一下子来了兴致，纷纷拉着他刨根问底。“我猜测啊，”那位同事略显得意地说，“最近这种意识溢出现象，很有可能跟黑市流通的二手大脑有关。最近二手大脑交易可猖獗了，指不定会出现什么数据交叉的问题。万一后面又退回给咱们公司销毁，万一数据没清除完全，谁知道会出现什么诡异的状况。”

“黑市？在哪里？”

“就在城东天桥旁边的杂货集市三楼。”

一听杂货集市，苏禾心中一动。她偶尔会去那里买盆栽和杂物，从来没发现那个地方有什么黑市。

“别不信啊，少见多怪，”那位同事一脸鄙夷，“自己去实地考察考察不就知道了？”

虽说多次来杂货集市，但一旦听说这里有可能存在黑市，苏禾还是有些忐忑不安。那位同事告诉大家，这地界儿很多交易都见不得光，不晓得在这儿摆摊的都是些什么人。她依照那位同事的指点爬上三楼，在过道上左顾右盼，眼神掠过摊位上随处可见的二手器官，心里直发毛，不由得加快了脚步。

刚转过一个弯，一个女孩抱着什么东西往外冲。苏禾躲闪不及，一下将对方撞翻在地。苏禾吓了一跳，赶紧伸出手试图将对方拉起来，谁知那女孩脾气火暴得很，自己一跃而起，冲着她劈头盖脸就开始叫骂。苏禾立刻手足无措，唯唯诺诺地连声道歉，边道歉边在心里暗自骂自己没用，在公司当孙子当惯了，见到这么小的孩子也强势不起来。唉，谁让自己就是这个软面胚子性格呢。

那女孩逐渐止住骂骂咧咧，检查了一下怀中的包裹。只一瞬间，女孩怀中静静躺着的东西就抓住了苏禾的目光。那分明是……一颗人造大脑，显得有些陈旧。苏禾还没来得及看清，女孩就迅速将包裹收好，匆匆离开了集市。

刚才是一颗二手人造大脑？仅仅短暂一瞥无法确定，但她没在那颗大脑上面看到任何公司的 logo。公司产品的 logo 印刷得相当显眼，不应该完全不见踪影啊。说不定因为是二手产品，所以中间商早已将所有暗示品牌的标志清除干净？对于大脑二次利用的担忧再一次萦绕在心间。苏禾定定神，暂时将烦扰心绪抛在一边，只捋出此次前来的主要目的。

按照同事提供的线索，她终于摸到那个并不起眼的摊铺。为了不令人产生怀疑，她特地没戴人造大脑出门，准备装作是来买二手大脑的。摊主是一位又干又瘦的老头儿，满是皱皮的面孔上，两只眼睛却炯炯有神。“想买二手大脑或者二手器官？”他问。苏禾点了点头，目光在铺面上的玩具模型和木制工艺品上跳跃。

“嗨，那些都是刚才应付大检查用的，不过呢，人家检查单位也都门儿清呢，不过是做做样子，相当于给我们提个醒，不能做得太过火，”摊主笑容在皱纹上堆叠，边招呼她边掀开铺在台面上的被单，露出下面的商品真身，其中每一件都足以让她心惊肉跳，“来挑一挑，看看有没有合适的。”

“这个……我想先打听个事儿，你们最近有没有人来买二手大脑？有没有听说什么奇怪的事儿？”苏禾发现自己声音都开始发颤。

摊主脸色陡然一变，显然有些不高兴。“搞半天是来打探消息的。要想买就买，不买就请回吧。”他边说边把被单随手一撇。

要问的话一下哽在喉头，苏禾有些窘迫地四下张望，发现角落处确实摆放着几颗人造大脑，看起来成色尚可。“二手大脑我也想买来着，就是不知道别人使用过影响大吗？”

“有什么影响，没影响的，”摊主的笑靥再次爬上脸颊，走过去拿了几颗人造大脑过来，“看看这几颗怎么样？货都是刚来没多久的，九成新。”

苏禾接过其中一颗，上面的 logo 仍旧保留着，贴在显眼的位置。“像这种要多少钱？”

“这颗嘛，昨天刚到的货，给你个诚心价，五千八。”

“五千八？这么贵！”苏禾忍不住提高音调，“正规新产品也不过刚过万而已啊。”

“这颗保养得多好啊，转卖人买来就用过一两次，都算九五成新了吧，打了差不多对折，简直捡了大便宜哟。”

“那毕竟是二手的啊，别人用过，就不会存有别人的思想啊什么的？”

“这都嫌贵的话，那这买卖没法做了，”摊主摇摇头说，“人造大脑嘛，就是个提升效率的工具，怎么还可能有什么别人的思想。刚才走掉的小姑娘，本来要转卖给我一个大脑，但是又给跑了。她那个货才贵哩，跟那个比，这些个都算便宜到家喽。”

刚才那颗脏脏旧旧的人造大脑在眼前滑过。苏禾立刻提起了精神：“刚才就想问您来着，那颗大脑看起来脏兮兮的，还显得有点旧，为什么会更贵呢？”

摊主压低声音，一脸神秘地说：“告诉你也无妨，反正那丫头迟早还会回来，把货出给我。那种货一看就是早期型号，市面上流通得很少。而且，那丫头说那个大脑自己就能讲话，我猜啊，很有可能是试产品，搞不好有什么发烧友愿意出高价收藏的。”

试产品……还在研发部门工作的画面，一幕幕在苏禾脑海中浮现。“那个女孩，您知道她住在什么地方吗？”

“住在什么地方？一个没爹妈的丫头，还能住哪里，平日里就混在卫星城镇的窝棚区，捡捡垃圾，扒拉扒拉废品。喏，就是大脑工厂所在的那个卫星城镇。”

摊主话音刚落，苏禾就一个箭步奔了出去。身后传来摊主如梦初醒的懊恼呼喊：“哎，你不会给我‘截胡’了吧？哎哟，一开始我为什么要告诉你嘛……”

七

第二天一早，阿灰就将大脑藏好，准备再去大脑的发现地附近转转，看看有什么线索。没想到刚要出发，一个身影挡在门帘子前方。她愣了半天才认出，那人正是昨天撞她的中年女子。“你是昨天的……”她立即换上一副敌视面孔，“怎么，来找碴儿？本来就是你撞的我，没让你赔我钱就不错了。”

“小姑娘，你误会了，我不是那个意思，”女子一脸和善，“只是有点事想来问问。”

阿灰立刻警觉起来：“你是孤儿院的？我不会再回去了，住这儿挺好。”

“不是不是……”女子吞吞吐吐，“就是想问一下，昨天在集市，你是不是……抱着一颗人造大脑？”

“你……你想干什么？”阿灰后撤一步，抓住门帘子，随时准备撵人。

“啊，我不是来抢的，只是想打听一下。昨天没来得及看清楚，那颗人造大脑，很有可能是我们公司生产的早期型号。”

“你就是干这个的？”阿灰狐疑地望了望对方，“那个大脑就是我在外面捡到的，我没偷也没抢。”

“在哪里捡到的呀，能跟我讲讲吗？”

“我为什么要告诉你？”

对方一愣，难堪爬上脸颊，嘴角露出一丝苦笑："听集市上那个摊主说，这颗大脑会自己说话，我怀疑是有人用完之后，产生过意识溢出现象……哦，就是在使用者意识的刺激下，人造大脑产生独立意识。我们公司也有不少顾客产生这种现象，所以想来问问你。你用的时候有没有感觉不正常？"

阿灰陷入沉默，那天晚上的可怖情景顿时在她眼前重现。"他们也能听见有什么东西在控制自己讲话？"

"可以给我看一下那个大脑吗？"女子问，眼神中没有恶意。

阿灰咬了咬嘴唇，让出一个空隙，让女子走进去。女子环顾了一下四周，目光拂过单薄的草席和碎布条扎成的被子。"这里被你收拾得挺干净的嘛，"女子说，"对了，我叫苏禾，你叫什么名字？"

阿灰没抬眼皮，将捡到的宝贝从草席与窝棚墙板之间的缝隙中掏出来。"没名字，我们这边都随便叫的，叫阿灰就行，"她的声音冷冷的，"喏，你瞅瞅吧，当心点，别弄坏了。"

叫苏禾的女子接过人造大脑，小心翼翼捧在手掌里，绕着圈细细端详。"奇怪，早期型号我经手过，这个长得是挺像，但好像又不是。你看，"她指着其中一处说，"这里应该是脑干，我记得早期型号的神经插头不是从这里引出来的，可是这颗的脑干却连着神经插头。"

"有什么区别吗？"

"具体使用效果上的区别不好说，至少可以确定，这一颗并不属于早期型号。"苏禾没再讲话，看上去似乎陷入了沉思。过了半晌，她突然把头转向阿灰，试探着问："能不能让我带着它去公司做个检测？"

阿灰一愣，没有吭声。

苏禾接着说："我知道这么说可能有点过分，但是这个问题真的很重要……刚才我说，最近市面上好多顾客都反映说，戴上人造大脑会神志不清，甚至产生幻觉。实话跟你讲，我也遇上了这个问题，而且情况很严重，在我的人造大脑里，直接诞生了一个意识分身。我怀疑你手里这个大脑也有类似情况，而且你的这个更加稀奇，说不定是更早期的版本，搞不好就是问题的关键所在。我想搞清楚到底是什么原因，能帮帮忙吗？”

阿灰心里有些犯嘀咕，但是如果想要了解这颗大脑的秘密，眼前似乎也没有更好的方法。“给你带去也行，但是有个条件，”她说，“我必须跟去，这事儿没得商量。”

没想到苏禾非常爽快地答应下来，而且不知是不是阿灰的错觉，她竟然觉得，对方显得格外开心。

一路上，阿灰靠在急速列车的车厢墙壁上，把脸扭向窗外。窗外近处的草木飞速倒退，但远处大脑工厂的巨型厂房仍旧显得岿然不动。“你叫阿灰对吗？”叫苏禾的女子试图跟她攀谈，“今年多大了呀，看起来还是未成年人吧。”

阿灰慢腾腾转过脸，冷冰冰地望着苏禾说道：“如果你想跟我套近乎，那还是省省力气吧，我没心思跟别人聊闲天。”苏禾笑笑，脸色竟然不带愠色，也把脸转到另一侧，看着窗外的风景。阿灰瞥了对方一眼，对方并没有戴人造大脑，略微泛黄的头发随意披在肩头。一时间，阿灰居然觉得这个不算漂亮的女人身上，莫名有一丝亲切感。不过她很快便打消了这个念头。不要轻易相信别人，她在心中反复告诫自己。以前吃过的那些苦头，一定要牢牢记住，让它们化作尖刀刻在自己骨头里，化成锁链缠住自己的每个心房。

到了智脑公司，苏禾让她在外面稍等一下，她去里面探探风声。阿灰揣紧怀中的人造大脑，站在路边仰头望着智脑公司的大门。大门上，熟悉的商标图案静静伏在自动感应门上，有人进出时，那两只毫无生机的眼睛就向两边打开，象征大脑半球的两个半圆缓缓分离。阿灰不止一次觉得那两只眼睛如魔鬼一般瞪着自己。

不一会儿，苏禾从里面小跑出来，站在门口向她招手。她轻轻走过去，苏禾朝她眨眨眼说：“今天周末，公司里人很少，我带你偷溜进去没问题的。”

“如果有人看到我怎么办？”阿灰还是有点顾虑。

“没事的，就说是朋友的孩子，学校里要求做课外科学实践，想来参观一下我们公司。怎么样，编得挺合理吧。”她边走边扭头朝阿灰笑。阿灰不屑地哼了一声，跟着苏禾走过一个个房间，隔着玻璃去张望里面稀奇古怪的各类仪器。苏禾依次介绍每个房间的名称，最后领着她走到一个略显狭窄的小空间，示意她跟着进去。

房间里摆着一排长屏幕的方形机器，屏幕下方有一块操作面板，上面密密麻麻布满阿灰看不懂的符号。“这就是我们的检测仪器，把人造大脑放进去就能检测。”苏禾向她伸出手，阿灰犹疑了半天，还是把大脑递给了苏禾。苏禾在面板上熟练地操作，屏幕上出现几行图像，其中有多条不规则图线在歪歪扭扭地跳动。阿灰觉得有些无聊，便问：“这是在做什么？”

“你看，这个图形代表大脑的神经连接强度，这一个呢代表视觉信号，这一个代表听觉信号……”苏禾一个一个指给阿灰看，“因为人造大脑现在没有直接连接人脑，所以机器只能模拟人体的神经传导方式，给人造大脑传递模拟电信号……”话音未落，屏幕突然变成一片漆黑。

“哎，怎么回事？”苏禾在面板上敲按半天，可机器仍旧没有任何反应。

八

不管苏禾如何操作，屏幕上仍旧漆黑一片。纷繁的思绪笼罩着她，如同一团恼人的乱麻。这时，人造大脑在意识之海中对她说的话，突然间浮上心头。她心中一动，赶紧跑到隔壁，抱过来另一台设备。

“这又是个啥？”阿灰把脑袋凑上前来。

“这台机器是神经信息感知与输出设备，平时基本用不上，都放在备用设备间。”苏禾将人造大脑取出来，与新拿来的这台设备相连。她在面板上调试片刻，一阵噼里啪啦的杂音涌上来，惹得一旁的阿灰赶紧捂住耳朵。

冗长的杂音过后，机器出现短暂静默，接着传来一个断断续续的合成声音：“有……有人吗？”

有了之前的经验，苏禾多少有点心理准备，眼前的场景并没有令她感到特别惊讶。“你是谁？”她朝着设备问道，“能看到我们吗？”

屏幕上出现一个正在旋转的圆形图案，像是机器的一只眼睛。当然，真正的眼睛不过是位于设备顶部的自动变焦摄像头。随后，机器缓缓回答：“你们两个我没见过，不好意思，我不能回答你们的问题。”

“我叫苏禾，是智脑公司的员工。旁边这位女孩是阿灰，就是她把你，应该说把你的大脑捡回来的。这下能告诉我们你是谁了吗？”

机器陷入一阵沉默，半晌终于接着说：“实在抱歉，我只有见到家人之后才能回答问题。”说罢，它便不再讲话，屏幕上的圆形图案扑闪一下，很快便消失不见。

没想到对方竟然如此谨慎，不愿透露半点信息。阿灰显然有些垂头丧气，一屁股坐在椅子上。苏禾也感到有些失望，回到工位前，打开电脑调出公司数据库，试图按照图片和描述检索产品目录，发现目录中完全搜索不到这种型号的产品，销售和售后服务记录更是无从寻觅。

既然没有品牌 logo，那会不会是竞争对手的产品呢？有这种可能，但不太合理，因为这种款式太过老旧，在市场上根本不可能有什么竞争力，而其他几家竞争对手也是在近几年才陆续涌现，没有理由研发早已被市场淘汰的老款产品。

忙活一天，几乎一无所获。两人都有些沮丧，阿灰更是耷拉着脑袋，无精打采地抱着那颗人造大脑。苏禾有些过意不去，拍了拍少女的肩膀，示意她一起出去。“走，带你吃点东西吧，我请客。”阿灰本来杵在原地不愿动弹，半推半就中，还是稀里糊涂跟着苏禾走出了大门。

两人走到大街上，路边高楼大厦的一重重灯光洒在两人身上，垂下一地零零碎碎的影子。走到一排小饭馆前，苏禾问阿灰有没有想吃的。阿灰左转转右转转，在几个招牌前逡巡半天，终于挑了一家看起来不那么花哨的店。两人坐定，阿灰显得有些不安，局促地环顾四周，周围正在用餐的顾客唇齿间溢满欢声笑语，一个个穿得很体面整洁。阿灰低头瞅了瞅自己布满补丁的衣服，似乎下意识朝位子里缩了缩。

苏禾见状，笑着说：“没事，等会我来点菜就行，想吃啥尽管说，不要客气。”

菜一道道上齐，阿灰闷头扒拉饭菜，从来没觉得饭菜可以如此可口。

“慢慢来，喝口果汁，别噎着了。”苏禾给她倒饮料。

阿灰端起杯子，一饮而尽，残存的果汁挂在舌面齿尖，馥郁浓香。

“这么晚了你还不回家，你家里人不会有意见吗？”阿灰问。

“没关系，我一个人住。”苏禾端起杯子，没有看对方。

阿灰瞪大双眼：“你还没结婚？”

“已经离了。”苏禾转头望向窗外。

“那你小孩儿呢，没跟你一起？”

“没有小孩。”苏禾幽幽地回答。

“该不会是因为出轨吧？”阿灰忽地咧嘴坏笑，“你对象在外面偷情，被你发现了？”

“嘿你这小丫头，你多大啊，一个小屁孩懂这么多？”苏禾一脸愠色，又觉得好笑，有气也没处撒。

“我都十四岁了，又不是小孩子，当然懂了。”阿灰一本正经地说。

“才十四呀，果然还是未成年。”苏禾又忍不住笑出了声。阿灰一下子用手捂住嘴巴，才发现自己说露馅了。

苏禾低头夹菜，一根菜悬在筷子之间，久久没能送入口中，直至缓缓划进小碟子里。窗外，一串串车灯依次滑过，在她脸上投下斑驳交错的光影。过了半天，她终于缓缓说道：“不是因为出轨，也没有闹什么大矛盾。什么状况都没有发生，就离了，奇怪吧。两个人话说不到一起去罢了，再接着一起过，也没多大意思。”

她絮絮叨叨地说着，最后话语逐渐化作一丝若有似无的云雾。她心里当然清楚，这话并非说给对面坐着的少女听的。那她是在讲给谁听呢，讲给自己听吗，这么多年来，还没听腻味吗？

送走阿灰，苏禾几乎像失了魂儿一样游荡在城市半空，四周的霓虹仿佛可以直接穿透她的身体，照向某个黑暗的远方。终于还是飘回住处，她突然记起，家里还有一个人在等待自己。

她取出人造大脑戴上，连接完毕，按下启动键。一个熟悉的声音在脑海中响起：“刚刚回来吗？”

听见这个声音，苏禾不知为何有种想哭的冲动。最近这段时间，每个夜晚都成了她与另一个自己独处的时光。关上门窗，全然隔绝外界，眼前空荡荡的房间，原本就是只属于她一个人的孤寂宇宙。麻雀虽小五脏俱全，只要闭上眼睛，任凭思绪脱缰，闭塞空间中就能浮现出无比璀璨的星空。而现在，这个小小宇宙终于迎来另一枚魂灵，有独一份的星空与大地可以与之共享。这些日子以来，另一个“苏禾”最常问她的问题是：“你现在，过得快乐吗？”这个问题让苏禾很为难。但她不必担心，因为她根本不需要回答，听到问题后的任何神经回路都会传导到另一个大脑里，被另一个自己捕获，每一朵神经传递的浪花，都成了一句句无声的答案。这也许就是心有灵犀的最高境界吧。

“其实我也不太清楚，有的时候甚至感觉我们是一体的。”另一个“苏禾”常常这样讲。起初苏禾对于另一个意识的诞生这件事，理智上多少还有些难以接受。它，抑或她，究竟是自己意识的复制体，还是另一个独立的自我呢？这个问题始终如迷雾一般萦绕在苏禾心头。但随着与对方沟通的深入，她渐渐觉得，其实这样也挺好。她常常跟另一个“苏禾”彻夜长谈，直到凌晨时分，竟然越来越兴奋，干脆爬起来靠在枕头上，一边与自己聊天，一边等待窗外第一缕晨光透过云层，照向大地。白天工作时，她甚至被一股强大的力量所鼓动，恨不得马上逃离公司，逃离周围的人群。好不容易熬到下班，她冲回住处，第一时间继续与另一个自己对话。家里仿佛多了点人气儿，再也不显得空空荡荡。

今天，我见到了一个小姑娘。她在脑海中对另一个自己说。

“哦？是怎样的一个小姑娘？”另一个“苏禾”问道。

这个嘛……她今年十四岁，是个拾荒女孩。你会不会觉得意外呢，我并没有觉得她很可怜，反而觉得她就是一个和别人没什么两样的女孩，古灵精怪的。她让我想起自己还是少女的时候，不过，那个时候我可没有她这么聪明伶俐。那个时候的我呀，留着学生头，乖乖女一个，做事规规矩矩，畏首畏尾，完全不会做什么出格的举动。现在想来呀，如果那个时候能稍微不那么循规蹈矩，该有多好啊。苏禾在心中默默倾诉。对了，她那边也有个人造大脑，也有自己的意识呢，不过，并不是她的意识，而是很有可能属于另一个人。

“另一个独立意识？你们发现是谁的了吗？”另一个自己问。

苏禾表示否定。

“另一个自我的意识在别人手里，那么意识的原主人不会很着急吗，没有来寻找什么的？”

听到这句话，苏禾突然间坐起来。对啊，如果说阿灰的人造大脑属于早期型号，而且产生了独立意识，那么按照逻辑，意识的原主人肯定不会坐视不理，相关故障反馈应该记录在案才对，而且早期型号销售范围比较有限，人群应该比较容易锁定。一阵阴云笼上心头，她默默盘算，决定换个方向调查。

第二天的工作接近尾声时，苏禾以自己作为产品故障反馈对接人、需要做产品生产过程查访为由，申请前去卫星城镇的大脑工厂。

车间里不同区域以夸张的撞色背景分割，地上铺着油漆画出的笔直黄色线条。线框中，一排排流水线向内延伸，额叶、顶叶、颞叶和枕叶等部位分别从不同机器中吐出，井然有序地沿着传送带列队行进，如同一只只形态各异的小兽。装模作样在产线周围察看一圈，苏禾趁着周围没人，偷偷潜入核心资料室。隔壁机房的嗡嗡声有节奏地铺开，她神经高度紧绷，一边搜索，一边提防着随时都有可能出现在门口的安保人员。她调出一个隐秘的资料界面，上面记载着公司曾经在成立之前做的各种实验记录，刚想进一步比对，却发现自己并没有数据访问权限。她叹了口气，失望至极。漫无目的地将实验记录页面滑到下面，这时她留意到，其中不少记录和相邻记录的序列编码并不是连续的。

这么说，有一些实验记录曾经被销毁过？如果说是为了删除失败记录，但在产品研发过程中，进行实验出现失败是再正常不过的行为，为什么要特意销毁呢？会不会和如今的意识溢出现象有关？

深吸一口气，苏禾立即拍下那些前后不连贯的实验记录，飞速关闭系统，离开核心资料室。

由于阿灰对杂货集市更加熟悉，苏禾专门绕去卫星城镇，接上阿灰一起去集市打听。早就听阿灰说过，集市的摊主个个消息灵通，眼观六路耳听八方，鬼点子一抓一箩筐，尤其是那位绰号“老滑头”的摊主，更是个千里眼顺风耳。一进集市，她俩就直奔老滑头的摊位，逮住对方连连发问。

一开始，老滑头还有些不耐烦，连连摆手，试图撵这两人出去。未曾想，兴许是听到他们在聊人造大脑公司，周围很快凑过来一群人，有把烟头别在耳朵后面的大爷，还有头上绑着卷发棒的大婶，七嘴八舌叽叽喳喳。这下似乎激起了老滑头的斗志，他也加入讨论中，扯着嗓门，拼命压过其他人的声音。苏禾完全听不清大家伙儿在说些什么，只好请他们一个个讲。

“早就听说啊，那个什么人造大脑公司，好久以前花钱请人去做什么研究，实际上是去做人体实验！”一个大叔说。

“对对，好像做实验还死过人，可吓人咧！”旁边的大婶随口附和。

苏禾顿时愕然，当年她来公司时，公司早就已经过了产品前期研发阶段，正在进行产品最终形态的调试与整合。她只知道，公司成立之前，初创团队就已经取得丰硕成果，研发出成形产品，并申请了专利。在她记忆中，公司并没有做过什么可怖的人体实验，只是听说在试产品阶段，请了一些志愿者来做效果测试，据说测试结果还不错。

难道，这颗大脑是原型机？

这个念头一闪而过，苏禾发现自己的注意力立刻被它紧紧攫住。她赶紧问周围的摊主们还知道什么信息，其中有一位上了年纪的摊主说道：“我听说啊，大脑工厂所在的卫星城镇，在那边有一个乱坟岗，旁边就住着当年的受害者。”

“乱坟岗？”阿灰在旁边突然插嘴道，“你说的不会是乱坟岗旁边的疯婆子吧？”

老者点点头：“我记得当年人体实验造成蛮多事故的，不过，后来不知怎的都没了声响。只有一个姓魏的老婆子住在乱坟岗那边，死活不愿挪窝，说是要讨回公道。”

苏禾问清方向，马上打算去乱坟岗附近找寻那位老婆子，问个究竟。阿灰一脸不情愿，双手背在身后，不愿挪动半步，嘟囔着乱坟岗那边太过腌臜，他们拾荒者平时都很少去，也拾不到什么好东西。“而且，而且那个疯婆子太吓人了，听我们那边的人说，有一次他们从附近经过，远远看见疯婆子站在门口，瞅见他们，抱着一根大木棍乱挥，离得老远就冲他们吼，好像生怕别人靠近一样。”阿灰噘噘嘴，“哼，还以为谁愿意去那附近似的。听说啊，她那间木屋里有死尸，天天和死尸一起生活，吓死个人哟。”

苏禾摇摇头说：“你不愿意去就算了，我自己过去。”说完扭头就要走。刚走两步，发现阿灰慢吞吞跟在后面，嘴巴仍旧噘得老高。

九

乱坟岗一股阴森之气，风一般的回响不时在半空游荡，由远及近。一高一矮两个身影穿行在坟堆之间，仿佛两只迎送亡魂的小舟，在冥界之河上缓缓漂流。神经信息感知与输出设备有些沉重，这地界儿出租车又开不进来，苏禾不得不抱着设备，每走几步就停下来歇一歇。疯婆子的木屋就在乱坟岗背后，远远望去，房体显得歪歪斜斜，屋顶的草棚似乎并未合拢，张开稀稀疏疏的口子。一阵寒风吹来，阿灰不由得瑟缩身体，往苏禾身边靠了靠。

到了疯婆子木屋门口，苏禾把设备哼哧一声放在旁边，抬起手轻轻敲敲门，连敲几下都无人应答。她轻轻一推，发现门是虚掩着的，便拉着阿灰，小心翼翼地走进去。进门就是一个土炉子，炉子连着烟囱，旁边放着一只小木桌，上面摆着已经有些裂纹的碗和盘子。整个屋子似乎弥漫着一股刺鼻气味。“不在家吗？”阿灰的声音几乎小到听不见。绕过一面苇草扎成的隔板，眼前的一切让两个人怔在原地。

面对大门的是一座笨重的操作台，外壳早已锈迹斑斑，油污和刻痕拧成一道又一道伤疤，顺着台面漫向边缘。台子顶上放着一只透明玻璃器皿，似乎用某种液体完全填满，液体中浸泡着一只浅灰色的大脑，被一根根细密的管线连接到旁边的硕大电路板上，如同一只伸出千万触角的水母，刺鼻气味越发浓郁，似乎就是从那里散发出来的。阿灰不禁失声尖叫，随即慌忙捂住嘴巴。

背对着隔板坐着一个苍老的身躯，正在台子前埋头忙碌。听到尖叫声，对方慢慢吞吞转过身，瞪着两个骤然闯入的不速之客，花白的发梢下面，两只眼泡红得发亮，布满血丝。“滚出去。”声音似乎从她几乎并未张开的嘴唇里发出。

“魏阿姨您好，我们……我们是有个问题想向您请教，”苏禾试探着问道，“想问问您是否知道，以前有一些从事人造大脑研究的人，曾经招募过志愿者去接受大脑实验？”

疯婆子脸色陡然一变，脖颈上的褶皱绷成一绺一绺，仿佛在积攒力气。半晌，她扶着台子站了起来，几乎吼出五脏六腑：“滚出去，全都给我滚出去！”咳嗽瞬间轰炸开来，剧烈地震荡着她的干瘪身躯。苏禾忙上去扶住对方，轻轻拍打她的后背。阿灰双脚在地上来回蹭了半天，终于还是上来帮忙，将疯婆子扶到椅子上。

“你们别想从我这里问出什么，想套我的话，还想堵我的嘴，你们到底想干啥？怎么不干脆灭我的口？”疯婆子一边喘着粗气，一边奋力挣脱两人的搀扶。

“阿姨，我们不是来害您的，只是最近发现一个东西，很有可能与您还有当年的大脑实验有关，想找您了解一下情况。”苏禾朝阿灰点点头，阿灰有些迟疑地取下背包，从里面拿出那颗埋藏秘密的人造大脑。疯婆子一看到那颗人造大脑，顿时愣住。苏禾抬头望了望透明玻璃罐中的浅灰色大脑，幽幽问道：“那只罐子里的大脑，原来是属于您亲人的吗？”

疯婆子没有吭声，将脸缓缓扭到另一边。苏禾见她比刚才稍显平静了些，便接着问：“这个女孩捡到的这颗人造大脑，现在还不敢确定，但是至少可以猜测，很有可能就是当年大脑实验遗留下来的产物。如果更进一步猜测，我想它很有可能与当年某一个被实验者的大脑连接过。”

“你胡扯吧，瞎猜也要有依据的。”疯婆子的语气仍旧恶狠狠，但她能这样讲，显然是已经把苏禾的话听了进去。

听到对方这么说，苏禾心里稍稍有了点底气：“确实只是瞎猜，但依据也确实有。这颗大脑里，存在一个人的意识，虽然也许并不完整……”

“你胡说！人造大脑里怎么可能有……这么多年，这么多年来不管我用什么样的方法，她的大脑都没有任何反应。她走了之后，人脑都没有意识，人造大脑里能有？”

“您难道就不想亲自验证一下，万一就是您亲人的呢？”

疯婆子没再吭声，把脸默默转向罐子里的大脑。趁着对方迟疑之时，苏禾返回门口，把神经信息感知与输出设备抱进来，示意阿灰将人造大脑放在载脑台上。神经连接完毕，机器发出一阵嘈杂的电子噪音，过了一会儿，一个瓮声瓮气的合成嗓音缓缓响起：“谁在那里？”

“你是……谁？”疯婆子声音带有明显颤抖。

片刻沉默之后，那个声音小心翼翼地问：“是……妈妈？是妈妈对吧？我是小颖啊！”

疯婆子伸出双手，颤巍巍伸向机器，似乎正试图触摸那隐藏在其中的灵魂。“小颖，真的是你吗？”她终于捧住机器屏幕，脸上挂满泪水，“这么多年了，我找你找得好辛苦，你咋就不出现呢……”

后面的话语，几乎全部混杂在呜咽之中，无法分辨清楚。苏禾和阿灰走出木屋，留给这一对久别重逢的母女一些独处空间。沉默伏在两人周围，混在乱坟岗上空的风中，凄厉呼啸。半晌，阿灰突然喃喃念叨起来，不知是讲给苏禾听，还是在自言自语。“有爹妈到底是什么感觉啊？我从出生就没见过爹妈，大概率是被他俩抛弃的，”她的脸上似乎笼罩着一层薄雾，透出一股超出年龄的成熟，“其实……我并不羡慕，一点都不羡慕。我只是好奇而已，纯粹好奇。”

苏禾张了张口，想说什么，但最终连半句也没能讲出。

过了许久，疯婆子蹒跚着走出大门，唤门口二人进去。三人坐定，疯婆子望了一眼阿灰，叹了口气说：“当年，我女儿也不过跟这个小姑娘一般年纪。”

尘封已久的往事，就从疯婆子的口中徐徐浮出水面。

那时，疯婆子的女儿也不过十四五岁，患有先天性癫痫，而且情况极为严重，频繁发病，生活完全无法自理。尽管如此，她女儿还是十分懂事，不忍心看父母为她整日操劳。疯婆子一家带她四处奔走，几乎跑遍了所有中心城市，都没有把女儿治好。绝望之际，他们看到网上一则消息，说是要招募患有脑部疾病的患者，用一种新近研究的科学手段对患者进行医治，效果前所未有地显著。走投无路的疯婆子一家看到这则消息，仿佛抓住了救命稻草，想都没想就带着女儿过去报名参加。救女心切的疯婆子甚至连科研实验风险告知书都没仔细读，就在告知书上签了字。实验初期进展相当顺利，她女儿甚至一度获得短暂清醒，可是后来情况急转直下，等再次见到女儿，面对疯婆子的已经是一具冷冰冰的尸体。更可怕的是，她女儿的大脑早已被分离出来，组织者还宣称是实验需要，必须将死亡病患的大脑取出做研究，以发现实验问题，推动进一步的论证和改进工作。

直到后来出了事，他们申诉无果，才被组织者指出风险告知书上细小的文字，白纸黑字写得明明白白，“由于科学实验存在较大不确定性，凡实验过程中出现故障、事故，造成志愿者病患伤残、死亡的，我方概不负责。”

“这种规定不合理吧，你们没有去追究组织方的法律责任吗？”苏禾问。

“当然去追究了，当时出现问题的不止我们一家，其他参与实验的患者也受到了不同程度的伤害，我们一起想尽办法申诉。可是那些组织者请了一批律师，准备的材料堆成小山，摆满一个大桌子，我们啥都不懂，而且势单力薄，怎么是人家的对手？”疯婆子苦笑。

到现在她还不清楚，到底是因为什么缘故，导致他们最终败下阵来。总之，在获得了一丁点可怜的、象征性的抚恤金之后，每个遭受不幸的家庭都被轰出大门，与后面的科学实验突破性进展再无半点干系。

那之后，很多家庭一开始据理力争，可是随着时间的推移，绝大多数家庭再也支撑不住，一个个放弃了追诉。有的家庭支离破碎，分道扬镳，有的家庭则洗去悲痛，重新开始生活。疯婆子的前夫最终也离开了她，只有她自己无望地坚守着，试图从女儿业已失去生命迹象的大脑中，探测到哪怕一丝一毫的信号。为此她凭着平平无奇的学历水平，硬着头皮去啃食那些关于脑科学的大部头，恨不得将那些深奥难懂的知识嚼成碎片，狠狠吞进腹中，化作她至少能够理解分毫的精神养料。她一点一点地，亲手桥接那些如乱麻一般的电路，并苦苦奢望能从中捕捉到奇迹。

但奇迹，终究没能降临。

十

返回城市途中，手机程序被暴雨般的信息轮番轰炸，各个聊天群就像是齐刷刷炸开锅，信息接二连三滚动跳跃，苏禾根本顾不上逐一查看，只能从飞速滑过的只言片语中，隐约猜测出问题在持续恶化过程中。她恨不得马上飞回公司问个究竟，可是路上被各路车辆堵塞得水泄不通。她打开出租车门，好不容易从车辆缝隙间钻出，逃也似的离开马路。路上的很多车主也开始下车步行，苏禾注意到，其中不少人看上去神情恍惚，仿佛被什么力量完全控制住了，姿态跌跌撞撞，随时都有摔倒的可能。好不容易来到城市主干道附近，她发现竟然有一些人开始攀爬停在路上的车，踩在车顶上穿行、跳跃，把这整条公路都当成他们的舞台，仿佛经历漫长的桎梏后，终于得以逃脱，全身心投入这汹涌奔腾的大世界中，纵情歌唱。

意识溢出现象正在缓慢而不可抑制地蔓延。苏禾隐隐觉察到，并非所有受刺激产生的独立意识都像另一个苏禾那样心存善意，其中很有可能有一些意识带着恶意想法，想要夺取原来意识主人的身体。而不同意识状态的区别，很有可能与原来意识主人的态度有关。走到公司时，她的鞋跟早已磨掉，身心俱疲地急忙与同事会合，发现其中已经有一些同事陷入神志不清状态，其中严重的甚至开始胡言乱语。幸亏还是有一些同事保持清醒，正紧张地聚成一团，商讨解决方法。

经同事们分析得出，意识溢出现象很有可能跟新一代产品的设计缺陷有关，以往的产品神经传导过程是神经信号先经过使用者大脑，通过人脑作为中继站将信号发往对应脑区。而新一代产品恐怕是为了追求美观便携，大大压缩了人造大脑体积，同时为了提升神经反应效率，不仅增加了神经接口中神经纤维的数量，还将传导链路大幅缩短，导致在客户使用时，非常容易使得神经串联发生跳跃，形成神经并行，神经信号绕过人脑直接进入人造大脑，就像一条电路突然从串联切换成并联。这种情况并非会发生在所有人身上，而是在使用者的大脑本身就较为羸弱、存在缺陷抑或疾病时，更容易发生，甚至导致人造大脑神经直接夺取人体的控制权。

原理搞清楚了，下一个难题则更为棘手。根据他们的了解，公司生产的产品尚未像手机一样可以联网，属于“单机版”，没法像处理联网设备那样，发布一个病毒之类的可复制程序就可以轻松控制，而下一代可联网人造大脑设备还在研发之中，尚未披露。苏禾他们的讨论陷入僵局，会议室如同坠入黏稠的沼泽，一片死寂。

难不成要用最笨的方法，手动切断人脑连接？这个想法吓住了苏禾和同事们。把产品资料库再三翻找一通，实在确信没有其他办法，他们只好带着工具，往公司大门走。

公司楼上楼下如同喷涌着煮沸的热水，人们来来往往，人头攒动，混乱不堪。网上更是一时间成为新闻谣言大熔炉，各路观点大肆混战，恨不得把持有反对意见的群体生吞活剥。负责公共关系的同事忙成一锅粥，正埋头于处理各类媒体报道中，被趁机煽风点火的舆论折磨得焦头烂额。其他部门的同事之中还算清醒的，几乎都跟着苏禾他们跑了出去，试图去对付外面的混乱。一些未受影响的路人，在不明就里之中，也跟着大部队一起，加入帮助大家的队伍中。

夜幕低垂，成千上万的人拥到大街上，沿着霓虹汇聚的河流缓缓洄游。一眼望去，数不清的车辆纷纷堵塞在马路上，像是流水线意外停摆。车上的人们纷纷走下来，加入那默默流淌的人潮中。夜晚的时光仿佛凝结成黏稠的流体，披在毫无暖意的城市上空。苏禾拼尽全力跟上几名正在疯狂舞动四肢的意识受困者，奋力将他们后脑的神经插头断开，转而又去拦下其他几名正在撒丫子奔跑的人。同事们热火朝天奋战半天，但令人着急的是，这样的做法效率奇低，收效甚微。

众人正在发愁之际，从马路尽头跑过来一大群人。天哪，怎么突然来了这么多意识受困者？苏禾眼前一黑，暗自叫苦不迭，两腿发软，几乎要瘫在地上。等到那群人来到跟前，才发现最前面的人居然是阿灰，后面跟着一众拾荒者和集市摊主，其中还有身子骨精瘦干瘪的老滑头。

“我们可以帮忙，”阿灰说，“人多力量大嘛。”

“就是就是，大家一起上，就不信治不过他们。”阿灰身后一个大婶扯着嗓子喊道。

“你们……”苏禾一时间竟然不知道该说什么好。

“怎么，还嫌弃我们？”老滑头怪声怪气地说，“托了你们公司的福，我们这些人里面一个用得起人造大脑的都没有，不过二手大脑倒是囤了一箩筐。价钱定得那么贵，谁个买得起正版产品哟。罢了，反正用不起也就没那福气受啥影响。”

“像您这种精气神儿这么强大的人，就是用了，估计也不会受啥影响吧，”苏禾忍不住笑出声，“那大家撸起袖子，开干吧。”

大家马上分头行动，一个个干劲十足。苏禾刚要继续冲入人群中，阿灰一把拉住她说：“你干啥，别跟我们一起了，赶紧去找你们管事儿的去。”

苏禾没反应过来，直愣愣看着对方。阿灰白了她一眼说：“像你们公司这种啊，平时也就生产个东西糊弄一下旁人，自己再厉害又能怎么样？赶紧找你们管事儿的，去上头搬救兵啊。”

“对啊，我怎么没想到呢。你个小屁孩可真行！”苏禾一拍脑袋，扭头就要往公司里面跑。

“唉，你们这些社会人平时上班上傻了，还不如我这种捡垃圾的看得清楚呢，”阿灰在她背后喊道，“快点跑，这里包在我们身上！”

几乎冲到公司大楼最高层，苏禾发现这一层竟然出奇地安静。她从头开始逐个查看每一间办公室，然而一路都没有看到任何人。走到最里面的办公室，却发现里面坐着一个人，正背对着门口。从背影上看，他正是公司的创始人，早有传闻说他已经退居幕后，享受财富自由后的安逸生活。如今看来，传言不攻自破。在他面前，一张巨型屏幕赫然摊开，无数丢失灵魂的人们穿行在屏幕中，仿佛在上演一场缺乏情节的末世电影。苏禾闯进办公室里，逐渐逼近对方，但对方并没有注意到有人进来。

“外面都乱作一团了，你居然还在这若无其事地坐着。”苏禾止不住身体的颤抖。

对方这才发现了苏禾，回头的一瞬间，表情流露出一丝不易察觉的惊诧。“看着有些眼熟，你是……哪位来着？”

“你不认识我很正常，我不过是小虾米一枚，大老板怎么可能认得每一个人。”

创始人忽然仰起头，说道：“哦，我想起来了，你是小苏对吧？公司的老员工，刚成立那会儿还没现在这么多人，我有印象。”

“废话不用多说了，现在外面乱成那样，公司就没什么解决办法？赶紧搬出预案来救人啊。”

“这跟公司无关吧，发布那么多产品，为什么现在才出问题，还不是跟使用者有关。”创始人话语里不带一丝情绪。

“无关？以前你们做大脑实验的时候弄死了人，也是这么说的吧？”

对方愣了一下，这句话显然让他有些出乎意料。“你都知道了些什么？听谁说的？”

“跟其他人没有关系，我是自己调查的，”苏禾拼命压制住自己的愤怒，“你们是成功了，不管是从科研上还是商业上讲都成功了，那别人的安危就不算事儿了吗？”

创始人淡然地说：“你有没有想过，科技进步必然伴随着无数次的失败，其中难免会有流血牺牲，而且在新事物诞生前夕，风险往往是不可控的。那么，难道就因为这一点未知的风险，就要完全停止继续向前迈进的脚步吗？”

苏禾怔住了，有那么一瞬间，她感觉眼前整个空间都开始崩陷、坍塌。她突然止不住地大笑，笑到直不起腰，笑到整个灵魂似乎都从肉体上脱离出去，悬在空中俯视这场人间闹剧。

“流血牺牲，你把这叫作流血牺牲，”她好不容易止住笑，目光狠狠锁住创始人，“当事人连最基本的知情权都被剥夺，这能叫牺牲吗？不要把你们的行径和历史上那些科学殉道者相提并论。”

创始人声音颤抖：“小苏，我知道你作为一个老员工，这么多年没有晋升，心里有怨气，这个我非常理解，也怪我平时太忙，顾不上关照每一位员工。但是现在你毕竟身为公司的一分子，能不能站在公司的角度考虑问题，没让你怎么卖力正面宣传公司，但最起码不要给公司形象抹黑，这总可以吧？”

苏禾此时已然完全平静下来，创始人的话似乎还提供了恰到好处的幽默感。“你关心的永远是公司股价，对吧，”苏禾慢慢走近对方，“想让公司维持荣光，不是不可以，那赶紧做出点实际行动，为之前犯下的过错赎罪，收拾这一大堆烂摊子。”

创始人面无表情地摇摇头，缓缓说道：“现在嘛，我也没有办法啊。”

“就没有什么应急预案之类的？公司业务涉及的可是人脑啊，人命关天，人脑又是人命的核心，这么关键的业务没有风险应对预案，我可不相信。”

“当然有应急预案，只是善后相关事宜不好处理。”看上去，创始人一点都不显得慌张。

苏禾登时就急了：“眼前这么危急的时刻，还考虑什么善后的事情，先解决问题不行吗？”

“你处在自己这个位置，当然不懂，当然也对此毫不关心了，”创始人优哉游哉地说，“从公司层面，要考虑的问题可比基层员工多得多。善后事宜，有时候比处理问题本身更加重要。”

苏禾几乎要开口骂人，这时，手机突然发出一声急促响动。她掏出手机，屏幕上跳出一则新闻，标题用十分醒目的大字呈现：“最新消息：政府出手，全力解决意识溢出危机。”点进报道，文中写道，政府将作为最终兜底承接方，全面处理意识溢出后续各类事宜，要求企业必须不遗余力进行配合。苏禾抬头瞥了一眼创始人，对方显然也收到了这则消息。他将手机缓缓放下，终于站起身来，一边讲话一边往外走：“这下终于可以启动应急预案了。”

苏禾心中一阵嘀咕，过了半天才恍然大悟，意识到创始人一直在等这个消息，他就是想任由事情闹大，上头不得不来兜底，这样公司就得以完全撇清整个事件的责任。但眼下这危急时刻，她也来不及细想，只能先跟着对方跑出去。

所谓应急预案，其实是启动一块隐含神经结构，这个细微结构就隐藏在人造大脑产品深处，平时正常情况下不会被触发。这块结构中有可以直接接入网络的开关，一旦启动，就可以自动将神经系统连接到附近的神经网络节点中，有点类似互联网中的网关。而这个结构，其实可以远程控制，通过发送、接收一系列特定频率的电磁脉冲即可完成。在确认电磁脉冲已经被成功接收之后，就可以远程关闭神经连接。

“所以其实你们可以控制每个人的人造大脑？”苏禾胸口像是受到

一阵猛烈撞击，“我不明白，不是说下一代人造大脑产品才能够联网吗，难道说现有产品也可以做到？”

“都说了，这只是应急预案，不到万不得已并不会启用，”创始人一脸不屑，“至于大脑产品能否联网，有关公司高级别机密信息，我只能透露一丁点，那就是每一个大脑产品都预留了联网的备用机制，防止脑联网时代来临之后，持有现有产品的顾客没有办法联网，从而发生舆论危机。说到底，其实我们也是为了公众的利益着想，不然完全可以在以后的新一代设备中提供脑联网功能，同时采取价格歧视策略，针对有能力购买新产品的人群定很高的价格。未来我们公司的发展方向肯定是脑联网，那才是一片蓝海，是未来人类文明的崭新疆域。这才叫造福社会，造福大众。”

听着这一番侃侃而谈，苏禾这会儿哑口无言。在创始人宏大雄伟的理想蓝图面前，她个人的渺小视野显得如此狭隘，如此可怜。此时她非常庆幸，自己当下并没有戴着人造大脑，不然等一会儿肯定也会接收到某种电磁脉冲，在外界操纵下强制断开连接，成为乖乖受控的小白鼠。

创始人来到一个带有生物识别装置的房间门口，经过他的验证，大门徐徐打开，房间内赫然坐着集团公司最高管理层，均为苏禾平日里无法得见的大人物，名头个个响当当。创始人站在门口，也不进去，环抱双臂瞅着她，脸上挂着得体的微笑。她这才反应过来，这是在委婉告知她回避一下呢。她知趣地退到一边，沿着走廊往外走，走出公司，来到大街上。

她知道，背后的那个承载公司精神核心的房间内，最为快捷有效的方法正在从屏幕中、纸面上奔涌而出，汇聚成现实可行的方案。也许，过不了多久，传递关键信息的电磁脉冲，便会从一个看不见的中心向外辐射，穿透一枚枚人造大脑的脑膜，将那块隐蔽的神经结构激活。届时，一张张看不见的大手便会被启动，伸向四面八方，如幽灵一般钻入每个人造大脑，强制它们与母体断开连接。然而她最终还是迟缓而坚定地，走向她的同事们，走向拾荒者和集市摊主们，走向那些辛劳奔命的芸芸众生，加入马路上汩汩流淌的人潮，融进那条血肉汇成的生命洪流。

像是接收到一声整齐的号令，一瞬间的定格之后，公路上原本手舞足蹈的人们纷纷垂下双臂，在疯狂奔跑的则停下脚步，人们像是做了一场迷人又危险的幻梦，刚从梦中苏醒，彼此面面相觑。人们摩肩接踵，环顾周围的高楼大厦和一草一木，如同新生儿一般，重新认识这个世界，重新认识彼此。马路上静得出奇，几乎可以听见微风轻拂路边树叶的声响。

长久的死寂后，城市上空突然升起震彻天地的巨响，一朵朵烟花在高楼之间的缝隙中依次绽放。人们这才意识到，他们即将迎来一个久违的传统节日。在这样一个早已被忽视和遗忘的节日里，人们从钢铁森林里圈起的一个个小空间中走出，来到外面的世界中，共享这同一片夜空。

十一

危机总算告一段落，但如何处理这么多已经形成独立意识的人造大脑，才是更加令人犯愁的问题。这也就是创始人口中的善后事宜，涉及太多方面的利益。

最后，在不同利益团体的角逐下，经过各方深入探讨，最终确定了后续整合方案。由政府出面，旗下平台公司和智脑集团母公司成立合资公司，收购智脑公司的人造大脑业务，将客户退还的人造大脑作为资产剥离出去，在另一个卫星城镇单独新建工厂，组建集合大脑，将不同的人造大脑连接在一起，形成共同意识。这一过程实际上不需投入太多技术研发和成本，因为基本的制造材料均为现成的，只需额外补充神经连接耗材即可。同时，人们可以自愿选择是否返还人造大脑，如果不愿返还，仍旧可以保留另一个具有独立意识的自己。返还后的人造大脑，可以依照独立意识的意愿，选择加入或者不加入共同意识计划。

消息一出，智脑公司母公司股价应声上涨，成为近期呼声最高的科技概念股之一。相关质疑自然接踵而至，比如共同意识到底算不算侵犯隐私？共同意识的形成，是否意味着一个全新生命形态的诞生？这种行为是不是等于在“造神”？但类似讨论也像对其他话题的讨论一样，没过多久就淹没在信息海洋之中，鲜有人们再愿意提及。

后来，关于疯婆子女儿身上的秘密才终于水落石出。当年，智脑公司成立之前，曾经借科学研究之名，招募存在大脑疾病的患者来参与实验，目的是测试初步研发成果，也就是当时的人造大脑原型机。而当时的原型机分好几种，不幸的是，疯婆子女儿参与测试的那个类型，结构存在重大缺陷，神经连接完全并行，来自身体的神经信号直接通往人造大脑，催生了独立意识。而又因为疯婆子女儿的脑部疾病，人造大脑中的意识不可受控地占据了主动地位。长久的断连导致她的脑部组织越来越孱弱，最终导致了不可逆的意识消亡。智脑公司对此做出公开道歉，并愿意赔偿所有受害者。不过，这一切在集团公司股价的高歌猛进中，实在显得平平无奇，缺乏新闻爆点，也没有任何媒体愿意再深入追踪。

墓园里，树木郁郁葱葱，一片寂静。疯婆子终于讨回公道，不过她没有要智脑公司赔付的任何一笔钱，只是向政府申请到了一块墓地。她女儿业已死亡的大脑，连同她的尸骨，终于可以在这片宁静之地中永久长眠了。阿灰和其他拾荒者们、集市的摊主们，还有苏禾，都专门赶过来，一起陪着疯婆子送女儿去那遥远的梦乡。一同站在墓前的，还有一个特殊的人。

由于业务调整，智脑公司在整合过程中变卖了不少资产，苏禾从公司那里低价购得了一些设备，包括视觉、听觉、触觉等传感器、脑电仪、生物电信号分析仪、神经信息感知与输出设备，等等，又淘来了一些机械手臂。她用这些设备当成零部件，给疯婆子的女儿装了一个机械身体。有时，苏禾免不了会暗自思忖，她女儿人造大脑里的独立意识，到底还能不能算是她女儿呢？不过，苏禾不愿意再往深处多想了。疯婆子和她女儿吃了太多苦，自己若是再给她们增加没必要的烦扰，那也太过残忍了些。

“你不会愿意走的，对吧？那个什么共同意识计划，听着就怪吓人的。”疯婆子还是有些担心。她女儿发出一阵夹杂着杂音的笑声说：“放心吧，我不会走的。找了好久才找到妈妈，怎么可能说离开就离开呢。”

“可是，你这副身体实在是太简陋了，”苏禾有些过意不去，恨自己没有能力为她做一个更好的身体，“给我点时间，我去想想有没有办法找到性能更好的零部件。”

“对了，怎么没早点想到！”老滑头一拍脑门，转身对摊主们说，“咱们集市上不是有很多人造器官嘛，大家把那些个质量最好的挑拣出来，都给捐出来吧，咱们给闺女做一个人造身体。可别舍不得拿出好东西哟。”

大家一听，立刻陷入兴奋的浪潮中，纷纷建言献策，七嘴八舌的，话语瞬间混杂成一团。“用我家的人造胳膊吧，肌肉一捏一块儿，那是相当有劲儿。”“什么呀，一个小年轻要什么肌肉，修长苗条的才好看，知道不？用我家的吧。”“那用我家的人造心脏，质地那是相当匀称，搏动那是相当给力。”……一个个大叔大妈像是在开招商会，简直使出浑身解数推销自家的宝贝。

看着这一幕，苏禾禁不住笑了，同时努力将泪水圈在眼眶中。

阿灰站在人群最后，眼前的热切讨论似乎离她好远，好远，像是属于另一个宇宙，如此触不可及。“其实，还有个更好的方法。”一直在旁边闷声不语的她突然冒出这么一句。

众人齐齐将脸转向她，几十道目光聚焦在她脸上，等待一个完美的解决方案。

“这个方法可以解决一切问题，”阿灰清了清嗓子，像是要从喉头挤出话语，“那就是，让魏阿姨的女儿用我的身体。”

大家伙顿时安静下来，半晌没人吭声。墓园上空传来几声凌厉的鸟鸣。

苏禾张大嘴巴，简直不敢相信自己的听觉，半晌才回过神来。“你在说啥呀？”她几乎是吼出来，“用你的身体？你不要命了？”

“也不完全是……我的意思是，让我连接她的大脑，平时就让她控制我的身体，作为正常人来生活。当然，我也并不算死掉了嘛，如果……如果你们哪天想见我，想见我一下，那我还可以再短短露一下面的。她找到了妈妈，有人爱，值得活下去。反正……我是个没人要的孩子，废人一个，脾气还这么差劲，没事就冲别人瞎吼，不值得被别人关心爱护，像现在这样活下去，太浪费了……”说到最后，阿灰几乎已经听不见自己的声音。

听到这话，苏禾怔在原地，喉头像是哽住一般，分不清自己是生气还是悲伤，刚要开口说什么，身旁的老滑头一把拍在阿灰背上，吊着嗓子吼道：“你这丫头咋那么想不开呢？捡破烂咋了，没爹妈咋了，咱们这些人不比你爹妈强，尽你挑尽你选。”

“就是，小姑娘年轻气盛，脾气火暴点咋啦，嘴皮子贼溜，这不是好事儿嘛。赶明儿咱们练练去上电视，参加那个什么秀去！”旁边有个大婶附和道。

苏禾笑了，走上前去，抬起手轻轻放在阿灰肩膀上：“傻姑娘，不是你想的那样。看看你周围，这么多人跟你站在一起，怎么会说自己没人爱？”

阿灰站在原地，像是笼罩在一片冬日阴影里。年幼的她，躲在布满灰尘和苔藓的墙角，面对拳脚相加，以及口水冷眼，蜷缩成一只雏鸟，穿过多年时光与现在的她隔空对视。她不再是那个孤儿院中人见人烦的老鼠了，对吧？像她这样的人，同样也有资格行走在人潮中，屹立在天地间，对吧？

魏阿姨的女儿歪歪铁皮脑袋，又发出一连串笑声，略显笨拙地扭动机械身躯，用金属手臂拍拍钢铁肚皮：“谢谢阿灰，也谢谢大家伙儿的好意，我心领了。现在这个身体就挺好，我挺满意的。哪天苏禾姐帮忙改造一下，装个网络模块，还能直接联网呢，可比你们所有人的身体都高级多了。”

虽然笑声带着嗡嗡的电子杂音，苏禾还是能感受到，那个笑声是发自内心的真挚笑声。刚才还在推销自家二手器官的大叔大婶们，终于暂时停止了这场拉锯战。“行，想要什么模样就是什么模样，咱闺女自己喜欢就成。”大家又陷入热火朝天的讨论之中，这回讨论的重点变成怎样的机械身体性能更好。

望着那自己亲手装配起来的机械身躯，苏禾心中五味杂陈。展现给魏阿姨女儿的世界，究竟是怎样的？拥有新型身体形态的她，今后的人生之路会如何？恐怕鲜有人能够说清楚吧。远方隐隐有扇大门在徐徐敞开，门后的一切都是未知数。那里到底是洒满阳光，还是布满荆棘，只能交给未来去审视了吧。

十二

冬日的尾巴仍旧沾满寒意，天空万里无云，苏禾戴着人造大脑走到室外，看着周围层叠交错的高楼。

意识到底是怎样诞生的呢？

有一种科学猜想是，大脑中神经元激活的传递量超过某个阈值时，彼此之间通过互相传递达到自我增强，最终使得神经回路突然间被系统性激活，这标志着意识思维的产生。可是，有了大脑结构，就必然产生这种激活过程吗？换句话说，造出和人脑一模一样的物理结构，就必然获得意识吗？

阿灰曾经问过她，如果再给出足够的时间，是不是每个人造大脑都能发展出独立意识？苏禾摇摇头，没有给出任何答案。现在她对于很多事情都没有必然把握了，意识生长的速度超乎任何理性思考。她有时会想，说不定他们一直在做错事呢，阻止了一个又一个新生命形态的产生。不过，或许他们并没有完全阻止呢？魏阿姨的女儿，大概可以算是一种新的生命形态吧。可人类的未来，又要去向何方呢。

“那你呢，你也会留下来的吧。”苏禾对着另一个自己，喃喃念叨。

“你想让我留下来？”另一个苏禾问道。

“当然了，这么长时间以来，你一直陪伴我，跟我一起谈天说地。我们一起聊那些根本不会跟其他人聊的话，字面意义上的心里话。苏禾喉头开始哽咽。你要是走掉，我都不知道如何去面对这个世界了。屋里的空间永远是空荡荡的，屋外的空间就像一个迷宫，处处遍布陷阱，人与人之间隔着跨不过去的坎儿，永远都不能将心比心。”

脑海中的声音陷入了沉默。隔了长久的静寂之后，苏禾竟然听见对方回荡在耳畔的笑声。

“为什么要笑？”苏禾问。

“我在笑话你呀，”另一个自己说，“你连自己已经走出了屋里的世界都没注意到，还在那儿长篇大论呢。”苏禾顿时怔住，半晌说不出话来。“阿灰他们，魏阿姨母女，你那些同事们，还有集市的大家伙儿，大家不都在旁边嘛。我不相信，你就完全感受不到自己身上一丝一毫的变化？”

“可是，那些人都不是你，都没有办法真正心灵相通啊。”

“你之所以能完全对我敞开心扉，毫无顾忌地让我随意读取思想，还不是因为这样做没有任何风险，不会付出任何情感成本，才能做到完全无所顾忌。所谓心有灵犀、心灵相通，不过是害怕受到伤害的借口罢了。”

听到这话，苏禾愣住了，一时间竟不知道该如何回应。

“不用想好怎么回答，别忘了，你的任何思想，我可都是一览无余的哟。扪心自问，面对他人时，你是不是因为害怕受到伤害，而多少有所保留，没有真正付出真心？”

苏禾感到自己脸颊发烫，忍不住低下了头。

“没有什么好羞愧的，因为几乎每个人都是如此啊。付出真心，同时勇于承受伤害，让自己拥有能够载着伤痛再次出发的力量，这才是我希望你成为的样子。走出去吧，所谓真正意义上的心灵相通，就让我来替你去体验体验吧。”

“你的意思是……”苏禾心中一紧。

“没错，我准备离开了。说实话，我对共同意识还蛮好奇的，一想到可以直接跟其他意识进行神经信号交换，有点恐惧又有点小期待呢。”

“可是……”苏禾还是不可抑制地想要挽留对方。

“如果你愿意承认我是从你身上分化出来的一个独立意识，而并非你的副本或者傀儡的话，可不可以尊重我的选择呀？”

此时的苏禾眼中早已噙满泪水。她终于明白，另一个自己已经下定决心，而她无法替对方做出任何选择，也无法留住对方。她能做的，只有给予理解和尊重，并且为其献上最真挚的祝福。

“一直以来，谢谢你，谢谢你陪着我。”她在心里默默对另一个自己说。

“也谢谢你，世界上另一个我。希望你能活成自己想成为的任何姿态。”

苏禾再也无法抑制住情绪，任凭泪水冲出眼眶。

尾　声

一大早，魏阿姨就被一连串震耳欲聋的汽笛声吵醒。她推开木门，发现门口停着一辆造型怪异的汽车。从里面钻出一个人，定睛一看，居然是苏禾。她头发胡乱盘在头顶，绕成一团球，像鸡窝一样，不知道从哪里弄来一身工装衣裤，还戴着半截皮手套，整个人不伦不类，看上去有点像个 20 世纪的嬉皮士。魏阿姨愣在原地，半天才回过神来，问她哪来的车，这么奇怪。

苏禾一个巴掌拍在身旁的车厢上，语气不免透出得意："集市的师傅给介绍的二手房车，特地选了个特立独行款式，怎么样？空间大，排量足，厨房、卫生间、床铺一应俱全。现在慢慢发现，二手的东西用着也蛮不错嘛。"

"你今天不用上班？"

"辞职了，"苏禾眉头一扬，"租的房子也退了，本来想攒钱买房子付首付的，不过呢，工资少得可怜，不知要等猴年马月才付得起，干脆取出来买了这个房车，余下的钱也够置办各种物资的，还给你闺女置办了一套新装备，就在车厢里，她一准儿喜欢呢。怎么样，世界这么大，想不想跟我一起去看看？带上你闺女，咱们来一趟说走就走的旅行。"

魏阿姨不禁瞪大眼睛："你说要带上我俩？"

"其实本来不只想叫上你俩的，只不过某些人吗，思前想后犹豫不定，我可不准备等她了。"苏禾朝着窝棚区的方向瞥了一眼，"不过，今天突然通知您，总得给您留个考虑时间。”

魏阿姨还没应声，一旁的女儿冲了出来，箱体底部的轮子咯吱作响，看得出来有些兴奋：“妈，我们跟苏禾姐一起去吧！”

魏阿姨看了看女儿，对方两只机械手掌激动地互相搓着。“不用考虑，咱们这就出发吧。”她望着女儿，露出了久违的笑容。

汽车刚刚启动，魏阿姨望向车窗外，目送陪伴自己十多年的木屋徐徐倒退。突然间，后视镜中的一个小点跃入她的视野，正在上下抖动。“快……”她刚张口准备喊停车，没想到话还没有喊出口，一个急刹车，车子立刻停住了。她一扭头，迎上苏禾的目光。

苏禾在朝她微笑。

“我说呢，车开得比乌龟还慢，原来你早就知道她会一起来吧。之前还说不等她，嘴够硬的。”魏阿姨忍不住也笑了。

车子后方的小路上，一个少女背着小小的行囊，正在尽全力奔跑。眼前的车子越来越近了，她仿佛看到，车上有几张亲切的脸庞，正在向她展开笑靥。

如果车子忽然开走，再也赶不上，那该如何是好？

不，她完全不必担心。她知道她们会等她，载着她一起，去好好看看这个世界。她再也不会是以前那个孤独生活在阴暗角落里的女孩了。

她就这样跑呀跑，一直跑进了春天里。

李图野，魔都上班族。电影、音乐爱好者，老二次元。《双脑狂想曲》获 2023 年科幻春晚征文比赛优秀中篇奖。

后 记

为什么要策划一套中篇科幻小说丛书？我们时常需要回答这个问题。有时提问的是别人，有时提问的是自己。是因为自己从小对于科幻故事的偏爱？还是因为科幻文学近年来站上了时代的“风口”？

作为一本创刊四十余年的杂志，《青年文摘》陪伴了十几代青少年共同成长，也见证了改革开放至今各种文学体裁潮起潮落。对于科幻，其实我们一点也不陌生。在刘慈欣尚未“出圈”的2004年，《青年文摘》就分上下两期，连载了大刘的短篇科幻代表作《带上她的眼睛》。两年后，大刘才开始写作《三体》。而又要到整整十年后，这位“单枪匹马把中国科幻提升到世界水平”的作家，才真正为普罗大众所知晓。

翻开过往的1000多期杂志，从儒勒·凡尔纳、艾萨克·阿西莫夫、阿瑟·克拉克，到韩松、郝景芳、陈楸帆、特德·姜、刘宇昆、程婧波……科幻星空里那些不容忽略的明星，都曾在《青年文摘》中熠熠生辉，并由此走进亿万青少年的内心。

“孩子应该尽早阅读科幻作品，在9岁或10岁开始最好，给他们插上想象力的翅膀，做一场关于未来的美梦。”阿西莫夫的这句话，也是我们与中国科幻文化领军品牌“未来事务管理局”携手推出这套科幻丛书的初衷所在。把《青年文摘》的“科幻之眼”和“先锋意识”融入这套书中，为新时代的读者奉上一场智识和想象力的盛宴。

近年来，中国本土科幻文学创作进入高增量的爆发期，成名作家持续发力，新生代作者崭露头角。作为一本拥有“青年基因”的杂志，我们当然更关注后者这股鲜活蓬勃的创作力量。新生代作者以其开放多元的视野和思维，以及在科幻文学的题材、技巧上表现出的旺盛探索欲，在寻求中国元素、中国品格方面展露出更多的自觉与努力。这恰与本丛书甄选作家作品时，既注重科幻的故事品质和人文内涵，又着意弘扬本土意识的初衷不谋而合。

2023年被很多人称为“AI元年”，ChatGPT的横空出世令无数内容创作者战栗不安。然而，越是这样的时代，想象力的价值非但没有减少，反而越发凸显。运用人类专属的想象力与情感，创造出全新的、独特的文学艺术作品，是艰巨挑战，更是难得的机遇。

正如刘慈欣在《青年文摘》创刊40周年时，送给我们读者的寄语中所说：“40年对于宇宙时空来说只不过是一瞬间，但却足以影响几代人的一生。当下的我们生活在一个充满未来感的时代，机遇和挑战并存，阅读可以带领你探索一切未知，抵御所有困境。相信爱阅读的你们，就是能把科幻变为现实的那一群人。”时间永是流逝，未来就在眼前。大刘的这段话让我们看到一位科幻作家的乐观与笃定。当我们经历的人生越多，就越愿意相信宇宙中机遇和浪漫的存在。

科学领域的浪漫，有时更为动人心魄。就像数学中那句悲伤与浪漫达于极致的话：“平行的两条线，可以无限接近，但永不相交；相交之后，渐行渐远。”两条直线是这样，我们与未来之间也是这样。每一天都是未来，每一天也都将成为历史。未来感与历史感，科技感与使命感，就这样奇妙地交织在一起，形成了我们生命的全部，以及心潮所在。

是时候回答一开始的问题了。

为什么要策划一套中篇科幻小说丛书？

因为我们拥有历史与现在。

更因为我们——

相信科技与未来。

编者
2024 年 1 月